短篇小说集

如画似书

杨恩智 著

云南出版集团
云南人民出版社

图书在版编目(CIP)数据

如画似书 / 杨恩智著. —昆明 : 云南人民出版社，2015.8
ISBN 978-7-222-13646-5

Ⅰ. ①如… Ⅱ. ①杨… Ⅲ. ①中篇小说—小说集—中国—当代②短篇小说—小说集—中国—当代 Ⅳ. ①I247.7

中国版本图书馆 CIP 数据核字(2015)第 207136 号

组稿编辑： 雷啟星
责任编辑： 张晓岚　杨　惠
装帧设计： 崔　洋
责任校对： 钟　静
责任印制： 洪中丽

《如画似书》
杨恩智　著

出　版　云南出版集团　云南人民出版社
发　行　云南人民出版社
社　址　昆明市环城西路 609 号
邮　编　650034
网　址　ynpress. yunshow. com
E-mail　ynrms @ sina. com
开　本　787 × 1092mm　1 / 16
印　张　18.5
字　数　250 千
版　次　2015 年 8 月第 1 版第 1 次印刷
印　刷　昭通新侨彩印有限责任公司
书　号　ISBN 978-7-222-13646-5
定　价　30.00 元

目录
RU HUA SI SHU
如画似书

如画似书

我怎么老是摆脱不了这次被抢事件的记忆纠缠？

我早就不想想它了。想来想去想了那么久，我却连我们一起去的同事是哪些都想不起来，连那个经常跟我在一起的同事是不是H君也不能确定，甚至连我们出差到的是哪个县也没一点印象。我们市，也就十县一区，但我把所有的县区都想过来，也不能确定我们去的是哪个县。像是彝良，又像是水富，像是盐津，又像是大关，全市所辖内的每一个县都像，又都不像。每每想到关键的节骨眼上，那些最最要命的信息，就全都变得无迹可寻。

要想不起来，就全都想不起来、啥都别想起来啊！为什么想起的尽是些无关紧要的情景？而这些无关紧要的情景，为什么要如此地缠着我不放？

那是个大白青天。刚吃过午饭。太阳很好，在大地上铺洒了一地耀眼的亮光。我的那些同事们，不知做什么去了。我独自走上了街头。那些大街上，都没什么吸引住我的眼球，小吃店、服装店、五金店什么的，跟我所见过的其他城市里的没什么区别。我想要看的又不是这些。在我的印象中，最能代表一个地方特色的东西，往往是在那些小巷里，在那些老街上。于是，我开始寻找这样的地方。

一条长长的石梯路，二三米宽，有些陡，很像那些建在山上通往某个景点的山道。我是从上而下走的。石梯两旁，一片荒芜，没什么可看。我一直走到了石梯的最下面。那是山脚了。那儿，两旁有了房屋。是土墙，瓦顶，建得很零乱，没经过任何统一规划的样子。错出两旁的房屋，前面便是一个宽宽的坝子，坝子打了水泥地皮。我刚踏上这个坝子，突然地，身旁就闪出了一个人来。是个男人。个儿不高，许就一米六多点儿，凭感觉他就没我高。“站住！”他喊了一声。我已经意识到自己遇上抢人的了。我停下了脚步。我努力地稳住自己的内心，不让自己慌乱，像是遇上的根本就不是抢人的人，而就是一个曾经的朋友，或者一个平常的过路人。我把自己的双脚叉开，一只前一只后，很轻松地站了下来，向他静静地望去。他穿的是什么，我记不起来了。只记得他还很瘦，或者说长得很单薄。他的双手，反剪在他身后。他往后仰着，站在那儿，冷冷地看着我。但即使那样，他的脸上，或者说是整个的身体，在我看来都没有一点儿凶狠的感觉。他没有我想象中行凶抢人的人那种霸气、那种凶劲。而在我的静对中，没多时，看去他就有些持守不住、有些慌乱了。

他又开口说话了。

但他说了些什么呢？我也不记得了。但我知道，他所说的话，一点儿都没超出过我的想象，没超出过在我的想象中行凶抢人的人喊人掏钱掏物再不掏就不客气了之类的话。

即便这样，他的话还是起到了应有的作用，我把我身上的钱，全数掏出来递给了他。就像那不是掏我的钱，而是帮他顺手搬了点什么。最后怕他不信我已掏出了所有的钱，还请他搜了一下我的身。拿着我递给他的钱，他似乎已很满意，甚至是有些惊喜。那钱真是有些多。对于我，对于他，都不是小数。我记得很清楚，那是整整的

3400元。但他还是程序性地搜了一下我的身。我能感觉得到，他那搜，完全出于应付，似乎不搜一搜，就说不过去。他搜的动作很快，我觉得像是敷衍了事。

但似乎又是一种程序，他似乎想把这一系列程序进行到底，想坚持住自己，完成最后一道程序。在把手收离我的身后，他说："你可以走了。"我没说话，转身便很听话地走了。

那个坝子，真是太宽太大了。那一刻，我太想一步跨出那个坝子，跨出那个让人不安和后怕的地方。但我只能尽力地让步子跨得大些，而不想、或者说不敢放开步子跑。我低着头，努力地迈动步子。走到坝子的边沿，就要穿进另外的胡同的时候，我也还不放心，怕在我就要闪进那胡同去的时候，他又从背后对我下手。我忍不住转身回头看了回去。但我没再看到他。我没能看到任何一个人。那儿只有空空的坝子，寂寂的房屋。在我的眼里，此时那坝子也已不再宽不再大，那就是一个平常的小小院坝而已。

往院坝边寻去，看见几条小巷。那不是街巷，那就是一间房与另一间房之间留出的空隙。那些小巷里，依然空空的，寂寂的。

院坝旁的一间房子前，竖着一块高大的广告牌，上面是一部电影的宣传画。没看清那电影是什么名字，但从那画面上，能看出是一部功夫片。那画面上的人，虽没举着枪舞着刀，但那差不多占据了整个画面的一只弯曲起来的手，那肌肉，发达得鼓鼓的，那鼓起的地方，简直就像加工过烤熟的鸡腿。广告牌的后面，应该是放电影的地方了。一道黑色的布帘，在那个像是门的地方，挂着，悠悠地飘着。我想，抢我的那人，是不是进那儿去了。但那儿依然没有放电影的声音。那门前，也没有一个人。

我想，我该不该去报警？

我开始心疼起我的那笔钱来！

我出差怎么会带着那么多钱去？

我不是单位的财务，也不是一个有钱的主，而且也就没打算去那儿买什么！

我想不出自己带那么多钱去的理由。

接着让我百思不得其解的是，我不知道那笔钱是哪儿来的。

我的工资卡上，从未有过那么多的钱。每月两千来块的工资，几乎都是一到卡上，便被我取了。我每月都得还两千来块的贷款。一笔是购房的按揭款，那按揭款我贷的是17万多，20年还清，每月还一千多；一笔是住房公积金那儿的贷款，是当时有了购房合同后，贷来还原先借来交首付和装修房子时用的，本是10万，10年还清，每月也是还一千零几十块。我的工资，还这两笔贷款都还差一百多。而我媳妇琼的工资呢，同样就两千零点儿，那是用于一家三口人的开支和平日里的人情来往了。儿子正在上幼儿园，每月要花400多。要是哪月多遇上两次人情要赶，她那工资就供不应求入不敷出了。

这会是哪儿来的呢？

是捡的么？不会，我一点儿印象都没有。要是我真捡了这么多的钱，我不高兴得把脚底板跳得生疼才怪！至少也会高兴得几天睡不好觉，甚至常常睡着了都给笑醒过来。几天睡不好觉的事儿，这不可能不让我留下记忆。而睡着了笑醒的事，也没有，要是有，就算我不知道，跟我睡一张床的琼一定知道。但琼也从未说起过。

是赌钱赢的么？也不会。我这人从不赌钱。

是单位发的么？更不会。像我们那种单位，只有在过年的时候才会发点钱，而发的也就六百或者八百，从来没发过上千，就更别说几千几千的了。

难道是谁送我的？这更不可能。虽然现在送人钱的事儿多了去，但有谁会送我这种无职无权的人呢？我不送点出去，也是处于没有办法的办法无耐而又无奈的了。

我真不知道我那是哪来的钱了。

但我还是心疼那钱。

我埋怨自己，就那么个人，个儿没自己高，身体没自己棒，虽然不知道他带没带刀啊枪啊的家伙，但他那样子，说不定只要自己一强硬起来，就可以倒把他吓跑的。自己那时不是努力地显得平静么，就那份平静，不是没多时就让他倒显得有些惊慌了么？自己怎么就乖乖地把钱给他了呢？还让他来搜身呢！俗话说做贼心虚，自己在贼面前怎么倒虚起来了呢？就算他真的扑上来硬抢，说不定也会被自己三下五除二地几脚就给射飞掉的！

你就那么怕疼怕死么？你这条命，有多值钱啊？

我真是恨透了自己。我真是看不起自己。

我觉得自己实在是对不住琼。这一男一女一结婚，家头的财产和钱物，那就都是两人共有的了。特别是像我和琼这种夫妻，彼此都是从农村走出来，彼此的父母都没能给上点啥，工作了几年，都是还在还读书时欠的账，直到结婚，结的也是裸婚，除了彼此两个人，啥都没有，现在拥有的，啥都是两人一起挣来的。3400 块钱，于我和琼，差不多快是两个月的工资了。分为两份，我的除去不说，再咋也是自找了；但另一份，那是相当于浪费了琼一个月的工资了呢。是一个月的工资，又何尝不是一个月的生命呢！我把琼一个月的工资给丢了，那就是把琼一个月的生命给害了呢。对琼，我的心里愧疚得无语。

我想，这事到底是发生在我们婚前还是婚后呢。要是发生在婚前，也许我的心里就会好受一些。但我一直没能想出来。

想不出来是婚前还是婚后，我就只想向琼说了这事。说的目的不是想请她原谅，也不是想请她理解我当时的懦弱，我只是想给自己卸下那种思想上的包袱，获得一种内心的轻松。

琼听说我被抢后，惊讶地望着我：“你被人抢了！”

我说：“嗯。”

琼说：“你没受伤吧？”

我说：“没有。”

琼说：“人没伤着就好。”

琼接着问我被抢了多少钱？我说了被抢的数。琼把嘴张成了个“O”字，张了几下，才说：“啥？三千四？”

我低下头，“嗯”了一声，不知如何面对她。

琼又问：“在哪儿被抢的？”

我说：“记不清了。”

琼一下跳了起来：“啥？在哪被抢的都记不清了！你是着打晕了还是着吓晕了！我看看，我看看……你没哪儿像是着打过的啊！”她边说着边在我身上扒拉着看，先是头，接着是背，最后还把我整个的身子都扳了过去，拉起我的衣服来看我的肚子。

我真想找个地缝钻进去躲起来。不是怕琼骂，更不是怕她打。我觉得自己真是无地自容。我想，要是现在，别说让我把那钱轻轻省省地递给那人，就是他用刀架在我的脖子上，我也不会递给他。要把那钱从我身上抢去，除非把我砍死，至少也得把我砍得无力挣扎、无力反抗。

要是在和他搏斗的过程中死掉，那该多好！

琼说：“你报警了么？”

我抬起头来说：“好像没有。记不清了。”

琼吼了起来：“报警没有你都记不得啦！你还记得啥？你咋就还记得回家来呢？”

我只能再次把头低下，努力地想我到底报过了警没有。但我再咋努力，都想不起来。

琼的火气一点也没消，她提高嗓音吼着问我：“是哪时着抢的？过了多长时间了？”

看样子，她是想若事件时间隔得不长，就立即去报案。

但我说：“记不得了。”

琼像中了暑，软软地滑在了沙发上。半天，才又软软地撑起身子来，软软地问我：“你咋会带着那么多的钱在身上呢？你在哪得来的那么多钱！”

这个问题我已经想了无数次，但一直都没能想出来。

我比她更无力地说："想不起来了。"

琼没再吼我。她似乎已没有力气吼我了。她稀泥一般的瘫在了沙发上。

一个上班的早上，我到了H君办公室。我想从H君那儿打听点消息。我不知道自己在被抢后，有没有跟H君谈过点被抢的事。如果在我被抢之后，会把被抢之事跟谁说过，那最有可能说的，就是H君了。

但在和H君寒暄了几句、抽完了相互递上的一支烟后，我却啥都没问，就走了出来。我知道我为啥没问。我拿不准自己到底有没有跟H君说过这事，更主要的是我怕自己这一问，问出本不该有的麻烦来。

有个朋友曾跟我说，在其他任何地方都可能交到知心朋友，但在单位上，和同事，绝对交不到知心朋友。他说，在单位上，你最好别跟任何人说自己的好与不好，也千万别跟这个人说那个人的好与不好。他又说，跟单位上的人，任何人，你都只能打哈哈。不能说任何的真心话。要不，你就很危险很危险。你不能让任何人掌握你的底细。他还说，如果你现在觉得这个人就是你的铁杆兄弟，你就和他说自己的这样那样，说自己看不起的人看不起的事，那以后，或长或短的时间以后，在你将要得到什么的时候，你那将要得到的，便会断送在这个人的手里或者口里。

当时我很是不解。在一个单位，能有个可以谈心的人，那是多好的事。那么多的时间都在一起，有啥，随时都可以找对方说说，那多方便。应该说，我一直觉得H君就是一个我认为可以谈心的人。而且，一直一直，我有啥想不通的事有啥看不起的人和看不起的事，我都会找他聊聊。直到我们共同竞争那个副科长时，我才发现，我输在了什么地方。在他当了我的领导之后，我才慢慢地向他以前没当副科长时学习，面对别人说啥，以及他说啥，尽量地只打哈哈，说："是啊、是啊！"或者："就是、就是！"再或者就："嗯、嗯！"，"哦、哦！"

现在，H君已升为科长了。而我呢，有望替上他那个副科长的职位。但这也只是有望。单位还有那么多的人盯着这个位置呢。

为此，我不敢再问他什么。我都记不得被抢事件是发生在什么时候，是发生在H君当副科长之前还是之后，那就弄不清自己究竟有没有跟他说过了。按我的猜想，若是发生在他当副科长之前，会有可能跟他说过；若是之后，那就绝对没有说了。都不能吃准说没说，我还问什么呢？真问了，那我很可能就会找些虱子来在自己的脑壳上爬！

我真希望琼别再那么别别扭扭的了，希望我们像自走在一起来、到我跟她说起钱被抢的时间之前的那么几年时光一样，虽然过得贫穷、过得艰难，但却心能相通，情能相投，能在苦中寻找到乐，能彼此温暖住对方的身心。

我说："对不起，琼，你别这样了，好么？"

琼别过脸去，冷冷地说："不这样，你要我咋样？"

我一时不知咋说。那几年的幸福样子，我哪能一时说出？我怎能说出？

在我又一次、无数次后的又一次向琼道歉的时候，琼说："我们明天去精神病院看看吧！"

我有些惊讶，说："精神病院！看啥？"

琼说："我担心你心理有问题。"

我有些急了，说："我心理有问题，我咋了，我哪咋了，我这不是好好的么！"

琼说："我想，你根本就没被抢过！"

我真的没被抢过么？要真是没被抢过……

儿子已睡熟。琼伸手抓住我的阳具。不时，它便硬硬地挺了起来。

我们已好久没做这事了。我忘记了被抢的事。我回到了从前的幸福时光里。

我不知道自己在那幸福的时光里漫游了多长时间。可是，我竟然去找起了我的日记本。我是有记日记的习惯的。我找到了我的日记本。那是一个黑壳的硬皮笔记本。一打开笔记本，那些揪心的、快乐的、痛苦的、平常和不平常的……一件件的往事，又一一地浮现在了我的眼前。我的心，随着目光所到之处的那些文字，快乐着，或痛苦着。我想起了我的祖父的样子，我想起了我的祖母把一个烧了刮得黄生生的洋芋塞进我书包时的小心谨慎，我想起了我的母亲——想起了她站在村口望着我因为没拿到钱只背了一书包熟洋芋熟荞粑哭着走出村子返回学校的身影……我似乎开始与他们对起了话来。

在和我一个又一个已经去世的亲人们对话后，突然地有一篇简短的日记出现在了我的视线里。那是一篇独一无二的日记。我记日记向来是记得比较细的。记到人，我不但会详细地记清那天他或者她做的让我动心动情的事情，还会记下当时他或者她的音容笑貌。记到事，我不但会把当时的事记得清清楚楚，还会把与之相关的以前的事也记上，甚至还会写下很多自己当时的想法感受以至猜想。每一则日记，我都会记上好些页。可那一则日记，我却一页都没记满。而且简单得有些不可思议。

一页纸上，就简简单单地用些线条像是画画儿似的写着：“8 月 25 日 3400 电影院门前”，这些字写得实在不规整，横七竖八的，而且应该写在一起的一句话并没写在一起，比如“8 月 25 日”这个时间，就弯来绕去地这儿写个“8”，又从“8”的收笔处，若有若无地拖了一笔，拖得老远，拖到“月”字的起笔处。后面的几个字，也都这样。把这些字看清，我花费了好大的工夫。

这不就是我被抢的事么？

我有些惊讶。我开始细细地看起来。

“8 月 25 日”，哪年的 8 月 25 日？日记上没有。我想，前面的日记里或许会记有年份吧。但翻遍前面的所有日记，我都没找到一篇写得有哪一年。想来，这倒正常。记一则日记，往往只记月日。但我想，只要弄清那本日记是哪年记的，就能知道那是哪年的 8 月 25 日了。按一般情况，我会在每一本日记本的前面写上“某某年”，但我打开这本笔记本的扉页，上面并没有写哪年。我想，这本怕是接着前面的某本记的吧？那这本的途中，会不会在其中的某处，有个年份记录呢。但没有。我一直没能找到这个年份。“3400”，很显然，就是三千四百块钱了。这和我的记忆是那么的吻合。只是后面的“电影院门前”，是哪儿的电影院门前呢？这也让我费解。除了这几个字，再没有任何的添加说明。一个城市，哪怕是小县城，也会不止一个电影院。而这，不但没记哪个电影院，就连哪个县都没记。

这日记本里的记录，和我印象中的记忆是多么的一致。

我又开始心疼起那钱来。我又觉得对不起琼来。

我扑在日记本上，直想哭。我能感觉得到我的身子在颤抖。我能听见我的啜泣声。渐而，我开始泪流满面起来。

我想确认一下我的这则日记。我更想再从那弯来绕去的似画似字的日记中找出更多的我想不起、或者说记不清的内容。我没存心隐瞒琼什么。但面对琼的追问，我却又像是在隐瞒着很多。若要琼认为我没隐瞒她什么，那我就得给她说清。不然，我说再多的话，也只能更加的让她认为我真是神经有了问题。

我抬起头来，泪眼蒙眬地凝视起了那则日记来，凝视起了那幅“画”儿来。

我努力地寻找着，想找到我以往没发现的字迹。每一个弯，每一个拐，每一条线，我都试图看出它们不是我知道的那几个字的笔画。我希望它们会组成新的元素。看着看着，我的眼都给看花了。我似乎是在看一幅蕴含深邃的画，而我，已随着自己看到和感受到的意蕴走进了一个缥缈的空间。我有些神思恍惚起来。而在这恍惚中，突然地，我就被那整个的“画”儿弄呆了。那不再是一幅画了，我看着看着，它竟变成了一个字，如画一般的一个字。“8 月 25 日 3400 电影院门前”，这些内容在书写中的笔画，弯来绕去地组成了一个字，一个“生”字，这个字和我平日里用毛笔写出的这个字，简直是一模一样。

我呆住了。

我一时不知道，把那些字组合成这么个“生”字，当时记日记的我是要表达个什么。是生活么？是生存么？是生命么？还是人生……是什么生，还是生什么……

我甚至不知道，这“生”字，是针对我的，还是针对那个抢我的人的！

“你醒醒啊，你醒醒啊……”

是琼在喊我。我感觉到了。琼还在摇我。

“咋啦？咋啦？”我惊头立耳地望着琼和身边同样惊魂未定的儿了。

琼说：“你吓死人啦，先是抓自己的头发，打自己的头，又抱着头拼命地滚过来滚过去的，接着却又动都不动了，你吓死人啦……”琼说着一下扑到了我的身上，又是抓又是打又是哭的。

我有些莫名其妙，我说：“咋会这样呢！”

琼说：“你肯定是又做噩梦了嘛！真是吓死人啦！”

我真是做梦了么？

我糊涂了，不知道是现在的我在做梦，还是刚才的我在做梦。

2012年10月8日

原载《西湖》2013年第2期

原载标题：《关于一次被抢事件的记忆或是想象》

三斤的刀

是腊月了，田地里的庄稼已经收割完毕。那些玉米棒子，都已辫成辫子，一辫一辫地长长地挂在屋檐下，黄黄的，爽爽的，在冬日的暖阳里，一阵阵地耀人的眼；而那些稻谷，谷粒都已脱下，装了袋，入了仓，只剩那些稻草，在场院的边角上，一垛一垛的，贴着一堵墙，或者一棵树，高高地码了起来。不紧不慢的风，有气无力地吹在落了叶的枯枯的树枝上，吹在那些草垛上，吹出的声，窸窸窣窣的，似有若无的。村里的人，大都懒懒的样子，没吃饱饭的样子。但三斤不是懒洋洋的。都 40 多岁了的他，走到哪，都风风火火的，急急吼吼的。这个出生时三斤都不到、羸弱得让人担心活不了的人，结果不但活了下来，还成了村里的宰猪匠。在农村，宰猪匠是个好差事，在这十冬腊月里，有吃不完的肉。三吃两啃，三斤就长得身宽体胖、头大耳朵肥了。

三斤到长方家串门子时，长方妈正把昨天晒干的豆子，装进一只一抱那么粗的黑色胶桶里泡了起来，准备磨豆腐宰过年猪，长方爹则坐在场院上的一堆草垛旁，懒洋洋地晒着冬日的暖阳。

“大嫂要磨豆腐啦，豆子都在泡了还不来请我？”

人还未到，声音倒先到了。

长方妈抬起头来迎面看去，就被三斤那件从脖颈上挂下来，长得快要拖到地上了的、油腻得发亮的围腰反照出的光晃了一下眼。她刚张嘴想上前打个招呼，长方爹已经抢先站起身来，迎上去边递烟边说：“我还准备晚上去请你呢。”三斤扬了扬手，他那只手里正拿着一支已经点燃的烟。但他还是伸出了另一只手，用那只也夹着一支未燃的烟的手，把长方爹递去的烟夹在了两根手指间。那手指，像是在油里泡过了无数个日日夜夜似的，油腻腻的；密密麻麻的皱褶里，都快要浸出油来了的样子。

长方爹想要引着三斤往屋里走，但三斤说：“就不了，在外面坐坐，还忙着呢，刚宰了两头猪，还要去开膛破肚。”

他们坐在长方爹刚才坐的那堆草垛旁，抽着长方爹的“金沙江”烟有一搭没一搭地扯起了闲来。扯着扯着，长方爹也就顺便把三斤请下了。

在他们继续闲扯的时候，长方家那条黑狗一直在他们旁边缩头缩脑地站着。

三斤说：“你家好像还有两条狗的啊，跑哪去了，以前来你家常被它们叫得心抖，今天咋没见？”

长方爹说：“哪晓得死哪去了。”

三斤说：“这黑狗我看怕是连叫了骇人都不会了，我哪次来都没听见它叫上一声，倒只会摇尾巴，干脆拿来宰了煮一锅算了。”

长方爹有些惊讶，说：“宰来吃啊！”

三斤说：“啊，舍不得啊？我看你家有另外那两条狗就足够看好家了。而且这狗看着就戳眼，宰了眼睛清静些。”

黑狗确实是戳人眼的。它已经很老了，老得究竟有多大年龄，连12岁的长方也不知道。黑狗还很瘦，瘦得还算是有些高大的身子看上去差不多就剩下包着骨头的皮了。

现在，它的一条腿断了，在它的肚皮下吊着。望着面前的草垛，及草垛旁的两个人，或者还有什么，它似乎忘记了脚上的伤，想用那只脚去踮在地上，但刚着地，便又触电样地收了回来，如先前一样微微地弯着，吊在了肚皮下。它的背上，还露着一处红翻翻的肉。那不是刀具砍出的，看去倒像是撕扯出来的。

对于黑狗，不但长方一家人一看着它，就有一种想踢想打的冲动，就是它的那两个儿子，那两条一黄一白，毛色发亮，被长方一家人亲切地叫之为“大黄”和“小白”的狗，也常常因为争吃一些食物把它咬得“哇啦啦哇啦啦”或者“咣唧唧咣唧唧”地鬼叫。

这时，黑狗还在那儿缩头缩脑的，像是在草垛旁，在长方爹和三斤坐的那儿，看见了什么可吃的东西，而又不敢去叼。它一点儿也不知道，它的生命，就在它面前这两个人的谈话中，快要走到了尽头。

长方在场院里玩着他自制的木轮车。听三斤说要宰他家的黑狗来吃，长方以为他爹不会答应。毕竟村子里还没哪家宰过自家喂的狗来吃过。而他，是希望他爹答应的。这黑狗，这苍老、瘦弱，还常常被它的同类咬得旧伤未好新伤又添的黑狗，实在是戳人眼睛得很。这样的一条狗，让它死了、让它消失了才好呢。

长方爹说：“明天拉来宰吧，你叫上几个人，宰了明晚上吃。”

三斤说：“没事，这个就交给我了，我是做啥的？专门宰猪的呢。那么多的猪都宰了，还宰不了一条干巴狗！明天吃了早饭，我先去整几斤酒，整了就来。”

第二天中午一过，村里的人就断断续续地来了一二十个。

三斤也来了。他一手提着那个不知他提了多少年的提篓，一手提着一把胶壶，嘴上还歪歪斜斜地叼着一支烟。提篓里面有一把一尺多近两尺长的尖刀。这把尖刀虽然已跟随了三斤十多个年头，也算是有了些年纪，但它却不显老，跟一把刚从铁匠铺里取出来的刀子比，倒显得愈加精神，愈加年轻了。数百条生命的精气，和着三斤长久细心认真的呵护和磨砺，把它滋润打磨得异常地光亮，那是一种银子般发出的光亮。看去，那尖刀散出的光芒，足以让任何一个还在连带着生命的灵魂颤抖，战栗。

提篓里还有两个除毛的刮刨，一把菜刀，一把砍斧。

长方爹已把用来烫皮的水烧好。

长方爹问三斤要不要条桌。

三斤说："要啥条桌？又不是宰几百斤重的猪！这狗，最多也就三四十斤，还要用桌子不成！"

三斤把刀子拾出提篓，准备动手了。但这时，望着依然在场院里缩头缩脑地一下望望这个人一下望望那个人的黑狗，他却一时不知该怎么动手了。宰猪他宰了十多年，按个数算，都有好些百头了。只是那都是主人家请的人揪来死死地摁在条桌上摁好了，他一刀下去就解决了的事。而宰这狗，他没宰过，他不可能还像宰猪样的，让人揪来摁在桌上让他宰。狗，毕竟就才这么大点，而且还是这么苍老这么瘦弱的一条狗！只是，不像宰猪样的宰要怎样宰呢？他一时还真不知道。

在场的人纷纷说出了他们的办法。他们开始用打荞子的荞棒来夹，夹来夹去夹不到，又开始用绳子来拴着勒。拴是拴到了，但在勒的过程中，被勒急了的黑狗，开始张着个血盆大口，一改它一贯的邋遢样，东一下西一下地往它旁边的人"哇哇哇"地咬去。它虽然没能咬到任何人，但在它的狂叫和咬声中，那些揪着绳子勒它的人，还是恐慌不已地放弃了手中的绳子。

黑狗似乎到现在都还不知道它眼前这些人们的意图，它似乎还以为是他们突然地转变了对它的态度，开始了对它的注意，开始和它做起了游戏。挣脱拴它的绳子后，它没有离开那些拭目以待的人们，没有跑得远远的以躲避杀身之祸，还亲亲热热地往这个的身边蹭一下，又往那个的身边蹭一下。在蹭来蹭去的时候，它竟然还不停地摇着它那无可非议的尾巴。

而这时，大黄和小白也在场院里，在一边趴着，像是在看热闹似的。但在它们的眼神里，又有一种少有过的颓然，它们似乎更清楚面前的这些人们在做着什么，要做什么。

长方走上前去，拾起一根棍子，做着哄打的动作去赶它们。他想让它们离开。他不想让它们看到黑狗被宰的过程。而它们却软绵绵地爬起来，睃起眼来充满鄙视地望了长方一眼，像是什么都明白，什么都不屑地晃了晃身子，然后又继续歪靠着躺在那场院上。长方有些吃惊。它们怎么会这样？它们平时不也恨着黑狗吗？它们为什么就没有一丁点儿的兴奋？

黑狗最终被三斤用一根绳子绕来绕去后拴住了脖子，拴到场院边上的一棵杏树上吊了起来，然后用那把发出的光亮能晃人眼睛的宰猪的尖刀给宰了。在黑狗发出最后的几声呜咽声中，大黄和小白也随着发出了呜呜呜的低鸣。它们的眼里，汪起了满眼的泪水。

看着一群人忙着剐狗，忙着洗狗肉砍狗肉的时候，长方的心里真是有些兴奋。只是他的兴奋，跟吃狗肉的事没有一丁点儿联系。他只是想，以后不会再看到让人讨厌的黑狗了。

把黑狗的肉煮熟的时候，已是深夜。一大群的人，坐在长方家那狭小的耳房里，围着火塘上煮着的那一大锅狗肉，开始吃了起来。廉价苞谷酒装在海碗里，在他们的手中开始了传递。吃的过程中，他们一边说着话一边还笑个不停。他们的笑声，是那么的开心、舒畅，而又放肆。这于常年在田地里劳作的他们来说，是很少能拥有的。谁会想到呢，一条平时让人看着就恶心的狗，竟然还能让这么多的人开心畅饮一次！

在那个充满了笑声的夜里，谁也没注意到大黄。它先是站在边吃狗肉边喝酒边说笑不已的人们的后面，定定地看着那热闹场面。人们以为它也想混点骨头什么的啃啃，但在人们把啃得没啥肉了的骨头抛向它后，它只低下头嗅了嗅，然后就向后或者向左向右退让开了。平日里，要是见上骨头什么的，它肯定是几下就争先恐后地扑上去叼走了的，哪还会去想验证一下什么。这时的人们看着它的这个样子，以为它嫌上面的肉少，不愿吃，所以接着就把一坨又一坨他们没啃过的又不太好的狗肉夹给了它。它依然没有去叼去啃，依然只是嗅嗅，然后就避开了。

“还嫌孬，不吃算了，老子们都还不够吃呢。”三斤说。

他们都不再管它。

但大黄开始在长方家房前屋后狂奔了起来。狂奔上两圈后，它急匆匆地跑进耳房来，站着，喘着粗气，看着吃着肉喝着酒聊着天的人们。不多时，又急匆匆地向门外狂奔了出去。接着，从长方家房后传来了窸窸窣窣的声音，剧烈，而又变化不定。吃着肉说着话笑着的人们都停了下来，开始凝神静听。他们起初还不知道是什么声音。他们打着手电跑出门去，想看个究竟。一看，就看到了呼呼地奔过来呼呼地奔过去的大黄。

“还说是啥呢!”有人说。

人们不再大惊小怪。

“绝狗，要死啦!”长方爹说。

“你狗日的也怕想进汤锅了哦!”三斤说。

大家都又接着返回到了屋里，继续吃那肉，喝那酒，说那些说不完的话。笑声，再次在那间狭小的屋里缭绕开来，缭绕在村庄寂静的夜里，一直到天将破晓。

大黄的死，长方爹最先发现。次日清晨，在他睡眼惺忪地走到茅厕时，他意外地发现了大黄，它已静静地躺在了那儿，没了一丝气息。

长方爹对大黄的死很意外，也很惊奇。但在他的心里，也只是升起了一种无可挽回的可惜而已。他把三斤叫了来。他让三斤先给大黄过过气，放放血。病死的动物，是要过过气、放放血的。要不，憋了气、淤了血，那肉就不太好吃了。而且这过气放血，越早越好，离它们死去的时间越短越好。晚了，时间长了，就过不了气放不了血了，或者过不完放不尽了。

长方爹再次召集了前夜里吃狗肉的人，开始了又一次的剐狗，煮狗，然后喝酒，聊天，发笑。只是在这一天夜里吃着大黄的肉时，长方爹不再像吃黑狗的肉时那么自在，那么心安理得。只有三斤和那些村人，依然如昨地不断发笑，不断说话，不断喝酒。

"这个狗的肉就好吃了，嫩啊。"一人说。

"就是，吃着这个，才叫过瘾。"一人跟着说。

"昨晚上那个，叫什么肉啊，跟这个比，啃着的简直像是木头。"又一人说。

"说个毬，再咋，都比猪肉好吃吧！"三斤说。

长方爹面对他们的笑声，面对他们的话语，面对他们传过来的酒碗，都只在那儿勉强地应付着。他说话时，显得是那么的不乐意，像是在座的人借了他大米还了他粗糠样的；他发笑时，显得是那么的勉强，像是在座的人把他留着过年的肉一点一点地就要吃完了样的；他喝酒时，那碗里装着的像是苦涩的药水，而他又惧怕于吃苦味的药，于是只用嘴唇沾了一点点儿，像做样子。

大黄虽然肥胖，肉也多，但人们好像并没有吃够。

他们最后差不多连汤都喝完了。

"要是再有一锅来吃就安逸了。"他们离开时，有人说。

似乎，小白就是想让这帮子人再吃上一锅。接下来的又一个早上，它就疯了样的，在长方家的房前屋后，在长方家的场院里，在长方家房后的那些树林里，像头晚上大黄样的狂奔了起来。在长方妈的惊讶声中，他们一家人都跑出了门来看。穿过长方家门前时，小白稍稍地驻足了那么一下，喘着粗气，嘴里流着涎水，睁着双鼓鼓的眼睛看了长方一家人一眼，然后接着又向长方家房屋通往房后树林的路上奔了过去。

"看来它也不行了。"长方爹说。

长方爹的话里，透着一种无奈，还有一种隐隐的痛。

长方一家人就那样站在家门前，看着小白呼呼地一趟奔来，呼呼地一趟奔去，全都是一副茫然无措的样子。当小白一直那样奔到中午，最后在场院里停息了下来，蜷缩在那儿边流着涎水边用一双茫然的眼睛看着他们一家人时，长方爹说：“把它抱进屋去，抱到黑暗的旮旯里去。”长方爹不知是从哪听来的，说这样可以救疯了的狗。长方有些怕。他不知道小白是不是真的疯了。虽然平时他也没少抱着小白玩过，平时无论他怎样弄着它玩它都没伤害过他，但现在，他在心里对小白已经充满了恐慌。长方还是试着走向了小白。小白探起头来，望着他。他看到它的眼里有了些泪水样的东西。他向小白伸出了要抚摸它样的手。他想试试看，试试小白面对这它一定熟悉的手势会是什么样的表现。小白又探了一下身子，接着向他摆了摆尾巴。那双含着泪花的漠然的眼，定定地向他看来。瞬间，长方竟然也蓄起了一眼的泪。他把双手伸向了小白。在他把小白抱起来的时候，小白还是那么亲切，还用它那湿热的舌头把他的手舔了一次又一次。长方真想一直那样抱着它，一直让它那样地舔着他的手。似乎，一把它放下，它就会永远地离他而去。长方真不想再失去小白。

长方打开他家那间堆放杂物的小屋，把小白放在一个墙角。小屋没有窗户，就只有从瓦缝里透进来的那点微弱的光。准备离开时，长方又回头看了小白一眼，在昏暗的屋里，长方看见小白那双茫茫的眼，也正一样地在看着他。长方看到了它的无奈，看到了它的茫然。它的眼里，已透出了一种空茫。

拉上小屋的门，转身回屋的时候，长方觉得小白的那眼神，似乎还在一直从背后望着他。

长方一家人都回到了屋里，坐在了火塘边。

他们谁也不说话。

他们像是在等待着什么。等得是那么的不安。

一会儿，长方爹起身离开，走出了家门；一会儿，长方妈又起身离开，走出了家门。

小白所在的小屋的门的开启声，一次又一次地传来。

小白还是死了，死在那天的下午。

长方爹一时不知拿小白怎么办了。

他说："咋整呢?"

长方妈说："要煮也叫他们来拖去煮，不能再在我们家煮了。"

长方爹去叫了三斤来，想让他把小白拖去。

面对小白，三斤没有面对宰死黑狗时的那份激情了，他甚至有了一种莫名的忧虑。他满脸疑惑地说："咋的，咋会这样呢?"他没说要，也没说不要。他在长方家场院里，看着长长地睡在那儿，已没了一丝气息的小白，像是想了些什么，过了很长时间才说："你去问问他们吧，看他们哪个要!"

长方爹还没去问谁，村子里的人就来了很多，有这两天跟着一起吃黑狗和大黄的肉的，也有没来吃过两条狗的肉的。长方爹望着他们，忍了又忍，最后像是有什么东西卡着喉咙似的说："哪个要就拖去吧!"但没有人站出来说要。最后，在人群散去之后，长方爹提着锄头，在他家房后的树林里挖了一个深深的坑，把小白拖去埋了。

长方一家似乎还没有从大黄和小白相继死去的影子中走出来，他家定下的宰猪的日子就到了。对大黄和小白的死，长方爹沉陷得似乎要深些。宰猪日子的到来都是长方妈提醒的。这天早上，长方妈起得早些。她已经把要洗出来装猪肉的锅啊盆啊的都洗好准备好了，而长方爹还没起床来。长方妈来到床边，说："还不起来挖锅洞烧水呢，早点开始整早点整完嘛!"

长方爹这才想起今天要宰猪了。他一直还沉浸在大黄和小白的影子里呢。这几天的夜里，他常常地梦见它们，要么是它们跟他一起去看秋，要么是他从外面回家来它们摇头摆尾地扑向他亲他。接连几天的夜里，他常常在它们的"汪汪"声中一次又一次地惊醒过来。他觉得是他把大黄和小白宰了的。要是他起初就不同意宰那黑狗来煮了吃，那大黄和小白就不会疯，更不会死。他想，大黄和小白虽然平日里也像他们样看不惯那黑狗，但黑狗毕竟是它们的娘呢！眼看着自己的娘被自己服侍着的人宰了，谁能不疯呢?

一大铁锅水，已在场院里现挖出的一个锅洞上烧开。一张长长的条桌已在场院里安好。那头要宰的猪，被放出圈来，在场院里若无其事地游动着，显得豁达而又悠闲。猪是一头白毛猪，不但大，而且胖，看去圆滚滚的，肉嘟嘟的。帮忙的人都对它发出了赞叹，问长方妈说："你是喂它啥子，喂得这样胖，是不是顿顿煮肉给它吃？"长方爹说："怕煮啥子给它吃哦，人都两三个月没沾上点油星子了还煮肉给它吃。"一帮忙人说："明年就安逸了，这么大的猪，随你家吃都吃不完。"

而最主要的人三斤却还没有来。

长方爹叫长方去看看，说："你去叫他快来了，他不会是忘了吧。"

长方家离三斤家不远，也就四五分钟的路。长方去了十来分钟，三斤就跟在他身后，提着那个提篓，懒洋洋地来了。

三斤用一根绳子拴住了猪的嘴筒子。他连牵带引地把猪往条桌边拉。快到条桌边了，五六壮汉才一起上阵，揪的揪耳朵，揪的揪尾巴，抬的抬脚，在他们相互配合的喊叫声和猪的悲鸣声中，那猪被连推带搡地摁到了条桌上。三斤站在躺在了桌上的猪的头后方，把手中的绳子递给旁边的一人，让他揪好，然后身子倾着，用左手扳住了猪伸在上方的那只前脚，扳得紧紧的，死死的。他说："稳好，给它喘喘气。"猪似乎真的很累了。它的嘴壳被绳子死死地捆着，一点点儿也张不开，于是它那粗浊的喘息中发出的挣扎声就有些像牛在叫，哞哞的。猪紧绷的身子似乎放松了些。三斤像医生给人打针寻找最佳下针处似的，用右手在猪的脖子上摸了一下，按了一下，然后探身从条桌下拾起了尖刀。尖刀又在三斤摸过按过的猪脖子上试了试，然后在三斤一声叫人"按好"的命下，随着他右手的暗暗用力，像是完完全全地懂得了三斤的意思似的，深深地爬进了猪的脖子。随着刀子的爬入，猪又再次挣扎了起来，在一阵"哞哞哞"声中，它的头部在挣扎，四肢在挣扎，全身的每一个细胞都在挣扎。它的后脚，甚至都挣脱了扳着它的那只人手，在空中迅捷地踢蹬了几下。但也就是那样迅捷而又无用地踢蹬了几下，瞬间，又被一只手狠狠地扳住了。

长方妈端着一个装有豆腐的锑盆，站在前方，等着接那将要从尖刀宰入处喷涌而出的猪血。但过了好久，那预想中的猪血并未从猪脖子那儿喷涌出来。那猪，也没有像预想中的那样，挣扎上一阵后，就整个的身子都无力地松懈下去，像一座山样的坍塌下去，而是一直地挣扎着，在一直不断的“哞哞哞”声中，它的头部还在挣扎，四肢还在挣扎，全身都还在挣扎。

三斤紧紧地握着刀把，凭手上的感觉，微微用力让刀子在猪的脖子里扭动了一下，说：“怪了，没宰偏啊！”

“猪大了，不怪！”在后面还在狠命地摁着猪的一人说。

长方爹揪着猪的尾巴，在最后面。他想说什么，张了张嘴，又没说出来。他的脸上，有着惊讶，有着疑惑，有着恐慌。长方妈端着那个锑盆，站在条桌的前方，眼睛定定地望着猪脖子上插入了刀子的地方，一动不动，站成了一座雕塑。

猪还在叫，“哞哞哞”的。除了它的“哞哞哞”声，整个场院里，显得格外的寂静。人们都在它的这种叫声中，全神贯注地摁着它的不同部位，特别是它还在不停地踢蹬着的那几只脚。

三斤握刀的手往刀把的后端移了一下，松开，由握变成用掌心顶着刀把的尾端，然后在他用牙齿咬紧下嘴唇的同时，狠狠地把刀子往猪的脖子里尽力地推了进去，推得刀把都陷进去了一大半多。这是他宰了十多年的猪来，从未有过的。他的这把尖刀，刀叶已足够长的了。比长方家这头大的猪，他宰过的也不少。但他从没宰得这么的深过。他的手，不知是由于用力，还是因为什么，开始颤抖了起来。这颤抖，幅度是小的，甚至是似有若无的，别人恐怕还觉察不到呢，但他自己，却是那么明显地感觉到了。那手的颤抖，似乎都连上了他的心，让他的心也连着颤抖了起来。

“扭一下刀子看，是不是刀子堵住了！”一人说。

三斤又握住那露在外面已不够手握的刀把，扭了一扭。因为握住的刀把少，扭动的幅度就不大。他干脆握着刀把，往两边扳了扳刀子。但猪的血，依然没能喷出来，流都没流一点出来。而猪，还在哞哞地叫个不停，它的身子还在绷得紧紧的，它的脚，还在努力地乱踢乱蹬着。

三斤抬起头来看了看长方妈，说："你让开，这血怕是不会出来了，就是出来，也用不成了，不要了！"然后他又回头望着后面摁着猪的人说："按好掉，我要拔刀了。"

摁着猪的人虽没说什么，但都有些惊讶地望着他。猪还没死就拔刀，这行吗？拔出来，如果它还不死，那咋办？

三斤说："管它，先拔了再说，不行，就复个火，再来一刀。"

在村里，宰猪复火，这是很让人忌讳的。谁家的猪，要是一刀宰不死，复了火，这家人在来年里，总会时时有一袭阴影笼罩在心里。本来，村子里已经另有一人开始学着宰猪了，但村里的人家，却老是有意无意地只去请三斤来宰。原因所在，就是请他宰放心。那人一开始学宰猪，就把好些人家的猪宰得复了几次火才宰死。虽然只是看似无所谓的宰猪宰得复了火，但却能影响一家人一年甚至更久的心情呢。而三斤自开始宰猪以来，似乎就还没有宰过需要复火的猪。在三斤的刀下，那些猪们的生命，真是手到命除的。

猪血到底是喷出来了，还喷得远比他们预想的那么远，那么多。三斤没像以往那样慢慢地拔那尖刀，而是把刀把握了又握，确定握稳实了后，吸了一口气，然后呼一下就拔出来了。他拔出刀来的时候，在后面摁着猪的人，还没看见他拔出的刀，就看到了一注喷天而起的血。随着，一股浓浓的血腥味，弥漫在了整个场院的上空。那血在空中划着一道弧线，然后像用盆倾出的水，哗啦一声，在条桌前不远的地上，泼洒出了一幅怪怪的、又说不清道不明的图案。血的颜色，也不再鲜红，变得乌黑乌黑的了。三斤手里的刀，"哐啷"一声掉在了地上。刀尖，正好顶住那血迹的一角。刀刃上，是沾满了血的，那血却又不乌黑，倒是那么的鲜艳。沾满了血的尖刀，就像一注从那血迹上流淌出来的血流。而那血迹，那残破不已的血迹，看去就有了伤痕累累的黑狗的影子。

三斤还在握成握刀之势的手抖了起来，抖得异常厉害，抖得扇风了。

喷出这一摊血后，那猪一直绷得紧紧的身子，到底还是慢慢地松弛了下去。但摁着它的人似乎还不放心，还在那儿，摁着，直到它的脚，最后踢蹬了几下不再动弹了后，他们才彻底地放开，然后走上前来，拥着去看那地上的血迹。长方爹也去看，看着那血迹，他觉得自己的头有些晕眩。他的手，也开始莫名地抖了起来。

三斤没去看那血迹，那血迹，已在铺洒而成的那一刻，在尖刀掉下去的那一刻，深深地印在了他的脑海里。在他的脑海里，那血迹一会儿幻化成了黑狗的影子，一会儿幻化成了大黄的影子，一会儿，又幻化成了小白的影子。他现在还在看着那猪，那猪虽然脚不再踢蹬，但它的眼睛，还在时不时地就叽里咕噜地转一下；它的耳朵，也时不时地就呼啦呼啦地甩上一下。猪的眼睛转一下，耳朵甩一下，三斤的心都要跟着紧一下。有几次，他差点喊出声来，要叫还在看血迹的人快来摁猪了。看着那猪的眼睛一转耳朵一甩，他就觉得那猪随着就会爬起来跑掉。

猪真正地成了一头死猪了，眼睛不再转动了，耳朵也不再甩动了。三斤把他的工具收进那个提篓，望着那几个帮忙的人说："你们几个烫，我先走了。"那几个帮忙人回头望着他，想问他咋就要走了，但没问出来。以往，他每给人家宰猪，都是要跟着主人家请来帮忙的人一起烫猪，一起为猪开膛破肚，把猪肉一挂一挂地砍好，一切弄妥，吃了晚饭酒足饱饭后才提着他的工具，提着作为宰猪匠，在这儿已形成习俗，每个宰猪人家都要给他的猪毛、猪小肠回去。那猪毛和猪小肠，算是他宰猪的收入呢。每年，他集起的猪毛和猪小肠，都可以卖上一笔可观的钱的，差不多要够他家来年里购买肥料了。

"我们烫好，你来开哈。"有个人说。

"不来了，你们恁多的人，还怕整不好！"三斤说。

三斤已走出长方家的场院，那比来时更懒洋洋的背影，渐渐地在场院的尽头，在几间屋舍的墙后消失。

长方爹似乎这时才醒过来，望着已连背影都看不见了的三斤走去的方向喊道："差不多了过来吃饭啊！"

"怕是不来了。"不见人影，却听回声，像是一个幽灵从什么地方有气无力地发出来的。

"那晚上我把猪毛和小肠送来给你！"长方爹又往那个方向喊道。

"不要啦……"声音越来越弱，后面像是还有什么，但这边的人已听不清。

这天晚上，三斤睡得很早，天还没黑，他连饭也没吃就爬上楼来躺到了床上。但他也只是躺在床上而已，他睡不着。在他的脑海里，一直不断地晃动着那摊血迹，那血迹一会儿幻化成黑狗的影子，一会儿幻化成大黄的影子，一会儿，又幻化成小白的影子，交替着，重复着。在这种幻化中，三斤还一次又一次地听到了那刀掉在地上发出的"哐啷"响声。他似乎感到，那落在地上正好顶住血迹一角的刀尖，此时正隐隐地顶在他的脖子上；而他的喉咙处，也正有一注血流淌了出来，流淌成了那把沾满了血的尖刀。

"三斤呢，没在家啊？"三斤听到楼下的屋里有人问他媳妇。

"不晓得他明天答应几家了，我想请他去帮我家那头也宰了！"

三斤的身子莫名地颤抖了一下。他赶紧拿被子裹了裹身子，并把头也捂进了被子里。

2011年7月17日

原载《边疆文学》2012年第3–4期

结满蛛网的棺木

李林站在床前，身子向母亲探去。床是临时搬到这堂屋里来的，紧挨着堂屋里的那个火塘。火塘里的炭火猩红猩红地燃着，让这冬季的屋里有了似有若无的暖意。

“妈，我走了。”李林拉着母亲的手说。

声音轻轻的，慢慢的。

李林觉得自己只能用这种声音跟母亲说话。说重了，怕震着母亲；说快了，怕母亲听不明白。

李林的母亲躺在床上，身子侧着，上身努力地向上撑着，用一双空茫的眼望着李林。无神，无奈。

李林握着母亲的手，想放下，但又有些不忍。

李林说：“要不了多长时间的，妈，我把事做了就回来！”

李林的母亲微微地张了张嘴，说：“去——嘛。”那声音犹如墙缝里透进来的风，缓慢，无力，却又足以让人浑身打战，内心潮湿。

走出家门，李林的眼里蓄起了一眼的泪花。

门外的院子里，杨大爷正在打整着那口杉木棺木。

那棺木是李林早上才从邻村的一户人家买来的。

棺木还未上漆，还是原始的木质颜色。

李林原本想买口漆好的拉回来就能用的棺木，但跑了几个村落，都没能买到。在问到这口棺木时，李林也只是想看看再决定买不买。看到时，觉得材质还不错，杉木的，按村里人的说法，杉木的棺木算是上好的了，而且看去也还较为大气，较为规整。问问价钱，那家人说："你是要等着买去用，我也不会因此要高价，就 2680 吧，这个数吉利。"

李林对这个价没异议。

李林说："打开看看里面吧。"

棺木一打开，棺木里面的四角处、接缝处，到处都有蜘蛛织就的网。

那家人说："就这口了，这蜘蛛网是一个征兆呢，这谁人要睡进哪口棺木，是有定数的。"

李林动了一下心。

才 31 岁的李林不相信什么征兆，也似乎从未信过什么迷信，但想着现在的母亲，他还是动了一下心。只是他还在犹豫。他觉得这棺木漆都还没上，上那漆，不说上十道八道，总得上个五道三道吧，而母亲，能不能等着上上这几道漆呢？

那家人又说："别想了，赶紧拉去处理吧，别以为上了漆的就好，差的棺木才会上了漆卖，有啥缺啥坑的，灰浆一抹漆水一刷，就啥都看不出来了，甚至连几块木做的你都看不出来，只有好木材做的才会不上漆卖。"

李林被说服了。

想想现在的母亲，李林觉得自己目前能为她做的，或许就是为她选上一口最为满意的棺木了。

只是，李林的心里，有了一阵恐慌。如若这谁人要睡进哪口棺木真存有什么定数，他的母亲真该躺进这口棺木，那他的母亲，还会留多长时间给他，给他为她准备……似乎，母亲，就在这一瞬间，已离自己而去！

用牛车把那口棺木拉到门外的场院上，李林接着请了杨大爷。杨大爷是个漆匠，也是村里独一的能做棺木的木匠。杨大爷在做着上漆的准备工作，现在，急需的就是木漆了。

按村里人的习俗，漆棺木，必须用木漆。

那种从漆树上割取下来的木漆。

虽然李林家有着几棵漆树，以前也曾请杨大爷来割过两年的漆，但那些漆都被李林的父亲卖了。而现在又不是割漆的季节，李林不知道，谁家会有这木漆。李林向村人们问过，有说这家可能有的，有说那家可能有的，但都只是可能有，谁也不能确定谁家有。李林心急，他得尽快地去把木漆买回来，让杨大爷尽快地开始给那口棺木上漆。虽然父亲已出去了一段时间，但现在也还没回来，不知道买到了没有。

这个时候，李林又恨起了父亲，他就像不知道急样的。

在李林的记忆中，父亲似乎就从未因啥事急过。在他看来，似乎天塌来下都就那么回事。李林得自己出去，一家一家地问去。只有去问着，李林才会感到一点儿踏实。

李林走到杨大爷身边，递了支烟给杨大爷。没有说话。彼此都没有。转过身，旁边坐着李林的几个堂嫂和婶子。她们在那儿缝着给李林的母亲准备的衣物，以及在棺木里的垫的盖的用品。有蓝的，有青的，还有大红的。李林的奶奶，也坐在那旁边，不时地用手指指那些衣物的这儿或者那儿。她们都不太说话。要说点什么，也是低低地说。像是怕李林的母亲听到，或者怕打扰着李林的母亲。一条狗，趴在墙脚，蜷缩着身子；几只鸡，在一堆草垛旁寻着食。整个场院里，静得让李林的心里，一阵一阵地产生了恐慌的感觉。

李林望着他的堂嫂和婶子们抿了一下嘴，似笑非笑，若笑若哭，算是打了招呼，接着急急地走向了外出的村路。李林希望母亲能多坚持坚持，等自己去把漆买来，让杨大爷尽可能地为她的棺木多上几道漆。

要是早些日子给母亲准备起口棺木多好。可在李林的心里，却还从未想过母亲离去的事。毕竟母亲还很年轻，刚满 53 岁。才 53 岁，谁会去想她的后事呢？要是像李林的奶奶那样，80 多了，那是应该的，是不需要任何提醒的。李林的奶奶的棺木就已摆在她住着的那屋里好些年了。李林的父亲每年都会请杨大爷来给那口棺木上一道漆，现在，在那儿被一道又一道的漆刷得明镜样的亮了。那是李林的父亲为他母亲做的，那是李林的父亲在母亲生前向母亲表白的一片心意。可李林似乎还没到用这个来向母亲表白什么的时候。虽然李林的母亲一年前病了一场，但经过十多天的住院治疗，做了个胆结石手术，算是好好地回来了的。没想到的是，回家后，母亲的伤口竟然受到了感染，接着又总是感觉到今天这儿不舒服，明天那儿不舒服。为此，李林只能买些相应药物来让母亲吃着。李林相信，那些药物，会让母亲慢慢好起来。李林怎么也没想到，母亲的病会严重到现在这个程度，严重到让自己不得不面对她离去的可能。

两个月前的一天夜里，李林的母亲突然脸色苍白，呼吸粗重而又艰难。问她哪不舒服，她说："心里像有团火在烧，像有把刀在割。"李林的父亲拉着她的一只手，李林拉着她的一只手。李林不顾夜深，要送母亲进城去看。一听李林说进城，李林的母亲拉着他的手颤颤巍巍地说："儿啊，不医了，你就着我害掉了"。李林的心里一下像打翻了五味瓶，泪水随之泉涌而下。李林知道，母亲所说的"害掉了"，无非就是前次为她住院，自己欠下了上万元的债而已。钱算什么呢，欠下再多，总有还清的一天。而母亲，一旦离去，将永远不可能复生。那一刻，李林觉得母亲就像真的要离开她、离开父亲，而且是永远地离开了样的。李林更加坚决地要送母亲进城看病。他连夜联系了车子，把母亲送进了城里的医院。

来到医院已是次日上午，医院是全城最好的医院，经过打 B 超、照X线等一系列检查，初步确定了主要病情是她胸腔里、心包里有积液。于是开始了一边输液一边吃药一边用针管往她胸腔里抽积液的治疗。还边治疗边进行着这样那样的检查。抽上一天，再到B超室打上一次B超。几天下来，她胸腔里的那积液竟然没能减少。李林一次又一次地看着医生一针管一针管地往母亲的身体里抽出那积液来，弄不明白母亲身体里的那积液为什么不会少下去。医生说："她这积液太多了，你看，她的肺都快要被淹完了，又不能一次性抽太多，而且她还不只是这积液的问题，她还有风心病，也就是风湿性心脏病，还有糖尿病。"李林问医生咋办？医生说："只能边抽边吃药，看能不能先把这积液控制住，要是能控制住就好了。"

住了近半月的院，李林母亲的病情没一点儿好转。李林的母亲用乞求般的目光望着李林，要李林把她送回家。她说："我们回家了吧。"李林拉着母亲的手说："病都还没治好呢，回家做啥？"李林的母亲说："我怕！"李林问她怕啥，她说："我怕回不了家。"李林的心里一阵凄楚。在这医治过程中，李林的心里不是没动摇过，但他不敢往下想。一旦送回去，那明摆着就是让母亲去等死。无论如何，李林都面对不了这个事实。

母亲的病情依然没能控制住。李林的心里想不通，就是点积液为什么就这么难治。李林不相信母亲这病没治。在他的认识里，只听说过癌症之类的病治不了，就从未听说这积液都治不了。而李林的母亲要求回家的愿望却是一天比一天强烈。眼看母亲的生日就要到来，李林想起了一句"男怕生前女怕生后"的俗语。李林心里那最后的防线快要崩溃了。一个夜里，李林找到了正好轮上值班的主治医生，开始直截了当地问起了他母亲的情况。他说："我只想知道，我妈能不能医好，至少是能医好的把握有多少。"医生没正面回答他的问话，却反过来问他："你家经济情况如何？"李林说："现在医我妈就靠我一个人，我领着一千零点的工资。"医生说："那我也就没必要跟你转弯抹角地说啥了，你妈那积液不是致命的，致命的是她那风心病和糖尿病，风心病是啥，说得具体点，就是她脑神经上有一种颗粒，那种颗粒是什么情况呢，如果不落下来，没事，落下来了，人立即倒地。”李林愣愣地看着医生，愣愣地听着。医生接着说：“如果就在医院里，应该没事，但这东西已无法彻底根除。说白了，就算她在医院里好好的了，觉得可以出院了，但说不定刚走出医院，那颗粒掉下来了，人也就……”医生看了一下李林，说：“我个人建议，你们出院。你别说你一个人领工资，这种情况，你一家人领工资也难以承担。”

在李林的感觉中，母亲像是被判了死刑。但他却又不知道那个不敢想象的刑期是什么时候。李林还在有些不甘。他真不想放弃最后一点希望。但他现在又实在不知道如何是好。听说医院附近有个算命先生算得好，他便怀着一种难以说清的心绪找到了那个人。算下来的结果依然是他不想面对的，那人依然是建议他赶紧接回家，赶紧准备后事。

李林心里一片空茫地把母亲接回家来了。回到家来，除了寻找问到的听说的所有“偏方”给母亲吃外，便是紧锣密鼓地开始了母亲的“后事”准备。

“妈，我走了。”李林拉着母亲的手说。声音依然是轻轻的，慢慢的。李林的母亲还是躺在床上，身子侧着，依然拿一双空茫的眼望着李林，依然无神，而又无奈。她的嘴张了张，想说什么，却没有说出来。“妈，我很快就会回来的。”李林拉着母亲的手说。李林真不忍向母亲说出这句话，不忍看到母亲面对着他离开时的那种眼神，但他又必须得离开，得去办事。杨大爷漆那棺木的前期准备工作已差不多就绪，但昨天李林跑遍了几个村落，都没能买到木漆，他还得出去找，出去买。望着母亲危在旦夕的生命之线，望着母亲日渐衰弱的身体，李林的心里愈来愈急切。

天气放晴了，一片炽白的阳光照在场院上。那条狗，伸着猩红的舌头，躺在草垛旁，似睡非睡；那几只鸡，依然在场院里寻找着食物。李林的那几个堂嫂和婶子，依然在紧赶慢赶地做着李林母亲的寿衣寿裤，还有垫在棺木里的那些垫的盖的。

李林借了他三叔的摩托，骑着去了更远的地方。

李林终于买到了三瓶木漆。是在一个乡场上买到的。他把那漆交给了杨大爷。

李林的姐姐过来说："妈想出来晒晒太阳。"

李林的姐姐已远嫁他乡，今天刚赶过来。

李林看了看摆在那儿的棺木，又看了看在那儿做着母亲的寿衣寿裤和垫盖的堂嫂婶子们。面对母亲的这个要求，李林不知如何是好。李林向他的堂嫂婶子们看去，想听听她们的意见，她们却相互看了看，也不知如何是好，没有说话。李林向屋里走去。母亲卧靠在床上，张着嘴，一下一下地喘着粗气，很艰难的样子。她的手，不时地抓扯一下被子。那抓扯像是一种挣扎，像是一抓扯，那疼痛便消失了似的。但在那抓扯中，李林的心，成了那被抓扯的被子，一阵紧似一阵。李林走上前去，拉过母亲的手，说："妈，我回来了。"李林的母亲吃力地扭过头来，望着李林，无语，却露出了一种宽慰的苦涩的笑。李林说："妈，想吃点啥，我找给你！"李林的母亲吃力地摇了一下头，接着吃力地说："不——想——吃！"李林说："药吃了吗？"李林的母亲使劲地吸了一口气，然后说："你姐拿给我吃了！"李林说："妈，吃点牛奶吧，新鲜的，我刚买来的。"李林的母亲微微地点了点头。李林转身从身后取出一盒牛奶，插上吸管，一手扶着母亲的肩，一手捧着牛奶，让吸管伸到母亲的嘴里。李林的母亲有些吃力又有些急切地咬着吸管。李林说："妈，你吸啊，要吸才能吃到。"李林的母亲却依然只知道咬那吸管。像是在咀嚼。李林说："妈，你吸啊。"李林的母亲把头一扭，让开了那仅仅印上她几个牙痕的吸管，说："可以了，我不吃了。"李林低下头，扑在母亲的身上，身子一阵抽搐。

李林的母亲挪动了一下身子，把另一只手伸过来，放在李林的手里，说："儿啊，我想出去晒晒！"李林不想让母亲出去，他不想让母亲看到门外的那些东西。李林抹了一把泪说："妈，外面冷呢，你不能受凉了，要是再感冒，你会更难受。"李林的母亲不再说话。

李林的母亲用手捏了一下李林的手，身子动了动，说："扶我坐起来点!”李林扑在母亲的怀里，犹如儿时吃奶的态势，双手环抱着母亲，一用力，活活地把母亲抱着坐了起来，坐在了床上。李林的母亲佝偻着腰，环视了一下屋子，突然地用手指着堂屋中间说：“儿呀，让他们出去，别让他们在那儿闹!”李林回头望了一下身后，转身问母亲：“谁啊?”李林的母亲说：“那啊，那帮娃儿啊。”李林又一次回头望了一下身后，他依然没看到什么，他说：“没呢。”李林的母亲说：“都那么多的，咋会没呢?”

李林的母亲说：“儿呀，去打打狗，我听你外公来了。”

李林心里惊了一下。李林望着他的母亲，定定地望着，不知说啥。

李林的外公离开这个世界都已经好些年了。

李林的母亲似乎觉出了什么，把头转向旁边的墙壁。

李林的母亲又说：“儿呀，我怕是活不了了，我想，我想，我死了，你还是给我口棺木!”

李林的眼里，一下被满眼的泪花模糊了。李林控制着自己，他不想在母亲面前让那泪流下来。但他控制不了。那泪真是如断线的珍珠，一串串地滴落了下来。李林赶紧扭过了头，接着把头埋得低低的，在双膝间埋得深深的。只有他的手，紧紧地捏着母亲的手。

李林的母亲说：“你爹那脾气，都几十年了，你也别老是跟他吵了。以后，就靠你了。”

李林把头埋在双膝间，任泪长流。

李林的母亲说：“只要有口棺木，其他的我都不想了，那猪，就别卖了，卖了，你爹明年吃啥?”

李林再也听不下去了。他真想号啕大哭一场。他丢下母亲，几步跨出了门外，扑在了那堆草垛旁，继而哇哇哇地哭了起来。

那只狗，慌忙起身，莫名地边望李林边离开了那堆草垛；那几只鸡，也扑打着翅膀，咯咯咯地散开了。

李林的那几个堂嫂和婶子们以为李林的母亲落气了。她们丢下手中的活计，急速地往屋里赶去。李林的姐姐，似乎都做好了痛哭的准备。她张着嘴，急急地跟着她的堂嫂和婶子们往屋里赶去。

李林边哭边想，母亲是不是真的不行了？刚才她所说的那些话，是不是在给自己留遗嘱？虽然自己这些天一直在为她的后事作准备，但一想到她真的就要离去，李林还是有些不敢想，不敢往下想。但有什么办法呢？有什么办法能改变这事实呢？都说好人有好报，都说好人会长命百岁，为什么，为什么，一辈子只会为别人着想，一辈子都任劳任怨的母亲，才 53 岁就这个样子了？想起母亲刚才说的那猪，李林的心里又升起了一股莫名的愤怒。那是一头很大很胖的猪。卖的话，是要值好些钱的了。李林送母亲进城看病时，他就建议把它卖了，说他现在找不到要交的住院费。但他的母亲不让，说卖了以后吃啥！他的父亲也附和着说不卖。李林说人都病成这样了，还想着以后吃啥，是吃重要还是生重要？李林的父亲不说话，但那种不卖的决心却是那么坚决。李林真不知道他的父亲想了些啥，他想不通，做了几十年的夫妻，面对妻子这个样子，他竟然连头猪都舍不得！李林甚至想，如果母亲真的走了，不知道他的父亲以后如何吃得下那头猪的肉去！当时，李林真想撒手不管，看他的父亲会怎样。但他又放不下母亲。这一生，他最敬重的人或许就是母亲了。那是无数个日子里，那种润物细无声的母爱，铸就了他那种对母亲的敬重的。当时他甚至想，要是那时病的人换成是他的父亲，他就会坚决地不管，任其死活。而面对母亲，他却做不到，他只能不顾一切地把母亲送去医治。就算现在，母亲没能医好，成了这个样子，李林也没为自己当初的决定后悔。哪怕他又一次欠下了债务。只是，他为母亲感到悲凉。都这样了，还让自己别卖那头猪，还想着那和她做了几十年夫妻，却对她的生死置之不理的父亲。

李林的堂嫂和婶子们来到了李林的身边，想问什么，却没问出来。李林抬起头来，望向她们，说："趁天气好，还是让她出来晒晒吧。"这是李林突然间决定的。他想，说不定这是母亲最后一次见太阳了，最后一次晒太阳了。这是他的一种感觉。或者说预感。他不想拒绝母亲这最后一个要求。虽然他宁肯让这种感觉变成错觉，也希望这是种错觉。让他决定让母亲出来晒晒的，还有他母亲刚才向他提出的那个要求，就是要他给她口棺木的要求。李林想让母亲知道，他会的，而且已经在准备。

李林看到姐姐向那些摆着的青的蓝的红的衣物和正在上漆的棺木看了看，接着望着李林，像是想说什么。李林望了她一眼，没说话，起身走到门前，左右看了看。李林说："就在这儿吧，把那个沙发搬出来，安在这儿，就让她坐在这儿晒。"

"也好，让她看看这些，说不定还可以给她冲冲喜。"李林的一个婶子说。李林的这个婶子还说，她娘家那儿也是有过一个病人，原先也是怕让他见到正在给他准备的东西，只是在他的一再要求下，没办法，还是让他见了，想不到的是，见了后，他却好了。李林从未听说过这样冲喜的，但他现在不管这能不能冲喜，他都决定让母亲出来。在这种时候，他认为什么都得宁可信其有，不可信其无。有一种死马当活马医的心态。他的内心虽然也充满了犹豫，但他在犹豫时，总在想起母亲刚才说的那些话。出来，必定是要看到棺木的，看到棺木，他不知道母亲是会为自己感到悲凉，为自己的下一步感到害怕？还是会让自己的心灵产生一种慰藉？冲喜，好起来——对于医治了那么久，经手了那么多医生都没能好起来的母亲，能好起来吗？李林只能心存一种侥幸！

冬季的阳光是温暖的，和煦的。李林和着他的姐姐堂嫂婶子们搀扶着他的母亲，一步一挪地走出了门来，把他的母亲搀扶了坐到一个正对着棺木的沙发上。李林的母亲已多日没见上阳光，她仰靠在沙发上，把眼睛闭了好久才睁开来。一睁开眼睛，她就看向了摆在她前面不远处的那口棺木，和正在棺木旁精心漆制着棺木的杨大爷。棺木已上完一道漆，黑红黑红的。黑是渗透着红的那种黑，红是被黑掩护着的那种红。黑红的棺木，在太阳光的照射下，反射出一道道光芒。李林的母亲的目光落在棺木所在的方向，很久没有离开。很久，很久。李林不知道她是在看那些光芒，还是在看那些黑红的漆？是在看棺木的外面，还是在看棺木的里面？是在看棺木本身，还是在看棺木旁的杨大爷？从她那迷茫的眼神里，李林真的不知道她看到了什么，更不知道她想到了什么！

从她脸上，李林甚至看不出，让她出来晒这太阳是对还是错！

李林为他母亲过的那个生日很简单。人虽不少，除了他的姐姐，他的父亲，还有来帮忙为他母亲准备后事的——他的那些堂嫂婶子们，还有村子里左邻右舍的，但所做的饭菜跟这段时间里平常吃的没啥区别。他们都已没啥心思在饭菜上下功夫，只能是尽力地让客人们能吃个饱而已。有所区别的，就是饭前李林在门外放了五十三挂火炮。

男怕生前，女怕生后。李林又想起了这句俗话。村里不时来看望母亲的人，也让李林多注意些，并附着说了这句话。该准备的，也差不多准备就绪，除了那棺木的漆才上了两道外，其余衣物都已缝制完毕。

李林开始昼夜守护着他的母亲。

没几日，李林的母亲就只能卧靠在床上了。她胸腔里的那些积液已让她无以躺平身子。杂乱的病痛，折磨得她不停地喊出凄惨的声音。与她相伴的日子，就是与那凄惨的声音相伴的日子。那一丝丝声音，展示着她一丝丝的痛苦。李林听着那声音，为自己无以分担她的痛苦而常常泪流满面。李林开始害怕听到那种声音。李林想逃避那种声音。李林想逃避的，还有他母亲抓扯被子时的无奈，捶打她自己的胸脯时的无奈。但李林坚持着，他害怕看到母亲的那种眼神，那种看着他离开时的更加无奈的眼神。

那个下午，一口痰堵断了李林母亲的生命之线。

把门外那口棺木的盖抬进了屋，用两条凳子支上，放好，李林的堂嫂和婶子们已为李林的母亲穿完了寿衣寿裤。随着，经过村邻们的一番忙碌，李林的母亲平平地躺在了那棺木盖上。

李林的心里，竟然莫名地轻松了一下。

李林跪在灵榻前，点了几炷香，烧了几份纸钱。香烛缭绕着，纸钱燃烧的火焰摇晃着。李林的父亲在那张挪到了墙角里的床铺上，呆呆地，坐着。一个屋里，只有李林的姐姐放开了嗓子，呜呜咽咽地哭着。李林的堂嫂婶子们，以及后来赶来帮忙的村邻们，神情肃穆，虽然不说话，但都围在李林母亲的身旁，一下看看这儿，一下看看那儿，似乎要看看还有哪儿做得不妥。李林愣愣地跪在那儿，用一双空茫的眼，望着他安详地躺在灵榻上的母亲，一眼的忧伤，满脸的无奈。这时，泪水才“啪啪啪”地从李林的眼里滚落出来。李林没去抹那些泪水，他任由它们滚下，任由它们流去。他的嘴唇颤抖着，哆嗦着，像是要哭泣，又像是要说什么，但却没有声音。泪眼蒙眬中，李林的眼里，有着母亲这时那时的身影，还有着那棺木刚被打开时看到的一张张蛛网。

2010 年 2 月

原载《长城》2012 年第 1 期

通红的手掌

列车从昆明出发以后经过了多少个站，走了多长时间，鸣凤的心里弄不清楚。在列车呜呜呜地嘶鸣着驶进又一个站台的时候，鸣凤看到站台上有个推着三轮车兜售方便面、矿泉水、鲜橙多、啤酒、苹果等东西的女人，鸣凤把手伸出窗外，晃动着三张一元的钞票，边晃边喊，哎，给我一盒苹果！听到鸣凤的叫喊，女人顺手从车里抓起一盒塑封好的苹果，风样地飘到鸣凤所在的车窗下，一只手把苹果递给鸣凤的同时，另一只手已接过了鸣凤手里的钱。女人接着把目光扫向一个个列车窗口，香烟、啤酒、方便面、矿泉水……一声声喊叫从她嘴里冒出来，像鱼儿吐出的水泡，一晃就飘散在了冷冽的风中。

鸣凤收身坐回座位，把苹果放在膝上，撕去那层封盒子的塑料薄膜，拿出了一个苹果来。苹果共五个，鸡蛋般大小，像是一生都没被阳光照过，绿阴绿阴的。这叫什么苹果啊，还卖这么贵，五个，这么大点儿，还卖三块。鸣凤不知道这苹果能不能吃。鸣凤微微地低了下头，把苹果放到口边，轻轻地咬了一下——不，不是咬，而是啃。鸣凤啃下了一小块苹果皮。鸣凤还没把那块果皮吐掉，列车就启动了。鸣凤含着那块果皮，把目光投向了窗外一一掠过的灯光和建筑。在这块果皮里，鸣凤的感观里有一种陌生的苹果味道。

哎，削一下又吃，这没洗过的。鸣凤收回目光，看到坐在对面的那个老人把一把小刀向她递了过来。小刀上连着一串钥匙。鸣凤先是愣了一下，但接着她还是接过了那把老人举在空中的刀和连着的钥匙。刀刃已经打开，很薄；刀把是铜质的，被磨得亮亮的，很滑。坐了这么长时间的车，从老人一路上跟他旁边那个年轻伙子的聊天中，鸣凤知道他是个老工人，修铁路的老工人，他走南闯北差不多走遍了整个中国大地。一路上，每到一处他都像是对他家边的村落和小地名一样清楚，顺口说着这是哪儿哪儿，下一站是哪儿哪儿。鸣凤虽然没和他对过话，但鸣凤觉得她已经知道了这个老人的很多。鸣凤没想到的是老人竟还带了这么一把刀。鸣凤把苹果削完，把小刀和着钥匙递还了老工人，同时说了声谢谢。老工人接过刀，把刀刃按回刀槽，却没往兜里装，而是把它们摊在他的手心里，说，这刀都陪我几十年了，呵，陪我走过大半个中国了！你别小看这刀，它的用途大着呢。这刀功能齐着呢。你看，里面有开瓶器，有叉，有掏耳朵的。说着，老工人变魔术样从那刀槽里扳出了一样样的物件来。还真是，一路上，鸣凤没看到老工人像其他人样的买车上的方便面吃，连车上的盒饭也没买过。老工人吃的，全是他用一个黑色食品袋装着的东西。那里面有方便面，有鸡腿，有香肠，还有鸡蛋。老工人在吃着那些东西的时候说，这车上的东西，贵，质量又差。但老工人在车上买过一瓶啤酒，其他车上的人买来啤酒，都是用牙充当开瓶器，只有老工人用的是他那刀里的开瓶器。老工人说，这把刀，还好几次帮我吓走过那些小混混的。老工人说着伸手往两边拉了一下他那件土红色的短袖衫的领口，从而他那长了几根又粗又长又黑的胸毛的胸膛上，便露出了湿湿的亮光；同时，老工人抬起那只靠里边的脚来，脱下几根拇指般宽的带子连成的皱皱巴巴的鞋子，把枯瘦而又青筋暴露的光脚板抬到了座位上。坐在他旁边的那个年轻伙子，先是往外让了一下，接着干脆站了起来，像是活动筋骨似的，伸了个懒腰，提了几下腿，接着把目光散漫地投向了车厢的远处。车厢里，有的扑在他们前面的小桌上，有的靠着靠背，还有的，那些坐在或大或小的包裹上、坐在过道上的，干脆把头埋在双膝间，一动不动。能看见脸面的都闭着眼睛，似睡非睡。也有三个两个的人，轻轻地穿梭在过道上，边轻拍着堵在过道上低头睡着的人，边轻声地说着请让一下或者借光，向厕所那边缓缓移去。

一个身穿白色背心光着膀子、头大身粗个矮的男人走进了车厢。在人们还没看见他人时，却先听到了他洪亮的声音：各位女士、各位先生，大家晚上好！我是一个因为小儿麻痹致残的人，在大家坐车坐得无聊坐得烦躁的时候，我来这儿给大家凑个兴！这时车厢里的人全都抬起了头，有的甚至站了起来，向男人看去。男人定了定又说，我是个残疾人，但我身残志不残，请你们不要用那种鄙视的目光看着我。我上不了战场，进不了工厂，挑不了灰浆，但我通过自己的努力，学会了几首歌曲，我只想在这儿为大家唱上几首歌，请大家给上几个小钱。那些站起来看的人，又坐回到了座位上。那些伸着头去看的人，也缩回头去靠在原来的位置，又一次闭上了眼睛。车厢里，除了男人的声音依然洪亮地响着外，一切都又显得了无生气。车上的人对这样的场面，全然是见惯不惊的样子。男人向前走了两步，说，各位，我已经说过，我虽然身体残疾，但我还有着自己的自尊，请你们别在那儿装睡，请你们坐起来！请你们看着我！这话我不再说第二遍！不管我唱的歌是好与不好，但我唱着走到你跟前时，请你别把头扭开，别装着没看见我！也请你别把我当成叫花子，别三角两角的就想打发我！五块八块五十一百，随你心意，无论多少，我在此提前表示感谢，到时不再一一道谢。说完，一首《向天再借五百年》开始响在整个车厢。那人边唱边从车厢的那头，向坐着的站着的人们一一地伸出了手。

鸣凤的心里愣了一下，鸣凤知道这就是一个要钱的人，但鸣凤从他的话语里听不出一丝丝的可怜感，那话里倒含有了一种隐隐的威胁。鸣凤站起身来，目光穿过那些也是站着的人的头顶，努力地向那人看去。鸣凤看到那些递向男人的钱，差不多都是十块五块的，角票以及一块两块的还真没有。那人边唱歌边收着钱，所到之处，鸣凤还没看到有谁空过。那些后面的人，都在你看看我我看看你的。大多数人，都在往兜里一下一下地掏着。鸣凤把手伸进兜里，她摸到了软软的一些钱票。她知道，那全是些零钱。她是特意在上车前准备好这些零钱的。上车前鸣凤的男人就告诉她要准备点零钱，说在车上，特别是火车停车时往车外买什么东西，你得用零钱去买，是多少就递去多少，若递去多了，人家还没补你，车就开了，你连辙都没有。鸣凤还知道，他兜里的那些零钱，都是一块的票面的。除了那些，她的另外一个兜里，还有着一张一百的。若能不送，鸣凤恨不得一分都不送。我凭啥要给他钱呢？鸣凤想，就凭他那个残疾身么？哼，缺胳膊少腿的多着呢。但不给看来也是不行的，你听他那口气，像要钱的么，还自尊呢！鸣凤不可能去动那一百块。那一百，鸣凤是打算到京后，找到了事儿做后，就先寄回家去的。

那一百块钱，鸣凤原本是不想带的，她想留给男人，说万一儿子哪不好了，好拿去看医生。但男人却不，硬要她带着，说路上多带点方便，再说儿子还好好的，就是哪儿咋了，感个冒或者肚子疼疼，在这家里，带到村卫生所去看看，也是可以赊着的。鸣凤把男人塞过来的钱推回去又说，还是留着吧，我这儿只要买了车票，再有点路上的生活费就行了，到北京后，去找到祥子家妈她们，也就可以暂不用钱了，但家里，花儿梅儿几天就又回来了，她们还要生活费呢，没生活费给她们，她们还咋读书。男人又把钱推了过来，还是拿着吧，花儿她们的生活费我过天把就去借，你出去找到事儿，安定好了，挣下钱了，再寄回来我去还。鸣凤想着离开男人和儿女只身远行，就一脸的凄楚，就一眼的朦胧，她忍了又忍，终于把那一百块钱装进了衣兜里。男人望着鸣凤那个样子，捏紧拳头一下砸在他的左脚上，恨恨地说，要是这脚不断，我咋能让你出去呢？鸣凤的泪水滚落了出来，她说，你出去我出去都一样，这家还不总得有个人操持。男人扭过头，透过那两扇被火烟熏得漆黑的木门，看着门外那伸手不见五指的夜空，不再言语。鸣凤不知道男人在想什么，不知道他是不是又想起了那次让他断了一条腿的外出。

鸣凤顾不了男人，独自起身走出家门，走向了隔壁的屋子。屋子里，昏红的灯光下，火塘的两边坐着男人的爹和妈。鸣凤自从嫁给了男人后，就把男人的爹和妈当成了自家的爹和妈，有啥也是爹一声妈一声地喊的。鸣凤在一个草墩上坐下，望着因有哮喘病一下一下喘着粗气的爹和骨瘦如柴、腰勾得如一张弓的妈，不知如何说起。像是过了一个世纪，鸣凤才呜咽着说，爹、妈，我要出去了，我明天就走——说着，鸣凤的泪又一次滚落了下来。鸣凤忍不住，没等男人的爹和妈说啥，起身就走出了门。鸣凤走出门的时候，她不知道自己说的话爹和妈听到了没有。鸣凤站在黑黑的夜里，狠狠地流了一通泪，然后用衣袖狠狠地擦了两把，才去了男人的哥哥家。男人的哥和嫂也是坐在屋里的火塘边，火塘边还有一个他们最小的孩子在做着作业。鸣凤不想多坐，她甚至坐都不敢坐下去，她怕坐下去，一说起话来就哭。鸣凤说，大哥、大嫂，我要出去了，明天就走。鸣凤停了一下，抽了抽鼻子接着说，大哥大嫂，以后，爹和妈就要你们多操心了，你们说我不孝、说我没良心都行，但我必须得出去，我们没办法了。男人的哥嫂都站了起来，他们那个做着作业的孩子也站了起来。孩子不知道他的婶子这是咋了，只在那儿仰巴着小脑袋默默地看着鸣凤。男人的哥说，你去吧！我理解！我理解！鸣凤的泪还是滚出来了。她没再听男人的哥说啥，也没再和男人的嫂子说啥，转身走出了哥家的门，走进了漆黑的夜。

鸣凤看了看对面的老工人。因为旁边的年轻伙子站了起来，老工人就把双脚都抬到座位上，斜躺在了那儿。鸣凤看到老工人的手里拿着一张皱皱巴巴的五角钱。他只给五角么？鸣凤的心里又愣了一下，鸣凤忍不住地向老工人多看了几眼。老工人在那儿眯闭着双眼，像是没准备把那钱给谁，他只是拿在手里玩儿样的。他旁边的那个年轻伙子呢，站在那儿，像是在专心地听男人唱的歌，又像是在细心地观察男人的形象，他下摆着的手里，捏着一张 20 元的钱币，一下捏过来一下捏过去，就像那不是钱，而是一张纸，他不过就是在看戏时，手里没啥弄着，无聊，而顺手拿那已经用过了现在没用了的门票捏着玩。坐在鸣凤旁边的那个女人也站起来了。女人穿着一件大红色的毛线褂，里面是一件粉白红的棉毛衫。那宽大的衣物，把女人看去本就肥胖的身子放大得更加肥胖。而她那卷曲的头发，让鸣凤想起了家中的老母鸡。鸣凤的心里微微地笑了一下，她不知道自己为什么会想起家中的老母鸡来。一路上，除了上厕所，鸣凤就没发现女人站起来过。她像是有着睡不完的瞌睡，一直在睡着。因为她的睡，那两人坐的位置，差不多都被她占完了。坐在里面靠窗子边的鸣凤，一直都被她挤得紧紧地贴在车厢上。有时，鸣凤一让再让了，她还把她的脚不断地伸向鸣凤的屁股下，鸣凤都想发火了，但火到嘴边，又被鸣凤活活咽了回去。现在，她双手死死地伸在宽大的喇叭裤兜里，像是在揣着什么放手就会飞去的东西。鸣凤想，她那伸在裤兜里的手，肯定是捏着一张钱的。但鸣凤不知道她是捏着一张多大的钱。鸣凤不知道这个女人会给多少钱。

月儿圆呀月儿圆……男人已经唱着来到了鸣凤他们那儿。他的头随着他的歌声不停地晃动，他的一只手里已捏起了一把厚厚的钞票，而另一只手却依然如故地向每一个人伸去。在他的手伸向那年轻伙子的时候，年轻伙子把头扭向一边，像丢一张树叶似的，把手里那张 20 元的钞票准确无误地递到了他的手里。那是年轻伙子递的准，也是他接的准。在他向老工人伸出手的时候，老工人已把那五角钱递到了他的胸前。鸣凤看到他愣了一下。他那一愣，让鸣凤也愣了一下。鸣凤的心在那一瞬间自然地提了起来。老工人却没事样的，头依然靠在那儿，手举着那五角钱在男人的眼前晃了晃，像是在说，就这点，要还是不要！男人一愣过后，接过了那五角钱。接着把手伸到了鸣凤的跟前，鸣凤的手在裤兜里动了动，随着伸了出来，把钱递过去的过程中，鸣凤才看清自己给出去的是四元。男人毫不犹豫地接了过去。在男人把钱接过去的时候，鸣凤后悔自己怎么没再滑下两元，至少也该再滑下一元的。鸣凤原本打算给五元，她知道自己兜里的钱都是一元一元的，她的手已经在兜里活动很长时间了，她已经把捏在手里的钱暗暗地数了好些遍，那就是五张。鸣凤在暗暗数着那些钱的时候想，就给五张，他要就要，不要就算了。但在男人的手伸过来的时候，她却又临时地把手中的钱滑去了一张。她当时没想过滑去一张，甚至还没决定滑还是不滑，只是在男人把老工人的那五角钱平平安安地接过去的时候，她的手把捏着的钱自然而然地滑去了一张。鸣凤想，要是再滑下一张，男人也会一样地拿去的。一秒钟，甚至还不用一秒钟，就可得到一元甚至两元钱，鸣凤觉得自己实在是没用好这点儿时间。女儿们在学校里的一个菜钱，就被自己在这么短短的时间里给丢了。鸣凤觉得自己真是对不住女儿们，也对不住自己的男人。在鸣凤想到自己的儿女和男人的时候，鸣凤的眼睛被旁边那女人的出手给弄大了。那一瞬间，鸣凤真的是瞠目结舌。那是一张崭新的鲜红的百元大钞啊。男人接过那钱，左右晃了晃，鸣凤看到男人在晃动那钱的时候，还似是而非地甩动了两下，那甩动，鸣凤觉得有些像村街上那些商店里的老板接过钱时辨别真假的甩动。男人把那张钱放到了他手里的那沓钱的最底下，然后停下他的歌声，向鸣凤旁边的女人鞠了一个躬，说了一声谢谢。女人没有正面接受男人的谢意。在男人向她鞠躬的时候，女人看了一下老工人，又看了一下鸣凤，接着把目光看向了车厢里的更多人。

歌声如故，有些沙哑，又有些雄浑，还有一些悲壮，渐去渐远而又不绝于缕地回响在整个车厢里。鸣凤坐回到了座位上，心里感到了一阵虚空，一阵失落。她旁边的女人也坐了下来，并再一次把脚伸到了座位上，要斜躺在那座位上的样子。女人的脚抵上了鸣凤的屁股，鸣凤只好又往里挪了挪，努力地挪了挪，挪了好些次。有那么几次，鸣凤一点儿距离也没挪出，她挪动的身子，都被坚硬的车身给撞了回来。但她还是一次又一次地挪动着，她似乎想通过那种挪动来让女人知道她已经挪不动了。女人似乎也知道了这点，所以到最后她也不得不卷曲着双腿斜睡在那儿。女人的脚不再抵向鸣凤的屁股后，鸣凤才算安稳下来，她斜侧着身子，把头歪靠到靠背上，微微地闭上了眼睛，又开始想自己刚才没再滑下一张或者两张钱的事。虽然旁边的女人给的是一百，自己给的只是四元，但人与人是不能比的，说不定人家用五百才当自己用一元呢。你看人家那穿着，你看人家那发型，你看人家那派头，是你鸣凤能比的么？鸣凤不是羡慕女人，她只是觉得自己不能跟人家比。鸣凤想，自己当时就该只给他一元钱的，人家老工人都只给五角，比起来，给一元都算多了。要是家中的男人知道了这事，不知他会不会怪自己。按以往的脾气，他应该不会责怪的。但在鸣凤的心里，这已经跟责不责怪没关系了，鸣凤只觉得自己在这事上是有些对不住男人的。你出来为啥？钱还没挣到一分，倒开始花起冤枉钱来了，走路都一瘸一拐的男人在家里还要喂着那么多的猪，种着那么多的地，还要带那刚满两岁的儿子，又当爹又当妈的，这不都是为了钱，为了供两个女儿读书，让她们不再受没文化没知识的苦么？这一想，鸣凤又觉得自己还对不住自己的两个女儿来了。鸣凤不知道两个女儿在学校里吃饱了没有。想到这，鸣凤的心里就不只是因为这件事而产生的后悔了，她的心里竟有了愧疚，这是长期以来一直有着的愧疚。鸣凤觉得两个女儿一直都会为老人着想，为家着想，因为钱，在学校里一直都没吃饱过，要不，怎么每次回家去，都比前次看到的瘦了些。哎，瘦点就瘦点吧，只要能读书，只要能把书读出来，以后能补起来的。这样，鸣凤从两个女儿想到了刚满两岁的儿子，那是她和男人的一个宝，虽然她和男人对两个女儿也尽心尽力地抚养，也把她们当儿子一样的待，但那个最小的孩子，在她和男人的心里却是有着一种别样的地位的，她和男人都不想区别对待女儿和儿子，但莫名的，无形的，儿子在他们心目中就有了另外的一种地位。儿子那粉嘟嘟的脸蛋，儿子那嘎嘎嘎的笑声，成了鸣凤和男人的解乏剂。想着儿子的脸蛋和笑声，鸣凤忘却了那给出的四元钱，靠在那靠背上睡了过去，她的脸上露出了一丝甜蜜的笑，在她那微笑着的嘴角，挂出了一缕清清的口水。

鸣凤听到了一阵清脆的哭声。那俨然就是儿子的哭声呢。儿子这是怎么了，病了么，还是找妈妈了？鸣凤的心里一下急了起来。这一急，鸣凤醒了。鸣凤睁开眼，才发现自己是坐在火车上，才知道自己刚才是做了梦。鸣凤看到很多人都在往她身后的一个地方看，她对面的老工人和那年轻伙子，都站到了那座位上，还翘首踮足地往她的后面看去。鸣凤扭转身子，也往后看去，她看到了无数的背影和人头，那无数的背影和人头似乎都朝向一个地方，还有的背影和人头正在往那边的那边移动着。鸣凤找不到他们所看的目标，但鸣凤听到了什么——对，是哭声，而且是孩子的哭声，是个小男孩的哭声。哭声清脆中含着嘶哑，嘹亮中含着疼痛，接连不断中含着难以继续。鸣凤知道，那哭声不是来自于自己的儿子，但那哭声还是一阵一阵地咬痛了鸣凤的心。鸣凤不知道这是发生了什么事，她不知道那哭着的孩子是怎么了。在这哭声里，列车的广播里响起了广播员的声音：各位乘客，大家好，本次列车五号车厢里有一小孩得了急病，若车上的乘客中有医护人员，请到五号车厢帮忙救治。播音播了一次又一次。通过播音，鸣凤知道是怎么回事了。鸣凤往车厢里的人群中看去，她想看看，有没有急急地往那孩子的哭声处赶去的人。她想，一火车要乘那么多的人，这么多的人里，一定是有着医护人员的，甚至有着专门看小孩的病的医生的，有儿科专家也说不定，这么多的人里，什么样的人不会有呢。所以在鸣凤的想象中，要不了多时，就会有一个又一个的医生往她们坐的这五号车厢赶来。鸣凤往车厢里移动着的那些人看去，她想看看谁是医生。在这车上，医生肯定不会像在医院里一样穿了白大褂，一看就能知道是医生，他们肯定像巡逻的警察样穿了便衣，但鸣凤觉得他们来了，自己一定能看出来，他们是来救人的，他们走路的姿势、快慢，跟车厢里那些去看热闹的人肯定不一样。但鸣凤看来看去，没有看到像医生的人。

孩子的哭声已经不像哭声了，似乎都听不到了。鸣凤凭着那断断续续若有若无的声音，似乎看到了孩子满头的汗，看到了孩子双脚使劲往后挣的样子，看到了孩子张着一张干涩的嘴、欲哭难哭的样子。鸣凤转过头，望了一眼对面已经坐了下来的老工人说，怎么还没有医生来呢？还是已经来了？老工人说，恐怕来了吧，这下哭得要轻些了。鸣凤说，不像。鸣凤旁边的女人说，肯定没有，还不知道这车上有没有医生呢，就是有，哪个会带着药品，没有药品和那些医疗器械，咋个看！也倒是。鸣凤轻轻地附和着说。鸣凤忍不住又回头看了一眼，转过来望着旁边的女人说，也不知道这孩子得的是啥病。女人说，我想肯定是肚子疼，小孩子的肚子最容易疼了，而且说疼就疼。鸣凤没有接女人的话，她不是对女人说的话产生怀疑，相反她觉得那孩子完全有可能像女人说的那样是肚子疼。要是带有那种小儿颠茄合剂就好了，鸣凤想。鸣凤有一次带儿子去她们县里的医院看病，医生给她开的药中就有这种小儿颠茄合剂，是专门治小孩肚子疼的。鸣凤现在想起那次儿子的病来，心里都还毛毛的。那次儿子也是肚子疼，疼得那个样啊，儿子哭了没了一点声音了，躺在她的怀里都动不了了，鸣凤当时甚至以为儿子是得了啥急病要不行了，在她和男人带着儿子赶到医院后，医生看了看，没让打针，没让输液，只开了点药让他们给儿子吃下去，吃下去没多时，儿子竟然好了。医生说，带孩子，得备着些常用药，这按说就是点小毛病，但弄不好，也是会死人的。那次医生还给她分别开了治感冒的、治退烧的好几样常用药，医生说，你们在乡下，这些常用药得随时备着，要不有时赶医院来不及。还真是，自有了那些药后，儿子肚子疼了，疼得哭得横扳直跳的了，只要把那药倒一小瓶盖给孩子吃下去，几分钟儿子就不哭了；儿子突然地发高烧了，摸着他的脑门像着火样的了，只要倒一小瓶盖那相应的药给他吃下去，要不了多时，那烧就退了。鸣凤的家里，有了一个专门放儿子的药的小柜子，用鸣凤的话说，她家有了儿子的专用药柜。鸣凤每隔一段时间就要去检查一遍那药柜，她要看看哪样药用完了，哪样药过期了，她要请进城去的人把那用完了过期了和快要用完快要过期了的药买些来。虽然有好些药她都请人买了几次但又一次都没用过，但她还是照样买，她觉得有那些药放着，心里才踏实。这带小孩的人是怎么搞的呢，怎么就不带着点常用药走呢？鸣凤觉得这小孩的父母也真是，听这小孩的哭声，也该有一岁了，难道就连一点带孩子的常识都不懂么。

孩子的哭声又再次撕心裂肺地响了起来。那哭声让鸣凤的心一阵紧似一阵。她忍不住站了起来，她旁边的女人也站了起来，她们一起向孩子哭的地方望去。还没医生来啊？鸣凤像是对女人说，又像是对自己说。女人却接着说，肯定没来，要不不会是这个样子，要真是肚子疼，弄起来好得快得很。鸣凤说，恐怕医生来看了也没办法，没有药能有啥办法呢？女人说，没有药，医生来了还不如那些农村的老人，农村有些老人会掐，一般小孩肚子疼了，那些老人几下就掐好了。鸣凤说，哦，我听说过，但没看到过，您老人家看到过怎么掐的没？女人扭过头白了一眼鸣凤，然后又看了她自己胸前一眼，像是要看看自己是不是真的老了一样。鸣凤不知道自己哪儿说错了，女人会拿那种眼神看她。女人收回目光不屑地看着鸣凤说，我不只看到别人掐过，我还帮很多人掐过呢，我孙子疼的时候就是我掐的，我很多熟人家的孩子疼了都背来找我掐。鸣凤本想说那您老人家就去帮这孩子掐掐吧，但话到嘴边，又被女人那眼神和那说话的语气给噎回去了。鸣凤甚至不知道女人说的是不是真的。孩子肚子疼能掐好，这个鸣凤是知道的，虽然自己的孩子没请人掐过，但鸣凤还记得，自己小时候，有一次肚子疼了好几天，父亲背着自己看了好几个医生都没看好，是山背后的一个奶奶给掐好的。鸣凤也知道，现在村子里这种会捏会掐的人是几乎没了。女人似乎看懂了鸣凤欲说未说的话，说，他又不是我啥人，掐好了倒好，掐不好还说我狗屁不懂，打肿脸充胖子呢，那不是自讨没趣么，再说了，多一事不如少一事，掐起来，那孩子肯定会哭得死去活来的，要弄出个三长两短来，我不是自讨苦吃么！

鸣凤不再想听女人说什么了，她觉得女人说的话有她的道理，但她又总是觉得听着不舒服。鸣凤从座位的缝隙里走了出来，走到过道上，她才想往孩子哭的地方走去。孩子的哭声依然时断时续地灌进鸣凤的耳里。鸣凤看到那些车厢里的人有的还在往孩子所在的方向看，有的却仰靠在靠背上，似睡非睡地靠着。来到五号车厢的尾部，鸣凤看到了那个孩子，那真是一个小男孩，应该有一岁多了。孩子躺在一个女人的怀里，女人双手揽着孩子，前面有一个男人，半爬半跪地匍匐着，扑在孩子身上，用嘴吸着孩子的肚脐眼。鸣凤想，这个女人和这个男人，肯定就是孩子的父母了。女人抱着孩子，看去都急得有些麻木了，呆呆地看着男人吸着孩子的肚脐眼，嘴里机械地叫着宝宝不哭了、宝宝不哭了！但在男人吸了几次后，孩子哭得愈加伤心愈加凶猛。男人撑起身来，掏出手机拨了起来，在一阵鸣凤听不懂的话语过后，男人问了女人什么，然后女人打开她身边一个包，翻找半天，找出了一颗缝补衣物用的针来。继而，男人再次把孩子的衣服扒开，用那针在孩子肚脐眼的周围轻轻地刺了起来。鸣凤看到了男人那手的狠，鸣凤也看到了男人那手的痉挛。孩子双脚不停地踢蹬着，双手也不停地挣扎着。女人用她的胳肢窝夹着孩子的双手，又用她自己的双手去按着孩子的双脚。鸣凤真有些看不下去了，她觉得那孩子就是她自己的儿子。孩子因疼痛而产生的每一分挣扎，都在撕着她的心。鸣凤转动了一下身子，抬头看向周围的人。周围的人都屏神静气地看着这一家三口，表情凝重得如雕塑一般。看来，这孩子还真是肚子疼了，要不男人怎么会去吸他的肚脐眼，怎么会用针去刺。鸣凤也曾听说过孩子肚子疼了可以吸肚脐眼的，但就没听说过可以用针去刺的。鸣凤不知道这是男人从哪儿问来的办法。鸣凤不知道这车上是真的没有医生，还是有而是像坐在她旁边的女人说的那样没有药没有器械没有办法。鸣凤还想，要是真有个会掐会捏的老人该多好，说不定几掐几捏这孩子就好了。但鸣凤觉得就是有那样的老人，恐怕也还是像坐在她旁边的女人说的那样，没谁会来给掐一下捏一下的。是啊，谁会来找这个事呢？

准备一下，快要到站了！一个穿着蓝色制服的列车员挤进人群来说。男人抬起头来望了望列车员，又望了望抱着孩子的女人，犹豫了几下说，我们不下！列车员说，你们这是怎么啦，孩子病成了这样，你们下去把孩子医好了，再坐下一列车走不是一样的么？有什么事比孩子的事大？在这车上又没医务人员，万一孩子出了事咋办？男人露出了一脸的无奈，继而把头低了下去。有人说，对对对，孩子病成这样，趁车停，下去找医生看看。有人说，还是赶紧收一下东西，下去吧，下去把孩子医好才是大事。有人说，就是，在这车里药也没有啥都没有，孩子都哭成这样了！鸣凤也想说说，她觉得列车员和这些人说的都对，孩子肯定是大事，这病，弄不好是会出人命的事，人命本来就是大事，而且这还是孩子的命呢，还有什么事能比关乎自己孩子的命的事大呢。列车员说，快点准备一下吧，要不就来不及了，过了这一站，就没有大站了，过了这一站，就是你们下去也找不到像样的医院了。男人抬起头来看了看列车员和周围的人，有种人们所说的话他都懂的意思，有种他也很疼爱那儿子的味道，有种他也很想下去、很想立马找到医生给儿子看病的神色，但他就是没表态。有人说，别磨蹭了，再拖就真的来不及了。男人无奈地低了一下头，又抬起头来，不敢正眼看人地说，我们要到北京，我们不下。鸣凤的心里一下产生了一种不像是同情的东西，那里面似乎含有了更多的愤怒。这叫什么事，孩子病成了这个样子，竟然还这样那样的，就算是家里着了火，你赶去又还有啥用？就算你是去赶老爹老妈的最后一句话，那一句话还能抵得上一个孩子的命？鸣凤把头转向周围的人，她发现那些人的脸上都有了一种说不清的东西，不同长相的脸上，凝固着的，却是那么相似的一种表情。他们都拿眼定定地斜视着男人，那斜视的目光里，有了愤怒的火焰，有了逼问的刀剑。有人扭转头，或缓或急地往座位走去了。

鸣凤也想转身回到座位去，但孩子的哭声一直不断，嘶哑得痛不欲生，那一声声的哭，揪扯得鸣凤的心一阵阵的痛，让她想走又挪不动脚步。你们到底是咋的？到底是咋的？列车员吼了起来。鸣凤被列车员这一吼惊了一下。但鸣凤觉得列车员这一吼吼在了她的心坎上，她似乎早就等着有人来这样吼上一声了。男人似乎也被这一吼吼呆了，他木木地抬起头来，缓缓地有些像哭样的说，我们下去也没办法，我们身上没钱了。鸣凤心中的那一股愤怒之气，一下子像是爆破了的气球，没了。紧接着，她的心里又有了一股莫名的情愫。那是一种什么样的情愫，鸣凤自己也说不出来。鸣凤再次把目光投向列车员，列车员的嘴张着，像是还要大吼一声什么，但终归没有吼出来。列车员的咽喉动了一下，像是咽下了一口什么，然后把目光扫向了车上看着他和没有看着他的人。

列车轰隆轰隆地慢了下来。男人站到列车的座位上，开始提起他们的包来。女人抱着孩子，目光随着男人的伸手踮足移来移去，似乎不知道该做些什么。鸣凤跟在列车员的身后，就像那个唱歌讨钱的男人样的，把手伸向了站着的坐着的一个一个的人。列车员在不停地说着些什么，但鸣凤一句也没听清，她在不停地收着人们递过来的钱。那钱有一块一块的，也有十块二十块的，偶尔还有五十和一百的。鸣凤把一百和五十的往下面放，把小些的票子往上面放。鸣凤只觉得那些递到她手里的钱，都变成了一张张树叶，但鸣凤又感到那树叶不再像她在家里去扫来垫圈的树叶那么轻，而是沉沉的，实实的。在鸣凤把手伸向那个坐在她旁边的女人的时候，鸣凤没接到钱，但她的目光却接到了另外的一种目光。鸣凤愣了一下，但她来不及多想，接着把手伸到了那个老工人，这时，她的心又愣了一下，老工人递给她的，是一张崭新的鲜红的百元钞，鸣凤接了过来，向老工人递去了一个笑，接着她又接过那个年轻伙子递来的一元钱……

列车进站停了下来，孩子已被女人抱下了车，鸣凤往车外瞟了一眼，看到他的嘴还在张着，脚还在蹬着，手还在舞着，只是还在列车上忙着收钱的鸣凤没有听到他的声音。但鸣凤又觉得那声音还在，还在她的心间回响。当列车员带着她收完五号车厢里最后一个人的钱后，列车员又带着她匆匆地下了车，匆匆走到了男人的身边。鸣凤把厚厚的一沓钱递给了男人。接着，鸣凤把手伸进了她的裤兜，随着扯出了一张皱皱巴巴但依然鲜艳着的红票子，又一次向男人递了过去。

回到车上，鸣凤才发现天不但已经亮了，还太阳都出来了，太阳的光辉照在那站台的建筑上，反射出了一道道耀眼的光芒。在上车和下车的拥挤人群里，鸣凤看见那家带着孩子的夫妇定定地站在那站台上，含着满眼的泪花目不转睛地往她这边看来，女人怀里的那孩子，被女人紧紧地抱着，鸣凤张了张嘴，她想喊或者是想问他们还站在那儿干啥，咋还不赶紧去找医院？但鸣凤知道那喊也是白喊，不说喊了他们听不见，就是听见了，他们也不一定会立马就走，就离开站台。在列车又一声长鸣过后，开始哐啷哐啷地起步后，鸣凤扭着头往后看去，那个男人和女人还在站在那儿，男人在举着笨拙的手不停地挥舞着，女人歪偏着身子，用脚垫着怀里的孩子，也抽出了一只手，高高地举着、挥着，金色的阳光，把他们挥舞着的手掌照耀得一片通红。

2010 年 2 月 8 日

原载《特区文学》2010 年第 3 期

福　雨

此起彼伏的蛙鸣，为夜更增了几许岑寂。渐至偏西的弯月和渐至暗淡的星星，加深了夜的浓度。眼看，时间就要拐着身子擦过栽秧的节气，老天却还连一点儿下雨的样子都没有。天不下雨，要放上那栽秧的水，就得顺着那弯弯曲曲的水沟路，到那远远的山脚下的水源处去引下来，而且还得没日没夜地守着。稍不注意，引来的水，就会被人途中堵去。

父亲游走于沟路的上段，我游走于沟路的下段。趴下身去，打着昏红的手电俯视水沟，没有一滴水流动。只见那板结的沟泥，如弯着身子挣扎在岸上的鱼，大大地张着嘴，像呐喊，又像哭泣。我不知道父亲放来的水淌到了哪儿。我甚至不知道父亲究竟放没放到水。走着走着，我就快要挪动不了自己的脚步了。走着走着，我就不时地拄着锄把打起了瞌睡来。走着走着，天就泛亮了。

我说，别放了，不栽这秧算了。

父亲说，快了，水都淌到那儿了。

父亲抬手向沟路的上段指了一下可远可近的地方。

父亲说，你就在这一段看着，别让淌下来的水给人堵了。

我游走的下段，水都没有，谁堵呢？倒是父亲游走的上段，被人堵了。堵水的人是张四娘。张四娘是村里的一个寡妇。她在水沟里挖了一个坑，然后在坑里舀那水，用桶挑去浇灌她栽在沟旁的辣秧。有张四娘在那儿挑着，那水就永远不可能翻过那个坑，向下淌来。我走到那儿时，张四娘正在往那坑里舀水。父亲远远地坐在他那横亘于地的锄把上，目光直直地望着张四娘。我在父亲身旁坐下，说，她在那儿堵着挑，那水啥时才淌得过来？父亲低了一下头，叹了口气，说，咋整呢？说得出不让她挑的话么？

张四娘浇好辣秧时，太阳已经升起。那孱弱的水，终于又蛇行往下缓缓流了下来。沟路里，早开了无数可插进手掌的裂缝，还有不少坑塘。那水流过时，每到一处，都要花很长时间去填那些裂缝和坑塘。我真想去拉着它扯上一把，让它前行的步伐稍许快些。

父亲说，你还是去下段看着吧，水淌下去了，别又让人给堵了。

还真是，水真被人堵了。是郭老汉堵的。他用田里的土垡把那沟路实实地堵了起来，堵得高高的。望着那一堵横亘在沟路里的“墙”，我的眼泪就蓄满了眼眶。我真是没信心把那些泥土挖刨出来了。那真是一座山了！抬头看去，郭老汉正在他家的田里捶打着田角上的土垡。对于站在沟埂上愤怒无比的我，他像没看见。我再也控制不住自己，我张口就要爹要娘地喊着郭老汉的大名骂了起来。

父亲闻声赶了下来。我担心父亲会提着锄子扑向郭老汉。但我又希望父亲提着锄子扑向郭老汉。这简直欺人太甚。守了一夜才放到这儿，他倒好，用这种方式来堵劫。守了一夜，水还没淌到自家田里，就被他堵去，这事放在谁身上，都怕是忍不了的。要不是觉得自己是个中专生，在村里也算是个读书人，我刚才就不只是喊着他的大名骂他了，我肯定早就提上锄头，把锄头挥向他的脑袋去了。

父亲却没像我想象的那样。他表现得出奇的冷静，只是定定地望着那横亘在沟里的“墙”，木愣愣地站着，一言不发。

父亲仰头望了一眼碧蓝的天空，说，不栽了，走，回家！

端午一过，眼看就是下了雨，下得山沟水哗啦啦地淌，但再在那田里栽上秧苗也完全有可能白栽了的时候，父亲不再那么愁眉不展心急如焚毛抓火燎地渴盼下雨了。天是老大，它不下这雨你能咋样，不栽算了。父亲说。父亲一次次地说不栽了，但一有点儿雨水的时候，他又总是忍耐不住，搁心不下。现在，父亲的脸上有了些许的平静和从容，看去虽然有些无奈，但我心里悬着的那块石头还是终于落了地。我一直担心父亲在这等雨栽秧的过程中，因为焦虑过度，迫切过度，把身体弄垮了。都六十多了的人，怎经得住这种内心的焦虑呢？这种时候，他的心里燃着的是一团火，他已经不住这火的烧了。要是父亲被弄得一病不起，这个家以后的日子还怎么过？

就在父亲狠下心决定不栽那秧的时候，大叔来了我家一趟，再次点起了父亲种那田的希望。大叔是来向父亲借牛的，却在开口借牛之前，看似无意地提到了种那田的艰难，说得我的父亲一改刚有的平静和从容，义愤填膺地开始倾诉起了他对老天的埋怨。知道父亲现在也还没把那田种上，连水都还没放上时，大叔说，去拿我家的抽水机来抽吧，等雨怕是等不来了，就是等来了，到时也怕是白栽了。

大叔家在那儿也有一丘田。为解决缺水的问题，精明的大叔到城里买了一台小型抽水机。有了抽水机，那田里的水就不成问题了。那片田的下方，就是一条河，河里有的是水。

大叔背着他的抽水机来了。放下抽水机后，他拉走了我们家的那头牛。大叔说，你们先抽水，把田埂敷了，等你们敷好田埂，我那点地也犁了，犁完我就把牛拉回来给你们耙田。大叔走后，二叔也来了。他是父亲请来帮着敷田埂的。父亲本想一个人慢慢敷，但母亲说，请个人来帮着，边抽水边敷，一早上就敷好了，下午他大叔拉回牛来就耙，耙了就接着把秧栽了。母亲还说，到了这节骨眼上，是季节不等人的了；还有，明天李世洪家就要帮忙了，你总不能到了明天还去栽自己的秧，不去帮人家吧！李世洪的爹死了，明天开始帮忙。

在我们这儿，谁家死了老人，全村人，除了老得动不了和小得只会乱动的外，都是要去帮忙的。就是平时彼此间有些矛盾有些隔阂的，遇上这种事儿，也都要去。俗话说，谁家没有老人，谁家不会遇上这样的事儿？

那小型抽水机是用汽油发电的。父亲让我到街上去买几瓶汽油。街是村街，离村子不远。村街上没正规加油站，只有一家百货商人用大铁皮桶从城里的加油站把油买来，然后用鲜橙多饮料瓶装了卖，一瓶十元。我问父亲要买几瓶，父亲说，怕要两瓶。我说，我没钱哩。父亲也没钱，他让我去赊。我说，我跟人家不熟，怕人家不赊给我哩。父亲的脸很难堪地紧了一下，接着眉宇间也紧了一下。随着父亲那一紧，我的心也紧了一下。父亲放下已背在背上的装着抽水机的背篼说，你背着跟你二叔先去田头，先把田埂边田角上的土堡子打碎，我去赊。我无话可说。我蹲下身去，把系在背篼上的带子套进手臂，套到双肩上，身子往前一倾一用力，就感到了背上那背篼的实沉。双肩上一阵疼痛，我差点儿被背篼坠倒过去。但我还是把背篼背在了背上，并站了起来，和二叔一起向那田走去。

那是一丘挂在山腿子上的梯田。田不大，用我父母的话说，就一个工的田。一个工具体是多大，我不清楚，凭感觉看去差不多就百多平方米。田虽然不大，但要在这田里栽上秧苗，却又极其不易。它的难，难在所用的水上。这一片山腿子上的梯田所用的水，是望天水。天上不下雨，就别想放上栽秧的水。不远处的坝子中间虽然有条河，但水往低处流，那河里的水，不知在那儿淌了多少年，似乎还从未被引到这田里过。要在这田里把秧栽上，非得天上下雨，且是下大雨，下得那条弯曲着贯穿于梯田上方的小水沟里淌起水来不可。但天是老大，下不下雨，不是谁人说了算。

我劝过父亲无数次，让他别再种那田了，那么一小丘田，犯不着熬更守夜地去放那水，更犯不着因为那一点点儿水和乡亲们闹得一个钉子一个眼的，还经常弄得你操我的娘我操你的祖宗。父亲不但没听我的劝，还火冒三丈地对我吼道，你说得倒轻巧，不种，不种你买来吃啊！你拿钱来买了吃，我就不种！父亲的一句话，弄得我的心里一时五味杂陈，欲哭无泪。在我初中毕业考到地区财校去读书时，父亲曾自豪过，以为我是他最大的希望。但在我财校毕业时，中专生已经不分配工作。没能像父亲想象样的去端公家饭吃的我，又回到了村庄。多年读书，大脑不算发达，四肢上的力却是明显地萎缩了。我感到了难堪，再次走出了村庄。这儿一趟那儿一趟地去打工，却常常连回家的路费也挣不上。父亲借了数千的高利贷供我读了中专学校，倒头来却让我工作有不了，打工打不了，连田地都种不了。人家小学还没毕业就出去的那些，一年下来还能挣上上万的票子带回来，我却抵不过人家的一只手膀子。我算不了书生，却是十足的百无一用。只是面对父亲的发火，我还是有些不甘。我说，又不是就只有那点儿田，那大片大片的山坡地有的是，那点儿田不种，多种点儿其他容易种的不行么？就那么一小丘田，种不种，算多大点事呀？父亲说，容易种？哪点的容易种？依你说，全部不种都算不了多大事儿！

田下面不远处的河里，河水清清亮亮地流着。炽白的阳光照在上面，晃荡着溶化的银子般的光亮。趟过小河，来到田里，我和二叔在田里捶打着土垡。一锄磕下去，一团红灰便在我的双脚周围弥漫开来，久散不尽。雾气般的红灰钻进了我的鞋子，钻进了我的裤管。我的心里一阵生疼。来时本想把这双皮鞋换下，却又没找到合适的其他鞋子。我就这么个德行。原本就不是领工资吃饭的人，连个称职的打工者都算不上，却又一直怕这脏怕那累的。

父亲把汽油赊来后让我去发电抽水。我把抽水机抬到河与田间的一道埂上，把水管接好，把汽油加上，拉起那根发电用的绳索用力一拉，抽水机就“砰砰砰”地响了起来。我以为河里的水随之就会顺着那水管流进我家田里了，但那水管里却一点儿动静也没有。我不知道哪儿出了问题。我开始端详起抽水机来。抽水机依然在“砰砰砰”地响着，看不出有啥问题。但水管里却一直没水上来。我以为怪油门小了，就加了一下油。还是没用。是不是抽水机放的地方高了？我想。

我把抽水机搬到了河床上。水管里还是没水上来。这下我真不知道该咋办了。我问父亲，父亲说，你狗日读了恁多书都不会，我咋会？我说，我不是没用过嘛！父亲说，你没用过我用过？二叔说，弄不上来叫你大叔来弄，他家的抽水机他会。

水是大叔弄上来的。大叔先往进水管里灌满了水，然后才发电，电一发起来，水就从水管里汩汩地扭成线儿上来了。大叔说，水管里要有引水，抽水机才能把水抽上来……

母亲站在村口喊吃饭的时候，我们的田埂刚好敷完。

吃完饭，母亲让父亲再去找两个人来帮着，说下午就把那秧栽了。父亲去请人，我陪着二叔喝茶，母亲收拾碗筷。母亲在洗碗的时候说，也不知道请得到请不到人。二叔哧溜一声喝了一口茶水说，看了，现在这人也难请。二叔说，现在也要是那个人，才会来帮你；不是那个人，人家就是闲着玩，也不会来帮。就像昨天，李新伍说他家栽秧的人都够了，就差拔秧的，请我去。我才懒得去。我就是闲着玩也不会去。我说我忙。你说，以前我帮他家做的事儿还少吗？一有啥事，只要说一声，我就是丢下自家的事不做都去帮他。但去年，小能(二叔的儿子)放牛放到他家的板栗树林里被他逮着了，死活说我家的牛踩了他家的好多洋芋、撞断了他家的好多板栗树，要把牛拉到村公所去，要让村上解决。呵，你说，他那板栗树也都大了，能轻而易举地就被牛撞断掉？小能也没放进去好长时间，能踩掉多少洋芋？我被他说得鬼火冒，就说可以，要到村公所不说，就是到派出所都行，要咋整就咋整。看着我发火后，他又软下来了，说算了。哼，你说，狗屁大点事，都这样，我怕吃多了闲不住，还去帮他！

但父亲还是请来了两个人。

耙田，赶田，拉线，栽秧。

把那一小丘田栽上秧苗后，父亲就像卸下了一大个心里包袱样的，露出了一脸轻松的笑。我似乎也感到了彻底的轻松。就是昨天，父亲虽然有了那种平静和从容，但那是一种无奈的平静和从容。这丘田里栽不上秧，他就不可能没事样的平静和从容下来，哪怕明天去李世洪家帮忙，父亲也一定是身在李家屋里心在自家田里。现在好了，这丘小小的田里终于若隐若现地插满了秧苗。

吃过晚饭，帮忙栽秧的人走后，我和父亲不约而同地相继走出家门，走向了李世洪家。虽然李世洪家正式帮忙的时间还没到，但那装有死者的棺木，却是不能没有人守着的。这守丧，大都一守就是通宵。只要哪家死了老人，哪家的屋里就会热闹沸腾，就会一夜一夜地夜如白昼。打的打牌，搓的搓麻将，哭的哭丧，拉的拉家常摆龙门阵。也有个别人家，平时只想着自己，到自家遇上这样的事儿时，不但没啥自愿来帮忙来守丧的人，就是去请，对方也会故意寻找借口讲行推诿让其难堪。所以，这守丧看去随意，看去散淡，却可以凭其热闹与否看出这家人在村里的人气。

父亲不会打牌，他就那样纯粹地守着。烟是有他抽的，酒是有他喝的。他一支接一支地抽着烟，时不时地端过装有散装苞谷酒的茶杯，喝上一口寡酒，偶尔坐到打牌人的旁边，看看。看着不缺守丧的人，我就叫父亲回去睡睡。但父亲不去，父亲说，再坐坐。坐着坐着，父亲歪靠在灵堂里的墙角睡了起来。父亲体胖，睡觉好打呼噜。哀乐声哭丧声停了的深夜，父亲的呼噜声格外刺耳。我再次让父亲回家睡觉，并说，又不是这儿没人守着。父亲说，有人守是有人守，我守是我守，你不会让我死了后，连来守丧的人都没有吧！我无语。我的喉咙里却像是有啥堵在了里面样的。我打牌的心情都没了。我想走，想回去睡了算了。但我又挪动不了自己的脚步。

老刘，你那点钱还不整来还掉！

坐在我上桩的李老二抬起头来望着父亲漫不经心地说。

父亲却被他这一漫不经心的话说得像电击了一下似的，愣了起来。在这样的场合，被人以这样的方式要债，我都为父亲感到了尴尬。同时，我也为我自己感到了尴尬。我以为父亲会像他平时对付债主样的，说些等等之类的客套话，但他没有，相反，他用一种很少有过的语气说，啥啊，是不是老子这辈子还不起你那点钱！老子有了不会还你！

父亲这话更让我尴尬，甚至脸红。李老二按辈分跟我是同辈，虽然不是同姓，但因为同在一个村，见面我都喊他二哥。因为他父亲是老师，家庭条件好，有本钱，所以每年耕种时节，他都贩肥料来卖。说卖，其实都是赊。村里的人大都拿不出现金买。就算价钱高些，村里的人也大都从他这儿赊。那些外地来的人，是不会这样赊的，他们就是卖得低点，也情愿，毕竟到手的是现金，他们怕赊出来收不回去。只有李老二他不怕。只要说好利息是多少，人家认了利息，他就赊。我父亲欠他的钱就是赊肥料的钱。

李老二的脸上弥漫起了一层雾，他停下理牌的动作，定定地望着我的父亲说，你老人家咋会还不起呢？赊给你的时候，我都不怕你还不起，现在，你儿子都中专毕业了，我还怕你老人家还不起！

我定定地向李老二望去。我知道，我的眼里，射出的不是目光，而是一团火，一团愤怒的火。这不是哪壶不开提哪壶么？这不是明摆着揭人伤疤么？这哪是骂我的父亲，这是在骂我，骂我的无能啊。我真想噼里啪啦地扑过去，把所有的愤怒，发泄到李老二的身上。但我控制住了自己。恼羞成怒的我，把手中的牌哗啦啦地甩到桌上，起身走了。

该往田里撒肥料了。母亲知道，父亲知道，我也知道。母亲不说，母亲在等着父亲。但随着时间的流逝，母亲等不住了。母亲让父亲去赊肥料，说，那田里可以撒肥料了，撒晚了谷子成熟不了。父亲抓了一下头发，一脸的为难。母亲说，管它的，去赊吧，母猪要下小猪了，等母猪下了，也就两三个月，就可以卖小猪了，跟他们说，卖了小猪就还。

在我的印象中，母亲差不多把什么希望都寄托在了那头母猪身上。那头母猪，成了他们赊购东西的底气。但就是家里有着这个底，父亲也还是很怕去赊东西。父亲似乎已经欠债欠怕了。从我外出读书开始，父亲就没有过不欠债的日子。父亲曾跟我盘点过，哪儿欠多少哪儿欠多少，哪儿是借来给我去报名用的，哪儿是借来给我做生活费的，哪儿又是赊肥料欠的。父亲说，这些账我是还不了的了，你毕业后，得去还。我说好的，我去还就是。但从毕业出来后，我却一点儿都没能还上。打工的这两年，我本来就没挣着钱，还因为自己不甘心，像那书还没读够似的，还拿那本来就微乎其微的血汗钱去读着函授专科。虽然心里想着，有个专科毕业证就可以参加公务员之类的考试，但心里也很茫然。倒是父亲，因为人家跟他算起了不低的利息，急得他把家里能卖的都卖了，没办法后还接连几年来，把留着杀了过年的猪都卖了。只是因为欠的太多，到现在也还没能还清。而原来那些以为我读出书来后会有钱，借了我会来还的人，现在也几乎不借钱给父亲了，就是那些卖东西的人，也都不大赊东西给父亲了。

只是母亲说的是事实。那田里不撒上肥料，那秧苗肯定是长不起来的。就算过段时间再去撒上，也怕是错过了季节，撒也白撒了。这一白撒，白掉的，就不只是这些肥料了，还有曾经为栽这秧所做的一切。

父亲决定去赊，厚着脸皮去赊。只要能赊到，就算利息高些，也行。但去哪儿赊呢？李老二家，父亲肯定是不会去的了。就是去了，李老二也不一定会赊给他。看着父亲那无奈的样子，我也感到了无奈。我不知道，父亲的这个样子，会不会是我多年以后的样子。村里的很多人都说，我和父亲，一眼就能看出是父子关系呢。

我财校读书时的一个同学打电话给我，问我在哪发财。我说发鸟的财，在老家修地球。一阵寒暄后他说，有家九阳电器批发商要找个做账的人，你想不想去。我一直都想出去找事做，只是一想起那灰浆水泥沙子砖块就头疼，就犹豫不决，就到现在都还未走，现在终于遇上个跟自己学过的东西有点联系的事儿，还哪有不想去的念头。

年底回家时，我带上了 7800 块钱。这是我第一次带钱回家。有这钱带着，我的气质也就出来了，我觉得我的腰挺得实在是直。财大气粗的滋味，我第一次尝到。回到家中，我向父亲询问了欠着的全部债务。算算，总共三千多四千不到。我想，我这次总算可以把家里的这个坑塘填平了。按照我理出的债主名单及所欠数额，我开始一家一家地还了起来……我以为这次带回的钱可以把父亲欠下的债全部还完，而且还会有所剩余，但还到最后，却还有好几家的没能还上。去还时我才知道，要还的远不是父亲说给我的那些数字。比如李老二的，父亲说的是赊肥料的，820块，我去还时，李老二拿出账本一翻，然后按着计算器再一算，2600多。望着我张着一张说不出话的嘴，李老二说，你爹赊这肥料的时间已经三年多了，按当时定的利息算，就这么多，现在也不这么算了，都一个村子里的，你就拿两千算了。我还是不能接受。不是李老二要的这个数大到了哪儿去，而是在我的心里，820与2000这两个数字比起来，实在有些不可思议。但这也只是我个人的不可思议，李老二却说是看在乡里乡亲的面子上，才让了这么多的。他还说，你想想，要是我三年多前就用那820做运转资金，到现在，会才滚到两千吗？我无言。

身无分文地回到家后，我真是怒火中烧，连劈头盖脸骂父亲一顿的念头都有了。但我一直忍着。父亲毕竟是父亲。我只想心平气和地和父亲讨论一下他这样种田种地的不划算。父亲说，不欠那账咋整，要让那些田地荒着啊？父亲说这话的语气，像火样的点燃了我心中的怨气。我说，有如这样种，还真不如让那些田地荒着。父亲说，荒着？不吃啦？你回来还不是每顿都要吃几大碗嘛！面对父亲的反攻，我真不知如何回答。一边是愤怒，一边又是羞愧。我感到了从未有过的无奈。父亲啪嗒啪嗒地吸着他的水烟筒，我却怀着满腔的愤怒找不到喷发的地方。我真不想跟父亲吵。我知道父亲的无奈。我只想理智地跟父亲算算他种这田地的账。我控制着自己的情绪问父亲，那丘田今年打了多少谷子？有多少斤？可以碾多少米？父亲一一地回答着。我望着父亲笑了一下。我接着说，从种到收，用在这块田里的肥料要多少？父亲说，差不多一样一包吧。我又嗯了一声，说，尿素96元一包，普钙25元一包，但就那包尿素，我还费了天大的劲儿，才拿185元弄好，这样加起来就210元，肥料垫本就算这个数，其他的呢，你看，150能不能弄好……我这么一算，像是触及到父亲最脆弱的神经了样的，他一下把脸从水烟筒里拔出来，说，要不是那窝小猪儿病死掉，哪会着这么多利息？要不是这两年运气不好，猪些一个一个地病死掉，这些钱我早就赔了！我们家这两年运气确实不好，喂得有百多两百斤重的架子猪，都快要可以卖了，可还没卖，就病了，接着死了。但我并没因为这个而赞同父亲。父亲找这样的理由跟我说事，已不是一次两次。一年，因为雨水来得较晚，而父亲又不顾栽秧季节已过，执意栽了，我就劝父亲少撒点肥料，说撒多了，到谷子扬花的时候了，还绿阴阴的，到头来，怕是一点收成都没有。父亲不听，依然按惯例撒。最后，这块田里颗粒无收，连谷草都烂完了。我责怪父亲不依我说，父亲不但不接受，反而说，要不是谷子扬花的时候天天下雨，谷花扬不出去，那谷子会烂掉？不多撒点，秧苗会长得起来？我真是没法说。我只好不再说。要不是……谁能让这些“要不是”不发生？

在我又一次带着钱回去，把家里欠下的债彻底还完后，我感到了彻底的疲惫，也感到了彻底的轻松。我害怕那样的债台再次垒起来。再次离开家时，我很慎重地对父亲说，现在家里欠的账已全部还完，从今往后，我不管你们咋种，反正不能再去赊那高利肥料来种，你们最好种得起多少就种多少，再因为赊肥料欠些钱，我是不会来还的了。父亲赌气发火地说，不种了，你有钱了，你养起我们得了，我们一点儿都不种了。你不还了！你是生下来就能苦钱的啦！你不还，怕老子要拖你来还哦！要是个个都像你说的，都不种这田这地了，那你拿着钱又咋样，你吃钱啊？我说，依你说，这个地球缺了你，怕就不转了？

背上包，和父亲不欢而散地走出了家门，走出村庄，回头望向村庄的时候，我的眼里噙满了泪水。一路上我都在想，我再也不回这个家来了。就是我的父亲，我都不愿再见到他了。我恨透了他。

我坚持了两年没回家。

可这种坚持，已让我后悔了无数个日日夜夜，并将让我一直后悔下去。

那次和父亲的不欢而别，竟成了我们的永别。

接到电话赶回家时，父亲已双目紧闭，像是拒绝我的到来，不愿再看到我样的，死死地睡在了一口棺木里。父亲的睡相让我泪流满面。手没伸平，弯弯地拐在胸前。却不是合抱的样子。身子也没躺平，斜愣着，蜷缩着。

父亲是死在外面的。那也是一个栽秧季节。村里就大叔家有台抽水机。因为那一片田多，需要抽水的人家就多。那一段时间，大叔家的那台抽水机白天晚上都没闲过。但就算白天晚上地抽，借那抽水机的人也老早地就排起了“长长”的队。按父亲去借的顺序，如果等白天，怕还要过十天半月。而再过十天半月才栽那秧，结果可能就是栽也白栽了。父亲一问大叔，得知在夜里抽可以提前几天，父亲就决定夜里去抽。谁能想到呢，年迈的父亲，在抽水的那天晚上，不小心从河埂上摔了下去，一跟头撞在河里的一个石头上，被撞晕了过去，这一晕过去，他就再也没醒过来。等排着队抽水的人去抬抽水机时，父亲的身体已僵硬得按都按不直了。

下葬这天，在装着父亲的棺木即将落入墓穴的时候，湛蓝的天空突然乌云密布，紧接着雷光火闪一道接着一道，瞬间一场暴雨便倾盆而下。送葬的人开始忙乱了起来。“砰”的一声，棺木落了进去，周围的几个人拿木杠撬了几下，棺木却纹丝不动。“正好”“正好”，人们相继说道。道士先生一边抹着脸上的雨水，一边拿着罗盘去测，一比一量后，也说，刚好，刚好。站在我身旁的一位老人说，这时候下雨，老刘家的后人要有福了，这是福雨呢。

我的泪水汹涌而出。一时之间，我不知道自己的脸上，那滚滚落下的，是雨水，还是泪水！

2009 年 6 月 8 日

原载《大地文学》2012 年第 13 卷

原载标题：《土地魂》

蓝披风

女孩把割起的最后一堆草一抱一抱地抱到花箩里，一边往满里装一边往紧里摁。当女孩把那堆草抱完装完，花箩里的草便装得满满的、实实的了。女孩的花箩不算大，但它的高度，比女孩矮不了多少。女孩 13 岁，跟同龄人比，有些显矮，但不是那种畸形的矮。女孩的矮，是随了她整个的身型的，矮得有几分秀气，有几分玲珑。女孩抹了一把脸上带着泥沙的汗水，望着一花箩满满实实的草，心里有着一种类似于踏实的感觉。但又不止踏实，还有一种喜悦，夹杂着成就感的喜悦。女孩想，有这一花箩草，又够家里的那头牛和那匹马吃今晚和明天了。

女孩的花箩墩在一坎地埂边。边上埂下的地里，都是一行苞谷一行洋芋地间杂着套种的。苞谷已经长得比女孩高了，开始冒天花了。洋芋呢，叶儿长得墨绿墨绿的，开着蓝白相间的花朵。似乎是主人家才来薅过草，那长得深深的洋芋秧有些偏朝了这边，有些偏朝了那边，歪来倒去的；那泥土，在每一窝洋芋树脚，高高地堆了起来，还是新鲜的，潮潮的。

女孩抬起头来，向前面的山垭上看去。她想看看，她们回来了没有。那个山垭，是她们回家必须经过的一个路口。那儿，差不多成了她们聚合然后回家的一个出发点。要么，她们先到那儿等她。更多的，是她先在那儿等她们。现在，山垭上，还没有她们的影子。女孩不想去那儿等她们。等她们，对女孩来说，真是有些难受的。老等不来她们，一个人在那儿，每每有人路过，总会问她咋还不回家。起初她说她等她们，后来又说她要歇歇再走。她不想再说那样的话了。

女孩想要不要再割些草。女孩双手抓着花箩的边缘，往后仰着身子，抬了抬花箩。女孩感觉到了花箩的实沉。再割，怕就背不起了。女孩想。就是还能背，背得太重，也怕回家的路上，走不过她们了。于是，女孩一只手拿起她割草的镰刀，在装得满满的草上有一下没一下地敲打了起来。女孩似乎想了一下什么，但没想远，就发现了另一只手还闲着。于是，她这只闲着的手，又随意伸向她的身旁，扯了一朵洋芋花，捻了起来，捻得一下转朝这边，一下转朝那边。那朵转来转去的洋芋花，像是女孩手里拿着的一把绚丽的伞。

女孩想一个人回家。但她有些犹豫。每天，她都曾想自己先回家了，不等她们了。但最后，她还是又等了她们。她是和她们一起来的，她怕自己先回去，她们的大人问她她们咋还没回，她不知咋说。她曾想过，给她们的大人说她没和她们在一起割草，不知道。但女孩又担心说不好，让她们的大人认为是她们贪玩，在外面鬼混，让她们受了大人的骂。真那样，她们怕是就不要她和她们一起来割草了。她还是想和她们一起来割草的。不说现在她还不知道这漫山遍野的地里哪儿的草好，就是知道了，不和她们一起来，她也还是有些怕的。想想，一个人在这些深深的苞谷洋芋地里，要是遇上了啥，那咋办？就是不遇上啥，也是想想都会怕的。而且，她更喜欢的是，和她们一起，割满了草后，就可以在那些路上、草坪上玩玩“抓石子”“修天”“追死活树”什么的游戏。十三四岁的女孩，似乎还没脱去孩子们爱玩这些游戏的天性。十三四岁的女孩，她们本身也还就是孩子。和她们一起来，女孩所不愿的，就是她们在很多时候都不跟她玩这些游戏，而是和一群男孩去玩女孩看来根本就没啥玩法的那些游戏。也是，刚才她们都还和她在一起的，还和她一起在这块地里割着草的，怎么一忽儿的时间，就不见了呢？刚才，女孩是看到一帮男孩的。听她们说过，那是下村的一帮男孩。他们也是来割草的。割着割着，不知不觉的，女孩就不知道她们割在哪去了。包括他们。

女孩又一次抬起头来，看向那山垭。女孩没看见她的伙伴们，倒看见了一个男孩。男孩也是割草的，一个看去也不大的花箩，正墩在他身后的路坎上。那路坎，是女孩和她的伙伴们经常墩她们的花箩歇气或等人的地方。男孩似乎正在往女孩的方向看。但女孩看不到男孩的目光。他们一个在山湾里，一个在山垭上。那距离不算远，也毕竟有着那么一段距离。想着男孩在看自己，女孩还是收回了自己的目光，投向了她前面的花箩上，或者是她脚下的地上。只是，目光没再看去，女孩的脑海里，却留下了男孩的影子，她觉得男孩有些不一样。哪不一样呢？跟谁不一样呢？女孩没想。那仅是女孩的一种感觉。但就是这一种感觉，让女孩又抬起头往山垭那儿看去。这一看，女孩就看出了男孩的不一样。是跟以往她看到的那些男孩的不一样。男孩的身上披着一件披风。是蓝色的。那蓝，像极了绿色的苞谷洋芋和草的头顶的天空。似乎，男孩的身上，披着的就是一片天空，蓝色的天空。那片天空，还在男孩的身上，往男孩的右边，簌簌地飘飞着，似乎就要飘离男孩，飘到天上去。女孩的嘴动了一下，像是想喊男孩注意，但又没喊出来。

女孩不知道男孩为什么会一个人站在那儿。女孩想，他是在等他的伙伴么？他怎么没跟他们或者她们一起去玩呢？他们和她们不是都喜欢一起玩么？

难道，他也像自己样的，觉得跟他们或者她们不好玩？

男孩竟然提着镰刀朝女孩这边跑过来了。他来做啥？女孩不知道。女孩的心里一时产生了一种害怕。女孩向周围看了看，三面是缓缓高上去的深深的苞谷洋芋林，另一面，是缓缓斜下去的苞谷洋芋林。放眼看去，除了苞谷林，就是洋芋林。女孩看不到任何一个人。她们怎么还不来呢？在越来越近地往这边跑过来的男孩背后，在那个山垭口处目所能及的地方，女孩没能找到她们的身影。女孩蹲下身去，把花箩的背带挎上双肩，准备背上草，赶紧离开那儿。

“哎！”女孩听到了男孩的声音。

女孩知道，男孩已经站在离她不远的地方了。

女孩知道，男孩就站在那埂地坎上了。

“哎！”男孩又叫了一声。

女孩没作声。

女孩的心里，“咚咚咚”地跳得很厉害，那心，似乎就要顺着喉咙跳出来了。

女孩连抬头看一眼男孩想干啥的勇气都没有。

女孩狠起劲地往前使了一下力，便把那箩装得又满又实的草背了起来。背起来了，女孩却不知道要往哪走。女孩知道，要出这道山湾，要回家，就只能往男孩那边去，从那儿爬到山垭口去。其他的方向，都有着高高的地埂，都走不通、也走不出去。怎么办呢？往男孩那边走去么？一这样想，女孩就不只是心跳厉害了，她的心，都抖了起来。女孩想，先离开这儿，往远处走，先到那边或者下边去，先离他远些。女孩都迈动了准备远离男孩的步子，但刚迈动一步，女孩就停住了。女孩想，自己往里面走，要是他跟上来，那咱办？那可是离山垭口越来越远呢。女孩心一横，竟然转了一下身，毅然地往男孩这边走来了。

那地埂上的路，窄，且因铺满着细小的石沙，滑。女孩低着头，盯着路，只顾走。但只有她自己能感觉到她那心跳的加剧。女孩与男孩擦肩而过时，要不是男孩往后仰了一下身子让了一下，女孩背着的那花箩都撞上男孩了。

“哎，你是不是被镰刀割伤了？我先前看见你在拿着手弄！”

女孩已经爬到了更高的另一埂地坎上。凭着男孩这声音，女孩就知道男孩还在原地站着。女孩长长地舒了一口气。女孩回过身望了一眼男孩，男孩真还在刚才那儿，一点儿追上来的样子也没有。男孩那愣愣地抬着头看向她的眼神，竟然让女孩有些想笑。

女孩拉着衣袖抹了一把汗水，没好气地说："你才被割了呢，你的脚都被割断了呢?"

本来还愣愣地抬着头看女孩的男孩，呼啦一下弯腰低头，看向了他的脚。

女孩"咯咯咯"地笑了起来。

笑出后，女孩才觉得过意不去，赶紧抬手，捂住了嘴，接着转身，走了。

女孩努力地想听听后面的声音。她想知道男孩有没有跟上来。但她没有听到男孩的脚步声。女孩想回过身去看，又没有勇气。现在，她是不好意思去看了。她有些后悔，自己怎么就说出了那样的话，还以那样的语气！就因为人家说自己被镰刀割伤了手么？这人也是，什么不说，怎么要说人家被镰刀割伤呢？真是自找的。

女孩背着草来到山垭口，在离男孩那个花箩的不远处，把自己背上的花箩墩到了路坎上。她原想，只要能走出那个山湾来，就要赶紧回家。她不等她们了。但现在，她又停了下来。一墩好花箩，她便抬头往她刚才来的方向看去。但她没有看到男孩。那缓缓地高着上来的山，挡住了女孩的视线。男孩还没走上来。女孩弄不清男孩怎么了，弄不清他咋还没来。是又去割草去了么？女孩向男孩的花箩看去，真是，男孩那花箩里的草，才装得有半箩。笨蛋，还差那么多，咋就不背着花箩去割呢？要一抱一抱地割了抱来装满，那得跑多少趟？

风，是暖风，已把女孩脸上的汗水吹干。这时男孩从那山湾里走了出来。先是头，接着是胸。女孩有些惊讶，男孩竟然没抱得有草。去了这么长时间，连一抱草都没割到么？不会是没找到有草的地方吧？那个湾子里，那些洋芋地苞谷地里，草不是很好么？女孩不明白这男孩是怎么了？怎么去了这么长时间，连一根草都没割来？难不成，你要割的都不是那些草，而是什么仙草？你那花箩里，还差那么多，至少也得四五抱才勉强能装满，你要什么时候才去割来装满？现在，日头都快落山了呢！

女孩想等男孩来问问他。女孩甚至想，如果他愿意，或者说他请自己，自己愿意帮着他，和他一起把他的花箩割了装满。女孩知道，她的伙伴们，她们的花箩里，就常常装着那些男孩割给她们的草。有时，那些男孩的花箩里，也会装上些女孩们割给他们的草。女孩从未要过任何一个男孩给她割草，也从未给任何一个男孩割过草，连想都没想过。女孩也不知道，自己怎么就会想到要给这个男孩割草。是因为自己说了男孩的那话么？是自己要向他道歉么？女孩不知道。

女孩想不到的是，男孩上到山垭口后，竟然没往正路上走，而是靠下面，从离女孩最可能远的那边走。都已经错过了他墩花箩的那儿，他才又绕着上来，绕到他的花箩边，接着背上他那就半箩草的花箩，头也不回地走了。

“哎！”女孩喊了起来。

男孩没有回过头来，更没有回应女孩。

“哎！”“哎！”女孩又喊了起来。

男孩还是没有回应女孩，也没有回过头来。

看着男孩的身影慢慢消失在山路的远处后，女孩的心里莫名地又有了一种害怕。似乎，这种害怕的程度，剩过了男孩跑向她时她心里生起的那种害怕。女孩不知道她怕什么。女孩也不知道她为什么会害怕。女孩想，是因为自己对他说的那话么？那有什么呢？那不就是自己随口说出的一句话么？自己说他的脚被割断了，就真的被割断了么？怎么会呢？接着，女孩又想，是因为自己那笑么？想来，自己怎么就笑了呢？刚才还那样急的，怎么一会儿就笑了呢，还笑出了那样的声音！一想着那笑，女孩便又想起了男孩在她说出那话后，弯腰低头看他脚的那个动作。想起男孩的那个动作，女孩差点又笑了起来。开个玩笑，他还真以为被割了。但她的心里刚笑了一下，欲出未出的笑声便被她搁住了。

管他呢。女孩想不想那话和那笑了，不想那男孩了。女孩举目向她们可能出现的地方看去，还是没有她们的身影。女孩决定不再等了。女孩背起了她的花箩，自和她们一起割草来，第一次独自走上了回家的路。这路上，女孩已经打算不想那话和那笑，包括那个男孩，但她却又偏偏地想了起来。她先是想那笑。她觉得自己真不该笑的。男孩的那动作，都是因为自己的那话引起的。自己也真不该说那话的，人家说的那话，是对自己好呢。想过了那笑和那话，女孩便想起了男孩的那披风，那蓝色的披风，那像一片天空的披风。想着男孩的那披风在风中吹着，吹得在他的身旁飞舞得像要飞离他的身上，飞到天上去的时候，女孩竟然又一次想喊一声，叫男孩注意。

她们已经在那个山垭口玩了好一阵“抓石子”的游戏。

她们的花箩，空空的，杂乱地躺在她们蹲起来围成的圈子旁。

是他们的到来，使她们停止了游戏。

他们，七八个吧，一人背着一个花箩，也全是空空的。他们的手里，都提得有一把镰刀，从山那边，往她们这边慢慢地爬了上来。对，是爬。那路，是上坡路。他们是从山路的下面，顺着那条蜿蜿蜒蜒的山间小路，慢慢地爬着上来的。他们的身影，越来越大，越来越大。很快，就能听到他们的说话声了。

女孩在那越来越大的身影里，终于看到了男孩的身影。女孩憋在心里的一口气舒了出来。但女孩没看到男孩身上的那一片天空。他和他们一起走来，她觉得他和他们没什么两样。女孩只觉得男孩比他们都矮。女孩还发现男孩背在身上的那个花箩，也比他们的都小。他也是才来割草的吧。女孩想。或许，他是从昨天才开始来割的。女孩甚至确认，他是昨天才走进这个队伍的。虽然女孩参加她们的割草队伍时间也不长，她也是今年的这个割草季节才和她们一起来割草的，但自她和她们一起出来割草后，她是昨天才看见他的。也是，他还像自己样的小，在他们那伙人里，他肯定是最小的。就像自己，和她们在一起，就是最小的。女孩想，再小，怕就不能来割草了。他，和自己，都是。

她们，以及他们，虽然年龄悬殊都不是太大，也就四五岁，最多不会超过7岁，但也还是很明显的。在我们这个村庄，这个以农耕生活为主的村庄，差不多每家每户都喂得有牛、有马。这些牛和马，在冬天和春天，吃的大都是苞谷草和稻谷草，我们叫为干草。一到了夏天，青草长出来的季节，村里的孩子们，便开始背上他们和她们大小不一的花箩，提上镰刀，铺天盖地地扑向山山野野，一箩一箩地割起那些青草来。青草，更能壮牛壮马呢。一个青草季节后，哪家的牛和马，都会明显地肥胖起来。一些要卖牛和马的人家，都会等喂过了这一季节才卖。那样能卖上个更好的价钱。要说，村子里的孩子们，从能背上花箩提上镰刀出门割草开始，便一年又一年地割起了草来，直割到他们或她们都大了，都可以做更为用力的活了，或者说做一个人家的主力活了，要么娶了媳妇，要么嫁了人，他们和她们才会放下这割草的事儿，把这割草的事儿，交由自己的孩子或者弟妹去做。就是没有孩子和更小的弟妹的人，也已不再参加这样的队伍。大了的他们或她们，有着更多的事儿要做。他们或她们，只能抽空，做主活的空，去割些草来给他们或她们的牛和马吃。这时的他们或她们，都是独自行动的了，不再扎堆，不再一群一伙地去割了。他们和她们，也不可能再有一群一伙地割了草，再在这儿那儿的一个地方，玩“抓石子”“修天”什么的游戏。

他们已经走到了她们这儿。

他们中的一个突然地问：“你们两个昨天躲哪玩去了？”

她们中的一个说：“就是，害我们找呢？要是回家去你没在家，昨晚我们不被打个死骂个死才怪？”

说话的这个伙伴，昨晚真去了女孩家。那时，女孩已经在端着碗吃饭。看着这个伙伴，女孩像是做错了啥事，有些惊讶，又有些害怕。女孩似乎还没在一天这样连续地害怕过几次。遇上男孩时她害怕，男孩不声不响地走后，她又害怕。那时，她是多想看见她的伙伴。可这时看见了她的伙伴，她又害怕了。她是担心她这一独自回家来后，下次她们还会不会要她、约她一起去割草。她说：“就在我家吃饭吧！”女孩的声音有种乞求的感觉。她的伙伴没责怪她，也没问她为什么不等她们。她的伙伴说："我家的熟了。"女孩这时最关心的是她们明天还会不会约她一起去割草。但她不知道咋问才能知道这个结果。女孩说："明天要去哪割？"她的伙伴带着一种明显的不耐烦，说："明天看吧。"然后转身就走了。

今天，女孩早早地吃了午饭，一点儿也不敢耽搁地就去到了村子边，在村口等起她们。她等了很长的时间才等到她们。她们看见了她，她们中的一个人说："还以为你一个人去掉了呢。"她没说话，她不知道要咋说。她怎么会一个人去呢。她走进了她们的队伍，和着她们一起走到了这个山垭口。

到现在，女孩还不知道，要是她不在村口去等她们，她们会不会到家里去约她？

她们中的一个说："要跟我们一起来，下次就不能一个人先走了呢。"

他们中的一个说："你两个昨天谈得咋样了，要不，请你舅去说来给你做媳妇算了？"

这人是望着男孩说的。

男孩的脸红成了一片晚霞。

男孩从他们和她们的旁边，走了过去，走到前边去了。

女孩的脸也红成了一片晚霞。女孩想找个地缝钻进去，躲起来。但没有这样的地缝。躲不了，女孩竟又情不自禁地扭了一下头，把目光斜瞟出去，寻找了一下男孩的身影。女孩扫视到的是男孩的背影。从背影里，女孩看到了男孩的蓝披风，它被男孩背在身上的花箩压着。那蓝披风没飘。那蓝披风，此时没成为女孩心里的那一片天。女孩的心里似乎有些失落。但女孩的心里，又有了一种莫名的情愫。看着男孩孤孤地缓缓地往前走去的背影，女孩觉得男孩有些可怜兮兮的。这人，怎么就话都不说一句呢？他舅，他舅是哪个？他是哪个？呵呵，说给他做媳妇！女孩的脸更红了一些。但女孩的心里，却也弥漫起了另一种有些甜、有些不可名状的东西。想想，是他不愿意么？要不，怎么那样一声不吭地就往那边去了呢？自己愿意么？女孩问自己。女孩感觉到自己的脸颊有些烫。女孩的脸上，又飞起了一朵红霞。女孩也不知道自己愿不愿意。

散开了。他们和她们都散向了那些山地的不同角落，开始割起了草来。呼啦啦的，他们和她们，像是战争时代的游击队伍瞬间进行隐蔽，都一下串向了不知的苞谷林洋芋林的深处。在那地埂上，就剩下了他和她。似乎，他和她都还没反应过来，发生了啥！他站在地坎上的这边，她站在地坎上的那边。离得不远。他们都愣愣地站着。他望了她一下。她也望了他一下。接着，男孩似乎不知道该把自己躲到什么地方去。男孩望了一眼他前面的苞谷地。那儿没什么草。那地才被主人家薅刨过。那泥土，都还鲜鲜的。但男孩却走向了苞谷林，到了林边，蹲下了身子去。男孩像是开始割起草来了。女孩又想笑。在那儿，能割到什么草呢？那哪有草！女孩想都没想，便呼啦啦到了男孩身边，说："割泥巴啊？"男孩真没割到草。男孩只在那儿做出割草的姿势。男孩像是受了惊吓，抬起头来望着女孩。女孩的目光迎上去后，男孩的目光又想躲。但女孩的目光揪住了男孩的目光。

过了多长时间呢？或许很短，或许又很长。男孩站起身来，想走，并已开始往一旁走去。

"小气鬼。"女孩站在后面说。

男孩愣了一下，本就走得不快的步子停了一下。但也就是停一下，又迈着那缓慢的步子继续走了去。

"小气鬼！"女孩又说。这声音已超过了说的分贝，像喊。

男孩转过了身来，望着女孩，像有些冒火，说："你说哪个？"

"你！"女孩倒不慌，也不忙。

"你……"男孩似乎不知要怎么说。

"你就是个小气鬼！"女孩又说。

女孩扭转身子，置愣愣地站着的男孩不顾，朝另一个方向走了。

女孩钻进一片苞谷地里，开始割起了草来。

在女孩割着草的时候，女孩的脑海里又一次晃动起了男孩身上的那块蓝披风，那披风，飘着，舞着，在她的脑海里，又飘舞成了一片天空，一片蓝蓝的天空。

蓝披风在女孩的脑海里舞着，镰刀在女孩的手上舞着。女孩早早地割满了她的草，背到了山垭口墩了下来。女孩站在那个制高点，费了很大的劲，才在一个山湾的低处，一块洋芋地里寻到男孩的身影。男孩还在那地里割着草。弯着腰，撅着腚。整个身子一晃，又一晃。女孩提上她的镰刀，呼啦啦地往男孩那儿连跑带滑地冲了下去。近了，女孩看到男孩的花箩里，还半箩草都没有。再看男孩割草那姿势，手不抓草，就甩着镰刀割，那甚至都不能叫割，倒像是甩着镰刀挖，挖了一阵后，才又用另一只手去一一地把挖起来的那不但凌乱且带着很多泥土的草抓起来，挖了半天，抓到手中，也就一小把。这哪像割草，就算你以前没割过，还连看都没看过么？哪有这样割草的？你就不会两只手一起动么，就不会该揽草的揽草，该掌镰的掌镰么？你那镰刀不会放平一些割么？你那镰刀是锄头么，要那样挖？

女孩想说什么，但没说。女孩钻进男孩旁边的一行洋芋地里，弯腰撅腚，一手揽草一手使镰，刷刷刷地割起了草来。男孩也只是抬起头来看了女孩一眼，然后又继续有一下没一下玩儿似的“挖”起他想割的那些草来。不多一会儿，女孩便把满满的实实的一抱草抱进了男孩的花箩。

男孩看着女孩把自己割起的草抱进他的花箩，愣了一下，直起身子来说：“你……”

女孩转过身子望了一下男孩，说：“我啥我，人家等着你呢！”

女孩像是说错了什么似的。她不知道自己怎么会说出这个来。谁在等他呢？“人家”，是他的伙伴么？还是她自己？

顿了顿，女孩又说：“你这样儿，啥时才割得满！”

男孩的脸红了起来。男孩想说啥，但没说，又愣了愣，便很不情愿似的，弯下腰去“挖”起了他的草来。

男孩和女孩成了割草的伙伴。女孩先是和她们一起走出村子，然后，在这个或那个地方，和他们汇合。再然后，她们和他们都各自散向了不同的山野。而她和他，也总是不约而同地，走向同一块地，或者同一道地埂。

男孩割草的姿势，在像割草的姿势了。他懂得双手的配合了。但男孩割草总割不过女孩。男孩每次背着回去的草，都有一部分是女孩帮着割的。

男孩和女孩，成了他们和她们的笑话对象。

他们说："嗨，你家小两口咋的，做啥去啦，天都要黑了还没割好！"

她们说："还说你俩小呢，人小鬼大啊！"

他们中的一个说："我就说嘛，草咋割得越来越满了，怕是想请你舅说媳妇了呢。"

她们中的一个说："要得会，要跟师傅睡，你来时不是还割都不会么，是不是跟他学得这厉害的?"

男孩不搭他们和她们的话。

女孩也是。

在他们和她们说起这些的时候，男孩就走出这个群体，走向或远或近的地方，站在一道坎上，或者一道坡上，像是在看远处的山，或者什么。女孩呢，还在那儿，原来坐着的，还坐着；原来站着的，还站着。她不说话，不理她们和他们。她大多时候只顾低着头，用她的镰刀在地上挖着坑玩。偶尔的，才抬起头来，她不看他们，也不看她们，而是看向远处，寻男孩的身影。这个时候，女孩一般情况都能看到她想看的东西，就是那块披风，那块蓝色的披风。她这时看到的那披风，往往正在男孩的背上，在风中猎猎作响，飘着，舞着，飘舞成一片蓝天。女孩透过那一小片天空看向远处，远处的蓝天似乎淡了些。再定眼看那披风时，似乎，那已不是男孩用来垫背用的披风，那就是天上的某一片蓝天，掉在了男孩身上。

男孩，与他们，真是不一样的。不一样的，就是这块披风。或许，又不只是这块披风，还有从男孩身上的每一个角落里渗透出来的那种难以形容的气息。要说垫背用的，他们每一个人都有。她们也有。他们用的，多是用破衣服和着其他破布巾补的，补得厚厚的，针脚密实，没有衣袖，那在我们村叫“马褂”。那多是他们的奶奶补的。为他们补这马褂的奶奶，都上了年纪，老了，不能做其他事儿了，或者说她们的儿子或孙子不让她们做其他事儿了，不种田了，也不种地了，更不喂牛喂马喂猪了，这样，她们有的就是时间了，而对于勤劳了一辈子的她们，没点事儿做着，像是不踏实，所以她们就给他们补了这马褂。补一件这样的马褂，她们得用上月的时候。但她们有的就是时间。她们不但想给她们的孙子补，也想给她们的孙女补。但她们的孙女嫌难看，不要。她们的孙女，这些女孩们，不用这马褂，用的是风巾，村里的女性中老年人用来包裹在头上，用以遮风避寒的那种风巾。女孩们已不用风巾来遮风避寒，但她们还大都买得有一块两块风巾。她们买来，就用于披在背上，垫着背花箩。这样可以让花箩不那么硌她们的背，也让花箩里的东西，不容易随便就污脏了她们的衣服。

男孩没这样的一件马褂。女孩不知道男孩其实不是下村的，不是和他们一个村的。男孩是趁放假来他舅家玩的。男孩的舅原本也找了一件他曾用过的马褂给男孩，但男孩往身上穿了一下，觉得松松垮垮的，不舒服，还难看，一穿上，整个的人看去就像个小老头似的，便脱了，不穿了。最后，男孩的舅找了这件他帮人做厨时穿戴的围腰，让男孩往中一折，再往背上一披，用那本是挽了结向后背的带子在男孩的脖子前结一个活扣，便成了男孩垫背的这块披风。

一天，很少说话的男孩突然地问女孩：“找婆家了没?”

女孩知道“找婆家”是怎么回事，不说别的，她们就全都找得有婆家了的。女孩也曾想过，她们都有婆家了，自己怎么还没有呢？女孩曾看见过她们的那些个人，他们在端午节、八月十五，还有正月里，都会来到她们家，给她们家送些包子啊月饼啊什么的。

女孩望了望男孩。女孩想，他真要请他们说的那个他舅来说她了么？女孩的心，加快跳了起来。

女孩说："有啦！"

女孩望着男孩咯咯咯地笑了起来。

男孩问："真的？"

女孩站起身来，说："骗你的。"

一个多月后的一天，女孩没看到男孩再和他们一起来了。

一天，两天，三天。女孩想，是不是男孩病了。

一个月，一个割草的季节，都一天一天地过去后，女孩才相信，男孩没来，不是因为病。因为什么，女孩没敢问他们，那些走了一些长大了的、又加进了一些勉强可以背上花箩来割草的男孩们。

女孩呢，一个又一个季节的来割着草。女孩割着草的时候，以及没有割草的时候，一直在想男孩的那块披风，那块蓝披风，那块像一片蓝天样的披风。那披风冷不丁地就钻进她的脑海里，开始飘起来，舞起来。飘着舞着，时不时地，就会让女孩惊出一身冷汗。似乎，那块披风真的像她感觉到的那样，就要飘着离开了男孩似的。

女孩想，他真的不会再来割草了么？他长大了么？他不是还那么小的么？

女孩想，他的那个舅什么时候会来呢？

男孩的那个舅一直没来。

女孩从那个割草的队伍中年龄最小的，割成了中间年龄的，继而，又割成了最大岁数的。看看，她都 23 了。23 了的女孩，在我们那儿的农村，几乎都全嫁了人当了妈了。而女孩呢，不但没当妈没嫁人，却还在连个婆家都没找。倒不是因为没人来提亲，是女孩不顾爹妈的威逼利诱，一直没答应那些媒婆提起的对象。那些媒婆，都是女孩说的"土都快埋到脖子"了的老女人。一看到那大体相似的老女人，女孩连来的媒人对对方的介绍都不听一句，就断然拒绝了。谁也不知道，女孩在等着一个男的"媒婆"。但女孩又一直没能等来。

女孩嫁人的时候，已经 25 岁了。女孩这时已是一个标标致致的清清纯纯的少女了。女孩嫁给的人，是下村的。那人女孩曾见过，而且不止一次。那人就是曾经的割草队伍中的一个。那人个儿不高，矮矮小小的，但还算敦实。那人的父亲，已在他三岁多的时候就离世。那人的母亲呢，又得了偏瘫，常年卧躺在床。那人已经二十八岁了。那人似乎连找个女的媒人都成了问题，他就找了个男的，是他的一个叔。想想，爹死了，妈又那样躺着，谁去为他张罗这样的事儿呢？或许，最后是他自己，找到了这个算是他隔姓的男长辈，来到女孩家提出了这门亲事。

女孩同意嫁给那人，是男“媒婆”来提的亲可能会是一个因素，但不是主要因素，主要的，是因为那人在下村。女孩不好把打听男孩的事向任何一个人说出口，所以在那人请来的这男“媒婆”提出这亲后，她就决定自己到下村来弄清男孩的情况。

女孩嫁到下村后，把村里所有的人就认清了，也没认出，谁是曾经那个披着蓝披风的人。以致最后，女孩不得不看似无意地问那人：“你们以前一起割草的，经常披着一块披风的那人呢？”

那人不知女孩为什么会问这个。但那人也没多想。他只稍稍回忆了一下，就想起了那个男孩。他说：“他呀，他不是我们村的呢，他是六叔的外侄呢。”

女孩的心，一下凉了大半……

那人没觉察出女孩的异样，又接着说：“小子可厉害了呢，前两年就听六叔说他大学毕业了当官了呢。”

女孩的嘴大大地张了一下。那一块蓝披风，又在这时飘进了她的脑海里，并开始舞动了起来。那披风，是在男孩的身后舞着的。男孩的身子，随着那披风的舞动，在女孩的脑海中越来越清晰。高矮，胖瘦，脸，眼睛，鼻子，甚至眉毛，女孩都能一一地看个清楚。对，还有男孩割草的那姿势，男孩被她某一句话弄得一愣一愣的样子，一一地在她的脑海里闪现。女孩的心里，对那时的男孩，一切都感觉是那么明晰。只是，女孩不知道大学毕业了、当官了的男孩，会是一个什么样子。女孩无论如何想，也想不出来。

不久，那人所说的六叔，就死了。

那天，那人突然跑回家来，嚷着对女孩说："快，快，那小子也来了，小子也来了……"

女孩先是一愣。不用想，女孩就知道那人说的小子是谁了。女孩放下手中正在切着的猪草和菜刀，转身就要往门外赶。但刚跨出门槛，女孩便停了下来。女孩低下头来，看了看自己身上的衣着。那是自己用蓝色的确良布缝制的对襟衣，那是补了疤的蓝色卡其布裤子，那是蓝色卡其布作帮的胶底鞋。

女孩愣了一下。又愣了一下。

女孩返回到了屋里。女孩重新抓起刚才切的猪草，操起菜刀，嚓嚓嚓地切起了猪草来。

那人见女孩又坐了下来，急切地催促起来，说："快呢，快呢，热闹得很啊，人家那花圈，大得……"那人用手在空中比画了一下，却说不出大得怎么样，或者像什么。

那人又接着说："小子还请了什么腰鼓队呢，腰鼓队，腰鼓队你看过么?"

女孩看了一眼猴子样急的那人，说："你去看算了，我先煮猪食。"

那人见女孩不去，也没再管，转身便消失在了门外。

看着那人消失的背影，女孩的眼前，模糊出了一块披风，一块蓝色的披风。那披风飘着，舞着，又一次飘舞成她眼前的一片天空，一片像要下雨了的天空。

2012 年 4 月 16 日

原载《永善文学》2012 年第 2 期

让我好好睡一觉

黎明时分，老赵提着一个用细钢筋焊接的小凳，走出了家门。他要去河滨公园转转。每天早上去逛趟街和逛转公园，一如曾经种菜和卖菜，成了老赵生活中的一门必修课。老赵不是因为喜欢才这样去逛街和逛公园，就如他当初不是因为喜欢才种菜和卖菜一样，而是出于一种无奈。曾经是生活的无奈，现在依然是生活的无奈。

刚要跨过家门前的那条小水沟，老赵就被县戒毒所的所长何利国堵住了。四目相对的瞬间，老赵感到何利国那鹰眼般的目光像子弹样地穿过了他的心脏，让他的心咯噔地响了一下。

“你是赵鹏的父亲吧？”何利国问老赵。

“哪个赵鹏？我没赵鹏这个儿子。”老赵的心又颤了一下，他满面的愁容变成了一脸的愤怒。

“老人家，你先别说这气话，我是戒毒所的所长何利国，赵鹏目前在所里的情况很好，对毒已经没啥依赖了，没吸了，只是……”

“不是！不是！我没什么儿子叫赵鹏！”还没等何利国说完，老赵抢前一步，绕开何利国，走了。

“赵鹏不是你儿子，可赵鹏说你就是他爹啊，他说他最想见的就是你了。”身后传来何利国像是有些发火了的话语。老赵站住了。老赵慢慢把身子转向了何利国。何利国上前两步，站在了老赵的跟前，说：“赵鹏还13岁都不到，那么聪明可爱的一个孩子，你不能就这样不管啊！”老赵不说话，他的脸却丧得快要拧得下水来。“你们家的事情我都听说了，这种事情发生在任何一个家里，都是让人心痛的。”何利国又说。老赵把脸扭向了旁边一溜儿一溜儿的菜地。那地里种着各种各样的蔬菜，有紫黄紫黄的茄子、细长细长的金豆、墨绿墨绿的青菜。这些菜老赵以前都种过。只是现在那些菜地没有他老赵的了，老赵的地已被这几年来一次又一次这样那样的建筑征去了，最后一溜，也在年前被前面正在修建的这个小区征了。老赵一脸的戚然，那张沟壑纵横的脸上，似乎就要流淌起水流来了。

何利国说：“赵鹏是我们那儿年龄最小的一个，也是最可爱的一个，最不应该在那儿的一个，我不是他什么人，但我都在为他感到心痛。我是每天都要和他交流上一次，我能感觉得到，他也盼望着走出来，盼望重新回到学校去，去好好地读书。他跟我说，如果还能读书，他一定要像他哥他姐们样地有点出息。现在赵鹏对他自己的行为，包括吸毒的事，包括他母亲的事，都很后悔的，都很痛苦的。我们希望你和所里一起，共同努力，尽快地让他把毒戒了，然后让他走入正常人的生活轨道。”

何利国又说：“你知道，赵鹏为了逃出那个生活的魔坑，幼小的他是怎样挣扎的吗？我们去昆明带他的时候，听那儿的警察说，他在昆明的那段日子，一直在跟着一群人干那种小偷小摸的行当，他每天都要向他们的老大交200元钱，交不了就要遭到毒打。那种生活，他自己都已经忍受不了了，所以为了逃出来，他是在一次偷盗中故意失手，故意让在旁边巡逻的警察抓的。”

老赵的眼里蓄起了一眼的泪水。老赵那颗被赵鹏搅得七上八下的心才刚刚平静下来，现在又再次地七上八下了起来，关于赵鹏的任何一句话语，都会百发百中如刀一样地刺向他的心。

“赵鹏始终是你的儿子，让他重新步入正常人的生活，社会有责任，你们家人也有责任啊。”何利国说。

“他不是我儿子，我也不是他爹！”老赵抹了一把鼻涕，对着何利国吼了起来。何利国感到吃惊。但何利国俨然是个大风大浪里走过来，对此早已习以为常的人，他面带微笑地说：“赵鹏曾跟我说过你老人家的生活习惯，我是天不亮就来这儿等你的了，我来只是想请你老人家去看看赵鹏，现在赵鹏最缺的就是亲人的关爱了，他每天都在盼着你的出现，很多个晚上，他还要我打电话给你，让你去陪着他睡觉啊。”

“我才不去，他死了才好，我再也不想见到他了！”

“我能理解你老人家的心情，我知道你老人家的心头之恨，但那是一种恨铁不成钢的恨，在你的心里，是还在爱着他的，他终归还是你儿子呢。现在他没妈了，他哥他姐又都在得远，家里就你，你都不去看他，谁还去看他呢？你总不能因为这种恨而否定了你们的父子关系吧？你也不想让他一辈子都这样吧？”

老赵抹了一把眼泪。

“你老人家想想吧，我们和赵鹏一样，希望你去看看他，看了，说不定你就没这么恨他了。”

老赵把脸转了过来，抬了一下头，似乎想对何利国说句什么，但还没有说出来，何利国已消失在了路上赶早市的人群里。

老赵的家门前，是一条通向城市的公路。路上，骑自行车带着饭盒进城做临时工的，用三轮车拉着新鲜蔬菜去卖的，戴着红领巾上学的，男的、女的、老的、少的，都一副行色匆匆的样子。老赵站在家门前，望着一路的行人，突然在心里问起自己：我又不去卖菜了，我起这么早干啥，我咋就不多睡一下呢？

其实，老赵也确实是想多睡一会儿的，但他睡不着。老赵在天没亮的时候就醒了。醒来时的老赵想再睡一会儿，他闭上眼睛，想：好好睡一觉吧，有的是时间。努力了几次，却依然醒着。不但醒着，还开始觉得腰背隐隐地痛了起来，像是床铺上的垫单老是在硌着他浑身的骨头样的。莫不是心脏病又犯了。老赵想。老赵这心脏病已犯了好些年，但都没严重发作过。只是腰背痛一下，胸口闷一下，只要起来走走，动动，再忍忍，就过去了。老赵翻了个身，想侧侧身子看能不能把那隐隐的痛侧走，能不能继续入睡，但这一侧，却把他那隐隐的痛侧得更加明显了，把他最后的一点睡意都侧走了。老赵只好起身下床。看来，没好好地睡觉的命呐。老赵在心里嘀咕了一下。老赵有些纳闷儿，以前那瞌睡跑哪儿去了呢？

是啊，以前那瞌睡跑哪去了呢？以前老赵一直以为，能好好地睡上一觉就是人生最安逸的事儿，就是自己这一辈子最大的人生享受。睡着了，在梦中，你想到哪儿就到哪儿，想有啥就有啥，想怎样就怎样，那可是天堂里的日子呢。但那些年，老赵偏偏就一直没能睡上一个好觉，一直没能过上一次他想象中的天堂日子。似乎是刚迷糊着，妻子就催了起来，说："他爹，起了，天快亮了。"每每听到老伴这种喊叫声的时候，老赵的心里都不是滋味，毛抓火燎的，还免不了向老伴嚷着：喊什么啊，让我好好睡一觉！但嚷归嚷，在老伴的起床声中，老赵也睡眼惺忪地起床了。

那时这个城市还小，就那么几排低矮的房屋镶嵌在这宽阔的坝子上。也不像现在这样，门类齐全的农贸市场东南西北到处都有，只在城市的中心有那么一条小巷，窄，且破烂不堪，污浊不堪，洗菜的水，及各种各样的水，横七竖八地流着、淌着，弄得到处都是些稀泥烂浆。就是那么一条巷道，却四面八方的人都要到那儿来买菜。老赵的家离那巷道不远，趟过一段土路，转过几个房拐，就到了。挑着一担黄瓜、金豆、青菜、莲花白什么的蔬菜，叽儿叽儿地走在进城路上的老赵，似乎还在回味着那像是才开了个头的若有若无的梦，晕晕乎乎迷迷糊糊浑浑然然的。这时候，老赵恨不得一下卸了肩上的担子，倒在路坎上，让天上闪闪烁烁的星星和踩着云块飞快滑行的月儿引着他入梦。即便那梦会被露水打湿，被泥泞粘紧，飞翔不了，奔驰不了，老赵都想得不行。但老赵不能倒下。家里的生活开支不说，老大还正在省城读大学，老二还在读着高中，还有老幺也才开始读书，三个娃儿都还正要用钱。那钱从哪儿来，他没能领工资，他就只有和着老伴没日没夜地侍弄那几溜儿菜地。那几溜儿菜地侍弄好了，就长出了紫黄紫黄的茄子、细长细长的金豆、墨绿墨绿的青菜，就长出一角一元由少变多的钱。所有的希望都得从那菜地里侍弄出来呢。早上卖一次，下午卖一次。晚上回到家，老伴开始做饭，老赵呢，就开始打着手电筒在菜地里采摘菜果，开始准备第二天早上要挑去卖的菜。采摘回来了，又把那小苦菜小捆小捆地用草秸扎了，把那金豆也小提小提地捆了，然后和着莲花白什么的用水一遍又一遍地洒了，最后再整整齐齐、伸伸展展地装进两担箩筐里。在做着这些的时候，老赵多想让自己身子一歪倒在草墩旁，拉上一阵呼噜，好好睡一觉。这个时候，老伴就会说："快了，快了，再扎完这点就够了，他们这星期要的钱也能卖够了。"是啊，快了，他们这星期要的钱快够了。老赵想：等几个孩子都成人了，都有出息了，那自己是一定要好好地睡它一睡的，成天成夜的睡，如果能，就十天八天的睡，成月成年地去过那梦中的天堂日子，把这一辈子欠下的所有瞌睡都给补起来。

什么时候可以不种地就有钱用？什么时候可以好好地睡一觉？为钱而不断忙碌得睡不上一个好觉的老赵一次又一次地这样想着。对那几溜儿地，老赵的心里又爱又恨。

谁能想到呢，也没几年，城市就扩展到了老赵的家边。老赵家的那几溜儿菜地，今年一溜，明年一溜，没几年，竟一一地没了。地没了，钱却有了。那钱是大沓大沓地到老赵的手里的。看着手中的钱和不再属于自己的地，老赵想，这下有时间睡觉了，有时间好好地睡一觉了。但要一时改变早起晚睡的习惯，去平平静静踏踏实实地睡上一觉，老赵却做不到。他一次又一次地在夜色浓重的黎明撑起身来，充满疑惑地望着旁边的妻子。他不知道妻子为什么还这么睡着，为什么还不起床。等他清醒过来后才知道，现在已经没地种没菜卖了，也不必去种地去卖菜了，不必这么早地起床了。老赵怅怅然地心慌意乱地躺回到床上，只是躺回到床上的他，再也不能入眠。人啊，他妈的贱，没时间睡的时候想睡，有时间了却又睡不着。老赵的心里纳闷。不过他想，这可能只是暂时的，哪有有时间睡却睡不着的事呢，等过些时日，适应过来就好了。但他怎么也没想到，在他渐渐适应了不再早起晚睡的时候，还在读小学四年级的老幺赵鹏，在手里经常有几个零花钱的时候，就开始逛网吧了，就开始跟一群滥三下四的孩子混在一起去了。在知道赵鹏不读书而是在城里乱七八糟的偷啊抢啊的后，老赵再次开始了睡不着觉的日子。儿子变成这样，他怎能睡得了觉呢？起初，老赵还一次又一次地对赵鹏说："要好好读书，要向哥哥姐姐学习。"还说："你偷那点钱那点东西算什么，家里又不缺那几个钱，那会害了你一辈子。"说着，一次又一次地增加了给赵鹏的早点钱零花钱。但赵鹏并没因此而像老赵说的那样，去好好地读书，向他哥哥姐姐学习，相反的却越来越玩得野了。老赵的心里开始藏起了一股火。一见上赵鹏，老赵心里的这股火就蹿了出来。敬酒不吃要吃罚酒，看来你是服硬不服软。老赵对赵鹏采取了武力手段。顺手拾到什么，他就拿什么打向赵鹏。锄把也好，钢筋也好，扫帚也好。老赵以为通过这种打，赵鹏会长点记性。但一次又一次的结果证明，赵鹏不但没因他的打长记性，反而越来越放肆了。这不，竟然被抓进了派出所，让他老赵去领人了呢。

老赵和老伴商量了后，一起把赵鹏捆起来关在了家里。这一关才发现，赵鹏竟然还吸上了白粉。毒瘾发作起来的赵鹏，在屋子里鬼哭狼嚎起来，弄得老赵心里像有千万条虫子在爬。老赵整个儿的心乱成了一团麻。面对赵鹏的祈求和哀号，他真是不忍闻睹。老赵抹了一把眼泪离开了家，走向那还没消失殆尽的菜园。前面两个孩子在赵鹏这么大的时候，一放学回来就做作业，做完作业不用你喊，就跟着浇菜择菜，还会跟着去卖菜。他们在学校里也还经常连早点都吃不上，但他们却把书读出来了。赵鹏这是怎么了呢？按说，无论是读书的条件，还是生活的条件，都比他们那时好多了，可他为什么读不了书，却当上烟鬼了呢？老赵百思不得其解。望着别人家没被征去的一溜溜菜地，老赵满眼的茫然。

吸啊，咋不吸了呢！你给我吸死掉才好呢！

老赵没再去逛公园，确定不可能再看到何利国后，他把那个凳子重重地摔在地上，气嘟嘟地返回到家里，躺到了床上。

窗外正在建一个小区房。搅拌机搅拌砂浆“轰、轰、轰”“哗啦啦”的声音，渗透进窗子，实实地钻进了老赵的耳朵。老赵的心被搅得像那上紧了发条的碰碰车玩具，安稳不下来，平静不下来。

小杂种真的变好了吗？

小狗日的真不吸毒了吗？

老赵躺在床上不停地想。老赵有些不敢相信何利国所说的话，但内心里又有一种情愫，让他希望何利国说的是真的。模模糊糊中，老赵似乎又看到了那个调皮而又可爱、聪明的赵鹏，看到了像个女孩子样经常在他和老伴身上撒娇的赵鹏。似乎，老赵还朦朦胧胧地看到了背着书包、戴着红领巾走在上学路上的赵鹏。老赵的脸上洋溢出了一种莫名的笑，笑得布满沟壑的脸上，挂上了两行晶莹的水珠。“儿子！儿子呀！”老赵在迷迷糊糊中被一种从天而降的声音惊醒。老赵的心里不禁地打了一个寒战。那是老伴的声音。儿子！赵鹏！醒来的老赵想起了何利国要他去看赵鹏的事。老赵不知道自己要不要去看赵鹏。老赵的心里，一会儿是想看到赵鹏，一会儿又是不想看到赵鹏。“赵鹏不是你儿子，可赵鹏说你就是他爹啊，他说他最想见的就是你了。”何利国的话这时响在了老赵的耳旁。“他还知道我是他爹啊！”老赵抬起手，抹向了浊泪横流的脸上。我要不要去看他啊？老赵在心里问自己。“很多个晚上，他还要我打电话给你，让你去陪着他睡觉啊。”晚上睡个觉都还会怕的人，怎么去偷去抢去吸白粉就不怕呢？

老伴那“儿子！儿子呀！”的声音又在老赵的耳旁响了起来。妻子是不是要自己去看赵鹏呢？她怎么还会让自己去看赵鹏呢？她不怪赵鹏吗？她不恨赵鹏吗？赵鹏都把她害死了，她怎么还会想着赵鹏呢？

老赵决定不再给赵鹏钱了，一分都不给。可老伴却背着他不时地拿些给赵鹏，这让老赵的心里又窝了一股火。又一次得知老伴给了赵鹏钱后，老赵气不打一处来，猛地跺了一下脚，向着老伴大声武气地吼了起来："你有多少钱，你供他吸一辈子啊，你要让他把这个家全吸干净啊，你要让他把自己吸死掉！"吼着，"砰砰砰"地，老赵开始砸起了家里的东西来。"哗啦"的一声，电饭煲被甩在了地上，里面那白白的米饭，撒了一地；又是"哐啷"的一声，电视机被老赵高高地举起，砸在了地上……原本清清爽爽的屋子，一下狼藉不堪起来。老赵的老伴被眼前的举动惊呆了，呆呆地看着疯了样的老赵。等老赵再次扑向墙边的一把锄子时，她忽地一下扑到了老赵的跟前，抱住了老赵的脚，边哭边说："你疯啦，你要把这个家的东西全部都砸了吗?""有如等他来吸掉，还不如老子先砸了。"老赵几下把老伴甩开，不管不顾地把那把锄子握在了手里。只是握着锄子才发现，家里已没什么可以供他砸的了。老赵气急败坏地把锄子用力一丢，去到卧室，倒在床上睡起来了。

天已黑了下来，没吃午饭的老赵觉得有些饿了，起床来准备弄点吃的，刚走进厨房，一下就被厨房里的景象吓呆了，他的老伴，直直地吊在一根绳子上……

怎么可能呢？吃屎的狗怎么改得了吃屎的脾气呢？

死他的，我才不去！老赵翻了个身，用被子把自己实实地捂了起来。老赵真想好好睡一觉。老赵想，睡一觉，说不定醒来就啥事都没了。或许这只是一场梦而已。但老赵睡不着。去不去看赵鹏的事依然在老赵的脑海里萦萦绕绕。老赵不知道赵鹏变成这样，是不是跟自己的残忍有关。老赵也不知道自己那样对赵鹏算不算残忍。想想，打他，骂他，不就是想让他好好读书，将来有点出息吗？谁不想自己的孩子有点出息？他不听话，不好好读书，不好好做事，你能不骂他，不打他吗？不打他不骂他，那要怎样对他？像前面的两个孩子，好好地读书，回来后好好地帮着做事，把一分钱当成两分来使，我会打他吗？会骂他吗？我哪儿错了？

堂屋里传来一阵响动声。老赵警觉地爬了起来，想看看。刚起身挪到床的边沿，把脚伸进床前的鞋里，一仰头，就看到了他的儿子赵鹏。赵鹏穿着一件黄色体恤，一条及膝短裤，剃着个光头。一双天空般湛蓝的眼睛也正在盯盯地看着老赵。老赵的眼里露出了一种惊讶，惊讶里又含着一丝喜悦。他不知道这是梦是真。老赵想一把把儿子揽进怀里。但举起的手停在了半空中。赵鹏明明是在戒毒所里的，说是要在里面两年的，现在去了还一年不到，怎么就出来了？老赵痴痴地望着赵鹏，说不出话来。

“爸，我回来了！”赵鹏喊着跪在了老赵的跟前。

“真的是你吗？鹏儿！”老赵鞋也没穿，放下那只空中的手，起身上前两步，一把揪住了儿子的手。

“爸！”赵鹏低着个头又喊了一声。这一声喊得老赵揪住儿子的手颤抖不已，一行干枯的泪顺着老赵那塌陷的眼眶流了出来。以往所有的积怨，所有的愤怒，所有的伤心，所有的痛苦，在这么一个儿子的面前，似乎都烟消云散了。

老赵抹了一把泪问道：“你怎么就回来了，你的毒戒啦？”

“戒了，爸，现在我一点儿都不想吸白粉了。”赵鹏说。

“好，好，好啊，这才像爸的儿子，戒了毒就好，这下要去好好地读书了，啊！”老赵把目光射向窗外，他看到了一束金色的阳光。

“爸！”赵鹏一时的激动变成了黯然。

“怎么啦？儿子！”看着儿子一时变得黯然，老赵也黯然了下来。

赵鹏低着头，不再说话，却像是在哭泣。

老赵也蹲了下来，蹲在儿子的面前，抓着儿子的手说：“怎么啦，毒不是戒了吗，毒戒了你不读书你要干嘛？”

赵鹏慢慢地抬起头来，望着老赵说：“我不能去读书，我是逃出来的，他们还会来抓我。”

“逃出来的？他们还要来抓你？你不是已经戒了毒了吗？他们还来抓你干嘛?”

“我的戒毒时间还没有完，要两年。”

“那你就回去，都快一年了，再是一年，你就出来了，再是一年，你也只是十四岁，未来的路还长呢，也还可以好好地读书的。”

“不，爸，我不去，我再也不去了。”

“那你狗日的要咋整！”老赵一下站了起来。

“我要逃，爸，你给我些钱，我出去一年，出去躲一年，躲过这一年，我就回来好好的读书。”赵鹏抬起头，抓着老赵的衣角，定定地望着老赵说。那双湛蓝的眼睛里，汪起了满眼的泪花，像是天空飘着的朵朵白云。

“逃，逃你妈的×！你还戒掉了，你明明就是想逃出去吸嘛！”老赵一下甩开揪着赵鹏的手，坐回到床上指着赵鹏吼了起来。

“爸，我求你了，你就救救我吧，我再进去，就出不来了，我会死在那里的，爸。”赵鹏跪着爬到了老赵的跟前。

“你又不是没进去过，我看你进去这一趟还进好了！”

赵鹏嘤嘤的哭声一阵阵地钻进了老赵的心里，让老赵也不禁地再次流起了泪来。老赵抹着泪在赵鹏前面蹲了下来，望着儿子边哭边说。“回去吧，赵鹏，只要你回去好好地把这毒戒了，你就还是老子的好儿子。”

“不，爸，我不去了，我怕，那里面有杀过人的，有强奸过人的，我怕啊，爸！在里面的每一个夜里，我都多想有你陪我睡在我的身边啊，爸！”赵鹏已放声地哭了起来。哭得撕心裂肺，哭得肝肠寸断。

老赵犹豫了，老赵不知道是不是该拿钱给儿子，让他逃出去，让他躲过这一难。老赵想，如果让他出去，又像以前一样去偷去抢去吸毒，那怎么办？不行，要想让他真正地走上一条正道，无论怎样，还是得让他进去。让他进去好好地、认认真真地走完这一程。现在已经戒到这个程度了，再戒上一段时间，应该就彻底地戒掉了。人家规定戒两年，不可能是非空空地订的。老赵定了定神，站起来把头扭向窗外坚定说："不行，你要么回去，度过这一年，回来后还是我的儿子；要不我就不管，你逃也好，死也好，我没你这狗日的儿子。"

"不——你必须给我钱，你必须得给我钱，不然我就是死在你面前！"赵鹏也站了起来。那黯然的眼神一下子变得凶恶起来，像是要杀人样的。老赵回头一看到这眼神，心里就打了一个寒战。这是让他曾经一次又一次地愤怒，一次又一次地伤心欲绝的眼神。在这眼神里，老赵就又一次想起了老伴，想起了直直地吊在厨房里的老伴。

在老赵呆呆地站着的时候，赵鹏扑向了老赵的床，开始在那床上翻寻了起来。枕头，被子，整个的床上，瞬间就被赵鹏翻得乱七八糟。老赵从后面一把揪住赵鹏的衣领，使尽全身的力气往后一甩，一下把赵鹏甩到了对面的墙脚，"砰"的一声，赵鹏的头碰在了墙壁上。听到那沉闷的一响，老赵的心惊了一下。

赵鹏举手摸了摸头后，立即又爬了起来，接着扑向了老赵睡的床。赵鹏一边翻着被子一边不停地说着："钱，钱，给我钱！"

老赵也扑了上去。老赵揪住赵鹏的手，使劲地往后挣。赵鹏也使劲地往前挣，还边挣边翻弄着床上的东西。一来一去，赵鹏似乎有些烦了，他倾着身子，用力地往下一挣，在老赵也用力往上挣的时候，他反过来一放一推，老赵就弹出去了，弹到了赵鹏刚才落地的那个位置，老赵的头也被撞到了那堵墙上，也发出了"砰"的一声响。

老赵躺到了那堵墙脚。老赵的头还在往上伸着，同时一只手撑着地，另一只手却伸着，伸在空中，无力地指向赵鹏；嘴也张着，像是要说什么，或者是要向赵鹏骂出一句什么，但没有说出来，没有骂出来。老赵感到眼前一阵发黑，一阵晕眩，接着是一阵心悸、胸闷、头晕，渐渐地，整个的身子都梭到了地上。

"我明天早上来拿钱，不拿钱我就死给你看！"赵鹏说着，没管地上的老赵，一步一步地退出了屋子。倒在地上的老赵想站起身来，但他怎么也站不起来。先前只是左胸部疼痛，现在这疼痛已延伸到肩、手臂及颈部，疼得他大汗淋漓，痉挛不已。老赵感到天在旋、地在转。渐去渐远的脚步声若有若无，最后消失在一片茫茫的旷野中。模模糊糊中，老赵看到了妻子，妻子正站在一溜他熟悉得不能再熟悉的菜地里向他招手。老赵觉得眼皮沉沉了，像是无数年来的瞌睡一起向他袭来一样，他感到自己在向一条没有尽头的隧道坠落。老赵闭上了眼睛。老赵想，当初那么多的苦和痛都能忍住，忍住不睡，现在，就忍住这点儿痛，让自己好好地睡上一觉。

老赵就这样睡了过去，睡得很踏实，却不安详。

2008 年 9 月 26 日

原载《赤水魂》2009 年第 2 期

孤　鸟

一

电话响起来的时候，二相正在车一颗螺丝钉。二相没有接。电话响了两声，二相就把手伸进兜里，摁了。

老板曾多次重申过，上班期间不准员工打电话。老板还说，要是谁打了，就一次扣 20 元钱。二相心疼钱，二相也知道老板说得出就做得出。20 元，那可是半天的工钱了。出来打这工为的是什么，不就是这点钱吗。家里欠的那贷款可是说好要在年底还的，那可是请人担保了才贷出来的，怎么能让担保人去担过、担风险呢？还有，那建房证已经办下来一年多了，再不修就要过期了。建房证过期不说，要再不修间房子，回去就连住的地方都没了。以前住的那一间破草房，都快两年没人住没人管了，说不定都已垮了。更让人担心的是以前赊肥料来种庄稼欠下的那些钱，那可是高利贷，利息像春天的拔节草，与日俱增着呢。

电话又响了起来。二相的心里掠过一丝不悦。谁这么烦？二相抽出一只手又把电话摁了。连看都没看，想都没多想。他一直都是这样。虽然他的电话平时就很少，甚至常常一天接不到一个，但只要是在他上班的时间打来的，他都不接，等下了班后才给回过去。电话第三次响起来的时候，二相开始烦躁起来，他甚至都有些恨起了这个电话。但他又想会不会是有什么急事呢。这个想法一掠过二相的心头，就让二相不由自主而又贼精精地抬头环扫了一遍车间，这时刚好监工不在，于是二相贼头鼠脑地把电话从裤兜里掏了出来。那是一个柴疙瘩样的黑色直板手机，是花一百元钱从一个工友手里买来的。二相按了一下接听键，把电话紧紧地贴在脸上，像个娇小姐样的“喂”了一声。

二相的嘴大大地张了一下，脸上的肌肉突然地凸起，他的脸上瞬间轮回了一个春夏秋冬。

二相弹起身来，没有跟已站在他身旁的监工说上一句话，就冲出了工厂。

二相刚到县医院，就看见妻子小米歪靠在医院门诊部门前的台阶上。小米的脸上还在流着血，整个脸部已很显然地肿了起来，惨白惨白的。咋了？二相抢上前去扶着小米问。小米抬起头来有气无力地说，被他们骑车撞了。二相这才注意到旁边还站着一个陌生男人，小米的一只手还在抓着男人的一支衣角。男人瘦瘦的，一副马嘴脸，穿着一套白色西装，头发梳成两片瓦。男人的旁边停着一辆摩托车。

二相蹲下身拉着小米的手问，撞到哪儿了？小米探了探头，说，就是走不成路，腰疼。二相说，走，赶快进去看看。小米说，他没带钱。二相一下子站起身来，拎着男人的衣服虎凶凶地说，还不赶快找钱来？男人说，我都打电话找过好几处了，找不着。面对二相愤怒的目光，男人又说，要不，你先找来医了再说。如热锅上的蚂蚁的二相又望了望小米，小米正在那儿闭着双眼，呲着嘴喘着粗气。小米一定很疼。二相想。二相回头望了一眼男人，说，走，送我回去拿钱。男人“嗯”了一声，望了望小米。小米像是感应到了什么，随之放开了手。

二相来到他们租住的房里，在床下的鞋盒里把他们的钱全部拿了出来。那是准备再等这个月的工资发下来一起寄回老家去还账的。二相沾着口水认认真真地数了两遍，钱还是五千六百元。二相把门锁了，边往兜里装钱边往楼下赶。等他下了楼来，却不见了男人。

会不会是先回医院去了呢？二相想。

二相没有再找男人，他打了一辆的，又返回了医院。小米显得更加无力无神了，整个的人都匍匐在了台阶上。二相抢上去把小米的头抱了起来，摇了摇，喊了一声小米。看着小米睁开眼，二相说，那个没回来吗？小米说，哪个啊？二相说，就是刚才那个男的。小米仰了一下头，说，他不是跟你去了吗？没跟你在一起啊？二相说，我上楼去拿钱下来他就不在了，我还以为他先回来了呢。小米闭上了眼，投在二相怀里的头无力地歪了一下。二相急了，抓住小米的手急切地问，怎么啦？小米，你怎么啦？

二

一天以后，小米醒来了。醒来了的小米看着站在床前的二相，两眼朦胧地说，跑了。二相不知道小米说什么跑了。小米仰望了一下粉白的天花板说，骑车撞我的人跑了。接着小米又像昨天那样把头歪了一下，歪在同样粉白的枕头上，万念俱灰般地说，他撞倒我的时候就想跑了，他早就想跑了，他一听我说我站不起来了的时候就挣着要跑了，是我拼了命地揪住了他，叫他打电话给你，叫他把我送进医院。怎么就跑了呢？都把我撞成这样了，怎么就跑了呢？

那一下一下滴落的液体，锤子般地敲打着二相的心。二相觉得自己太没用，竟然让肇事者跑了。二相一来就没想过肇事者会跑。都把小米送进医院来了，怎么还会跑呢？

护士来量血压的时候，小米想撑起身子来。可她刚撑了一下，一种锥心的疼痛就把她疼得龇牙咧嘴直喘粗气。护士赶紧按住她，说，别动，你不能动，你的脊椎已经骨折，而且还很严重。小米不知道脊椎骨折是怎么回事，她连脊椎是哪儿都不知道，她只感到自己周身都疼痛，钻心的疼痛。小米只有这种疼痛，她却不知道自己这伤究竟严重到了什么程度。二相也不知道，他也不知道小米这伤严重到什么程度。他的脑子里早已乱成了一团麻。自从医生让他至少要准备一万元钱的医药费时，他的脑子就开始乱了。也是从那时起，他知道了小米那伤的严重。要一万元钱才能医好的伤有多严重，二相根本想不出来，他从来没有遇上过要一万元钱才能治好的伤，连看都没看过。二相六神无主。肇事者跑了，二相不知道从哪儿去弄这一万元钱。

护士已经把量血压的绷带绑在了小米的胳膊上，她边捏着一个胶制球体往绷带里挤气边问小米，你这是怎么伤着的？

小米说，被车撞的。

护士用一种充满怀疑的眼神看了看坐在床边的二相，是你撞的吗？

二相把目光从点滴瓶上移了下来，无神地看着护士说，跑了。

护士急切而又像是有些怀疑地说，跑了，肇事者跑了？

二相“嗯”了一声。

护士张了一下嘴，那一下张得有那么一段时间，像是要说什么，又没有说出来。

病房里一溜儿地摆了四张床，一张不空地都住满了病人。也有车祸致伤的，还有挑砖块从楼上摔下来的。那些病友以及在那儿看护病人的人都向二相看了过来，眼神里有惊讶，有同情，更有一些说不清道不明的味道。

护士说，跑了，怎么会跑了呢？你们报案了吗？

二相说，没有。

护士说，怎么不报案呢？被撞了的时候就应该报案啊。

一个病人也撑起了身子来，说，就是啊，无论如何，被车撞了还是要报个案。

二相说，当时就她一个人，她是骑着自行车去上班的路上被撞的，一撞到她的时候那人就想跑了，是她硬揪着，那人才给我打了个电话的。

护士说，听口音你们是外地人吧？

二相“嗯”了一声，说，云南的。

另外一个病友说，我们说的话和这儿的区别就很大，你们云南的就更大了，一听就能分出来，那人一定也是听出你们是外地人来了，才敢跑的，要不他根本就不敢跑，他的车有牌照呢，他跑得了吗？

护士已经在收她的器具了。在起身要走了的时候护士说，你们记得那车的牌照号吗？

二相摇了摇头。

小米说，我记得，好像是9787。

护士说，那你们赶快去报个案，看能不能找到这车，要不，你们这就要白挨了，这么远的来打工，挣点钱不容易，再受上这份苦，就……

一个病友显得有些兴奋地说，能，肯定能，只要记得牌照号，就一定能找到肇事者。

三

按照当地摩托车牌照号9787，二相跟着两个警察走进了一个村庄，找到了一个叫李志辉的人。李志辉是一个二十三四岁的青年男子，穿着一件红色的背心，剃了个光头。面对着站在他面前的警察，李志辉显得有些惊恐。

你叫李志辉，是吧？一个警察问。

李志辉有点迷惘，似乎不知道该说“是”还是“不是”。但他最终还是点了点头，说，是，我是李志辉。李志辉有些胆怯地扫了一眼他面前站着的人说，我怎么啦？

问话的那个警察转过身看了一眼二相说，是他吗？

二相左看一眼，右看一眼，上上下下的都看了，现在站在这儿的人怎么也不像那天送他回去拿钱的人。二相一时不知该怎么回答。他一点儿也不敢说就是这个人。但他又不敢说不是。他在心里就不敢肯定这是不是。这可是根据牌照号 9787 找出来的。这应该不会错的。但怎么一点儿都不像呢？这会不会是他逃了以后，为了防止被认出来，就改变了穿着，还把头发也给剃了呢？二相又仔细地看了看李志辉的脸，他想把这张脸拿去和他印象中的那张脸对照一下。可任他怎么对照，也老是对照不上。这下二相有些急了。会不会是小米把牌照号记错了呢？二相的心战栗了一下。如果真是这样，那……二相不敢想下去了。一下子，找肇事者的事就在二相的脑子里烟消云散了。后怕，恐慌，不知所措，二相的脑子里爬满了蚂蚁，乱糟糟的。

看清楚了没有，是不是他？警察又问了起来。

噢……二相又看了一眼李志辉，然后像个小学生在老师面前做了错事样地说，好像不是，那天送我回去拿钱的人的头发是长的，而且梳着个两片瓦。

牌照号 9787 的摩托车是你的吗？警察转向李志辉问。

嗯，是我的。李志辉说。

前天你是不是在城里骑车撞了人？

前天，没有啊，我这几天都在家里。我没有进过城。

那你的车借给别人骑过吗？就是前天！

也没有。

真的？

真的。

二相的心一阵紧似一阵。

你的车呢？在哪儿？

就在屋里。

你去弄出来。

二相一看到那车，心里就又咯噔了一下。那车也一点儿都不像那天他骑过的车。一定是小米给记错了，一定是。二相想。二相的心里咚咚咚地跳了起来。这可怎么办？这可怎么办？警察一定会说我报了假案。

牌照呢？怎么没挂？警察问。

牌照被一个朋友借去用了。

借去用！这牌照能借的吗？他在哪儿，你赶快给我把他找来。今天之内，你把他带到事故处理中心来，要不然所有责任你全部承担！

四

二相欣喜若狂地回到了医院，一走进病房就说，找到了，找到了。

小米撑着身子想坐起来，但一阵锥心的疼痛让她最终也只能半卧在那儿。那脸虽然依然苍白，但却明显地露出了喜色。病房里的病友们也跟着惊喜了起来，异口同声地问，人呢，人在哪儿呢？

二相说，警察让他今天之内到事故处理中心，警察说他到了会叫我去确认的。

一个病友说，就是嘛，只要记得牌照号，他还能跑了？

又一个病友说，这下找到背家了，他是骑机动车的，小米是骑非机动车的，而且他肇事后又逃走了，这责任一定是他的，全部是他的，你们可以安安心心、放放心心的治疗了，这也算是你们不幸中的万幸了。

二相赶紧地说，是啊，是啊，这下好了。

准确地说，那逃走的人二相他们还没有找到。这一点二相心里很清楚。但二相觉得没必要担心这一点。人都已经落实在那儿了，警察都说今天之内必须到事故处理中心了，那还跑得了吗？

二相的心里只有一种急切的等待。二相希望他的电话一下子就响起来。他紧紧地把电话握在了手里，像是随时准备接听样的。

但这一天二相并没有接到警察的电话。这让二相一夜里都毛抓火燎的。他不知道究竟是发生了什么，事故处理中心会连个音信也没给他。是那人没来吗？那人会不会不来？那人会不会跑了？跑到一个他们找不到的远远的地方去！要是那人真跑了，找不到了，那怎么办？

怎么办呢？二相不知道。不过二相又想，他会不会跑？敢不敢跑？警察已经找到李志辉了，他跑了，李志辉就得承担这责任了。一这样想，二相就又觉得那人不会跑，李志辉也不会让他跑。但怎么会没有消息呢？那人会不会已经来了，甚至早就和事故处理中心的人在一起了呢？一想到这，二相刚踏实了一下的心就又悬了起来。如果是这样，二相倒希望那人还没来，这样只会惹怒事故处理中心的人。二相害怕的倒是那人已经来了，而且和事故处理中心的人在一起了，那意味着什么？他们可都是这儿的人，手胳膊还都是往里拐，要是人家还认识，还有关系，那会是什么结果？

二相有些不敢想下去。他整个的脑子已经被各种猜测搞得乱麻麻的了。

第二天早上，二相接到警察的通知后，到了事故处理中心。刚走进大门，二相就看到了那个现在看来多么熟悉的面孔，就是那天送他回去拿钱的那个男人。男人正和一个身穿制服的人从办公楼下来。

警察一看到二相，就说，你来了，你看，撞到你妻子的人是不是他？

二相毫不犹豫地坚定地说，是的，那天就是他送我回去拿钱的。

二相跟着男人和警察一起走进了一间办公室。警察说，事情我们已经调查清楚了，他也承认了，只是他说那天是你妻子违反了交通规则才发生那起交通事故的。

二相的心里突然地凉了一下。

警察说，不过，你妻子骑的是非机动车，他骑的是机动车，他也有不可推卸的责任，他要承担主要责任。

警察顿了顿又说，你们先私底下商量一下，看能不能私了。要是能，私了了算了。王二相，你想一下，看要他给你多少钱，你们相互商量商量。

警察说着就走出了办公室。

二相已经没有想过要多少钱了。从昨天晚上起，二相就已经没在这上面花过一点儿心思了。他想不到现在警察竟然会叫他与肇事者商量私了，还问他要多少钱，这实在是出乎他的意料。

只是，要多少钱呢？二相开始犯难了。他应该要多少钱呢？二相曾听说过，像这种事要算什么精神损失费、护理费、住院费、生活补贴费、误工费什么的，但他不知道这些费用要怎么算。就连住院费要多少，他也还不知道。虽然医生要让他至少准备一万元，可是最终究竟要多少呢？光住院费就可能要一万元，要是再加上其他费用，那又要多少呢？一万元已经不少了，再加上其他的，那应该是多少？是两万？还是就一万？如果开口说两万或者就一万，那人家会不会以为他是乱弹琴，想趁这事来敲诈勒索人家？可是能说要四千五千吗？他有不可推卸的责任，他承担主要责任，这是一种什么样的责任？小米违反了交通规则，这又意味着什么？

二相不知道自己该怎样和男人商量，不知道该怎样私了。

男人说，你想一下，要多少钱，干脆点，我很忙。

二相说，人还住在医院里，我不知道要多少钱才能医好，现在我觉得不好私了。

男人说，那你打算怎么办呢？

二相说，你应该拿出钱来，先把人医好了再说。

男人说，我怎么能先拿出钱来呢，说法都没有一个，我拿多少钱出来？

二相看了一眼男人。男人也看了二相一眼。

二相说，你怎么就不能先拿出钱来了，你撞了人怎么就不能先拿出钱来。二相说着把手指向了男人。

男人后退了一步，双手一摊，说，事实我承认了，该我负的责任我会负，我都听处理中心的。王警察叫我怎么赔我就怎么赔，你在这儿发火也没用。

二相和男人没说出个什么结果，警察也一直没回来，男人走出办公室后，二相也就跟着走了。

走出事故处理中心，二相说不出自己的心里是一种什么滋味。他似乎看到了一线希望，可这希望是那样的渺茫，那样的捉摸不定。王警察，那警察姓王吗？男人是怎么知道的？难道他们已经很熟悉了吗？警察让他们私了，这是为什么？警察为什么不叫男人先拿出钱来医治小米？不应该吗？不可以吗？男人都说了，该他负的责任他会负，警察叫他怎么赔他就怎么赔，他为什么会这么自信？他该负的责任究竟是什么呢？警察会叫他怎么赔呢？

这天晚上，李志辉来医院找到了二相。二相以为是那个男人叫来跟他商量私了的。但不是。李志辉说，我今天来是要问你一件事。

二相说，什么事？

李志辉说，我的摩托车被事故处理中心的人扣了。

二相有些意外。

李志辉说，你知道为什么被扣的吗？

二相说，不知道。

李志辉说，那我告诉你，是因为你，你报了假案，说我骑车撞了你老婆。现在已弄清你老婆不是我撞的，我的车却被扣掉了，你看这事怎么办？你得给我一个结果。

二相说，我报假案，我报什么假案了？

李志辉说，那我问你，你妻子是我撞到的吗？

二相说，不是你撞的，但是是挂着你的车牌号的车撞的。要找，你也只能去找那个男人，是他，用你的车牌号挂在自己的车上骑着撞了我妻子，才让你的车子被扣的。

李志辉一下子跳了起来，抬起一只手指在二相的脑门上吼着说，不是我撞的就不是我撞的，什么挂着我的车牌号的车撞的，反正我不管，事故处理中心的人跟我说了，要两千块钱才能取出我的车来，你得赶快把这钱弄来给我，要不，我跟你没完。

二相被李志辉这一吼，吼得有些失魂落魄，吼得有些三魂出壳，七魂离体。二相还没回过神来，李志辉已气势汹汹地走了。

看着李志辉离去的背影，二相一片茫然。

怎么了？在这人生地不熟的地方，现在怎么有理也说不清了呢？

这能怪我吗？我报假案了吗？我这不是按照 9787 的牌照号找到的肇事者吗？

李志辉那手像是还在指在二相的脑门上，这让二相的心里一阵又一阵的毛骨悚然。

五

医院已经停止为小米用药了。二相跑到医务室问医生说，17 床还没有输液。正在一个本子上记录着什么的一个女护士扭转头来说，输什么啊输，都催过多少次了叫交费，已经欠三千多了，你说我们拿什么来输？没赶你们走就是好的了。

二相说，我们的事情正在处理呢，一处理好我们就来补上，请你们先给治着啊。

另一个站在旁边的医生说，你别在这儿嚷嚷了，赶快去找钱来，能让你们欠着三千多已经算是开大恩了，以前你说那是交通事故，医了的费用有人背着，可现在怎么肇事者还不来呢，你叫我们还怎么相信你！

二相的眼睛蒙眬了起来。是啊，人家都让自己欠着这么多的医疗费了，怎么还会让自己继续欠着呢。二相低着头离开了医务室。怎么办？难道就这样在医院里干住着吗？这样干住着，那还不如回家去。可是小米连床都还不能下，又怎么能出院回去呢？

回到病房，小米正无奈地看着别人的吊针发呆。二相觉得小米已经明白了什么。但二相还是不说，二相拿起打饭的口缸，说，想吃点什么，我去买来。

小米回过头来说，不想吃。

二相说，不行，一定要吃的，医生说了，吃下一勺饭去可要胜过一瓶液的，怎么能不吃呢？

小米说，我真的不想吃。

二相说，那就吃点稀的，吃碗稀饭吧。

小米没有说吃还是不吃，又把头转过去看着其他在输着液的病人去了。

二相提着口缸走出病房，泪眼蒙眬地来到食堂，又晕头转向地回到了病房。坐在小米面前，要喂小米吃了，二相才发现自己打来的竟是一口缸米线。

二相说，来，吃点米线吧，米线滑，好吃。

小米又看了一眼输着液的病人才回过头来。

二相换了一双筷子，一根一根地挑着米线往小米嘴里送。

二相边喂小米吃边说，我问过医生了，说你今天不输液了。

小米像是在吃药样的。二相都把下一筷子米线喂到她嘴边了，先前的那一根还在她的嘴里拌过去拌过来，如食黄连。

小米也就吃了四筷米线，就望着二相摇了摇头，说，我吃不下去了。

二相迟疑了一下，放下口缸说，那趁今天你不输液，我出去转转。

要走出病房的时候，二相回头看了一眼靠在病床上的小米，心如刀绞。二相不忍再看一眼。他转身离开了病房。住院部的整个过道里，都见缝插针地摆满了病床。看着那些睡在床上痛苦不堪的病人，二相觉得小米还能住在病房里，已经实在算是不容易了。只是看着过道上、楼梯间，来来往往的人大包小包地提着东西来来去去时，一种悲凉的感觉就涌上了二相的心头。

站在医院门外的一个十字路口上，望着行色匆匆的人们和疾驰而过的各种车辆，二相觉得自己是多么的格格不入。那些人和车，行走的方向都是那么明确，只有他自己，不知道要走向哪儿。

钱，在哪儿能找到钱？

二相穿过十字路口，信步走向了事故处理中心。

六

王警察办公室的门紧紧地关着。

二相不知道王警察去了哪儿。

二相想，等等吧，他肯定会回来的。

关门的越来越多了。要下班了。可王警察依然没来。

二相壮了壮胆，问了一个刚关了门要走的警察。这个警察说，这个案子不归我管，你得找王警察。二相说，可王警察不在呢。这个警察说，那你明天再来看吧。说着，也走了。

二相第二天又到了事故处理中心，但他依然没找到王警察。

二相第三天开始像一个在事故处理中心上班儿的同志一样，上下午按时地走进了事故处理中心。但他一连等了四天，还是连王警察的影了也没见上一个。

第七天的下午，二相没见到王警察，却见到了那个男人。

见到男人，二相像是见到了一根救命草。这哪儿是向他去要钱，分明就是去跟他叙旧。二相说，你也来这儿？

男人说，啊，我来找王警察有点儿事。

二相说，我们那事王警察怎么说了啊？

男人说，怎么说？要怎么说？

二相说，医院已经停药了，你得找些钱来先垫着把人医好啊。

男人说，不是说了吗，要等病人出院了才处理。

二相说，可现在人还没好，我们又没钱交进去，人家不治了。

男人说，那你是打算私了了？

二相停了停无奈地说，那也行。

男人二话没说，从兜里拿了一沓钱出来，说，那这是两千块钱，算是同情你，也算是把这件事给了结了，你要同意，就拿这两千块钱去，写个字据，以后互不相干。

二相一下愣在了那里。二相木桩样地站在门边，望着男人说，两千块？行吗？你说，我们在医院里已经交了五千了，现在都欠着三千多了，这两千，连欠医院的都不够啊。

男人说，怎么？你还嫌不够啊，我倒是觉得你们老远的来这儿打工也不容易，发生了这事还挺同情你们的，才给你两千，你倒还嫌少了，那就等出院了来处理吧。

说着，男人扬长而去，给二相留下一个匆匆忙忙的背影。

二相想追上男人，狠狠地揍上男人一顿，但二相挪动不了自己的脚步。望着男人的背影远去，直至消失，二相整个的懵了。两千元，这两千元拿来能做什么？连付医院的欠费都不够呢。还有那个李志辉，他还要两千元呢。二相傻了。二相不知道自己该怎么做了。一边是连下床走路都还不能的小米，一边是钱。

怎么会这样呢？王警察到底去哪儿了？

二相走出事故处理中心，走在车水人龙的大街上。钱把二相的脑袋都快挤炸了。两千元，也一直在他的脑子里旋转。他问自己，两千元，真的少了吗？如果少了，那应该要多少呢？如果最后连两千元都得不到，那又怎么办？

风，疾疾地刮在二相的脸上。二相打了一个寒战。二相抬起头看了一眼天空，才发现天空已是乌云密布。一道闪电划破天空的同时，一声惊雷也随之在天际轰隆滚过。街边的门面里，以及那些住房里，都已亮起了炽白的灯光。街上的车辆，都在撕破喉咙地鸣叫着喇叭疾速行驶。那些骑自行车的，双脚踩在踏板上，站着个身子，没命地蹬着踏板。骑摩托车的也一律地弓着个背，低着个头，像穿着滑冰鞋样的在大街上飞翔般地行驶。走路的更是，像是家里着了火样的，抱头鼠窜。二相也想走快点。但他不知道自己要走到哪儿去。虽然那医院是他现在必须去的，但他不知道自己怎样走进去。二相不知道怎样去面对小米。二相想先回到租住房里去，去认真地想想下面该怎么做。但现在已经到交房租的时候了，他还从来没有拖过房租，他不知道回去要是房主问起房租的事来怎么说。

一阵急促的雨点打在二相沮丧的脸上。一种冰凉的感觉浸进二相凄凉的心里。二相仰起头望着夜幕苍穹，长长地舒了一口气。下吧，大大地下一场吧。二相渴望狠狠地淋上一场大雨。走到医院门口了，二相又绕道继续往前走。

但二相最终也没能淋上他想象中的那一场雨。失望而又无奈的二相一脸沮丧地走回了医院。

进了住院部，刚转过一个过道上的弯，二相就一下子充满警惕地站住了，并随即往后退缩了几步。

二相看到了李志辉。李志辉正站在小米那间病房外的过道里。二相知道李志辉是来找自己的，二相也知道李志辉找自己的目的。二相害怕着李志辉。二相害怕碰上李志辉。二相退回到电梯旁的一个墙角里，在那儿探着个头目不转睛地看着李志辉。李志辉还是穿着那件红色背心，双手插在布满洞洞眼眼的牛仔裤的裤兜里，嘴里叼着一支烟，在那过道里走来走去。

时间过去了许久。二相的心里越来起急了。怎么还不走呢？他要等到什么时候？小米现在还没吃饭呢。小米现在说不定正在为自己担心着呢。他进去问过小米了吗？小米会怎么说呢？小米都不知道自己去了哪儿，她会怎么说呢？她是说自己要回来，还是不回来？李志辉有没有跟她说起他来的目的？他要挟了小米没有？

李志辉似乎也开始急躁起来了。他开始不停地往二相站的这边过道里张望。

李志辉走进病房去了。二相的心一下子紧了起来。他进去做什么，他没等到自己，会不会去对小米怎么样？二相想冲过去。就是不冲进去，二相觉得自己也得去站在门边听听里面的动静，以防万一。

没等二相冲过去，李志辉就出来了。二相刚探出去的身子又像被电击了样地缩了回来。

李志辉出来后，又点燃了一支烟，然后左望望右看看后，终于有些不舍地走了。

七

随着火车与铁轨撞击出的“哐啷哐啷”声，一个高楼林立的城市退出了二相的视线。接着是一座又一座浑圆的山影。二相怀抱着小米，一边不停地看着外面倒退的山影，一边又不停地观察着周围的人。车厢过道里偶尔走过的一个人，常常让二相心惊肉跳。特别是那些穿制服的人一走过来，二相就把整个的头埋在了小米的身上，埋得死死的。

二相背着小米走出了车站。一下子二相的周围就围上了很多人。叫坐车的，叫住店的。现在除了小米，二相便什么东西也没有了。他还坐什么车？还住什么店？

二相不知道医院里现在有没有发现小米不在了，有没有追来？还有那房东家，有没有为自己这么长时间没回去而把他们住的那间屋子转租给别人？二相不知道自己这么一逃走，是幸还是不幸？

逃，二相这已是第二次逃跑了。第一次是在老家被那些债主逼得没办法了才逃的。这一次没有谁逼他，但他不逃又能怎样呢？医院里已欠了三千多，说不定已经更多了，李志辉还要两千，还有房租费，撞着小米的那个男人却只给两千。在医院里小米不但得不到医治，还要不时地受到李志辉的威胁，二相除了逃，还有什么更好的办法呢？

深夜的天空星星点点，二相不知道自己现在该怎么走，该走向哪儿？二相一片茫然。二相想到了回家，可二相知道自己是怎么出来的，现在那些债主们那种狰狞的面孔又魔鬼般地在他的脑子里晃荡。债还没还，田园早就荒芜，房屋或许都已经倒塌，自己怎么回去，回去怎么生活？就是要回，现在连回的车费也没了。二相只想等明天就近找个活做，挑灰浆也好，看工地也罢，无论做什么都行，只要有个活做着，就能让小米把病养好，就能让自己生存下来，甚至挣了把家里欠的债还完，把那房子翻修起来。

二相没有住旅馆。二相已住不起旅馆。二相背着小米又回到了候车室。一走进候车室，二相就觉得那是一种再也不能有的温暖了。二相让小米坐在了一个凳子上，自己紧挨着坐在了另一个凳子上。小米紧紧地靠着二相。是因为暖和，还是因为疲倦，大厅里寻人的、告别的、寒暄的各种各样的声音并没有影响着二相，二相就那么抱着小米，在那儿摇摇欲坠地睡着了。

二相是被一个人摇醒的。二相正在做一个噩梦。他觉得自己的胳膊正在被一个穿制服的人死死地揪着。二相一左一右地挣扎着，使劲地甩着。这一挣扎一甩，二相就醒了。醒来的二相，额头上已浸出了一层毛毛汗。

二相看到了一张熟悉的面孔。二相揉了揉眼，努力地看着他面前的这个人。

王二相！你咋会在这儿？还没等二相看个真酌，站在他面前的人已万分惊讶地看着他问起来了。

二相同样是惊讶。二相怎么也没想到，他会在这儿遇上家乡的人。他已经看实在了，站在他面前的人是他们村的村委会副主任李德宽。

背着小米跟李德宽走出候车室后，二相看到了更多的乡亲。男的女的都有。但都是年轻的。一个个年轻的面孔上都带着一种外出闯荡的憧憬和喜悦。看着他们，二相的泪水一下子就流出来了。

二相装了满腹的心酸，却又觉得无脸向李德宽、向他的乡亲们诉说。但在乡亲们的追问下，他最终还是说了，说得眼泪一把鼻涕一把的。

李德宽说，他是送这一群人去打工的。是以村委会的名誉去的。村委会已跟广州的一个公司签了合同。村委会的领导也已跟着县乡的领导去公司做了考察。那个公司的待遇很不错的。

李德宽还说，现在，他们村是社会主义新农村建设的市级示范点，在市县乡的指导和帮助下，他们村除了从种植业、养殖业上发展外，还走一条“打工强村”的路子，现在去的这一批已经是他们送出去的第三批打工队伍了。

李德宽又说，现在你回去也一样不是一样的，也没日子过，要不你跟我们一起出去，哪儿跌下去哪儿爬起来，再出去一次，说不定一年或者两年的，你就好起来了。

二相很想跟他们出去，他知道自己正像李德宽说的那样，回去也没日子过，况且还连回去都成问题，但他现在身无分文不说，还有小米还是这个样子，怎么坚持得下去？去了又不是一下子就能有钱来治的。

李德宽似乎看出了二相的担心，他说，要是你想去，就别担心什么，车费我们一个挤出点来，没问题的，就是小米，到了那儿后，我们也先凑些钱给她医治。

八

次日，二相带着他带病的妻子，跟着李德宽带领的乡亲们，踏上了去广州的列车，又一次走上了打工路。

二相有了一种孤鸟归队的感觉。

2007 年 8 月 13 日

原载《辽河》2009 年第 9 期

就那么回事

李波自杀了，只是自杀未遂，住进了医院。

接到吴俊的电话时，我正在茶室里打麻将。丢下手中的麻将，急急地走出茶室，急急地拦了一辆出租车，急急地往医院赶。仰靠着靠背，闭着眼睛，我咋也想不明白李波会自杀！不会是吴俊跟我开玩笑吧？不可能，谁会拿这事开玩笑？是在经济上出了问题？还是在女人上出了问题？抑或是他人生路上，遇上了啥过不去的坎？就一个小乡长，在经济上能出多大的事儿？而对于女人，他已离婚，就算被一个瞎子婆娘缠上，撞上了一个歪瓜裂枣，大不了结婚就是，何至于自杀？更何况，凭他那一身武艺，又怎会惹上瞎眼婆，怎会碰着歪瓜裂枣！而作为一个读了那么多诗书的人，人生路上再是遇上什么坎，我想也不至于走到轻生的地步！如果真是这样，他那书不就真是读到牛屁眼里去了！

在我小心翼翼地把头探向病房时，顺着输液管往下，我看到了李波的那张脸。那张脸已不再是我记忆中的脸，不再红光满面，不再神采奕奕，不再时而沉思状时而兴奋貌，而是毫无血色，是死人般的白。他就躺在最外边的那张床上，旁边坐着吴俊。吴俊正在往手机上看什么，看了一眼，又把目光投向滴着液体的吊瓶。我呼地推开病房的门，扑到李波的床前，叫了一声“李波”！吴俊扭过头，向我看来。随着，里面几张床上的病人，也撑起身向我看来；那些陪护在旁边的人，也一起充满惊奇地向我看了过来。我扫了一眼病房里的人，有一种道歉的意思。我看着吴俊，带有询问的意思。但要寻问什么，却是连我也一下说不清。吴俊说你就是孟飞吧？我没说话，只点了点头。吴俊说不好意思，这事本来不该叫你的，我是没办法了。我媳妇生小孩，在医院里，没人守，我得赶过去，分身无术。我实在找不到合适的人。我们单位上的人肯定是不好叫的。在他手机上翻到你的名字，记起他曾不止一次地跟我说过你们一起度过的岁月，所以就冒昧地给你打了电话。

我说没事，你去吧，我在这儿守着。吴俊嗯地发了个鼻音，说就辛苦你了。明早上我来换你。只是可能来得稍晚些，一是要把我媳妇安排好，二是还要找点钱来交。我说好，你先处理好你的事再来，我没事的。

吴俊站了起来，望了望吊瓶，又望了望李波。我也站了起来，望了望吊瓶和李波。不知是液体的作用，还是时间的作用，抑或是刚才站在门外看的因素，李波的脸虽然也还在白，却不再那样让人看了心生后怕。

吴俊走出病房，我跟着走了出来。我问吴俊这是怎么回事？吴俊摇了摇头，说，我也不知道。天都黑了，我接到他的电话，接通后，却听不到声音，等了好长时间都没有，我以为是网络出了问题。我挂了打过去，电话通着，却一直没人接。这些天来，李乡长的心情一直不好，这个我知道。那个事虽然不大点，而且也都处理得差不多了，但他一直没能走出那个阴影来。一种直觉让我觉得有事。所以我匆匆地赶到了他的住处。我知道他是回家来了的，白天他还到医院来看过我媳妇。到他家那儿，在楼脚我就看到他家的灯是亮的，但上去敲门却一直没人开。我以为他不在家，所以想可能没啥，打算返回。但转身前，我无意地推了一下他家的门，那门竟然被推开了一条缝。我再推，感觉像有什么东西抵着似的。软软的。我的心里一下急了起来。我想，肯定出事了。我再用力一推，门又开了一些，缝更大了，我能伸进头去了。头刚伸进去，身子都还没侧进去，我就看到他躺在了那地上。接着，是一行血迹。从他的身下，往里屋里逶迤而去。那一瞬间，我被吓蒙了，我甚至都不知道这是咋了。等反应过来，我才慌乱地没命地把他拉扯起来，弄到背上，没命地往楼下奔，奔到大街上，哭喊着叫出租车。还好，来到医院，经过差不多一个多小时的抢救，医生才说他算是脱离了生命危险，算是捡回了一条命。

这到底是发生了什么事？我像是问吴俊，又像是问自己。吴俊回头，有些为难，有些叹息，有些无奈。他望着我说，算了，改时再说吧，有些事可能你不知道。我点了点头，说没事，你去忙吧，就不送你了。

我不知道李波是还在昏迷着，还是已经醒了——只是不敢睁开眼睛面对这个世界。他就那么静静地躺着。他身上的被子微微地一起一伏着。抬头向周围看去，邻床的几个病人和陪护都睡了，中间的那个还发出了不小的鼾声。这鼾声，倒让病房给人一种出奇的静的感觉。医院在我的印象中，历来都是闹哄哄的。这种静，我算是头次感受到。在这种静中，望着输液管里一滴一滴地往下滴落的液体，望着输液管连接着的李波，望着他现在那看似安详地睡着的姿态，我的脑海里回想起了一路走来的李波。

对于李波近 20 年的所经所历，我算是知道个大概的。

我和李波认识于师范学校，师范时我们是同班同学。那时，他是我最羡慕的人。首先是他会写诗。他那诗一在我们的校报《枫叶》上发表，就引起了班上同学的格外注意。包括那些像我一样的男生只敢偷偷看上几眼的女生，看他的眼神都有几分别样的味道。在他发过三首诗后，我们班的班花吴敏，就开始和他成双成对地出入于校门、共同坐在操场上的石凳上吃饭了。那在当时的我们眼里，他们就是才子佳人的形象化。有时同学间说起啥叫才子佳人，就说李波吴敏就是！在那过程中，有人不知是出于嫉妒还是什么原因，说他们好不长。还说李波也就是会写几首诗而已，那诗当不了衣穿、当不了饭吃，吴敏之所以喜欢上他，不过就是浪漫浪漫而已，他终归是要被她吹掉的。但我们看到的是，他们一直好着，好得如胶似漆。说李波要被吴敏吹掉的人又说，他们不会走到结婚那一步的，现在吴敏还没吹李波，是他当了《枫叶》的主编，权力，毕竟是诱惑人的。

李波真没和吴敏走到结婚的地步。而他们告吹的真正原因，据李波跟我说是因为他们分工所在地的悬殊。李波和我分到了山区普家河乡，吴敏分到了坝区居乐乡。我们一同到普家河乡的尖山小学工作时，李波变得整天垂头丧气的，变得恶恨恨的。他说，日她妈，算个啥球，不就是个居乐么，有啥了不起的，她妈的鼠目寸光！他说，分工会的头晚上，还跟老子一起看通宵录像，一开了会，知道她分在居乐，我分在普家河，就不理老子了，就翘起来了，哼！

因为心情影响，李波一开始走上工作岗位，就有些不对劲。教那书，他有些混日子的味道。校长跟我聊天的时候，已露出了一些不满，说，你们是一个学校出来的，还是一个班的，我咋觉得悬殊这么大！作为一同到尖山小学的我，先是旁敲侧击地提醒他，尔后是直截了当地说他，但他却没事样的，还反问我，你读过那篇叫《组织部来了个年轻人》的小说么？我说，没有。他带有一丝轻蔑地笑着说，教这书啊，就那么回事！啥就那么回事？我被他弄得云里雾里。

李波不相信吴敏会因为这所在地不同就吹了她，他不甘心，跑到吴敏家去找过吴敏，但去了几趟都没能找到；他又开始用火辣的诗化语言给吴敏写信，但写了几封，都没回音。过了一个多月，也就是到了那年的中秋，我们住校的老师在一起吃饭，那晚，我从未见过喝过酒的李波整整喝了一瓶白酒，还没走出那间我们做饭吃的小屋，他就哇哇哇地吐得面目全非，接着嗷嗷地哭得涕泪横流。还边吐边哭边说，老子就不信，老子就一辈子待在这普家河了！

李波开始投入到了教学中。这是我们都没料到的。他开始在周末为学生补课，每天放学后都开始留学生背书。我们都以为他算是走上了正轨。但他这劲头没维持多长时间，就受到了打击。一天，我们学校的一个代课教师跟他说，李老师，以后，你们班那个姓周的你别叫来补课了，也别留着背书了。李波有些不知所以，问咋的？那个代课老师摇了摇头，说，我今天回去时，遇上他妈来路上接他，骂说，行他妈丧德事，关到这时候，我当时听了就很不是滋味，你说，你这不是为学生好么，却让她这样骂！李波当时张着个嘴，像要说什么，却没说。只是后来的日子里，我们看到那个姓周的学生，还没上最后一节课就被李波请出了教室，说叫他早点回去。李波又补了一段时间的课，留学生背了一段时间的书，就不再为学生补课、不再留学生背书了。问他咋了，他摇摇头，说，就那么回事！

第二个学期开学返校时，李波带来了一大捆书，有徐志摩诗集，有王朔散文集，有路遥小说集，有贾平凹散文选，有余秋雨的《文化苦旅》……从此，我们看到李波的手里，常常地带了本这样集那样集的，就是上课，他都带着。把课一讲完，把作业一布置下去，他就捧起了他的那个“集”。接着没多久的一天，他捧着一份《乌蒙日报》欢呼雀跃着向我奔来，说，发了，发了。我有些莫明其妙，问他啥发了！他说，我的诗歌发了，我的诗歌发了！我接过一看，还真是有一首诗和他的名字在一起印在了那报纸上。我是第一次看到身边的人的名字变成铅字印在报纸上，也随着兴奋了起来。后来他得到稿费的那天，买了两包“画苑”烟，二块五的，分了一包给我。他说，五块，刚好够买两包。

那是哪一年，一下记不起了，但能肯定那是7月份的一天，还是有太阳的一天，我带学生在操场上上体育课。一辆车在操场上停了下来，从车上走下两个身穿西服的人，一个老些，怕有50来岁了；一个年轻些，可能就30多近40岁。年轻些的那个问我，知道一个叫李波的老师么？他是不是就在你们这学校？我不知道他们是谁，也不知道他们找李波做啥。但凭一种直觉，他们找李波应该不会是坏事。他们没穿着制服。我说，是，就在我们学校，你们……

我带他们去了李波的宿舍。李波没课，正坐在那张学生用过的破书桌前写着什么。我推门进去，叫了他一声，他抬头转身，一看到我身后的俩人后，嘴张了半天，才喊出声来说，王老师，陈老师，你们……李波一边喊着，一边往旁边的床上拉被子，说，王老师、陈老师，坐，坐。王老师、陈老师没坐，却弯着身子看起了他堆在桌子上的那一堆书。我看到李波是兴奋的，兴奋得有些手足无措。我说，我走了，我上课去了。那个老点的王老师回头向我笑了笑，说，你忙吧，麻烦你了。那个年轻点的也向我笑了笑，说，你忙吧，谢谢你了。我边说没事没事，边走向了操场。那节课的整个过程中，我都在想这王老师陈老师是什么人，和这李波是啥关系？

后来得知，王老师是《乌蒙日报》的总编，那个陈老师呢，是我们县宣传部的常务副部长。他们和李波并没啥关系。他们是被普家河乡请来当“党在我心中”七一建党节演讲比赛的评委的。他们在那天的演讲比赛上见到了李波。在当晚的饭桌上，像是乡上的书记还是乡长说起了李波，说他在《乌蒙日报》发过不少诗歌和散文。王老师像是没听明白，所以乡长又接着补充说就是这次演讲得了一等奖的那个，王总颁奖的那个。王老师想起了什么，就问了李波现在的情况，问了他在哪学校。还说想趁此机会去看看我们的作者。他们那晚没走，第二天，来了我们学校。

后来的不久，李波离开了我们学校，去了县委宣传部。是借调去的。这之后，我们就很少见面了。我在心里更加的羡慕起了李波。我也在心里佩服起了李波。这小子，虽然跟我说了那两人是谁，但怎么就连一点要走的消息都不提前透露透露呢。在我的心里，他的走，一定是那次就谈过了的。我甚至想，他跟那个王老师陈老师肯定不像他说的那样——没啥关系！他们肯定是有关系的。就算不跟两个都有关系，至少跟一个有关系！我怀疑他所跟我说的那些都是谎我的。但有什么呢，是真是假都这样了。只是他这一走，我的心里有了一种失落感。

他的液体要完了。旁边的那个病人撑起身来说。我猛地抬头，望着那输液管，还真是，瓶里的液体已滴落完，那管子里的也在迅速地往下滑。我赶紧起身，跑向护士办公室，喊换液体。

换上液体后，我看李波的脸开始红润了起来。但他的眼依然紧紧地闭着。我走出病房。我想抽支烟。来到楼梯间，那儿不知发生了什么事。整个楼梯间都摆满了病床。但现在有两张是空着的。记得昨夜来时，那都是有人住着的。而且我还记得住着的是两个被弄得面目全非的黑漆漆的人。当时由于急着见李波，所以只在心里想，哪儿又发生了瓦斯爆炸，没去细看。现在，那黑漆漆的人已不在。我点了烟，踮着脚往围成一团的人群蹭了过去。有人说，才走掉的。有人说，恁严重的，咋就走了呢。有人说，呵，没医法了吧。有人说，已经死了一个了，是死了那个，而且另一个也像是不行了，才走的。又有人说，看来是逃掉的，逃医药费的……

回到病房，一切仍旧。只是刚才提醒我李波的液体要完了的那个病人已坐了起来。是个老者了，50来岁的样子。他望着我进去，望着我笑了笑，说，麻烦你一下，把我的床摇起来点，我想靠靠。我也笑了笑，然后过去为他摇了床。

你是他啥人？朋友吧？随着渐渐升起来的床头，老者边靠边说。

我嗯了一声，说朋友。

那昨晚上先来的那个呢？老者又问。

也是朋友。我说。我本想说他们是同事的，但怕一说起同事，他又问起在哪工作什么的。

他的家人呢？他是外地的么？

哦……我一时不知该怎么说，但还是说了声不是。

他没家人么？怎么没看到他的家人？

都在外面呢，孩子在北京读大学，妻子也是在外面工作。我说。

老者哦了一声。

我不知道我怎么突然地就编了这么一个谎，而且听去也还那么地说得通。只是我突然想，要是李波的妻子孩子真是这样，那他现在恐怕就不会在这医院里来了。

其实李波早已和他的妻子离了婚，他们的孩子呢，那个叫李晓丽的女儿，在他们离婚时，就判给了他的妻子。现在是啥情况，我一点儿也不知道。

李波的妻子叫王芳。原先在普家河乡政府工作。对于李波和王芳结婚，那是我没能想到的。他们结婚之前，我连他们好的消息都没听说过。在他来请喝喜酒时，我感觉像是梦样的。那时，他已经从宣传部到县委办去了，听说，还是跟县委书记当秘书。那次发请柬他和王芳一起去，我只能恭喜他们，不便问什么。后来他提了干，任了个什么保密局的副局长，回来办调动手续，到了我们学校。又是一阵祝贺和恭喜之后我问他，都调进城去了，咋不在城里找个，难道城里就没你一份，还这样跑来跑去的！他诡异地笑了笑，说你不懂。我说，呵，你现在看来是啥都懂了啊。他又笑了笑，但笑时有了一丝苦相，说，城头的女人还真是有的是，只是不像你想象的那样。跟你说，去城头这几年，我相了不下50次的亲。有时一个星期，可上十次，一天都几次。要不是后来没兴趣了，相下来的可能就不是几十次而是几百上千次了。我有些惊讶，问他，是不是当官了，都看不上。他摇了摇头，说，说实在的，起初都是我挑人家，凭着我那时的工作环境和我这还不算丑的模样儿，我有资格挑。呵呵。你不知道，开始交往时，他们对我那个好，那——那种感觉真让人不好说。但没几天，就都躲了。我有些弄不明白，问他咋的。他说，咋的？又不懂了吧？说白了，起初吧，他们都以为我能从一个乡下调到城市，而且去了那种要害部门，不是很有关系，就是很有钱。事实你知道，我有啥？关系？金钱？我啥都没有。等他们知道这些，那自然就躲了。明白了吧？他望着我笑了起来，笑得有些野的味道。而我只好跟着他苦笑一下。虽然我不知道是不是真的这样，但我想他没必要用这个来谎我。他说，在乡下找个好，还能挑个满意的，爱自己、自己也爱的，结了婚，找个机会把她调进城去，不就一样了。最后他还习惯性地说，这婚姻，其实也就那么回事！

李波真把王芳调进城去了，而且是调到一个较为好的单位——县财政局。那时他任县委办副主任差不多半年时间了。为此，我在心里面越来越佩服了他，同时也想，找个机会跟他说说，跟他拉拉关系，请他帮帮，把我也弄了调到哪个好点儿的学校去。不能进城，去城边也行。但我还没向他说出自己的这个想法，他就离开县委办，离开城市，到水平乡任乡长去了。据说，像他这样从县委办副主任出来直接任乡长，在我们县多年来的干部任用中，还属首例。按以往的惯例，他一个县委办副主任，到某个乡去，也就是个党委副书记而已。当了乡党委副书记，然后才是乡人大主席、乡长、书记什么的，这期间，不知需要熬多少年，而他却一步就跳过，直接任了乡长，可见，他算是取得了领导的信任和重用的了。

只是在我这种胸无大志的人的心目中，认为进城工作就最好，在乡下任啥，都比不了在城里工作，李波进城了，又下乡来了，这不是吃饱了撑的是啥！但李波似乎不这样看，我看他是一副洋洋得意相。他说，你不懂！你不懂！人往高处走，水往低处流，那水，还懂得迂回曲折呢！

人这东西，亲戚也好，朋友也罢，以往再亲密，只要地位一拉开，悬殊一大，那无形的心理距离也便愈拉愈远了。虽然我们曾同学过，共事过，但算什么呢？只是在后来的日子里，听说他离婚了。关于他的离婚原因，有说他跟啥女人有了瓜葛被王芳发现了离的，有说王芳跟财政局的某领导有了瓜葛被他发现了离的，不一而定。但他们离了，这却是事实。有时想主动问问他，给上他一点儿安慰，但想想后，我还是取消了这个念头。我怕听到他又一次说：就那么回事！

李波缓缓地睁了一下眼。这时天已经开始亮了。我可以肯定他是看到我了的。我还看到他看到我时脸上掠过了一丝惊讶的表情。但那只是一闪而过。接着他又闭上了眼。我张了张嘴，想问他吃不吃啥，但最终又没问。他扭了一下头，偏向另一边，又一副睡相了。我只得装着没发现他醒过来。抬头向那吊瓶看去，液体还在滴落，那一滴一滴的液体，此时似乎在我的心里滴出了“啪啪”的声响，似乎不是滴在那个输液管里，而是滴在了我的心里。

两个女孩进了病房，走向了我们旁边的那张床，并相继向床上的那老者喊了声“爸”。然后是和昨夜陪在旁边的那女人说话。然后是去买早点给两个老人吃。然后又是说话……

上班去了嘛，时间差不多了。老者喊两个女孩。

我们不想去了。大点儿的女孩说。

咋不去？去去去，这儿没事，在这儿做啥？老者说。

两个女孩最终还是一脸不愿地相继离开了病房。

我问老者哪不舒服，老者喝了一口水，露出一脸的笑说，嗨，也不是哪不舒服，就是没力气，浑身酸软……老者又笑了一下，但看去有些生硬。他边笑边说，我这人活不长的了，肝癌。我心里一惊，肝癌！肝癌了还这个样子！在我的理解中，癌，就是死的象征，而已经看到自己死的象征的人，谁还能笑出这个好声气！

老者又喝了一口水说，有啥，人都得死，早死晚死都是死，能活一天，就得笑着活过这一天，只有她们，就像天塌下来了样的！连班都不想去上，算啥！

老者又说，得了这病你还能怎样？反正现在两个姑娘都大了，虽然没能读出书来，没能有个固定工作，但在这城里，随便找个班上着，一个月也是几百块钱，还能饿着？她们有她们的路，我还去想啥……

吴俊来了。他手里拿着一张单据，像是交费的收据。他问我李波醒了没有。我原想说醒了的，但在我看向李波的脸时，说出的却是没有。吴俊俯着身子看了看李波，说，看来好多了。他接着说，你忙你的去吧，这儿我来就行了。我说没事，你媳妇还在医院呢，这儿还是交给我，你照顾媳妇娃娃去吧。他说没事，都安排好了，还是我来吧。这时，李波醒来看到我时掠过的那一丝惊讶在我的眼前又一次闪现。我说，好吧，只是有啥需要我做的，你就给我打电话，别有啥顾虑。他说好好，有啥我再跟你联系。

吴俊后来没给我打电话，星期天要回学校时，我本想去看看李波，但想想后，又没去。回到学校，通过从旁了解，我得知了李波所出的事。

年前，李波的母亲病倒在了他家的地里。李波的父亲死得早。李波曾跟我说过，他父亲死时他才4岁多，还不大记事。他是他母亲一手拉扯大的。我曾读过李波写他母亲的散文，以及诗歌。我不懂李波曾常常挂在嘴上的文学，但从他写下的那些关于他母亲的文字里，我确实是读到了一种母爱的伟大，一种无私，一种奉献。甚至，读着他写下的那些文字时，我觉得那不是他在写他的母亲，而是他在写我的母亲。我想，我们都是一样的感激着母亲的人，只是他能用文字把这种感激表达出来，而我却不能。我为李波的母亲感到骄傲。同时，我也在内心里为自己感到了脸红。那是对于我的母亲的。我没能像李波那样，把对她——我的母亲的感激之情表达成文字。

李波心急如焚地把他母亲送进了医院，经过抢救，脱离了生命危险。但通过一系列的检查，李波的母亲却像是全身都是病了似的，胸腔积液、心包积液、心脏功能衰弱、风心病、糖尿病……面对一大沓化验单，李波的脑袋瓜都懵了。当然，李波只能不顾一切地医治母亲，让母亲在医院里安心养病，让母亲别再牵挂家里的那田那地。作为离婚不久，因王芳看不上他们一起住过的那房子，要了房子给王芳补了钱的李波，手头不但无一分一厘的存款，还欠下了3万多的债。但他顾不了这些，在他的心里，只要能医治好母亲，欠下再多的债也心甘情愿。以致最后，为医治他的母亲，他把乡上的一笔什么款给用了。据说，数额是5万。苍天辜负了有心人，医了差不多一年，李波的母亲最终也没能医好。在李波刚把他母亲的后事办完，刚回到乡上开始上班，还沉浸在一片悲痛中时，县纪委的调查组便找上了李波。

我不知道李波的自杀，是不是就因为县纪委的找了他，就因为那5万块钱的事。从某种意义上来说，这是有可能的。他在我心目中是个有抱负的人。而这样的事，必定对他的追求，他的理想，产生摧枯拉朽的负面作用。但我想，他自杀的原因不会只是这个，肯定还有包括离婚，包括他母亲死去这些因素。但究竟是为啥，只有李波自己知道。谁也不能肯定。我不可能去问他，连打电话都不可能。我只是想，无论遇上了啥，在自杀前他怎么就不会对自己说上一声：就那么回事！要是他还能说上这么一句话，他肯定就不会自杀了。

过了差不多半年的时间，听说李波又进城去工作了。还说这是他立即把那5万块钱找回去填补了的结果，要不他不但会失去工作，弄不好还得进局子。为此我在心里为他感到庆幸。虽然只知道他去的是县政协，任个什么职务也不知道，但已经很好，哪怕什么职务都没任。职务算什么呢，在我看来，还真就是那么回事，跟我教书，跟我打麻将，一个样儿。

又过了近半年的时间，我突然地接到了李波的电话。那是一个周末，我刚好在城里。李波问我在哪，我说在城里。他说，下午有啥安排没有，过来打麻将。我很是吃惊，问，你啥时学会打麻将了？他说，呵，谁规定过，就只能让你打不能让我打！我嘿嘿了两声说，那倒没有，只是我从未看你打过。他哈哈哈地笑了起来，笑完说，就那么回事，以前的李波已经死了，现在的李波不是你记忆中的李波了……呵呵，来不来？我原本还想去的，本来我下午也就是要去打麻将，打麻将对我来说，在哪打都是打，为的就是消磨个时间，混混日子，找点儿乐子，但一听他那让我感到陌生无比的声音，我就立即改变了主意。在我的心里，我似乎更愿意看到那个原来的他，那个有想头有人情味有抱负的他，我怕看到这些都没有了的他。真的，虽然我这人算是没啥想头，随时过一天算一天的样子，但在内心里，我是崇拜着他的，崇拜着原来的那个他的。我说，今下午还真有事，来不了，改时吧！啪地关了电话，我竟学着李波原来的样子，不禁地说，就那么回事！

2009年11月12日

原载《大理文化》2010年第3期

手 术

进了手术室，映入老人眼里的，便由外面的黑或白变成了一片绿。手术室四周的墙壁，穿梭往来的医生穿在身上、像是塑料薄膜做的手术衣，还有那用来围着做手术的布帘，全都是绿的。据说，生命是绿色的。手术室，本身就是一个与生命息息相关的地方。只是，面对这一片绿，老人没能想到生命，他担心着就要来临的痛。他不知道那会是一种怎样的痛。

“翻过身去，趴着。”站在他左侧的医生说。

“能翻么，来，帮他一把。”站在他右侧的医生说。

手术单盖上来。一阵金属碰撞的声音开始响起来。

老人是被摔伤的。胸椎第 12 椎体骨折。

老人 67 岁了，但身体一向硬朗。多年来，没打过针，更没输过液。偶尔感了冒，到村卫生室开些常用药吃下，再挺上三五日，便流鼻涕的不流了，鼻塞的不塞了，咳嗽的不咳了，头痛的也不痛了。老人还和他的老伴一直在耕种着不少的田地。老人喂有一头牛，是一头黑白相间的黄牛。老人还为这牛配了一张车。牛和车，是老人和他的老伴耕种田地的必须。就像老人说的：种时，拉上一车肥料粪草种子，就够俩老种一早上或一下午了；收时，收一早上或一下午一车就给拉回来了。

18 天前，老人赶着牛车，拉着一车粪草、肥料和洋芋种，去点种洋芋。快要到点种的地了，那段路有些窄，还有些向下倾斜，一面是高上去的地埂，一面又是陡地低下去的地坎。到了这儿，老人曾想下来跟在车后走。但老人担心自己走不过车，不好控制牛的快慢，不好掌握车的方向。老人就继续坐在上面，然后一手用力地逮着牛缰绳，一手用力地逮着刹车绳。牛车快了起来。这是正常的快。这段路上，老人已感受过不知多少次这样的快。但这次，在这快中，一个车轮，突地就辗在了一个石头上。老人还没反应过来，牛车已一颠一簸，翻到了坎下，老人也随之晕晕乎乎地被牛车的颠簸弹到了地坎下离坎三米多的地里。

老人被在周围的地里点着洋芋的几个村人送回了家里。

一个村人问："这时候感觉咋样？哪儿疼？"老人仰靠在一个铺有红色床单的沙发上，有气无力地说："就是腰杆有点疼，怕是扭着了，别处好像没啥。"村人说："我给你去叫老大来？"

老人有三个孩子，老大和老三是儿子，老二是姑娘。老二已远嫁他乡，老三呢，在县城工作。只有老大还在村里。

老人说："不叫，老子就是死了也不要他管！"

老人和老大一向不和气，几年没讲过话了。似乎，他们谁都不想见到谁似的。三年前，老大在村外的另一个山湾里重建了房屋，搬到那儿住去了。老人知道，这是老大彻底地不把他看成是老人了。

老人一个堂间的兄弟说："你倒别先说这话！"

老人说："离了他，老子照样过。就当老子没这个儿子，老子又不是就他一个儿子！"

村人都知道，老人能说这话，是因为他还有老三。似乎，有一个老三，他就够了。

一个村人说：“那打个电话给老三，让他来接你去城里看看。”

“也真是，这么个手术，让他们医院的人做了不就得了！”站在左侧的医生说。

“请时我都说这医院的人就可做了，但人家坚持要请，又是托朋友说的，有啥办法？”站在右侧的医生说。

“本来，我们是不主张做手术的，他这情况，我们的认为是可手术可不手术，若病人年轻，倒做了好，这病人都60多了，这么大的年龄，不到非手术不可的程度，还是不手术的好，加之，他的血压还比较高，我们认为保守治疗对病人更好些。”站在左侧帮着递手术器具的一个医生说。

老人的心头愣了一下。他不知道是不是自己听错了，是不是自己糊涂了。

麻醉师开始给老人注射麻醉。老人感到针刺进肉里的疼。那疼比平日里走在山路上被刺或者碎石块碎玻璃划了还疼，疼得刺骨。老人历来都怕疼。打打针都这样的疼，那接下来的手术，会疼成个啥样？老人开始害怕起来。老人甚至感到了恐慌。

但因为这疼，让老人觉得他听到的话，是真的。

“哎，保守治疗，得几个月才能下床呢，得人服侍呢。”左侧的那医生舞弄着手术刀，开始在老人的背上耍刀玩样的，把老人的肉体切出了“嚓嚓嚓”的声音。

老人对被切割着的肉体，倒一点疼的感觉都没有了。但他的脑子是清醒的，甚至比平日里更清醒。老人突然地想哭。老人没哭，却长长地吸了一口气，像是突然地经受了一种强烈的疼痛。

“还在疼？”左侧的那个医生问。

老人在想医生刚才说的话。

怎么是可手术可不手术呢？不是说要手术么？可以不手术，怎么还手术呢？

老人有些想不明白。

老三是知道他最怕疼的，让他做手术，那不就是往他身上贴疼么？他是故意要往自己身上贴这疼么？

“要手术”，是老三跟他说的。老三接到电话后，于当晚赶回去把老人接到了县城来，然后送进医院，照片，扫 CT，一阵检查之后，确定了老人胸椎第十二椎体骨折。

医生说：“老人家这情况，得看你们家人意见，是要手术还是不手术。按病情，该手术，做了手术，在他那椎体上下搭个撑架，撑着受伤椎体上面的重量，让受伤椎体不再承受压力，这样，伤口恢复后就没事了。但就他个人情况来看，手术有些不利因素，一是年龄大，骨质老化；二是血压高，192 和 126。这样，增加了手术的风险。这是往手术方面考虑。不手术呢，就得慢慢恢复，第一，他得在硬板床上躺四个月以上才能下床；第二，以后，不能再拿任何重物，特别是不能弯下腰去拿，如果不小心让这个椎体再次受伤，挤压到骨髓，那他的下身，就会立马失去知觉，瘫痪，接着大小便失禁，也就是说他的以后，就得活一天在床上躺一天。”

活一天在床上躺一天？老三的心，顿时凉了半截。

手术。既然这样，那就只有手术。活一天在床上躺一天！老三想都不敢想。他那样躺着，吃得要人弄，屙得要人弄，谁去弄？时间一长，那不睡得生脓淌血，睡得皮肉糜烂，那受的是什么罪？

医生让老三决定是否手术，老三当时毫不犹豫地就说了：“手术。”但医生说：“你们再考虑考虑，也不急，要手术也得先给他消炎，先调节他的血压，先做好准备。你们家属就考虑一下，两天之内给我们决定都行。”

下来，手术或不手术，开始缠上了老三。他不再那么坚决地认为要手术了。

是啊，手术，要是发生意外，那又咋办？老三同样不敢想。真那样了，他能承担这个责任么？虽说平日里，老人的事大都是他照管着，但到了那时，哥啊姐啊的会怎样？娘又会怎样？这些都不说了，自己承受得了内心的那份痛么？这可是自己把老人的生命结束掉的哩，自己的心里，怕一辈子都得背负着一个卸不掉的思想包袱哩。

不手术呢，真要再次受伤，真要下身瘫痪了呢？那样了，自己怕也永生不得心安的。那样了，村里的人怕还会添加出更多的言语，说他还在城里工作呢？还说有钱呢？连给他爹做个手术都舍不得花钱！

怎么啥都叫我呢？怎么不叫老大呢？有事找大哥，我又不是大哥！老三的心里埋怨起来。

老三的内心，纠结得不行。手术不是，不手术也不是。是手术？还是不手术？

老三还是决定让老人手术了。这几天来，老三已让领导不高兴了。那些要交的材料，因为老三请假，没能按时上交，上级领导已开始责问起老三的领导。领导已带着不高兴的口气，叫老三赶紧抽空弄了交了。管它，先做。不能再这样缠着了。只是，老三要求院方给他请个专家来替老人做这手术。

老三说："爸，你这伤要做手术呢，不过没事，做个手术，个把星期最多半把月就出院就好了。"想着要手术，老人的心里就有了一种恐慌。老三知道老人怕疼。老三说："不疼的，要打麻药的，打了麻药，你就一点儿都不会感觉到疼。"

老人说："不疼。打过麻药了呢。"

站在左侧的医生说："嗯，不疼就好，疼了你喊一声。"

老人没再说话。

老人想，老三要让手术，原来是因为这几个月没人照顾自己哩。是哩，几个月，有谁能照顾自己呢？这照顾，是要照顾着拉屎拉尿的，还要帮着自己翻身。照顾着拉尿老伴倒行，只要她把便壶拿给自己，自己就可拉了，但照顾拉屎老伴却是做不了的，自己这么重的身子，瘦弱的老伴哪抱得动呢？这可是得把自己抱起来，像大人把孩子拉屎样的把的。自己不可能变成一个几斤或者十来斤的小孩。

老人虽 60 多了，却因个高体胖，体重重着呢。进院来时，医生给他称了，82.4 公斤。有人说，有钱难买老来瘦，这人老了，想来是瘦些的好。这不，老人这么胖，虽然个儿高，不是也导致了这么高的血压么。这血压的高和他身子的高没关系，但和他身子的胖身子的重，肯定是有着关系的。高血压就高血压吧，这人一老了，啥病不可能得呢。那机器，时间长了，还这儿坏那儿坏的呢。就算不坏，那开在路上的车还会发生车祸什么的呢。这不，自己没被高血压压倒，倒被一个石头给绊翻了。这个谁能料到呢？

金属器具的碰撞声依然在不时地响起。医生们边舞弄着他们手中的器具，边说着这样那样的话语。他们的话语说得轻松而又自得。说关于他们遇到过的病人的，也说关于他们各自所在医院的收入什么的，还说关于老人啊孩子啊的。他们的话语夹杂在金属器具的碰撞声里。

老人一边听着他们的话语，一边又接着刚才的思绪胡乱地想起来。

老三倒是能照顾的。但他哪有时间来照顾呢？他要上班。他那班，得按时呢。老大也是能照顾的。他有照顾的力气，也有照顾的时间。种那田地，没谁规定过“上班”和“下班”的时间，他可以早点去，也可以晚点去；可以早点回，也可晚点回。就算怕耽误了季节，也可以请请人来帮忙做做的。但老大会来照顾自己么？这么多年了，话都没讲、连家都远远地搬离自己了呢。老人甚至想，就算老大来了，自己如何接受？

是我错了么？老人想。老三回老家看他时，每回一次，除了问问他俩老的身体情况，扯扯那些村里的鸡零狗碎事，都会说两件事。一是叫他们少种甚至别种那地。老三说他能奉养他们了，别钱没种出几个，倒种出这样那样的病来，让他操心让他担心。二是叫他别再跟老大较那劲了，让他该忍的忍，该让的让，该帮的帮，说他作为一个老人，首先得有颗慈善的心，老的有了对小的的爱，小的也才会有对老的的敬。老三还说现在他又远在县城，如若他们俩老有个大病小痛，有个啥大事小事，大都还得靠老大，他不可能回来守着他们。老三说这话时，老人不吭声。但老人的心里却是有些不快的。我还要咋慈善？我哪不慈善了？我要咋爱？我是他爹呢！我还能咋爱？我看都不想看见他呢！

老人听着医生的说话声和金属器具的碰撞声，竟然想起了老三说的这“爱”来。老人不知道，作为一个爹，对自己的儿子要怎样去爱。老人还从没在心里想过这个。老人想，我这辈子容易么，帮地主做活也好，到处借粮也好，挖野菜也好，偷树木卖也好，我不是一直想这样那样的办法，给他弄饱肚子么？没让他饿死，把他从一个毛娃娃儿养这么大了，我还要咋爱？看他那个样子，像个人么？我还要靠他？我要是靠他拿来给我吃，怕是早就饿死了！

想想，老三说的怕是对的呢。以往，自己做得起吃得起也睡得起，没了他，自己也能活得好好的，但现在，自己摔了这一跤，如果不做手术，那唯一的可能，还真得靠他呢。做手术呢？做了手术也还要人呢？以后呢？以后……

老人竟然想起了“以后”，这也是老人以前从没想过的。老人在这手术台上，已经想了很多“以前”，现在竟然又想起了“以后”。平日里，60多岁了的老人，别说想“以后”，就连“以前”，他都是极少想的。几十年来，无论是晴天雨天，他都有着做不完的事，哪有时间来想这些。家头那些这样那样的事，他不但白日里要做，很多时候，夜里也得接着做。要说躺在床上，该有时间来想想的，但一躺到床上，头一挨上枕头，老人就打起了呼噜。

手术室的外面，老人的三个孩子和女婿夹杂在挤挤攘攘的人群中，等待着老人的手术。

老大、老二和老人的女婿，都是老三打电话喊来的。

老二坐在一个绿色的凳子上，怀里奶着一个孩子。她时不时地收回看着手术室的门的目光，望一眼怀里的孩子，然后又扫一眼站在她旁边的老三。

老二听老三说老人要做手术时，她一脸的茫然。她还没经历过亲人做手术的事。她不知道父亲这手术意味着什么。似乎，手术，就是生命的最后了。老二说："咋要手术呢？"老三说："咋要手术？该手术就得手术啊！"老二说："能不手术么？"老三说："不手术，几个月在床上，让他去你家你服侍他啊！就算这几个月你能服侍他，要发生意外，以后你也一直服侍他啊?!"老二不敢再说话。服侍一个月两个月行，时间长了，成年代古的，我愿意，我的男人我的公婆也怕不愿。老三说："就算你真能服侍他，怕他也没那个脸，他还养得有两个儿子呢！"

老二问："不会有啥事儿吧？"

老三说："没事，不就是一个小手术么！"

老大坐在墙角边的一个凳子上，有事没事地抽着他的劣质烟，烟雾在他的头顶旋成一个蘑菇云。

老大刚赶到医院，他来时，老人已被送进手术室。望着老大，老三就火，说："走路来啊？"老大愣了一下，说："坐车的嘛！"老三说："哦，我还说走路啊，走到这时候！"老大说："还不是走不掉嘛！"老三说："就只有你有事，别的哪个有事？"老三说："把自己爹做手术的事都不当事了，还能有啥事算事！"老大抽起他的烟来，一脸木然，像是在想什么的样子。

老大这段时间也真是忙的。他不是忙那田地里的庄稼。他大的那个孩子，是个儿子，现在读四年级。这孩子书不好好读，却是常常地在学校里调皮捣蛋，前些天竟然从老师宿舍的窗子里，用自制的带有长把的钩子把老师的书弄了好些出来，惹得他们的老师下了通牒：家长不去给个"说法"，就得开除出校。老大去到学校，找到了老师，被骂人骂得很有水平的老师指桑骂槐地很是骂了一顿。骂完后，作为一定程度上的惩罚，学校这段时间正在从学校背后的山上接水管引水进校，要他无偿"帮忙"三天以上。老大说："我来四天吧。"老大在学校忙完了大那个孩子的事，他还要回到家去忙小那个孩子的事。小的那个孩子，刚出生 16 天。老大得赶回家去给媳妇弄吃的，还得给孩子洗屎片。

老大拉开衣襟，掏出一沓钱来，递给老三。

老三有些惊讶，问："整啥子？"

老大说："就借着这两千！"

老三一时不知说啥。他的心，痛了一下。

老三说："你先装着吧！"老三没接老大的钱。

老大说："借了几天了，没借着多的，不够的你先垫着。"

老三的眼里，有些湿润。他转过身，不忍再面对老大。他没想到老大还去借这钱。

烟雾里，老大的眼前，一会儿闪现的是家里的孩子，一会儿闪现的是在手术室里的老人。他都好久没见到老人了。他甚至想不起有多长时间没见过老人了。以往，都在一个村里，见与不见，他都没想过什么。似乎，他就没想过，有多长时间没见过老人，要去见见老人。老人这一住院，他倒有些急切地想见见老人了。老大不知道，快住了一个月院了的老人，又经受了这么一个手术，出来后会是个什么样子。

老人想，就是疼，我也得忍着。我得忍着把这手术做了。

老人不想真弄得躺在床上。

但老人想象中的那疼并没有来到。老人还没有感到一点点的疼痛，医生就说："好了。"

又一阵金属器具的碰撞声后，老人被推出了手术室。

手术是一次成功的手术。出了手术室，老人莫名地生出一种轻松的感觉。

随即，老人努力地睁着那眼眶深陷的眼，尽力地转着眼珠子，一下左一下右地搜寻着什么。他先看到老二，老二一手抱着孩子，一手扶着车沿。老二的脸上，无声地流淌着满脸的泪水。就像我死了样的。我又没死呢。老人想。接着，老人看到老三了，老三也是含了一眼的泪。他的眼眶，似乎就要包不住那泪了。那泪，似乎就要崩开堤坝，泄洪样泄出来了。这狗日的，咋就哭了呢？一个当着官的人，咋就哭了呢？老子不是好好地活着出来了么？老子不是都做了手术了么？但老人自己的眼里，似乎也开始不由地湿润了起来。

似乎，老人还没准备好，老大的脸就出现在了老人的眼前。

老大在后面推着老人躺的车子。老大的身子俯着，目光正从斜上方看下来。

他们的目光刚相遇，老人便有些心虚似的，一下躲开了。

老人不知道，也就是他的目光刚移开的时候，老大的目光也随之逃也似的移开了。

2012 年 4 月 2 日

原载《永善文学》2015 年第 5 期

谁不是好人

在候车室，身高一米六二的翠岚拖着一瀑黑亮长发，在人头涌出的浪涛里若岛上礁石时隐时现。被人挤得看不到周围的情况时，她担心追来的人赶到努力往上踮脚转头向周围看；而被挤得露出了头，她又担心追来的人看到她，赶紧往下缩。借人群拥挤的力量，翠岚踮脚侧头，往检票口上方的电子屏瞟了一眼，屏上的红色数字告诉她，离开车时间还有 22 分钟。

咋还不检票！翠岚嘀咕了一声。

你是昭通人啊？翠岚的身后猛地侧上一男子的头来，一股热气哈到了翠岚耳堂根上。

翠岚惊出一身冷汗，想转身跑。但周围被人群挤得水泄不通，她打个转身都难。完了！完了！翠岚心里百般悔恨。嘀咕啥呢，你这屁股嘴！翠岚真想扇自己两个耳刮子。钱还没送回去，娘还没得到治疗，这下可好，完了，啥都完了！

但没人像翠岚想象中那样向她扑上来。翠岚费劲地侧了侧身，扭头看向问她的男子。男子是一个板寸头，额头光亮，一张宽脸，一挺高鼻梁上架着一副黑边眼镜，鼻沟里沁着细密的汗珠。翠岚悬起的心落下了。男子不像警察。一点都不像。倒不是因为那脸型，是那脸上的表情。那表情让人看来没有一点点的寒意。那表情透着满脸的热情，甚至是讨好。再看，翠岚看到了男子带有蓝色条纹的衬衣领，两只尖尖的领角，像副八字胡在男子的下巴下向两边斜开去，左边一撇，右边一捺，一撇一捺之间，是一条玫瑰红的领带。玫瑰色，领带。翠岚的心里，疼痛了一下，接着又暖和了起来。翠岚脸上的惊慌，像老家普家河的山间的流岚遇上了阳光，渐渐散了。

翠岚对着男子微微地笑了笑。

你要回昭通吗？男子问。

翠岚想说话，但她说不出来。她只点了点头。

能不能麻烦你，请你帮个忙？

啥？说这个字，翠岚费了很大的劲。

我老家也是昭通的，我妈要回昭通，我因为单位上的事情多，又急，走不了，不能送她回去，想请你在车上帮忙照顾一下，到昭通，我妹会来车站接她。

咋不让她就在这儿玩呢？翠岚不知道自己怎么会问这个。问出后，她自己都觉得有些意外。但想想，有个儿子在这大城市工作，留老人在这儿玩，也是理所当然。翠岚自己就想过，要是自己哪天有了条件，就要把娘接来，在这里好好玩玩。只是这个念头一冒出来，就会被另一个念头压下去。那时，翠岚更多的想法，是哪天才能挣够钱，让娘去住院治疗，把娘医好。

我想要她在这儿，但她就不在哩，都闹腾了多少天了。她在这儿，人生地不熟的，我又不能陪她，孤独寂寞得——也不忍心看着她那很痛苦的样子，这才同意她回哩。

翠岚理解男子。翠岚理解了这男子，是因为她想起了另一男子。那男子她叫他李哥。以后，就叫我李哥吧。那男子说。那男子是在他家十六层楼的家里这样对她说的。那是中午时候，男子的妻子已去上班，男子坐在轮椅上的父亲已被推到生活阳台晒太阳。那时，外面的西北风吹打在窗户上，呜呜响，听来叫人后怕。翠岚的心，慌乱得如狂风中的野草，一下左一下右地乱摆。翠岚没了方向感，不知道自己往后该怎么走。她不知道自己要从李哥这儿得到什么。是钱么？翠岚虽然需要钱，但她从没想过以这种方式来找钱。似乎，她就没想过要从李哥这儿得到什么。不想得到什么，怎么就随了他呢！这是宿命么？翠岚见上男子，并应了他来照顾他父亲时，似乎就预感到了这样的结局。那时，翠岚在一家餐馆当服务员，男子和着一帮人去那家餐馆吃饭，翠岚就负责他们那一个包间。翠岚多数时候站在包间外，以等候他们的差遣。他们差什么了，叫一声，她就进去，问了，补上。差不多的时候，她才会在没听到他们的差遣时主动敲敲门，进去为他们添上一次茶水。饭局进行到中途，翠岚再进去时就感觉到有个男子在有一下无一下地拿她看。翠岚有些不自在。几次进出后，翠岚确定了这个看她的男子。男子喝了些酒，脸红得像鸡屁股，甚至连耳堂根和脖子都红得像菜市场上被太阳晒蔫了的猪肉。男子穿着一件间有蓝色方格子的白色衬衣，衬衣接近领口处的两颗纽扣没扣，一根玫瑰色的领带，松松垮垮地在他的脖颈下吊着。他后面的椅子靠背上，挂着他的黑色西服。虽然不自在，但翠岚觉得这男子看她的眼神里，没有她厌恶的东西。男子似乎只看她的举手投足，不像往日里的很多人，一来就肆无忌惮地把火辣辣的目光，要么扫在她的脸上，要么抹在她的胸前。在为他们添加茶水时，男子问起了她来这儿的时间，问起了她的待遇，最后说想请她去照顾个老人，问她愿意不？后来，那个月的月底，翠岚领了餐馆里那个月的工资后，就跟着来接她的男子，来到了男子这16层楼的家里。

“哐啷”一声，检票口的门开了。排队的人拥挤着往前移动。翠岚在往前挪动着步子时扭头往后看了一眼，在男子的身后，她看到了一位一头银发的女老人。老人挤在人群里，像个小孩，矮矮的，勾着头。旁边的谁往前钻的力大了些，撞到了——不，是推到了老人——让老人不由地抬了一下头，像是想看清是谁推的。不知老人看清了推她的人没有，倒是翠岚，看清了老人那沟壑纵横的脸。翠岚的心颤了一下。在老人的那张脸上，翠岚像是看见了自己的娘。

要到检票口的地方，翠岚答应了男子。翠岚让男子把他手里的包和票给她，说她会把老人照顾到昭通。男子说他买得有送站票，他可以送她们上车。

进了站，列车员已开始催促，说车马上要开了。翠岚让男子别上车了，说她没带啥行礼，他那个包她能拿，她会照顾好老人。不知是因为翠岚的话，还是因为就要和老人分别，男子像要哭了的样子。男子把步子停在上车的梯子前，把票和包一起递给了翠岚。翠岚一手提着老人的包一手扶着老人上了梯子，后面的男人才突然睡醒了样，喊着问翠岚要她的电话号码。翠岚在心头愣了一下，犹豫了一下，才边往里走边转过身来，快速地说了一遍她的电话号码。翠岚没来得及问男子记下了没有，她不知道自己说出的那话有没有被放着响屁关拢来的车门截断！

顺利上车后，翠岚的心里踏实了一些。她想，那人恐怕真没报案。

走到车厢口，翠岚才感觉到老人的包重。她把包放在车厢里，伸直腰喘了一口粗气，同时拉了一下老人的手，让老人也停了下来。她边甩着那只被包带勒得生疼的手边在心里埋怨男子，自己又不送老人，还弄这么重的包给她带着。但这埋怨也只是一忽儿的埋怨。老人拿不了沉重的包，男子不会不知道。这包里的，说不定都是男子在想让老人带走的东西中，减了又减剩下的。对于自己的娘，谁不想把自己能给的，都给她?!

按票找到铺位，翠岚和老人的铺竟然是两对面。翠岚觉得像是老天有意安排，要她照顾老人这一程似的。看着铺位，翠岚又埋怨起男子来，怎么给老人买上铺的票呢？就不会买下铺的么？上铺票是要贵些，可……翠岚想，不会是男子想省那点钱吧！肯定不会。对了，自己去买票时，售票员就说只有上铺的了。翠岚当时没多想，对于自己，坐上铺下铺，有啥区别呢？当时想买卧铺票，也就是不想在硬座车间，在那众目睽睽之下、那人来人往的地方待着。若没有卧铺票，她肯定也会买硬座。要是硬座票也没有，站票她都会买。她只想尽快离开这个城市，越快越好。老人不是早就想回去了么，说不定，男子是在老人逼得没辙了的情况下才来给她买票的，男子不但想给老人买卧铺的票，肯定还想买下铺票，只是他没能买到罢了。

如果自己的是下铺就好了，可以让给老人。翠岚想。翠岚一手提着老人的包，一手把那窗边的凳子压下来。她站到凳子上，换一只手去抓住行李架上的横档，准备把包投放上去。她弱小的臂力举了几次都没能把包举上去，是坐在旁边凳子上看着书的一小伙过来帮了一把，她才把包放上去。她对着小伙笑了笑，说了声谢谢。她摇了摇那包，确定那包放稳了，才随着抓横档的手一放身子一弯腿一屈跳下凳子来。这时列车鸣着长笛动了起来。她往车窗外看去，想再看看这个让她内心说不清道不明的地方。她看到，男子还在窗外，流着一脸的泪，举着双手，向她挥动。

男子的身影，消失在轨道的那头去了。翠岚把她甩向身后的挎包往身前挪了挪，转身站到床铺间看着老人的上铺，想怎样才能让她睡上去。老人躬着腰，都快要躬成一个九十度的角了。翠岚现在才发现老人瘦弱得很，那脸上，那沟壑间，已没什么肉，像是普家河旁的那些山，除了悬崖，便是峭壁，走过一山一湾，也难得寻到一块厚土。但这不影响老人给人的慈祥感，就像普家河常常让从外面回来的普家河人感到亲切一样。老人虽然躬着，她的胸前，却没一点点的坠物。她原来是个啥样呢？她最初肯定不是这个样子！当初，她肯定是苗条过的，她肯定是青春过、丰满过的。是啥让她变成了这个样子？时间么？嗯。除了时间呢？那个男子，以及她的其他孩子么？也可以这样说。哦，不是可以这样说，简直就是。就像娘，是咱家几姊妹把她的头发给染白的，把她的乳房给吸瘪的；是咱家几姊妹压在她身上，把她的骨头给折断的，让她的脊髓，挤压到神经的。想着娘，翠岚不知不觉间已是泪花满眼。

翠岚用衣袖擦了擦眼睛，望了望老人和她的下铺。翠岚想，若能，给老人换一个下铺。她愿意给换铺的人补上些钱。翠岚的下铺上，已经有一个老人，在那儿似睡非睡地躺着。跟他换，肯定不可能。老人的下铺上，斜斜地坐着一女人，三十来岁的样子。翠岚怯怯地喊了声大姐，把想法说了。女人听明白翠岚的意思后，哦了一声，说，我带着孩子呢，孩子随时在下面跑，在下面玩，要不，我就换给你。翠岚往女人手指的方向看去，窗边的过道上，一男孩甩着一溜溜球，甩出红黄蓝绿的光，正往这边跑来。

翠岚喊了老人一声大妈，说，你要上去睡了不？

老人一只手拄在膝盖上，很费劲地撑着腰仰起头来，拿一双空茫的眼望着她。翠岚又喊老人说大妈，你要上去睡了不？老人还是没回答她要不要上铺去。老人的耳朵恐怕有些背，没听清。翠岚想放声再喊，但一时没能大声问出来。她指了指老人的上铺，用很平常，甚至是更低的、像是自我嘀咕样的声音说了一句，你要不要上去躺着了？翠岚没想让老人听清她的话，她只想用动作问老人。老人看着翠岚的动作，倒真懂了翠岚的意思，噢噢了两声，说，睡了，要得，睡了，接着便躬着腰，回过头，把手扶向那上床的梯子。

翠岚费了很大劲，又在下铺那女人的帮助下，才把老人连举带推地扶上床去。

翠岚刚到她铺上躺下，手机的短信提示音响了。

短信说："说谢谢很苍白，却又不知还能说什么。真诚地向你说声：谢谢！看着你举包往行李架上放，真想从窗口钻进来，替你！给你添麻烦了！"

发短信来的号码是陌生的，但翠岚一看内容便知道是老人的儿子发的。他竟然记住了她的号码，翠岚有些惊奇。翠岚习惯性地选择出了"回复"对话框，摁出了一排字来："没事。应该的。放心。"发出后不多时，对方的回复又来了："谢谢。不能送母亲回家，我很愧疚。没办法，身不由己。"

翠岚把手机放在枕头上，歪过头，看向老人。老人一手撑在床铺的外沿上，一手撑在枕头上，半匍匐着身子，探着头往窗外看。她在看什么呢？翠岚也把目光移向窗外。轨道旁的路灯，灰尘满面的方方正正的房子，远处的树影，村影，山影，唰啦唰啦地，一一闪过。

列车进入钻洞，漆黑一片，视野中的一切消失。哐啷哐啷，轰隆轰隆。

列车驶出钻洞后，老人还像原来的样子往窗外看着。

她在看什么呢？那灯？那房？那树？那村？那山？她是昭通的，这些，跟昭通的那些有什么区别呢？有什么看场呢？翠岚不解。翠岚不知道老人现在在想什么。不，她肯定是想回家。回家，她是为出来见了刚离开的这城市，和现在见到的这灯这房这树这村这山高兴呢，还是为儿子连她回家都不能送她不高兴？想来，她应该是高兴的吧！

看着老人那姿势，翠岚想要是娘也能这样来看看多好。可娘……娘现在是什么样子呢？一定是还在床上躺着，连床都下不了吧！

5 年前的那个 2 月 28，是个星期六。傍晚时分，翠岚 53 岁的娘从地头风尘仆仆地回来，说他们点种洋芋的那块地里还差一撮箕种，将就拿去的家什，要捡去把那块地种圆。翠岚家的洋芋种堆在楼上。楼是木楼。楼下是堂屋，楼上是瓦顶。楼梯是木楼梯。两棵圆木，13 根横档。楼梯口在进屋的右角。楼梯的下端，抵在靠门边的那堵土墙上，上端呢，搭在楼板靠里边的楼梯口处。翠岚的娘上了楼，捡了一撮箕洋芋种，她抬着洋芋种下楼时，似乎才感觉到踩空了一脚，整个的身子便往后一仰，和着唏里哗啦边往下滚落边撞打在楼梯上、墙壁上的洋芋，顺着楼梯往下一梯一梯地“滑”来，每“滑”一梯，她的屁股便在那梯子上撞出砰的一声响。砰，一梯，砰，又一梯。她的头呢，接着又咚一声，撞在一梯楼梯上，又咚一声，撞在一梯楼梯上。她的两只手在空中胡乱舞着，像是极力想抓住点什么，却什么也没能抓住。

翠岚娘的嘴来不及发出一声喊叫，她的屁股便替她撞出了一声闷响。在门外砍着猪草的翠岚心头叮咚一声响，落下去的菜刀差点儿砍上左手的虎口。虎口没砍上，却因为力道没能跟上，加之刀刃落偏了方向，那一刀要砍的猪草也就没能像先前的那些被齐斩斩地砍碎。翠岚左手撒开猪草，右手丢下菜刀，扑进屋里，便在楼梯脚的那个墙角里，看到了她双脚顺墙向上立着，与靠在楼梯上的身子折成了一个三十度角的娘。妈——翠岚惊叫一声——你咋啦！翠岚扑上去，想扶起娘来。翠岚娘张着嘴，却发不出声。她缓慢抬起靠里面的右手，向翠岚摆了摆。看着楼梯脚下的撮箕和洋芋，翠岚便明白了是怎么回事。一下，翠岚慌得六神无主。

翠岚的娘这一跤摔断了尾椎、胸椎。翠岚的爹和弟弟从地里回来时，翠岚已把她娘连拖带抱地挪到了进门处的门边，抱了一床印着喜鹊的水红被子倚在她的后面，让她仰靠着坐在那长有一个一个土包的地上。你哪不好啊！你哪疼啊！翠岚如泣似诉地追问着。翠岚的娘还没觉出哪疼来，她只说她身子动不得，腰和身子都像不是她的样。

翠岚的爹看到妻子后，脸上现出了惊讶，似乎也有一种释然。回来的路上，恐怕他一直在责怪她咋不送洋芋种去！他没问啥，在进门左边的火塘旁坐了下来，像是想了点啥，又没想出啥来，才又伸手从火塘后的墙角里提过水烟筒来夹在双腿间，然后往左偏了偏身子，曲拐着右手，往衣兜里抠出一包揉得皱皱巴巴的瘪瘪的春耕烟，双手捧着撕了撕口，扒出一根来栽在水烟筒的烟嘴上，接着用火钳从火塘里夹起一根吐着火苗的柴棍来，点燃烟，扑通扑通、不急不缓地吸了起来。吸上一通了，他才仰起头来，看着翠岚的母亲，说，我都说不够算了，哪天又再拿去点，硬要来拿，咋不拿去呢？

翠岚鼓起眼望着他爹。都这样了，不快点送去看，还没事似的，还说这？翠岚想吼，又没吼。他爹呢，像是不敢看她了，又把头埋进水烟筒里去，扑嗵扑嗵了起来。翠岚到底是发起火来了。不送去看啦！翠岚的声音如雷似电，那屋里像炸开了一声沉闷的春雷。翠岚的爹把埋在水烟筒里的脸拔出来，望着翠岚不急不缓地说，你要死啦！要咋送去看你送去嘛！眼泪哗哗啦啦地从翠岚的眼眶里崩了出来。我送去看，我送去哪看？我咋送去看？你还是个男人么？你还是个丈夫么？

翠岚的爹又吸完一根烟，起身摸黑出去了。听着他远去的脚步声，泪流已趋缓和的翠岚，心头再次汹涌澎湃、翻江倒海起来。这次，她是放声哭起来了。她为自己的无能哭。娘这样了，自己怎么就只能这样坐着呢？岚儿啊，哭啥，娘就是滚着腰了，养养就好了，不怕！听着娘有气无力的声音，翠岚哭得更是撕心裂肺。

翠岚看了一眼旁边的弟弟，说，去把二叔请来，请他找几个人，送娘去医院。

翠岚的弟弟还没出门，翠岚的爹已领着邻村的草药医生来了。草药医生六十四五岁的样子，穿着一件四个包的蓝色中山衣，里面是一件沾满了红泥的体恤，脚踩一双解放牌半绕胶鞋。他在翠岚娘的腿上、腰上、背上，一一地揉过、摸过、敲过，揉着摸着敲着的时候，边揉边摸边敲边问翠岚的娘疼不疼。然后，他让翠岚的娘伸伸脚，翠岚的娘咬着牙伸了；他让翠岚的娘动动腰，翠岚的娘咬着牙，额头上的汗都挣出来了，却动不得。他又让翠岚的娘动手，动肩。他说翠岚娘的腰肯定断了，其他地方还不好说，最好是去医院照个片，看看情况。走之前，他从一个被磨得油亮的木箱里取出了两样草药，一样像干萝卜条，一样像筷子般粗的柳树根，又取出一块巴掌大的木板，一把刀叶像巴掌的刀，把柳树根样的药切得一道手骨节那么长，把干萝卜条样的药切得像米粒，分别用两张小学生写满了拼音和汉字的生字本纸包了，交待说长条的早上吃，用酸汤；小颗的晚上吃，用开水。最后，他又拿出一瓶矿泉水瓶装着的黑漆漆的药酒，说是醋泡的，毒性大得很，要保管好，只能外用，不能吃，一点点都不能。

翠岚的爹第二天送着翠岚的娘到了县医院，给翠岚的娘照了片。照下片来后，县医院的医生让住院，并说要做手术。翠岚的爹问做手术要多少钱，医生说她这手术要做两处，尾椎和胸椎，差不多五万。一听五万，翠岚的爹差点晕倒过去。别说五万，这时让他拿五千，都是和尚的脑壳。

翠岚的爹提着县医院照出的片子，带着翠岚的娘回家来了。

那草药也真是好，按县医院医生说的，若不手术，就要在硬板床上躺至少 4 个月，但翠岚的娘却两个月不到，便下床来了。这时，是翠岚冲刺高考的最后阶段，离七月高考的到来，才有两个月。周末回家，在翠岚返校时，娘又能像从前一样送她出村了。在就要走进那个山湾，进了山湾，回头便再也看不到村庄时，翠岚回过头去，又看到在村口一直站着的娘了。翠岚的泪，不由地淌了下来。那是幸福的泪，也是感动的泪。娘又能目送她走出村庄了。她知道，自己能把书读下来，并一直把成绩读在全年级的前面，靠的就是娘多年来一直站在村口送她的这身影的激励。娘这身影，在那儿，已站成了一座遥望未来的雕塑。

在翠岚要高考的前三天，翠岚的娘出事了，是在提火塘上的一壶水时出事的。火塘上的水烧开了，水挤出噗突噗突响的壶盖，一挂一挂像瀑布一般地铺出来，铺到火塘里的柴火上和燃尽的白灰上，呲呲呲，噗噗噗，一阵白雾，裹着一阵白灰，带着一阵浓烟，升腾起来，云遮雾罩一般，笼在火塘上空。坐在火塘边的翠岚娘，慌忙火急中，起身，提壶。壶还没提下来，刚提离火塘上空悬挂着的那个挂钩，她的胸椎便咔嚓一声响，那一声响响在她的体内，响彻她的肺腑，像是抽掉了她的所有骨头，让她随之身子一偏，倒在了火塘边。

翠岚的娘这次一受伤，像县医院医生说的，让她整个的下半身，都失去了知觉，接着连大小便都失禁了。她的这次受伤，彻底地改变了翠岚的命运。翠岚连高考也没参加，便回到家，寸步不离地守在娘的身旁，服侍起娘来。

一年过去，两年过去，娘不但没能下床来，连下半身也没能有一点点知觉起来，这不，倒是她的屁股，已一块一块地烂了起来。她整个的人，都瘦得只剩皮包骨了。那手，都快成烫了毛的鸡爪了；那脚，都像剐了皮的柳树条了。翠岚看不下去了。翠岚在娘身边在不下去了。翠岚在三年前的那个正月初六的早晨，走出了普家河。走出村庄，在就要走进那个山湾的时候，她回转身，想看到那一尊雕塑，但没看到。没有娘的目送，翠岚走得万般纠结，万分痛苦。没了娘那遥望的身影，翠岚的心里，便没了出走的目的，甚至方向。我这是逃避娘，逃避现实么？翠岚的泪，疯狂地挤出眼眶，顺着脸颊滚落下来。

出来三年了，翠岚还没回过家。每遇春节到来，翠岚都万般想回家，只是一想起娘，一想起卡上那点钱，她就挪动不了脚步。

娘现在会是个啥样呢？她真还活着么？她真像爹和弟弟说的那样，下半身有点反应了么？会不会……翠岚不敢想。虽然自己出来的这三年，都在给家里寄着钱，但那点儿钱，又够他们做啥呢？弟弟，按算，现在应该读高二了吧！他真还在读书么？他的学习，真像他说的那样好么？

要是他们说的都是假的，那娘……翠岚拉过被子，蒙起头，忍心不住啜泣起来。她觉得自己不应该离开娘。想着娘，她觉得自己是一个最没良心的人！忆起爹在电话里的声音，还是那样不紧不慢，在他的话里，似乎一切都与他无关的样子。他真是不见棺材不掉泪么？他真是屎不急不挖茅坑么？他是性格慢啊，谁没个自己的性格呢？想想，他怎会不在乎娘呢！他有哪没尽自己的力呢？像是没有。他的心里，怕也急啊，只是无奈。翠岚觉得对不住爹了，觉得不应该丢下那个家，把那个家丢给爹！还有弟弟，面对如此的一个家，他怎能静心读书？而他，又在电话里说在读，很好。他这样说，恐怕是为了不让自己担心啊。我怎么就把那个家，都丢给他们了呢！

手机短信的提示音把翠岚的思绪拉回到漆黑的列车间。肯定是男子发来的。除了他，还会有谁呢？除了他，没有人知道她的这个号码了。翠岚先是不想看那短信，但一会儿，她又怕他有啥事要交待她。都答应过替他照顾，就得照顾好。翠岚拉开被子，在枕头上拿过了手机。

短信说："我刚下班回来，今天加班，才把事做完，一忙就忘了给你说一声，我妈的耳朵不好，记性也不好，要是她上厕所，麻烦你带她去，怕她去了找不着回来！谢谢！给你添麻烦了！"

翠岚简单回复了个“好”过去。

翠岚撑起身，半倚在床上，然后双手蒙眼，一动不动，过一会儿，又双手曲着，十指直伸，掌心朝面举在眼前，用双手的无名指，缓缓地拭了拭双眼。翠岚双手撑在床沿上，向对铺探着身子，大妈大妈地喊了起来。老人像是睡着了，或者没听见翠岚的喊。翠岚不敢再把声音提高。她觉得自己刚才的声音已经够高了。她干脆手扶床沿，弯腰，伸腿，把一只脚迈到了老人的床沿，接着身子也移了过去，像学生上体育课压腿似的，留一只脚挪在她自己的床沿，探着身子，望向老人。翠岚又大妈大妈地喊了两声，声音轻而柔。似乎，她忘记了老人的耳背。又似乎，她根本就没想把老人喊应。老人真睡着了。翠岚想，要不要真把她喊醒呢？她找不到厕所，不会连要上厕所都不知道吧？怎么会呢？她又没大小便失禁！你看她，从检票口，到车上，虽然弯腰了，驼背了，不是都走得好好的么？大小便失禁的，是娘啊！

哦，娘，你现在是个啥样啊？

翠岚再望向老人，似乎，老人就是她的娘了。

翠岚的心头一阵凄然。要是娘在自己的身边，多好。要是娘能出来走走，坐坐这火车，看看这外面的世界，多好。

娘还能好起来，还能出来走走么？虽然现在有着十来万块钱，但，能把娘治好么？

想着卡上的钱，翠岚便想起了又一个男人来。这男人是翠岚离开李哥家后遇上的一个男人。翠岚在李哥家在了 4 个多月时间，她与李哥发生了 12 次床笫关系。那都是中午、下午，或者周末，李哥的妻子不在家的时候发生的。次数虽少，李哥的妻子虽然都不在家，但翠岚一面对着李哥的妻子，便觉得她已知道自己和李哥发生的事。虽然李哥的妻子从未说过一句与之相关、哪怕是含沙射影的话，但翠岚就是不自在。最后，她提出要走的时候，李哥的妻子甚至还感到惊讶，问她是不是嫌给她的钱少了，他们可以再给她加些。李哥也接着说就是就是，照顾老人很辛苦，我们可以给你加些工资。翠岚从没想过他们给的钱少。她觉得他们给的工资已经不低了，而且很多时候，李哥还借这样那样的机会，故意而又随意地多给着她钱。李哥说，你走了我爸咋整？

翠岚差点答应留下来。翠岚常常因为李哥对他父亲的将就和顺从而感动。什么是孝，翠岚觉得这就是。在那个家里，虽然时间不长，但翠岚觉得，李哥真像他的哥样的，而李哥的父亲，也像是她的爹样的。翠岚真不想离开这个家。但她还是离开了。

翠岚离开李哥家后，原本打算再去进一家餐馆，在餐馆打工，省心，省事，虽然累人，虽然工资不高，但吃住有保障，只是途中她又找进了一个超市。超市没安排工人住宿，得自己找住处。翠岚想，有个属于自己的空间更好，就租间小屋吧。翠岚就租了间小屋，是一间七八个平方米、像是原来主人家堆放杂物的储藏间。储藏间租给翠岚显然不是第一次，里面已经摆得有一张小木床，地上有只残缺不全的高跟鞋，床板上，还乱糟糟地有着些纸板。翠岚到城南的批发市场买了被子被套，买了一只胶桶两个胶盆，买了一个电饭煲一口炒锅，还买了三个小碗两个大碗一把筷子。翠岚跑了一天，路灯亮起时，便把这个家简单地安下来了。

跟老板借钱，是她难以启齿的事。一个月的班都还没上满，还差三天，怎好向老板开口借钱？可是，爹已经把娘送到医院去了，都住进医院里去了，能让爹把娘从医院拉走么？一万，自己才有五千多块了啊。翠岚还是向老板开了口，她怕老板不答应，一来就把娘的事细细地向老板说了起来，说得声泪俱下。翠岚后来想，老板当时肯定以为遇上骗子了。才来这么长时间就借钱，还哭成那个样子，不是骗子是啥？现在骗子表演的感人场面，人们都见多了。多少场面本是戏，却演得比真的还感人，导致了多少真的场面，发生起来，倒像戏、甚至还不如戏了。老板似乎看她那哭戏都看得厌烦了，听不起了，打断她的哭诉问她要多少钱？翠岚说五千。翠岚说出五千时，已把她的存折本拿了出来，说我爹说医院要暂时交一万，我去查了我的账，就才这五千多点了。翠岚说，老板你先借我，以后从我的工资里除，以后，每个月你就发五百给我做生活费，剩的扣了还你。

老板四十二三岁的样子，头发已不多，油光可鉴的额头上，几根稀稀疏疏的头发，从后面梳回来，又从左往右梳了拱桥样搭过去。不知是翠岚的哭诉真的感动了他，还是五千块钱在他眼里是可当作水漂打的数，还是他想到了什么，他爽快地答应了，并随手从胸前的衣包里掏出钱夹，数了五千给了翠岚。

对老板，翠岚自是感激不已。

但后来，老板竟问起了翠岚的住处。翠岚似乎预感到了什么，先不想说，但又说了。中秋节那晚，超市给员工发了些月饼和一袋米，打烊后，老板执意要送翠岚回去。从坐上老板的黑色轿车起，翠岚的心，便狂跳不已。翠岚有一种末日来临的感觉。而她，又不知道如何摆脱。

在那间小小的屋里，那个中秋夜，翠岚被老板强行睡了。

老板走后，翠岚望着老板留下的一千块钱，泣不成声。

从这以后，老板隔三岔五地，便会来翠岚这小屋一次。先前，每次都会留下些钱，虽然不像第一次那么多，也不算少，都是三百五百的。

翠岚开始寻找其他工作，也开始寻找其他小屋。

这晚，不，已经是黎明了。翠岚睡得朦朦胧胧的，小屋的门响了起来。翠岚的睡意，被敲门的声音叩击得瞬间全无。她问哪个，外面传来老板那熟悉的声音。翠岚没去开门。想着老板，她便感到后怕。她真希望老板见她不开门会离开。但老板没离开，反而把门拍得砰砰响。翠岚怕老板，也怕小区里的住户，怕他们听到他拍门的声音和在外面的叫声，怕早起晨练的那些老头老奶们看见他。翠岚打开了门。门一开，一股浓烈的酒气便扑面而来。

老板在翠岚的身上草草完事，便猪一样睡了过去。天亮了，翠岚起床洗漱好后准备上班去，却在转身要出门时看到了老板丢在床旁的一个黑色的可提可背的包。翠岚拉开包，里面全是一百一百的钱，都把包塞得鼓鼓的了。恐怕有七八万十万吧。

翠岚的心，剧烈跳动起来。

他怎么会带这么多的钱！哦，是昨晚赢的吧！翠岚知道，店里的员工都知道，老板常常去赌钱。为赌钱，那个肥胖的女人，那个老板娘，曾几次跑到超市来跟老板吵过。

翠岚挪过一个凳子，在床边坐了下来，在老板一浪接一浪的呼噜声中，时而看看躺在床上的老板，时而看看又被她随意似地丢在床旁的那个包，心乱如麻。

外面的车声高起来了。

太阳出来了。阳光透过窗上厚厚的灰尘和蒙了灰尘的玻璃，无力地照进小屋来了。

老板还没醒来。

翠岚忽地蹿起，提上那个黑色的包，冲出了小屋。

翠岚躺回到自己的床上，拧了拧腿，疼。这不是梦。她又摸索着，从包里拿出那个存折，侧身往里，用手机照起打开的折子，她看清了，那苍蝇脚一般的数字：128690。想不到，那个包里的钱，竟是10万还多，多了700。翠岚不知道是不是真因为自己绕了这么一下，把追她的人给甩了，还是老板根本就没报案，没追她？

翠岚提着包冲出小屋后，差点儿转身回去。一时，她觉得自己提着的那不是钱，而是满满的一包炸弹。她甚至觉得，自己马上就要被炸得尸首遍地。

但她没回去。她搭了一辆的，想往火车站赶。但上了的，她又改变了主意，决定先乘客车到邻县，再从邻县坐火车回昭通。到了车站，买了票，看看还有半小时才开车，她不敢在候车室里待着，怕男人或者男人找的人想到这，追上来。出了候车室，上了大街，看到对面一家银行，她竟然走向了银行。她把钱存了。出了银行，她又在旁边买了张新电话卡。回到车站，她做贼似地进了站上了车，不多时，车便开发了，载着她到了邻县。她又在邻县上了这火车。

一天多来，像是梦。

似乎，又是几年来，从走出普家河来，都像是梦。

是啊，梦，人生如梦，这么多年来，从自己记事起，童年，从读小学到读高中，再到守在娘的身旁，哪时不是梦呢？

翠岚迷迷糊糊地睡了过去。

“岚儿，慢点，有石头，绊了滚着！”翠岚在村路上跑着，娘在后面跟着，追着，喊。

“岚儿，下雨啦，回来啦，淋了感冒！”翠岚还在村中间的院坝里和伙伴们玩追死活树游戏，娘站在她家的房背后喊。

“岚儿，放学了就回来，要去找猪草。”吃了午饭要上学去时，娘说。

“岚儿，妈没读过书，你要给妈争气，好好读书啊。”这像是读高中时娘说的。

“岚儿……”

梦里，满是娘的影子和声音，杂乱无章，残缺不全。

是声什么响，惊醒了翠岚。翠岚惊头立耳地探起身来，发现窗外已是大亮。一群一群的山，在远远近近的地方，向着火车的后面，唰啦唰啦地退去。这是她熟悉的山呢。哦，天都亮了，要到昭通了吧？应该要到了。按车次，是早上 9 点 10 分到站呢。突然地，翠岚在心里惊了一下，随之回头看向对铺。一眼看到老人，翠岚悬起的心，才又回落下来。这时，老人已经像还不会走路的孩子，趴着，挪到了下床的梯子边。她要下床去？她要上厕所去？大妈，等等，我来扶你。翠岚手脚并用，连滚带爬，最后从梯子上一跳，下了床来。她在下铺的床脚，摸出鞋子胡乱穿上，便站在了老人那边的梯子前。

翠岚搀扶着老人的胳膊，像搀扶着自己的娘，时而并排着，时而一前一后侧身着，往火车的厕所处走去。

回来，翠岚让老人坐在下铺的床沿上，开始站上过道里的凳子，给老人拿行礼。老人上厕所时，她从手机上看了看时间，才差 20 来分钟就到站了。

翠岚搀扶着老人刚出站，便有一个女的“妈！妈！妈！”地喊着，上来拉起了老人的手。她就是男子的妹吧。翠岚想。肯定的。翠岚向女的笑笑，把手里提着的老人的包递了上去。女的说，谢谢你了，给你添麻烦了……女的还想说，却又像是不知说啥。翠岚说，没事，老人家就交给你了，我走了。女的说，到我家去坐坐嘛，我家离这儿不远，去我家吃了饭再走。翠岚说，不了，不了，我还有事。说着，已随出站的人流，往外走了。

翠岚坐上从火车站开往城区的公交车，到了城区打了一辆的，直接到了昭通的西客运站。坐上开往普家河的客车后，她才掏出手机，给男子发了一个短信：“已到昭通。老人已被你妹接去。”

男子的短信过了足有半个小时才发过来。短信说：“刚才我妹已给我打过电话。我妈要在她那儿一段时间，我便这样要咋整那样要咋整地交代我妹，说了很多话。不好意思。谢谢你。好人一生平安，祝你一切都好。再次感谢。”

好人？我是好人么？我都是好人——

翠岚摁出短信回复框，拼出：“谁不是好人呢？”

翠岚摁了一下发送键。短信发出后，翠岚关了机，然后，打开电池盖，取出电池，取出卡，双手靠拢，一掰，卡便成了两半。她的座位在车窗边。她的手往车窗外一伸，又一扬，那卡在窗外飘飞了一下，便一前一后地向下滑落着，飘散在了车窗外的风中。

2013年3月12日

原载《绥江文学》2014年第3期

玉 佩

一

郭玉兰还要李正义给她买个玉佩，李正义满口答应了。

要不是因为郭玉兰的爹在年前的冬月里突然地病死，要不是村里的人都说，一年里，一家人办过了丧事就不能再办喜事，郭玉兰现在都是李正义的媳妇了。他们的婚期曾定在年前的腊月里呢。原本婚前该准备的东西都准备了的，就因为李正义在外打工的堂妹李杏花春节回来时戴了个玉佩，那玉佩润润的，绿绿的，一看就让人的眼睛格外地舒服，这种舒服让郭玉兰感觉到了，于是她又产生了想要个玉佩的想法。李杏花戴着那玉佩确实好看，李正义也不可否认。李正义也想过，要是郭玉兰像堂妹那样也戴上一个玉佩，那又会是一个什么样的样子啊！作为一个男人，谁不想让自己的新娘变得更加漂亮呢？

答是答应了，李正义却不知道买个玉佩要多少钱。他更不知道要去哪儿找这钱。

李正义家是做秤卖做了几代人的人家，但家里的那点儿钱都被年前准备婚事用完了，甚至还欠下了几笔小债。他家原本也就没几个余钱。自乡村市场或大或小地兴起，各种各样的买卖越来越自由后，传了几代人，称起东西来准确得让所有知道这准确度的人佩服得五体投地，并因此而让四乡八野的人不远百里千里慕名而来争相购买的李家秤，一直处于一种滞销状态。为何？这个李正义心知肚明。不就是乡下人好蒙蔽吗？买他们的东西，有十斤的，你称后给他们说只有九斤；而卖给他们的东西，有九斤的，你称后给他们说有十斤，他们二话不说，拿了该得的钱或者东西就走人。就算偶尔会有人不信，你拿秤上的“星星”给他们一看，他们也就无话了。做那些小本生意的人，谁不想从秤头上找点儿利润？要靠从秤上找利润的人，谁还来买你那不“软”不“硬”的秤？为了让自家的秤好卖起来，李正义也想过做那种不“软”就“硬”的秤。经过几代人的相传，能把秤做得称一就是一、称二就是二，要回过头来做那种或“软”或“硬”的秤，简直就是小菜一碟了。只是李正义的这个念头刚一冒出头，就被他的父亲掐了。李正义的父亲一个耳刮子扇在李正义的脸上，火冒三丈地吼道：“你还是人吗？你还认不认得你叫啥名字？你要把祖宗的脸都丢尽啊！”从此，李正义不敢再有此想法。没了做“软硬秤”的想法，并不代表李正义就没了对自家秤的销路的想法。在这乡下，人们好蒙蔽，所以自家的秤卖不出去；要是在城里，那儿的人还会这么好蒙蔽吗？肯定不会。城里人是啥人？可都是些有知识、有文化，精明得不得了的人呢。要不，能成为城里人吗？城里人是随便一个人都可以做的吗？对于城里人，说不定就要自家这种“不软不硬”的秤呢。

用一个泥土色背篼背上一篼秤，李正义开始了他的第一次进城。

二

秤还没卖出一把，在大街上转着转着的李正义就看到了一家翡翠店。先看看吧，货比三家，多看几家再买，不容易吃亏。李正义这样想着，就走进了这家翡翠店。店里那些不是全绿就是白里透绿的大大小小的假山，或圆或方的装饰品，各种各样的手镯、手链、戒指、玉佩……所有的绿，和着流水一样的音乐声，形成一道无比清凉的风向李正义卷来。同时，一刷刷奇异的目光也向李正义扫了过来。李正义的心里产生了一阵从来没有过的彷徨。但他还是把心一横，继续走进了大厅。

大厅里，顺墙摆放了一排又一排的柜台，柜台里摆满了琳琅满目的绿色饰品。每个柜台前，都站有穿着西服打了领结的女孩，她们都面带着看上去差不多一样的微笑，充满激情地向柜台前的人们说着什么。大厅的中间，是错落有致的翡翠山石。无数的小山小石，砌成了一座壮观的、气势磅礴的山峦。山间，还淌起了淙淙细流。顺着柜台一一看去，李正义看得眼花缭乱，甚至神志恍惚。这绿莹莹的、水亮亮的手镯，戴在玉兰的手上，会是个什么样子呢？这晶莹剔透的玉佩，挂在玉兰的脖子上，又会是一个什么样子？李正义想起了堂妹李杏花，想起了她那细细的脖子，想起了她脖子上的玉佩。李正义相信，玉兰挂上玉佩，绝对不会比李杏花差，绝对比她好看。似乎，那躺在柜台里的一个又一个玉佩，已经挂在了郭玉兰的脖子上。

“先生，要选点什么？”随着一句甜甜的声音，一个女孩已隔着柜台站在了李正义的对面。李正义抬起头来，看着对面的女孩，一时竟不知说什么。他“我——我——我”地说了几次，竟然一句话也没说完整。李正义的窘迫，让他的脸红了起来。但对面的女孩依然对他笑着：“先生，你看，需要点什么？”女孩的声音又一次响起，如音乐声，如淙流声一样淌进了他的耳里。李正义的心里有一种说不出的温暖。先生，嘿，有人叫我先生呢。李正义还从来没听人叫过自己先生。这一叫，像是自己已不再是一个农民，而是一个贵公子了样的。这一叫，把李正义叫得神气了起来。李正义很有些气派地用手在自己的脖子上比画了一下，说：“我看看玉佩。”

“你看，要男士的还是女士的？”女孩问。

“我看——”李正义像是不知道男士是什么女士是什么地说。

“买了你自己戴，还是买给别人？说来我帮你选选。”见李正义只知道扑着身子往柜台里看，女孩又问了起来。

“我想买个送给我妹子，你帮我看看哪种合适。”李正义的脸又一次红了起来。

“哦”。女孩那始终笑着的脸上露出了一种别样的笑。女孩弯下腰，在柜台里这个拿拿那个拿拿，最后拿出了一个比火柴盒大点的红色盒子放到了柜台上。女孩打开盒子，红色盒子里露出了一个用一根红线拴着的白里透绿的玉佩。女孩连着盒子一起，递给了李正义。女孩说：“你看看，这个怎么样？”李正义把盒了接了过来。李正义歪着头从不同方向端详起盒子里的那个玉佩。玉佩是一个佛像玉佩，上面还刻着“比翼双飞”四个字。李正义的心里惊了一下。李正义知道，自己的那点儿心思，早被对面的这个女孩看透了。要不，自己明明是说买了送给妹子的，她怎么会拿这刻着“比翼双飞”字样的呢？李正义也不说。他的心里有了一丝隐隐的喜悦，甚至都有了一种买了的冲动。但他知道自己只是看看。自己的秤都还没卖呢，自己的兜里还没钱呢。女孩说：“这是云南大理的翡翠做的，戴在身上，很舒服的，它不但好看，对皮肤也很有好处。”

李正义看了一下盒子下面的价钱。在那盒子的下方，标着800元。嘿，800。李正义在心里笑了一下。因为他刚才看到，有个人只用168元，就买走了一件标价也是800元的手镯。李正义不知道，这儿的人为什么要把标价弄得那么高。他想，这个玉佩最多也就是168元吧。想着这个价，李正义在心中就暗暗地决定了买这个玉佩。李正义想再拿来戴在自己的脖子上看看，看看好看不好看。李正义提着那根红色的线儿，把盒子里的玉佩提了出来。没想到，玉佩刚离开盒子，只听“哐啷”一声脆响，就只有一半掉在那根红色的线上晃过来荡过去了，而另一半，却在地上陀螺一样转上几圈后，一动不动地躺在了柜台脚。李正义愣住了。一时间，李正义似乎还不知道发生了什么。“咋个整的？你是咋个整的？”对面的女孩叫了起来，一改她先前的柔声细语，吼叫着绕过柜台，往外蹿了出来。

女孩蹿到李正义的身边，揪住了李正义的衣服。店里的看客们也一下往这边涌了过来，其他柜台里的那些女孩也往这边蹭了过来。李正义又看了看手里提着的那一小半玉佩，一下子明白过来是怎么回事了。玉佩烂了，烂在了自己的手里。但李正义不明白的是，自己没摔着它，没掰着它，怎么就烂了呢？这是自己弄烂的吗？这能算是自己弄烂的吗？不是，不能算。这一定是在自己拿起来之前就烂了，就裂了，就是两半了的。狗日些这明明是欺负人，欺负老子们乡下人。哼！李正义抬起头来，用一双不再惊恐甚至有些愤怒的眼睛望着不再面带微笑的女孩，说："你们这东西是先就烂了的！"女孩刚把地上的那一半捡起来，听到李正义这话，就更加地火了，说："啥？先就烂了的？哪个说先就烂了的？"李正义说："我又没摔着它，没掰着它，咋会是我整烂的呢？""反正就是你整烂的，甭管咋说，这块玉佩你得赔。要不，你按我们的卖价买了。"女孩的这话让李正义的心咯噔了一下。是的，如果是自己弄烂的，那自己肯定得赔。但这玉佩根本就不是自己弄烂的啊。李正义说："我为什么要赔，我为什么要买？好的我还可能买，烂的我买来做啥？""你必须得买，你弄烂了你不买我们还卖给哪个？"女孩紧紧地抓着李正义的衣服说。

泉水一样的音乐声还在继续响着，只是对于李正义来说，那股无比的清凉感已不复存在。他感到了浑身的热。他的额头渗出了细细的汗。围观的人站在那儿，没有谁说话。只有那些站在柜台边还在带着微笑的女孩在相互低语着什么。

"帮我叫一下经理。"女孩向另一个柜台边的女孩叫了一声。

"咋的？"一个穿着粉白色西服打着红色领带的男人从店的里间走了出来，边走边环视着店里的人群。他的话，像是在向店里的每一个人询问。

在经理往这边走的过程中，女孩也抓着李正义往经理那边挪了过去。"他弄烂了一个玉佩，还不赔！"刚来到经理的跟前，女孩就说。"啥子玉佩，咋弄烂的？"经理问。"我也没看清，当时我把这个玉佩递给他，在他看着的时候，我又去摆了一下柜台里的其他东西，不知他是怎么搞的，突然地就听到了一声玉佩落地的声音，抬起头来，就看到我递给他的玉佩烂了。”女孩说着把自己拿着的那半玉佩举到了经理的眼前，又指了一下李正义手里提着的那半玉佩。

经理“哦”了一声，接着把两半玉佩都拿了过去。经理看了看两半玉佩，然后望了望李正义说：“兄弟，你看看，这玉佩确实是烂了，而且烂在了你的手里，无论从哪方面说，你都得把这玉佩买了。”

“这是先就烂了的，不是我整烂的。”李正义说。

“谁能证明这是先就烂了的呢？你这有点蛮横不讲理了吧？这玉佩可是烂在了你手里的啊。”经理说。

“不是。”李正义的脸挣得猪肝一样的红，像是说这么两个字都要费很大劲样的。

“这玉佩是卖多少钱的？”经理问女孩。

“800。”女孩说。

经理拍了一下李正义的肩膀说：“听我一句劝，兄弟，给她们200元钱，这事就算了，不发生也发生了，这是我们大家都不想遇上的事，你赔点，我们自己也舍点。我只能做到这点。要不，你们就自行处理吧。”说着，转过身就向店的里间走去了。

200元？这种标价的东西卖都只卖168元的，现在烂了还要赔200元？李正义的嘴大大地张着，却一个字也没能说出来。

女孩一只手逮着李正义，另一只手拿着那两半烂了的玉佩伸到李正义的跟前，叫着：“走，去付钱！”李正义把身子死死地往后坠，说：“付啥钱？我付啥钱？请你不要揪着我，请你给我放了！”“放了，你说着倒轻巧。”两个人的身子都在用力地往两边倒着。

女孩的力气毕竟敌不过李正义，无论她怎样用力，还是被李正义挣着往门外的方向移了过去。挣不过李正义，女孩就反过来对李正义边推边搡起来，还不时地把那雪白的旅游鞋踢到了李正义的身上。被她这一推一搡一踢，李正义也火了，他把身子晃得团团转，三下两下就把女孩甩在了半边。

李正义转过身，刚欲出门，门外迎面进来了两个虎虎生威的保安。两个保安的拳脚先到达了李正义的身上，接着话语才传了过来："你杂种活得不耐烦了！"眨眼工夫，李正义被打倒在了翡翠店的大门下。那个泥土色的背篼，甩离了李正义，如李正义一样，仰巴朝天地翻倒在地上。断作三截两截的秤杆，以及亮亮的秤盘，实实的秤砣，散乱地摆了一地。"是个卖秤的呢。"看着一地残破不堪的秤杆秤盘和秤砣，有人小声地说。"哟，血。"有人喊了一声，是一个女人的声音。人们循着这声音向那女人看了一眼，然后又向李正义看去。李正义正双手着地，腿脚弯曲，吃力地往上撑。这时，人们都看到了李正义后脑勺上的那摊血。那血还在往外淌着，淌到了李正义的后背上。站直了的李正义伸手抹了一把后脑勺，把一双血糊糊的手伸到了眼前，然后又扭头看了一下身后的地面。他看到了，他的头刚才靠着的地方有一个鲜红的秤砣。原本黑铁铁的秤砣，现在却是红色的了。李正义的眼里冒出了一团火花。他的心里突地升起了一团怒火。正在这团火让在场的人都有些不寒而栗的时候，李正义已在千钧一发之间，弯腰拾起那个血红的秤砣，扑向那个稍微有点儿胖的保安。眨眼之间，这个保安的头本能地偏了一下，于是李正义手中的秤砣就砸在了他的肩上。

正在李正义被两个保安拳脚相加的时候，经理又出来了。他喝住了两个保安，接着扫视了一下在场的人群，最后才望了望李正义说："看看吧，不听我说，这下你可是吃不了兜着走了，你不只要赔玉佩的钱，你还得把你打伤的人医好。"

李正义的眼前有些儿花，头也有些儿晕。但经理的话他还是听清了的。他说："赔，赔啥子？老子被他们打成这个样子了，还反过来要老子医他们？还有个理没有？"

"理，啥是理？你弄烂了东西不赔就是理？你打伤了人不医就是理？"经理似乎也沉不住气了，他把手指到李正义的头上。李正义也毫不示弱，边用手抹着脸上的血边说："我告诉你，那鸡巴东西不是老子整烂的，老子拿起来就烂了。老子是个农民，但老子也不是好骗的。敲诈老子的人，还没生出来!”“打伤，你看是哪个打伤哪个？老子现在头晕得很了，你们不给老子整好掉，老子就跟你们没完!”说着，李正义撑起身来，一晃一晃地向翡翠店走了过去。刚到门边，身子一歪，就躺倒了下去。

三

人群散去，李正义独自躺在翡翠店门下那硬硬的地板上。夕阳斜斜地射在对面。李正义有些想回家了。李正义想站起身来。但努力了几次，都没能站起来。

要是等把秤卖了又来，那该多好。秤卖了，就有钱了，就不会这样了。被骗就被骗了，吃亏就吃亏了，赔了就是了，也不至于被打成这个样子。呵，自己的秤怎么就一把都没卖出去呢？不是有那么多挑着东西叫卖的人，因为自己的秤被啥城管的没收了，来跟自己买秤吗？

李正义想起自己进城时，看到那些挑着箩筐卖菜啊卖水果的人。他们在一阵慌乱中，没逃脱，被戴着红袖套的人揪住了，最后无奈地看着他们的菜或水果被掀翻在街上，被踩得稀烂，接着他们的秤也被那些人提了。那些人叹了一次又一次的气，脸丧得快要拧得下水来。在他们无奈地向周围张望时，看到了背着秤的李正义。他们向李正义走了过来，说看看秤。他们把秤一把又一把地提了出来，试了试，咕嘟着“怎么都是这样的秤呢”，然后沮丧地离开了李正义，走向了那或横或竖的躺在地上的箩筐和凌乱不堪的菜果。“这秤准得很呢，保准你们不会吃亏呢，咋不要？”望着他们离去的背影，李正义心有不甘地喊道。他们回过头来苦涩地笑笑，说：“用你这秤，我们吃啥啊!”李正义知道了，他们要的不是自己拿来卖的这种秤。他们要的是那种“不软就硬”的秤。在这城里，怎么也和农村一样会要那种秤呢？李正义想不明白。李正义一次又一次地遇上过这种被糟蹋了菜果被提了秤的场面，一拨拨的人亮着眼睛走向了他，然后又失望不已地离开了他。他不知道哪儿是专卖秤的地方，他只有这儿转转那儿转转，转着转着，就转进了这家翡翠店。

秤一把都没卖出去。李正义突然地想起了自己的秤。自己的秤呢？他探起头来，看到了远处那些凌乱不堪的秤盘秤砣，还有断成了几截的秤杆。李正义的心里产生了一阵疼痛。但也就是一阵。转念一想，他就不疼那些秤了。疼什么呢？在乡下没人要，在这城里也没人要的秤，还疼它做什么呢？但不心疼那些秤后，李正义的头却开始疼了起来。他感到天有些在旋，地有些在转。他感到了一阵恶心。

李正义迷迷糊糊地睡了过去。迷迷糊糊中，他看到了郭玉兰。郭玉兰正站在村口等着他呢。似乎，郭玉兰已把他买去的玉佩挂在脖子上了。嘿嘿，挂了玉佩的玉兰，比堂妹李杏花挂着好看多了。郭玉兰穿着的，也不再是那种自己缝制的对襟衣，而是前次准备结婚时买给她的新衣了。她那修长的脖子露了出来。在阳光下，挂在她脖子上的玉佩闪闪发亮，熠熠生辉。李正义想努力地看清郭玉兰穿着的是什么衣服，却像是有什么遮着似的，老是看不清。看来看去，只看出是红色的。哦，那是什么啊，那是婚纱呢。李正义刚走进这个城市的时候，他就看到过一个穿着大红色婚纱的女人，横躺在一个穿着西服打着领带、头上还撒有喜花的男人怀里。他们，正在向一辆黑色的轿车里走去。再看，那个躺在男人怀里的女人不是别人，就是玉兰呢。要上车了，从车的后视镜里，李正义看到了自己的脸。李正义往郭玉兰的胸前看去，就看到了一个白里透绿的，刻有“比翼双飞”的佛形玉佩。上车后，李正义才发现进去的不是车，而是他们的新房。彩带飘飘，烛光摇晃，满屋温馨。一阵热流席卷了李正义，让他有些手足无措，却又陶醉不已。李正义感到自己的身子不断地往下坠，像是在飘，又像是在飞。

四

醒来后，李正义看到了雪白的墙壁、雪白的床单，看到了他头顶上空吊着的盐水瓶，还有就是坐在旁边的头发花白的父亲。“我的秤呢？我的秤呢？”李正义一下撑起身来，焦急地喊着寻找着。“正义！正义啊！”李正义的父亲慌忙火急地扑了过去，边往床上摁李正义边用沙哑的声音喊道。“哦，秤卖了呢，卖了呢。”被摁了仰卧到床上的李正义自言自语地说。

刚刚平息了一会儿，李正义又再次挣扎了起来，望着他面前的父亲，着急地问道：“我的玉佩呢？玉佩呢？我的玉佩呢？”李正义父亲那沟壑纵横的脸紧了一下，又松了一下。“咋啦？咋啦？正义！你咋啦？”李正义的父亲摇晃着李正义叫了起来。

一瓶又一瓶的液体输进了李正义的身体，而李正义却依然或狂叫不已或茫然自语。李正义的父亲，挤出几滴枯枯的眼泪，带着李正义走出了医院。坐了一程的车，走了一程的路，他们踏上了普家河的村路。他们开始遇上了一个又一个的乡亲。“回来啦？”乡亲们说。“嗯”。李正义的父亲说。李正义呢，像是那些遇上的人他一个都不认识样的，人家问什么，他都不说话。他自顾自地摇头晃脑地走在村路上，再就是在胸前不停地比画着双手。谁也不知道，他在比画个啥。

李正义在家里待了好些天。好些天里，村里都没有人见到过李正义。当人们再在村路上见到李正义时，发现李正义的脖子上挂了一个黑铁铁的秤砣。这时村人的眼里，有露出惊讶的，有露出疑惑的，再就是发出了笑声的。谁也不知道，这李正义玩的是哪一辙？挂个秤砣在脖子上，是要向人家炫耀他家是做秤的吗？是在为他家的秤做广告吗？有人在背后嘀咕着说：“在这个村子里挂着转起毬的作用，这个村子里哪家不知道他家有秤，但有秤又咋嘛，哪个还去买，叫做把硬点的秤都不做。”李正义没有跟谁说话。他挂着那个秤砣，有时出现在村庄里的路上，有时出现在村庄前面那条叫普家河的河堤上，有时又出现在村庄后面的山野上。

李正义的脑袋瓜出问题了。过了好些日子，村里的人才一致地这样认为。同时，他们还说出了关于李正义脑袋瓜出问题的这样那样的原因。有人说："听说郭玉兰不嫁给他了，他就疯了。"有人说："以前郭玉兰的爹让做一把软点儿的秤给他，李正义硬是不做，现在郭玉兰死去的爹来找着他了。"众说纷纭，人们能想到的原因都在村子里传开了。传言里，不是与他家不做那或"软"或"硬"的秤有关，就是与他的婚事有关。于是，村人再遇上时，就开始嬉皮笑脸地问起了李正义，说："正义，要去哪啊?"李正义抬起头定定地望着问的人，像是从没见过样的。问的人又说："你这是啥啊?"李正义把挂在胸前的秤砣举到眼前，然后嘿嘿地笑着说："玉佩，玉佩呢。"问的人夸张地惊讶着说："啥？玉佩？你哪儿得来的玉佩啊?"李正义低下头，像是在想那"玉佩"是哪儿得来的样的，不说话。问的人又说："正义，你叫啥名字？你是哪个?"这时李正义歪了一下头，然后望着问的人说："你是哪个？你叫啥名字?"问的人笑了起来。在问的人的笑声中，李正义再次望着问的人说："我叫啥名字？我是哪个?"问的人又是一阵笑声，笑着笑着，就离开了。李正义继续往前走着，双手玩耍着他挂在脖子上的那个秤砣，嘴里有一下无一下地要么念叨着："我是哪个？我叫啥名字?"要么念叨着："玉佩！玉佩!"

五

接连好些天的傍晚时分，都有一个人影在村庄旁边的山间晃荡。这是村人们无意中的发现。村里的人先没警觉，只说像是有个人影在那儿晃荡，不能肯定。直到后来的一天，一个村人突然说："那不是郭玉兰吗?"在场的村人们仰着头定定地看去。"还真是呢。"又有人说。一注意上，他们就很明确地肯定，那就是郭玉兰。曾经常和李正义一起走在他们村庄里的郭玉兰，他们差不多跟熟悉李正义一样地熟悉她了。她就在那山间来来回回地或走或停，没有人知道她是什么时候开始来到那儿，又是什么时候离开了那儿。"也真难为她了!"有人叹了一声气说。"婚期都定了，现在——哎!"除了叹息，村人们不知道还能说什么。

挂在李正义脖子上的秤砣，随着他不紧不慢的行走，在他的胸前有一下无一下地拍打着他的胸部。“我是哪个？我叫啥名字？”他还是不时地这样念叨着。除了这一句，就只会捧着胸前的那个秤砣，念叨“玉佩、玉佩”了。对于村里那些遇上他的人，叫他什么他不再答应，问他什么他也不再说话。他整个人，像是聋了样的。于是村人们不再叫他了，不再问他了，只用一种莫名的眼神看上他一眼，然后或摇头或叹息地与他擦肩而过。

那天傍晚，在村庄旁边的小路上，当一声“正义”传入他的耳里的时候，他一下子站住了。他停了下来，转身循着声音传来的方向张望了过去。晚霞正从山顶上斜照下来，郭玉兰痴痴地站在路坎上的一梯台地里。她的整个身子，被晚霞笼罩着，然后透射出一束束耀眼的光芒。郭玉兰慢慢地走了下来，走向了李正义。“正义！”郭玉兰再次喊出这一声时，已站在了李正义的面前。霞光里，她眼里的泪水反射着亮亮的光，一滴一滴地落下。岑寂的山野，有泪水滴落的声音，还有泪水破碎的声音。郭玉兰举起双手，捧住了李正义胸前的秤砣，泪流满面地说：“你——这——是——啥？你——这——是——啥——啊！”李正义竟然也流下了泪水。一滴。又是一滴。他的双手颤抖着。颤抖着。他颤抖着双手，把他胸前的那个秤砣取了下来，慢镜头般地一颤一颤地挂到了郭玉兰的脖子上，边挂边说：“这——这——玉——”，郭玉兰双手一张，一把把李正义拥进了怀里。李正义嘴里的“佩——”字，被挤压得似有若无，像那渐渐消失的落日余晖。

2009年2月18日

原载《昭通文学》2009年第2期

我们的同事麻利勇

那是一个飘雪的日子。麻利勇和队员们一样，迎着风、冒着雪，正在一座铁塔上，用木棒和橡胶锤，一下一下艰难地敲打着高压线和那些绝缘设备上的积冰。突然间，他隔壁的另一座铁塔，一声轰然巨响，以大厦坍塌之势，向他所在的铁塔倒了过来……

短短的几秒钟时间，麻利勇没一点儿准备，更没跟我们任何一个人告别上一声，就离开了这个世界。

麻利勇这一走，留给我们的，是对他那说不完道不尽的种种好的回想。比如，他在单位上跟我们抢事儿做，热情而又自然地喊上一声哥或者姐后说："我正好眼下没事，你忙，这事就交给我吧，有什么不知道的或拿不定的再请你指教！"我们都知道，他常常熬更守夜，牺牲周末，所以在他要为我们"分担"任务时，都说算了。这不，他反倒带着乞求的语气说能为我们分担点事儿，是他的荣幸。还说，那是我们给他锻炼学习的机会，他还得谢谢我们。再比如，单位上一个大姐，她的儿子当兵回来，要参加工作分配考试，说麻利勇是刚毕业的大学生，请麻利勇帮着找资料，帮着辅导。麻利勇一点儿没犹豫，一口答应了下来。更有一同事，她读小学的孩子的一本数学练习书被弄丢了，到书店去买了几次没买到，就让孩子向同学借了一本来，让麻利勇帮忙去复印……

哎，我不想在这儿再比如了。关于麻利勇的好，你就是给我三天三夜的时间，我也怕比如不完。不是我在这儿夸海口，我们单位上的人，谁不说麻利勇的好呢？

无论是工作上的，还是私下里的，同事们一有支使，麻利勇绝对不会加以一点点推辞。就是没支使，他也常常主动请缨。这样的结果，是麻利勇在单位极得人缘，每年年底，他差不多都能评上“先进工作者”称号。有时我在想，麻利勇所做的一切，就是为那“先进”而来的。我甚至在心里想过，麻利勇肯定还不只是为了这些“先进”，他肯定还有着更大的目标的，比如科室的科长，中心的主任，甚至公司的一把把由下而上的交椅。想着这些的时候，我曾短暂地鄙视过麻利勇。是的，这鄙视是短暂的，甚至只是一瞬间的事儿。毕竟，作为从农村走出来、没啥靠山没啥背景的麻利勇，用这种方式来为自己寻求发展，无可非议。至少，他没为了他的目的，向我们中的任何一个人使过绊子。这世上，为名为利为权所用的手段可谓千千万，有几人能像麻利勇，使用这最笨且可能最无效的一种呢？

……怎么？你不相信！哎，你相信也好，不相信也罢，现在都无所谓了。现在，麻利勇都走了，永远地走了，你相信与否，又有什么关系呢？

领导让我联系麻利勇的家人。麻利勇还没结婚，连找女友了没有我们也不知道。联系他的家人，就只有联系他的父母。我不知道他的父母是否还健在。我甚至连他的老家在哪儿也不知道。在麻利勇办公桌的抽屉里，我找到了麻利勇身份证的复印件，上面的地址是“云南省昭通市昭阳区普家河乡普家河村 28 组”。这既不是我们公司的地址，也不是他所读的大学校址，我想一定是他老家的地址。在麻利勇的档案里，我又在多处看到了这个地址。要找到麻利勇的父母，看来只有去这个普家河村了。只是去普家河村要怎么走，我没一点儿底。我请示领导同意后，跟我们的昭通分公司联系了，我让他们派人去找去接。在昭通分公司的人说他们已找到麻利勇的家人，并已按我的要求把他们接着往昆明来了后，我又请示了领导，按领导的意思，在湖滨酒楼为他们开好了房间。

麻利勇为救灾抢险不幸牺牲的事迹，在电视报纸及相关媒体的纷纷报道中，已迅速地传开。很快，省人民政府追认麻利勇为烈士，省总工会追授麻利勇"五一劳动奖章"，共青团云南省委追授他"五四青年奖章标兵"荣誉称号。这些消息是我们领导在我去宾馆的路上电话告诉我的。他没说告诉我这消息的目的。我不知道他这样给我说了，是不是要我在见到麻利勇的父母时跟他们说。他没明示，我也不知道这些称号该不该跟麻利勇的父母说，有没有必要说。这些荣誉，是麻利勇用生命换来的。但我不知道，麻利勇的父母，能不能感受到这些荣誉的含义，以及沉重。或许，他们连这些荣誉是个什么都不知道。也或许，他们没必要知道，他们的儿子都没了，这些荣誉对他们来说，还有什么意义呢？从麻利勇的档案里，我知道他的父母都是农民，根据麻利勇填写的时间推算，现在他们差不多都是年过六旬的人了。我想他们不会说出因为麻利勇为国家为人民做出这样的贡献而高兴而自豪的话来，不会说出麻利勇这样的死，死得值的话来。要他们有这样的觉悟，实在是不太可能。

麻利勇的家人来了四个，分别是麻利勇的父亲、母亲、哥哥和堂间的一个叔。看去，麻利勇的父母，都差不多七十了，身上穿的都是手工缝制的咔叽布对襟衣，有些长衫的样子，下摆一直飘到膝盖处。麻利勇父亲的脚上，穿的是一双解放牌胶鞋，已被泥泞沾染得不成样子。他母亲的脚上踩的是双毛布底鞋，同样被泥泞沾染得看不清原来布料的颜色。他们的头发都已花白，如秋风中的枯草一般。他们的脸，一律地沟壑纵横。他们的眼，都深深地陷了进去，眼珠子如豆如粒，一时动一下，一时又动一下。麻利勇的哥和他叔的身上穿的都是夹克。麻利勇的哥的夹克，有一个衣兜破了，在他的胸前披挂着，如风中的树叶，一动也不动。他们的脚上，穿的都是皮鞋，尖尖的，长长的，都变了形，鞋上都是已风干了的黄泥。看着他们，我就像看见了我的父老乡亲，心里有着一种温暖。只是，我的心里更有着一份悲痛。翻看麻利勇的档案时，我知道麻利勇有三个哥哥，他是他父母的幺儿，也是他几个兄弟姊妹中唯一一个读了大学在外有了工作的人。也许，麻利勇是他们家唯一的骄傲，是他们家最大的盼头；也许，他们还在麻利勇的身上做着让其光宗耀祖的梦；也许，麻利勇的父母，眼前这双白发苍苍的老人，还在盼着他们的儿子什么时候带他们来省城过过他们想象中的天堂般的日子。但这一切，都被一场搓棉扯絮般下了数日的大雪覆盖了，被一座轰然倒塌的铁塔砸灭了。

招呼麻利勇的家人吃了晚饭，我带他们住进了宾馆。按单位领导的意思，是暂时不带他们到殡仪馆去的，得先稳定一下他们的情绪。当然，这种稳定，不同于那些工程上的老板在工人发生了死亡事故后，对其家属所进行的这样劝说那样安慰。领导的意思是让我先陪陪他们，晚上，省委省政府的主要领导都要来看望他们。单位的领导说："你现在的任务，就是陪好麻利勇的家人。"

我原以为，麻利勇的家人一来就会争吵着要去看麻利勇，但他们没有，他们显出了我意料之外的冷静。有一搭没一搭的闲聊中，麻利勇的母亲说："不是听说他一直在广州的么，怎么跑到这昆明来了，都那么多年了，都到这儿了，又要过年了，咋就不早几日回去呢？早几日回去，不就捡了条命了……"我不知道她这话从何说起，麻利勇怎么会说他一直在广州呢，难道麻利勇会欺骗他的父母？那么好那么善良的麻利勇，怎么会欺骗他的父母呢！我想，这怕是她老人家乱说的吧，对这样的老人家的话，较不得真的。再说，这是工作，要是往年，只要没有特殊情况，春节的假我们也还是有的，但今年，咱们遇上了百年不遇的雪灾，还有啥年可过？我说："利勇一直在这儿的呢，他没在广州啊，而且今年下了这么大的雪，我们都走不了的。"麻利勇的母亲"哦"了一声，叹了一口气。就在这同时，麻利勇的父亲拿眼睃了麻利勇的母亲一眼。这一眼，让我的心"愣"了一下。我不知道我这一“愣”是“愣”个什么。难道麻利勇在他这些家人的心目中，根本就不像我先前想象的那样？还是，还是麻利勇的家里，有着让人想象不到的什么事儿？要不，在农村，一个像麻利勇这样的大学毕业生，一个在省城有着工作的人，这样地死了，他的家人怎么会如此平静呢？难道是……我的心里再次“愣”了一下。

我借空走出房间，到楼梯间给昭通分公司打了个电话，我让他们再核实一下，在普家河村28组会不会有两个叫麻利勇的人。同时，我又让我们单位的一个值班人员找出麻利勇的档案，叫他把麻利勇的父母及兄弟姐妹们的名字年龄等基本情况用短信发到我手机上。没多时，昭通分公司的人回话说，普家河村不但28组就一个麻利勇，全村都只有一个麻利勇。同时，同事的短信也已发到我手机。我认认真真地看了、记得差不多了后，回到了房间。我以闲聊的方式，问着麻利勇的兄弟姐妹的名字和年龄。问下来，一切都是那么地一致。我的心里踏实了些，却又踏实得不彻底。按说，都这样了，我不应该再有什么不踏实的。我甚至都不知道自己为什么还会不踏实。只是麻利勇的父亲睃他母亲的那一个眼神，挥之不去地在我眼前浮现。我说不清，那一眼里，究竟是藏了什么。麻利勇的叔似乎看出了我的异样，他说：“小勇已经出来八九年了，是跟他爹吵了架出来的，这一出来就没回去过……谁知，这一来，是永远地回不去了！”

我的嘴张开，却不知说什么。我不敢想象麻利勇会是这样。八九年，差不多就是他读高中读大学的时间。连家都没回过的麻利勇，是如何读的书？没有家庭的经济供给，他是如何读下来的书？在我读大学的时候，我们班倒是有个同学，因为家庭贫困，四年大学期间，差不多没用过家里的钱，学费、生活费啥的，就靠助学金和他周末、节假日打工挣的钱度过。那是大学，可以想象。可麻利勇的高中是如何读下来的？难道高中三年他也能自己挣钱读书？挣钱也行，毕竟那时他也应该十六七岁了。只是让我想不通的是，无论他通过哪种渠道挣钱，他都得花时间和精力。高中阶段的学业，时间本来就紧，压力本来就大，他花去挣钱的时间和精力后，他是如何考上这么一所在中国赫赫有名的电力大学的？这是无数的学子两耳不闻窗外事地读书，甚至还反复补习了都考不上的一所学校呢。我真是不敢相信！

我的心踏实了下来，却踏实得无比地沉重。想着麻利勇走过来的这八九年时间，想着麻利勇这些现在就在我面前的家人，我不知道是麻利勇的自豪，还是悲哀！不知经历了多少凄风苦雨才走出来的麻利勇，现在走了，而且是以这种方式走的，我不知道这该是他的家人们的自豪还是悲哀！

我们单位的领导引着省委、省政府的领导来了。来人是很多了，除了领导，还有一批电台、电视台、报社的记者。从领导们走进宾馆房间的一刹那起，那哗啦啦的镁光灯就闪个不停。我的心情是沉重的。我被麻利勇这个叔的一句话拽进了麻利勇那离家出走的八九年时间里，在里面左冲右撞，老也走不出来。我无法走出来。我迷失在了一条胡同里。这条胡同，似乎是麻利勇特意为我设下的。迷迷糊糊中，我想拽着麻利勇的衣襟，跟着他走出来，但终归无果，我连麻利勇的影子都找不到了。以至于他是怎么走出来的，后来又是怎么走成我们的同事的，我都不知道了。以至于领导们跟麻利勇的这些家人说了些什么，最后又是怎么离开的，我也全然不知了。

领着麻利勇的家人们走进殡仪馆，我看到了我熟悉得不能再熟悉、也陌生得不能再陌生的麻利勇的照片。它装在一个框里，竖立在麻利勇尸体的前面。照片上的麻利勇，穿着一套蓝色西服。粉白的衬衣上，打了水红的领带。脸上，也露着笑的，只是此时我觉得那笑是那么的苦涩。“咋长得都让人认不出来了呢？”像是麻利勇的父亲说的。我的心里有了一种嗤之以鼻的感觉。八九年了，这样的八九年，麻利勇若有知，怕是也羞于让你们认出来的。不知从什么时候起，我开始反感起了麻利勇的这些家人。我觉得，他们不配做麻利勇的家人。

我的同事们，站在麻利勇的灵榻旁，带着一脸悲怆的表情，看着我和我身后的麻利勇的家人。面对我的同事们，我不知道我的表情会不会让他们失望。我想我的表情一定是木然的，一定是连一点悲怆的感觉都找不到的。或者，就是我的悲怆超过了他们所有人的悲怆，是一种悲怆到了极致后的木然。

麻利勇的脸，倒真是让我认不出来了。虽然已经过殡仪馆里那些美容师的精细处理，但被铁塔的相撞和挤压伤得变了形的一张脸，怎能恢复得逼真如生前呢？看着此时麻利勇那和留在我记忆中的有着天壤之别的脸，我的泪水滂沱而出。我的双眼，似乎成了两条专门淌泪的泪眼，其他所有的组织，眼球眼膜什么的，都不复存在。接着，我竟又身不由己地趴到麻利勇的灵榻上，号啕大哭了起来。

我不知道自己是怎么被同事们弄离灵堂的，我也不知道自己就是离开了灵堂，又在那间休息室里哭了多长时间。在我不再哭泣、走出休息室后，我们领导说："我们都知道你和小麻的关系好，但人死不能复生，要注意你自己的身体！还有很多事需要你做！"我只能点头，却说不出一个字。我们领导又说："再过两天就要过年了，小麻的家人明天要回去，你还是要接着做好送他们的工作。"我抬起头来望着我们的领导，似乎想问什么，但又问不出来。我们领导说："没事，都处理好了，你只管把他们送回家去就行了。"

麻利勇的尸体是这天中午被送去火化的，我没有跟着去殡仪馆，却独自站在外面一个能看到烟囱的地方。当那烟囱里冒出一缕缕青烟时，我想，麻利勇该随着那一缕缕青烟的飘散，把他所有的不幸、仇恨都忘却了。或许，像麻利勇这样的人，本身就没有记挂着什么不幸和仇恨。麻利勇这样的人，怎会是有着什么不幸和仇恨的人呢？

我没把麻利勇的家人送回到家。我只把他们送到车站。为他们买了票。等他们上了车，我给他们留了我的电话号码，没等车出站就离开了他们。

回到家里，我身心疲惫地躺在了床上。饭不想吃，水不想喝。似睡非睡中，一不小心，我又再一次走进了麻利勇离家出走或者说自行求学的那段时间隧道。走进去，我同样找不到出口。是什么时候，我走到了什么地方，是怎样睡去的，我一点儿也不知道。

这一睡，我竟睡了一天多，直到大年三十的早上才醒来，而且是我们的领导的电话弄醒的。我们的领导说："今年的年夜饭就别在家吃了，我已在湖滨酒楼订了两桌，我们在那儿吃了饭后，一起去再陪陪小麻，算是集体性的再陪他一程。”我应了后，继续在床上躺着，回想着自己睡梦中的一些情景。在睡梦中，我变成了那八九年时间里的麻利勇，在我曾生活了四五年的小县城里，或者蹬人力三轮车，或者挑灰浆，或者用板板车拉蜂窝煤，或者拣拾矿泉水瓶、易拉罐……

我们单位的人本来很多，但因为这百年不遇的雪灾，大多都外出抢险救灾去了。这一晚，在湖滨酒楼吃饭的人，也就20来个，被并成了一桌。饭桌的正位没人坐，却摆放着一套一应俱全的杯碟碗筷。我们的领导和同事们，在那空位两边依次坐了下来。也许就因为那个空空的位置，平日里吃饭都说笑不已的我们，一个个都肃然静穆了起来。直到服务员上完了菜，斟齐了酒，我们的领导才站起来说：“来吧，这头一杯酒，就让我们一起敬敬小麻，祝他一路走好！我们就干了！”说着，他用另一只手把空位前的那杯酒拿起来，缓缓地倒在了桌子前，随后才一仰脖子，把他自己的那杯喝了个底朝天。我们也都接着把杯中的酒喝了个底朝天。我们的酒都喝得很干脆、很利落，但整个的席间，却又都很寂静、很严肃。就因为这寂静和严肃，所以我的电话响起来的时候，那铃声有如一声惊雷，接着又是一连串的冰雹：“哦嗬嗬，哦嗬嗬，你一个电话打过来噻，我的马都被吓惊掉！”这种自制铃声，平时觉得搞笑，此时响起，却是那么不合时宜。这样时候，任何声音响起，都将让人不自在，更别说是这样的声音了。

我自责，又自愧。我从腰间取下手机，来电显示是一个陌生号码。我想不接，但又怕挂了后它再响起。我便想草草接一下了事。

“喂。”

“喂，你好，请问是杨同志么？”

“我是，您哪位？”

“我是麻利勇。”

瞬间，我感觉到我的背上一阵阴风吹过。我的心，一下凉了半截。我知道，我的声音肯定是变了调了，我是凭着一种习惯，有些声嘶力竭地再一次问道：“谁？你是哪位？”

“我是麻利勇。”

“麻利勇？你是麻利勇？你在哪儿?”

我的领导和同事们，在我以那样的表情那样的语调说出“麻利勇”的名字时，都坐在那儿望着我变得目瞪口呆了起来。有举手在搛菜的，手停在了半空中；有举杯喝茶的，头正在弯向用手举起来的杯子，但也停住了；有手夹香烟正往嘴里送的，那手也在半空中定格成一个欲动未动的姿势。时间，仿佛在他们从不同的姿势上争抢完同一个举目望向我的动作后，就凝固了。

“我是麻利勇，我在殡仪馆，我希望能见一下你……”

我全身一软，滑坐到了椅子上。我已连握手机的力气都没了。手机从我的手中滑落于地，随着“啪”的一声响，竟然被跌撞到了免提键，里面的声音，张扬地在我们吃饭的房间里回响起来。“……我在殡仪馆门口等你……”坐在我身旁的一同事，急忙地站了起来，拾起我的手机，按断了通话。

“这不像麻利勇的声音啊?”一个同事说。

这确实不像麻利勇的声音。但现在麻利勇人都已经不能像以前一样站在我们面前说话了，他的声音又怎么能像我们记忆中的呢?

在我慢慢地恢复过来后，我们的领导和同事商量决定，我们还是要一起到殡仪馆去，不管那刚才打电话来的是人是鬼，都按原计划，去陪陪麻利勇。我们的领导说：“这么多人，有什么可怕的呢。就算这真是麻利勇变成的鬼，我们也得陪小杨去有个了结，不去，反倒让小杨的心里笼罩上一团阴影，这更不好。”

我们刚到殡仪馆大门口，我的手机响了。我下意识抬头往门边看去，看到一个人举着手机在耳边向我走了过来。他似乎是寻着我的电话响声来的。他身穿一套黑色西服，个子挺高，应该在一米七以上，头发梳成两片瓦。我还在想给我打电话的人会不会是他，他就已经来到我的面前，说：“你就是杨同志吧?”看着他一个活生生的人，我的心跳已缓和了下来。我说：“是。”他说：“你好，我是麻利勇。”我心里一笑，差点儿笑出了声来。这真是一个大笑话，你是麻利勇！麻利勇已经死了，已经变成一盒灰了！你怎么会是麻利勇呢？就算你叫麻利勇，就算你跟我们的同事麻利勇同名同姓，这又有什么呢，天下的同名同姓者多了去了。我说："我不认识你啊！"他望了望我的同事们，说："我们能找个地方说说话吗？"

我和我们单位的人，带着他走进了殡仪馆一个休息室。

这个自称为麻利勇的人掏出香烟来给我们发了一圈，接着又掏出了几个血红的本子和一张存折。他把它们递给了我。在我才看清那是我的同事麻利勇的荣誉证书和政府补贴给他的家人的钱的存折时，他已开始说话："我是昨天晚上才从广州回来的，回来后……"

这个人真叫麻利勇，而且就是普家河村 28 组的麻利勇。

从他断断续续的叙述中，我费了很大的劲才捋顺了事情的来龙去脉。

我们的同事麻利勇其实不叫麻利勇，而叫柳自坤。麻利勇和柳自坤不但是儿时的伙伴，还是中学同学。麻利勇初中没毕业就打工去了，柳自坤呢，初中毕业，没能考上他报的中师，又一个学期来临的时候，柳自坤进了补习班。麻利勇说："柳自坤的学习本来也很好的，而且他只想考个中专或者中师，以他当时的学习，若不出意外，一般是没问题的。只是他说，他很怕发生意外，若真的发生了意外，他不知道怎样回去面对他的母亲。他已经面对过他母亲失望之时的眼神一次了，不想再面对第二次。为了保险起见，他说他想借用我的名。他之所以借我的名，就是他那次中考已经是第二次，他已经属往届生了，而往届生，中考的录取分数比应届生是要高出好几十分的。"

麻利勇还说："柳自坤的爸原是他们乡的一个副乡长，但因为经济问题，被查了，那次被查的除了他爸，还有他们乡的乡长和书记，最后，是他爸一个人把所有的责任都揽到了自己的头上，被判处了 18 年有期徒刑。"

麻利勇吸了一口烟，又叹了一口气说："谁知，他那次考试时也没发挥好，还是考出了意外，没能考上他报的师范学校，只考了个高中。无奈之下，他不得不去读高中了。只是这一来，他就一直用起了我的名字。”

我们单位的领导和我，大年初一的早上，就跟着麻利勇找到了柳自坤的家人。说是他的家人，其实也就他的母亲一人。

柳自坤的母亲50来岁的样子，她正端着一碗汤圆独自坐在家门前的一个草墩上吃着。她背靠着一壁土墙，房屋的墙，面对着到处印着人的、猪的、鸡的、狗的脚迹的泥泞场院。她的左右，还堆了些或者萝卜，或者稻谷草什么的。两只鸡，一公一母，一花一白，在她旁边的草垛里低头啄食。一只狗，从场院里走过。它刚往旁边的树林里跑回来，像是想向着我们叫上几声，但又没叫……

柳自坤的母亲让我们进屋，走在她身后，我看到她头上的白发，在阳光下闪着银光。

在我们无奈地说了“麻利勇”——柳自坤所遭的不幸后，她原本还算红润的脸瞬间变得死灰一般，毫无血色，她晕了过去。醒来后，她那哭声，才是真正的感天动地的哭声，那是一种彻底绝望的哭声。在她那欲继难继抽抽噎噎的哭声中，还夹带着一种对不起谁的诉说。那像是一个人的名字，却又不是“利勇”，也不是“自坤”。她说她没把他们的孩子照顾好，她辜负了他的嘱托……

人死不能复生，一切都得面对。麻利勇，不对，应该是柳自坤了。但似乎也不对。我不知道该怎么说了。我只能说我们的同事“麻利勇”的骨灰盒，在柳自坤的母亲的强烈要求下，被带回到这偏远的山村来了。她说：“他爸已经离开这个家十多年了，我一个人孤独怕了，还是让他回来陪陪我吧！”没有什么隆重的仪式，我们的同事“麻利勇”的骨灰盒，被我们和他的乡亲们，按照他母亲的要求，放到一口棺木里，抬到了他们村庄后面的一座小山上。

下葬完毕，乡亲们去搀扶一直跪趴在坟边的柳自坤的母亲，却搀扶不起来。她说：“你们先回吧，我再陪陪他。”没有人说出劝导性的话语。搀扶的人也不再继续搀扶，像是随她的意思。但没有人转身离开，转身回村。

天色渐暗，雪花飘起。白茫茫一片山野上，柳自坤这一抔黄土，如一朵枯了蔫了的芍药花，静静地在这儿躺卧着。柳自坤的母亲从她的怀里，缓缓地掏出了一沓本子来，那是红红的证书。她一一地翻动着，凝视着。边凝视，边抚摸。像是凝视抚摸了一个世纪，她拿起那些本子，在坟前烧了起来。我想上去阻止，却又挪动不了脚步。似乎我们每一个在场的人都这样。我们只能就那样木然地站着，木然地看着她烧，慢慢地烧……在这抔黄土周围，像是在上演着一出无声的电影。

我的视线，已不知在那墓碑上凝固了多长时间。那墓碑上的名字，已刻成了“柳自坤”。是的，现在，他已不叫麻利勇了。叫麻利勇的人，他还活着，他就站在我的身旁。只是，我凝视着面前的墓碑，都这么长时间了，一直想不出，怎么样才能把“我们的同事”和“柳自坤”联系起来。我们的同事是柳自坤吗？不是。我们根本就没有过叫“柳自坤”的同事。那我们的同事是麻利勇吗？也像不是。我们的同事麻利勇已在这场百年不遇的雪灾中因抢险救灾牺牲了，可我现在的身旁，却还站着一个活生生的麻利勇，而且就是普家河村 28 组的麻利勇。我不知道我为什么会站在这里，这样地站在这里！

但我知道，柳自坤的母亲所烧的那些本子上，每一个都有着“麻利勇”这个名字。现在，我们的同事已经不叫麻利勇了，我不知道，那些本就属于他的本子，在另外一个世界里，他是否还能带着上路。他这一去，见到他的祖宗，能不能相认？甚至，我不知道他是该认麻家的祖宗还是柳家的祖宗……

雪野茫茫，我心茫茫。

2010 年 11 月 23 日

原载《大家》2012 年第 2 期

冷 饮

他本来不想和她单独相处的，哪怕是一条凳子他都不打算和她坐的。在这之前他曾想，这次聚会中只要让她看看自己，让她看看今天的自己，说白了，就是向她证明一下自己是有发展的，不是那种死马的眼睛定相了，分在山区就永远在山区，没钱就一辈子没钱，没地位就一辈子没地位，如此这般一下，也就足够了。这是他一直埋藏在心中，埋藏了数年的一个奋斗目的。但现在，他又实实在在地和她走在了一起，走在他们曾经搂搂抱抱地走过无数回的这条街上。

街道早已不是原来的街道。原来的街道是没有这么多灯的，虽然也有几盏路灯，但根本就不像现在这样把整个街道照得夜如白昼。在那几盏路灯的照耀下，有着一种恋爱中的人最如意的感觉：不是什么都看得清，但又不是伸手不见五指。在那样的感觉中，不只是周末，就是平常，只要夜晚一降临，他就常常和她搂搂抱抱地来到这街上，带着兴奋带着激情带着海誓带着山盟一起走过一个又一个朦胧的黑夜。而现在呢，街道已不再朦胧，人倒有些朦胧了，他们的心里不再像曾经那样明亮。街上也不再像从前那样清静，而是行人匆匆，摩肩接踵了。音乐声、年轻人的呐喊声、门市里和摊位上的叫卖声、歌舞厅里的狂欢声，无数的声音混杂着一起向他们压来。他们曾经都喜欢那种清静，现在呢，现在他们自己也不知道，是喜欢曾经的那种清静，还是喜欢现在的这种吵闹。只是他们感觉到，现在这声音虽然嘈杂，但彼此在内心深处都感谢着这声音，是这声音模糊了他们那无语的内心。

他和她没有并排走，他稍微错上前了一小步。他双手抱在胸前，仰着个头东张西望地走在前面。她则双手捏来捏去地背抄在后面，低着个头跟在他的后面。他们都不说话。说什么呢？十年不见了，应该是有很多东西要说的，但他们却不知道说什么。家庭，事业，心境，这些原本都应该可以说说的，但他开不了这个口，她也开不了这个口。或许他们都怕说出某一句话后那句话变成一把盐撒在对方的伤口上。或许又不是。无论原因何在，他们现在确实不知道该说点儿什么。她似乎有些难堪了。她真想说点什么。她抬了抬头，看了一眼他的背影，让人很不容易觉察地停了一下。有了，在某一个闪念之间，她想到了一句话。但那只是一个闪念，话处在那种欲说未说之间，一闪就过了，最终还是没说出来。甚至在她再次跟上脚步的时候，都不知道自己刚才想说的是什么了。而他呢，依然是双手抱在胸前，仰着个头，东张西望地走在前面，像他后面根本没有她跟着一样。

她不知道自己现在算是一个什么角色，她的心里有些悲凉。她似乎忍不住了，或者是觉得实在该说点什么了，于是装作很随意的样子抢上一步，靠近他说，这几天让你忙够了？他没有回答她的问话，而是展开双手松了松那条红色的领带，解开两颗雪白衫衣的纽扣然后又提了提衣领说，哎，好热。是的，天气很热，今年的天气出奇地热，今天也不例外，他的身上早已唏啦唏啦地淌起了汗水。他自己也不知道为什么，他就是容易出汗。小时候他常常跟父母下地，在地里挥舞不了几下锄子，汗水就浸透了他的衣裳。他的父母常常用疑惑的眼神望着他无可奈何地说，咋了？咋这么几下就变成这个样子了？他的父母也许曾想，一个这么容易淌汗的人长大后种得了地挑得了大粪桶吗？也许就是因为这种想法，就是因为他的这种汗水，改变了他一生的命运，逼着他的父母坚持着让他一直走着求学的路，让他走出了他那祖祖辈辈为他铺就的农民路。没种地了，但他的汗水依然好流。

她说，到哪儿去歇歇吧？

他说，不想歇，走着感觉要好些。

她说，去吃点什么吧？

他似乎很勉强地“嗯”了一声。

她说，吃点什么呢？

他说，随便吧。

她说，热就去喝点冷饮吧。

他没有再说什么，但她已感觉到了他的默认。

说实在的，他实在是有些热得受不了了，满身的汗只有他自己才能感到，只有他自己才能感到他自己的难受程度。但他不说，他是一个挺能忍受痛苦的人，这是一次又一次的痛苦让他练就出来的。读书时挨饿的痛苦，她抛弃他时失恋的痛苦，在大山里希望一次又一次破灭后给他带来的痛苦。这些痛苦让他变成了一个把什么都装在心里不外露的人。虽然他的确想去喝点儿冷饮之类的，但他没有表现出那种他想喝的意思。当然，他也不会反对，如果反对了，那他就是自己跟自己过不去了，他只是不急着表态而已，或者说不愿意夸张地表态而已。这也是那些痛苦在他身上打下的烙印。

不知是他带引着她，还是她带引着他，或者就是他们谁也说不上带谁，只是一种不约而同的，就来到了“意中花冷饮店”。这是全城生意最好的一家冷饮店，顾客常常把整个还算宽大的店挤得满满当当的，这在他们都还在这个城市读书时就这样了。那时他们也偶尔地来上一次，像是打牙祭样的。有时他埋单，有时又是她埋单。每次喝完回校的路途上，他们的绵绵情语中，都夹带着那种清淡如菊的冷饮味。现在，店里的人似乎比以前留给他们的记忆还多，年老的，年轻的，男的，女的，有的像是一家人，有的像是正在恋爱的青年。无数的人在那儿各顾各地说着不同的话题。他和她站在门边向里看，想在拥挤的间隙寻找一个坐处。但每张桌子旁都已坐得满满的了，他的心“咯噔”了一下，她的心也“咯噔”了一下。一时间，他不知道是走还是留，她也不知道是走还是留。她向他看了看。但他没有看她。他给她一种镇定自如的感觉，什么都无所谓的感觉。还好，像是有人有意要为他们让座样的，店里最里面的一张桌上，两个红男绿女正在与服务人员结账，已站了起来，要走的样子。

他要了杯柠檬冰汽，她要了杯西瓜汁冰汽。在服务员端上西瓜汁冰汽的时候，他的柠檬冰汽没一起来。她抬头望了望服务员，想问什么，但没问出来，又带着一种疑惑的眼光望了望他，依然是想说点什么的样子，但最终还是没说。她端起杯子看了看，放下杯子，不紧不慢地理起吸管，勾下头将就着吸管，依然是不紧不慢地吸了一口。吸了一口后，她没有抬起头来，虽然没接着吸，但那张嘴依然连在吸管上，像在想什么的样子，像在思量着说点什么的样子。他呢，环扫了一圈店里吵吵嚷嚷的人群后，最后把目光落在了她那低着的头上。他觉得她胖了许多，但这不是她最大的变化，他觉得她最大的变化是她沧桑了许多，他觉得眼前的她跟曾经他爱得不可一世的她悬殊得实在是太大了。她的脸上多了很多赘肉，而且还布满了无数的雀斑，眼角也拉下了长长的鱼尾纹。她怎么就变成这个样子了呢？他这样想，但他丝毫没有产生惊讶，他也惊讶不起来，他只觉得她变成现在这个样子是顺理成章的事，最多也只能是迟点或早点的事，而对于她来说，这种沧桑不可能会来迟。在这 10 年里，虽然他和她没见过一次面，但她的情况他是了解得很清楚的。她于毕业后的第二年，也就是和他分手后的第二年，与一个虽然不是很有钱但家庭背景很不错的人结了婚，第三年生了子，接着便是操持家务，沉浸在油盐酱醋的琐碎生活中。这些也不至于使她这么快就这样沧桑，更主要的是她的家庭不是她理想中的家庭，即便她把要求放到了最低标准，也不符合。自有了孩子后，男人就变得似乎没了这个家似的，常常十天半月地不归家，常常在外面玩麻将，以及做一些让人不可思议的事。做了也就做了，或者说她喑着受也就罢了，但她不甘心，她想把这个家扭转回来，扭上她曾经设计的轨道上来。于是，她就变得婆婆妈妈起来，而她的婆婆妈妈不但没让男人走上她想要的轨道，相反却引来了两人一次比一次更凶的吵闹，甚至撕打，他和某个人的厮混也开始在她面前公开化。他想，这才是让她这么快地明显沧桑起来的原因。

他点燃了一支烟。他不知道在家庭上是她是失败者还是自己是失败者。她虽然现状如此，可她终归还算是有了个家，而自己呢，却连个家都还有不起，还在一个人孤孤单单的。虽然他还不存在家庭上的失败，但在家庭上是不是也像人生一样，好死不如赖活着地有个家好呢，毕竟他是已经接近30的人了。

他想，要是她不和他分手，和他走在一起会是什么样子呢？他想不出来。但他又想，如果是那样，彼此都一定不会是现在这个样子的。他们曾经是多么相爱的一对啊。他们曾经是别人多么羡慕的一对啊。曾经凭着她对自己的好，他相信自己会用一生来爱她的。他一直忘记不了，在毕业的时候，她先去领毕业证。在她领毕业证的时候，把他的一同领了。他的老家隔她的老家很远。她听说他在他的一个亲戚家后，她就带着他的毕业证来到了他的这个亲戚家。她曾跟他来过他的这个亲戚家。她来到他的这个亲戚家时，他又不在，他的一个表妹跟她说，他跟着下地去了。为了把毕业证亲自交到他的手里，她决定等他回来。她一是觉得毕业证的事不是小事，不能大意，要亲自交到他的手里她才放心；二是觉得拿给哪个转怕人家给忘了，他回来后拿不到毕业证，不知道毕业证已经领出来了，又跑到学校去，白跑一趟。当然，还有一种无名的东西让她决定要等他。在天渐渐地黑了下来的过程中，她开始坐得有些不自在了，但他还不见回来。她有些急躁了。她在他的那个亲戚家的院子里走了过来又走了过去，走了无数个回合。她决定走了，回家了。她家离这儿还有近十里路哩。临走时，她千叮嘱万叮嘱地把一句话说了无数遍，要他的那个表妹在他回来后就把毕业证交给他，就像他那个都十六七岁了的表妹才三四岁一样记不住事儿样的。这些是在他回到亲戚家他的表妹跟他说的，他的表妹说，你那女朋友是咋的，叫我拿毕业证给你，说了几十遍。在他的表妹向他叙说她等他的情况时，他的眼睛有了些潮湿的感觉，但他的心是甜甜的。他在心里担心起她来，他想，在这黑黑的夜里，她在回家的路上会不会出现什么事呢？黑都黑了，她为什么就不在这住上一晚呢？

他的柠檬冰汽不知是什么时候摆在他面前的，他丝毫没有注意到。而她却注意到了，她说，吃吧，吃了就不热了。

他举起夹烟的手向她比了比说，抽了这支烟再吃。

她对他的爱的改变是从他们开了分工大会那天晚上开始的。在分工大会上，他清清楚楚地听了，并记住了他们的分配情况，他被分到了一个山区乡镇，而她则相对好一些，分到了一个坝区乡镇。这完全是他意料中的事。她不可能不被分在坝区，她家本就住在坝区，而且据她说，还转弯抹角地找过了一个可以为她分工的事说点话的人。而他呢，不可能不被分到山区，不分到山区倒显得不正常了，像太阳从西边出来一样的不正常。一是他没找过什么人，他也没人可找；二是他家本就住在山区。分工结果不意外，意外的是这个结果带来的另一个结果。开完分工会，天已经快黑了，走出会场时，他找到了她，她跟着一群他不认识的人在一起，他们都像是很兴奋样地说着笑着。他走上前去说，我们到哪儿吃点什么去吧。她说，不了，我还要跟他们回家去。他没有再说什么。当时的那种气氛他已感觉到了什么。一种自卑的情愫开始在他的心间弥漫。他就在暮色中不知所措地站着，看着她钻进那一群人，跟着那一群人交头接耳地消失在暮色里。那是他和她在这之前的最后一面。在那最后一面后，也就是他们都各自走上了自己的工作岗位后，他给她写了3封信，但3封信发出后都如石沉大海，杳无音讯。他开始学会了喝酒，学校一放学，他就提着瓶酒爬到学校背后的山坡上，在空旷的草坪上喝个人仰马翻。山坡纯属山坡，没有村庄，也没有人群，有的就是起起伏伏的山峦，山谷，以及头顶上的蓝天白云。醉了，他就开始无所顾忌地吼啊唱啊的，吼出唱出的声音有些像鬼哭狼嚎的声音。吼累了，他就以草坪作床，以蓝天作被，呼呼地睡去。醉了，睡了，醒了。又醉了，又睡了，又醒了。醉时他似乎又看到了她，看到她在他的眼前晃动，在向他招手。睡时他就梦到了她，梦见自己拉着她的手，走在城边的那条小河埂上，河埂旁的一切景物都是那么亲切，那么温馨。他还梦见她靠在他的怀里，在向他诉说美丽的未来。只是在醒了的时候，他只有满脸的泪水。他也不知道自己这样究竟度过了多少个日子。他开始思考起自己的未来，他觉得自己不应该就这样消沉下去了，不能让自己来到这儿就成为定局。

他是一个很有点文字功底的人，在大学时，他就写过很多东西，还有部分东西在校报上发表过。他记得自己曾看到过“忍无可忍，无须再忍”这么一句话。在一个秋雨连绵的夜里，他流着泪坚定而又不无伤心地写下了“爱无可爱，无须再爱”这个题目，然后用了整整一夜，以一篇标志着他新生的文章结束了他对她的这一场爱。

都10年了，10年对于他来说，实在是一个不短的时间，他似乎觉得自己走过的路实在是太长了。他一直在路上奔波，从最遥远的山区奔波到二半山区，再从二半山区奔波到坝区，又从坝区奔波到城市，他一直都这么在路上。好在10年还没过，只是快要到来的某一天，他就来到了城市。于是，自从毕业后一直怕与老同学见面的他，很主动地与大学时的班主任取得了联系，像要炫耀什么、证明什么样的要班主任把这第一个10年聚会让给他来组织。

班主任很果断地就答应了他，班主任之所以会如此干脆地答应他，据班主任后来说，一是因为他的组织能力是没说的，在大学时他曾任过他们班的团支部书记、班长，还任过学校的学生会主席。那时，他是够风光了的。他是许多男生崇拜的偶像，是许多女生梦中追逐的对象。二是因为当时班主任正在寻找这个组织人，想来想去又不知谁来适合，适合的不一定愿意，而愿意的又不一定适合，正拿不定主意呢。他一站出来，班主任的眼睛为之亮了一下，随之便毫不犹豫地答应了他，并不断地对他说好、好、好，这次聚会你来组织最好了。

他抬起头来望了她一眼，发现她也在望他，他没有和她对视，他把目光移到椅子旁的地上，把烟头扔了，然后看着那个烟头用脚摁了一下。等他再次抬头看她的时候，她已经又把头埋在了杯子上，肥厚的嘴唇含着那根吸管，有意无意地吸着将要吸尽的西瓜汁。

当吸管里发出“嗤嗤”的脆响时，她抬起了头，她望着他，这次他没有逃避了，他也来不及逃避了，但他不想这样尴尬地看着，于是他想说点什么，只是还没等想出说什么的时候，她就说了。

她说，这些年还过得好吧？

他说，还可以。

他把目光移到她面前那个空了的杯子上，他已经不想再正视她的样子了。他似乎有一种失落感，其实这种失落感是从走进这个店第一次看到她的变化时就开始了的。在聚会上，他根本就没有仔细地打量过她，他以为没那个必要。她究竟变成了啥样，关乎他什么呢？只是在他意外地和她走上大街时，他有一种预感，他觉得他似乎要和她发生点什么样的。但现在，他已经没有这种感觉了。他觉得他不可能和她再发生什么了。

店里的人渐渐地少了，店里也随之渐渐地静了下来，他觉得自己实在是应该主动说点什么了。说什么呢，他依然觉得说什么都像是多余的。

他说，你过得还好吧？

他是抬起头来望着她后才说这句话的，他一点也没思考就说出了，他说出后才觉得这句话是多么多余。他觉得自己是多么荒唐，自己本来就知道她过得并不好，竟还问出了这句话。但他知道，话已经说出去了。他有些无奈的感觉。

她没有迎接他的目光，他看到她也在看自己的杯子。

她说，还过得去。

她的回答让他在心里产生了一种悲凉感。还过得去，什么叫还过得去呢？过不去又是一种什么样子呢？他想，如果要过，就是那些自杀了的人，只要当时忍下一时之气，也能照样过来。比如当初痛苦不堪的自己，不是也想过不活了，一刀了决了自己算了吗？当时没这样做，是不是就说明自己当时还过得去呢？如果当时自己真的因情而伤为爱而死了，就是过不去了？这种生与死之间在当时，也就是一念之差啊。难道过得去与过不去之间也就是一种念头而已，它们之间根本就不存在什么客观依据。要是所有想以死得到解脱的人都能想到自己还过得去，还有必要生活下来该多好。

他开始庆幸自己生存了下来，要是当初想着自己在同学中分工分得最差，又因此被恋人抛弃，就一蹶不振地觉得生命没了意义，一死了之，那是多么的可笑，多么的可悲。

她抬腕看了看手上的表，又看了看他面前的柠檬冰汽，然后看着他说，赶快吃你的冰汽吧，时间不早了。

他说，哦。他张开手臂，向两边伸了伸，又说，算了，不热了，不要了，我们走吧。

她望了他一眼，没有说什么。

她站了起来，他也跟着站了起来。

走出店门，他本想礼节性地叫她到他那儿坐坐的，但他说出来的却是，要到哪去呢？

她说，我去找找她们吧，找她们聊聊。

他说，那我就不去了，我还有点事要做。

城市的夜虽然有些深了，但人群还在很多，如织的车流还在一个劲地唰唰而过。望着她那熟悉而又模糊的身影渐行渐远最终淹没在人群中，他转身走进了人群里，随即感到一股热浪猛地向他扑了过来。

原载《北方作家》2009 年第 6 期

交界上的梨树

我似乎从来没做过什么正事，从来没想过作为人应该做些什么，而一直都只知道玩。以前是一个人玩，有了官得后，就带着官得玩。有老头子撑着，我还需要做什么呢？我觉得什么都没有必要做，连想都没必要想。

我刚从我家门前的那棵梨树上下来，抱着 3 个梨准备带着官得去玩的时候，老头子喊秋麦说："秋麦，找好家什，我们去把那点洋芋挖了。"秋麦是我老婆，老头子呢，是我爹。老头子叫秋麦那语气，就像叫他老婆样的。我在心里产生一种极不舒服的感觉，也产生了一种惊讶。老头子要下地去，这是我拥有记忆以来的第一次。我都这么大了，都当爹的人了，还从未看到他下过地，而且这次还就他和秋麦两个人。我很不想让秋麦下地去，恁么漂亮的一个人儿，长得真就像秋天的麦秸样的，苗条得看上去就经不起任何风雨，哪儿是下地做活的料。加上让她跟老头子下地，我就更不想了。让她跟老头子在一起我都不想。但现在没人来帮我家下地了，我家能下地做事的人还就老头子和秋麦两个人。我妈没有下肢，挪动一下身子都是双手着地，像半岁小孩样的过爬，哪儿还能下地做事？而我呢，因为在我妈的肚子里多待了一个多月，出世后不到三岁脑袋就有现在这么大了，但个儿却从来没超过这么一米，这么样的我能做什么呢？

老头子和秋麦一人扛上一把锄头，这儿看看，那儿看看，似乎在想还有没有什么没带上。他们似乎都不知道还要带些什么了。秋麦看了一下官得，官得正在我妈那儿玩着，把我妈那个用来垫着挪动身子的木头搬来搬去。我也看了一下官得。官得是一个可人儿，才四岁多点，头没我的大，个儿却要有我的高了。

老头子和秋麦走的时候，我叫上官得和他们一起走出了村庄。走到村口李德亮家那儿，我和官得就没走了。李德亮家开得有个小卖部，因为这个小卖部，村里的闲人就常常聚集在这儿打牌，有翻金花赌钱的，有打百分赌烟的。烟可以直接在小卖部买，钱输没了还可以向李德亮借，只要认着高利贷的利息就行。这儿热闹，好玩。我虽然不打牌，但我喜欢这儿。

阳光白白的、亮亮的撒在李德亮家的场院上，打牌的都有四伙了。我想数数有多少人，但我数到10的时候，就数不下去了，我不知道10后面的一个数是几。我读到小学三年级，就学会数到10。也因为我再也学不会后面的数，所以老头子没再让我读更多的书。那时老头子骂我：“都18岁了，都读了12年的书了，还一样毬都认不得，不要读了。”我不知道18是多少，12又是多少。虽然那时我还很想知道，但一直没能知道，直到现在也还不知道。

李老四、王二相、赵七对、郭自发都在，在一桌上打百分。他们以前都是我家的常客，特别是春种秋收的时候，我家几乎成了他们的家了。我带着官得走到郭自发的身后，我喜欢站在他的身后看。因为他以前在我家的时候常当着很多人的面说我：“嘿，开发的头太大了，要当大官呢。”“哈，开发都数得到8了。”“开发太厉害了，今天他硬是给长江那小狗日的罚了跪在地上。”虽然当时别人也跟着嘻嘻哈哈地说我，我还就是觉得郭自发的话听着舒服。

郭自发看到我后，就偏着个头向我身后看，像在寻找着什么，像是我一来就会带来什么让他们惊喜的东西一样。果不其然，郭自发还真像是发现了什么。郭自发很突然地喊了起来："你们看，那家两口儿要整啥去了。"随着郭自发这一喊，李老四他们，包括其他几桌打牌的都扭头向郭自发指的方向看。我也看，我看到老头子和秋麦各扛着一把锄头一前一后走在村外的小路上。我一时弄不明白，郭自发狗日的怎么会把老头子和秋麦说成是两口儿？他们一个是我爹一个是我老婆。秋麦跟我才是两口儿。狗日的郭自发难道连啥叫两口儿都不晓得？

王二相看了一眼就把目光收回到他的牌上来了，他说："看，看个鸡巴，快出牌，要看你狗日的以前天天在人家还没看够，没看够么又跟着去地头看嘛。"

郭自发说："毬，我才不耐烦，现在他是谁？他还是村长么？老子在这儿打牌不好玩，还会跟他去下地！"

李老四也把目光收了回来，他嘿嘿嘿地笑了笑说："郭自发你狗日怕瞎掉了，那是两口儿啊？两口儿又不是看是不是走在一起，是要看晚上睡没睡在一起，你问开发看，他们晚上睡没睡在一起？"

郭自发也笑了，在场院上玩牌的人几乎都笑了。有的哈哈哈地笑，笑出了声来，笑得很放荡；而有的只是抿着个嘴笑笑，没有声音，笑得很含蓄。顿足的，舞蹈的，狂吼的，都有，还有些小孩竟然在地上打起了滚来。

郭自发笑得前俯后仰的，笑声像鸭子"嘎嘎嘎"的叫声。他边笑边扭过头来问我："开发，你说，你说他们两个晚上睡没睡在一起？"

我不知道他们晚上睡没睡在一起。我又没看见。只是我想，秋麦怎么会和老头子睡在一起呢，睡在一起是要两口儿才睡在一起的，他们又不是两口儿。我不可能说是。但我又不敢肯定他们没有睡在一起。我连他们晚上睡在哪儿都不知道，我怎么敢肯定呢。要是秋麦是跟我睡在一起的就好了，我就敢肯定他们没睡在一起了。但是秋麦就没跟我睡在一起，她还从来没跟我睡在一起过。对于这个我也曾问过老头子，我问他："秋麦是我老婆，她怎么不来跟我睡啊？"老头子板着个脸说："哪个说的，哪个说是你老婆就要跟你睡在一起了，你说，你妈是不是我老婆，你看见我跟她睡在一起过了吗？"我抓了一下头。想想也是，我还从来没发现老头子和我妈在一起睡过呢。

郭自发还在笑，他边笑边用手抹着笑出来的眼泪水问我："说啊，憨包狗日的开发，你倒是说说他们晚上睡没睡在一起！"

我怎么成了个憨包了，以前可从来没有人这么说我啊。我怎么一下子就突然地变成个憨包了？

我说："我认不得。"

我不知道是不是我说错了，会把他们全都惹得这么大笑不止，就像一阵秋风刹那间吹来，吹得满林的树叶"哗哗啦啦"地飘落一般。郭自发狗日的更是，笑得把头都要探到桌子底下去了，还像要憋过气去了样的。

郭自发双手抱着肚子扭转身来看着我，说："狗日的开发你认不得老子认得，他们就是睡在一堆的，不信你今晚上去看。"

赵七对擤了一把鼻涕理了理他的牌说："看，看个球，马鸡巴日马×关你毬事，要看你不会自己去看。"

郭自发说："又关你毬事了，说着你啦？"

赵七对说："玩不玩的，要玩就快点出牌。"

郭自发转过身去了，他问其他几个说："到哪个出牌了？"

赵七对说："哪个出么你狗日的出嘛。"

郭自发又转过头来对我说："站毬开掉，憨狗日的，别站在这儿挡着我的日头。"

我已经被他们给笑懵了，心里怪不好受的。我本想说这儿又不是你郭自发家的，凭什么叫我站开，但我又没说。刚才他们这么多人全都在笑，一定是我做错了什么。我不想再做错什么，再惹他们笑，我已经被他们笑得心里都发麻了。

我刚转过身走开，郭自发又喊开了，他叫道："狗日的开发，来把你兄弟喊毬开掉。"

我回头一看，官得还站在他们的牌桌边，手里还抓着两张牌，郭自发正在从他的手里抢牌。我刚想喊官得，但还没喊出口我就觉得有点不对劲。谁是我兄弟了？我哪儿来的兄弟？官得可是我儿子呢。

王二相说："狗日的郭自发，你别太过火了，人家开发跟官得可是无辜的。"

郭自发说："毬，我说错了吗?"

王二相说："你本来就说错了，官得可是开发的儿子，儿子跟兄弟是一回事吗?"

郭自发说："哈，你不会像开发一样的憨吧，也相信官得是他儿子，又不是哪个认不得，耿世清在秋麦还没嫁过来的时候就经常朝她家跑，而且秋麦才嫁过来半年都没得就生了官得的了。"

耿世清就是我说的老头子，也就是我爹。我想，老头子以前怎么会经常朝秋麦家跑呢，他经常跑跑去做什么？是为了把秋麦说来给我做媳妇吗？看来就算是作为一村之长的老头子，要为他儿子我说个媳妇也还是挺难的。

王二相说："不管是不是真的，是不是正宗的，至少官得是他名义上的儿子嘛。"

郭子发突然一只手伸在嘴边"吁"了一声，同时一只手指了指路边。他们以为他又看到了什么，都不约而同地向他指的方向看去。我也顺着他指的方向看去。我没发现什么稀奇古怪的事，我只看到我的丈母娘背着一个箩筐从远处走来。我不知道箩筐里装着的是什么，但我想那箩筐一定很重，我丈母娘都被它压得像爬着走路样的了。

我丈母娘走过去后，郭自发说："你们看见了没有，老么老，样子还没变呢，多像她姑娘啊，耿世清这狗日的，这种能走能背的人不要，当啥村长嘛，村长当得了一辈子吗？婆娘可是一辈子的事啊，为了个村长，放这么好的一个人不要，要去讨一个路都走不了的人，还生了个这么样的憨包。"

我曾听王二相说过，我妈原本不应该是现在这个妈的，我爹原本是和我现在的丈母娘相好的，因为我爹是当时村里唯一的一个初中生，算是一个才子，人又长得人高马大而且英俊，所以村里的人一直都说他们是郎才女貌、天造地设的一对。但因为我家门前的那棵梨树，让这对郎才女貌、天造地设的人作鸟兽散。为了这棵梨树，我的爷爷和当时的村长郭德旺吵了一架，这一架，不但惊飞了树上的那些鸟，也震散了这对树下的鸳鸯。据说，这棵树原本是我爷爷栽的，而且在我们家门前，但它又没有完全长在我们家门前。它长到我家的地盘外去了。而它长过去的那些地方却又恰恰是村长郭德旺家的。它的枝叶以及它的根须都长了过去，而且它的主杆也正好长在了两家地盘的交界上。我的爷爷曾为这而苦恼过。他说："我栽的时候明明是靠我们这边的，怎么一长大了就长到中间甚至快要靠那边去了呢！"我奶奶说："你就没看见人家经常在那儿挖地埂吗？要不是那棵树，说不定都挖到门槛脚来了呢！"不知从什么时候起，这棵树就成了郭德旺家的了。我的爷爷、奶奶，以及我爹都承认了这个事实。有什么办法呢？胳膊还拧得过大腿吗？可那梨树就长在我家门前，在梨子成熟的季节里，我爹管不住自己，爬到树上去摘梨吃了。这一爬，就让郭德旺家的 3 个儿子饱饱地打了一顿。当时，我那鼻青脸肿的爹是想上去拼命的，但被我爷爷给逮住了。为此，我爹没让我现在的丈母娘当我妈，却让跟当时的一个副乡长有着亲戚关系的这个连路都走不了的女人来做了我的妈。也就因为这样，我爹当上了村长。

王二相说："你少说点行不行？人家当这个村长容易吗，为了当个村长，好不容易地才找到那么个跟乡长沾亲挂角的女人，又是个残废的，现在还连个村长的位置都没了，你说，人家容易吗？"

郭自发说："我就是想说，帮他狗日家干了恁多白活，心里一直憋着一股气，以前还一直不敢说，现在敢说了我为啥不说？"

王二相说："说个毬，又不是人家拉你去的，那是你自个儿愿意去的，你不是还经常怕人家不要你去吗？再说了，你才白干了那么点活，你认得耿世清跟他爹以前受的是什么罪吗？被人家都翻着祖宗八代的骂了，把本来就是自己的树给占了，把地都挖到门槛脚了，把瓦都给扒了，还屁都不敢放一个。要不，人家才不会去为了个村长讨这么个婆娘呢。”

郭自发“哼”了一声说：“要是早点认得村长会像现在拿来选，我才不会去呢，就算他像赵三强样拿烟来送我我都不会选他呢。”

郭自发正说着，又像是发觉什么异样了，突然扭转头来，说：“喊你站毬开掉。”我想他肯定是认为我又站在他背后了。但站在他背后的不是我，而是长江。郭自发一看站在他背后的是长江，脸上的表情就瞬间转阴为晴了。他笑着说：“长江，你也来啊，你看我这牌好不?”

长江说：“好个毬!”

郭自发说：“嘿，长江，你狗日的拽个球啊，当上村长的又不是你爹，才是你个叔嘛，况且还才当上呢，你是不是也想一来就要上三把火啊？你敢吗？你叔都怕不敢呢，他当上村长还是我也投了一票的呢。他还想不想继续当下去啊?”

长江没有说话，长江走到了赵七对的后面。赵七对回头看了一眼长江，说：“长江，哈，今天咋穿得这么体面啊，咋这么神气呢?”

长江笑了笑，果真就神气了起来，他抻了抻衣服，鸭子样的甩着两只脚向我走了过来。走到我面前时，长江弯下头望了望我说：“开发，嘿，憨狗日的，你咋还这么个矮个儿呢，来，我给你拔拔，我给你拔高一点。”长江弯了一下腰，双手抱着我的头就真的往上拔了起来。我的脸被埋在长江的怀里连气都快要透不过来了，我难过死了，我整个的身子被长江拔了悬在半空中。我平生第一次有了一种害怕的感觉。我双脚开始不停地踢蹬，双手也不停地开始在长江的后背上捶打。我不知道我是不是真的把长江给打疼打痛了，他把我往上猛地拔了一下，然后又狠狠地把我摔在了地上。

长江边抚摸他的腰边说：“开发，你狗日还真行啊，你咋就不服人尊敬呢，我可是想让你长高啊，你竟然还打老子。”

我被长江这么一摔，屁股被地上的一个石头硌得像火烙着样的疼，脖子也被他勒得像被针刺了样的痛。我不知道今天是怎么了，我觉得像是天都变了样的。我感到一阵天旋地转。我今天招谁惹谁了，要受这么多的屈辱。我何时受过这般屈辱了。我伸手抹了一把脸，竟然有一种湿湿的感觉。我哭了，我还真的哭了。我原本是没打算哭的，我都还没哭出声来呢。可是一抹到这泪水，我还就真的哭起来了。我尽量地控制着自己，不让自己哭大声掉，哭声就像蚊蝇乱飞时发出的声音样的，“嗡嗡嗡”的。我还是第一次听到这种哭声，包括别人的。我觉得奇怪，还觉得有些好笑。怎么会这样呢？我是不是已经死了，来到另外一个世界了？我边哭边抬手摸了摸脖子，然后偷偷地拿到眼前看，我的手上没有血。我又捏了捏我的屁股，还能感觉到疼。嘿，我还没死呢，我还没有出血呢。

打牌的都没打了，他们站的站了起来，坐的还坐着，都往坐在地上边啜泣边抹泪的我看，还边看边笑。他们的笑声里没有一点儿责备长江的意思，倒像是长江就应该这样，不这样还不对了样的，他们甚至是还带着一种要感谢长江给他们带来了这个笑料样的。

郭自发边笑边说：“哈，看不出来，长江不但个儿长高了，还力气也长大了，要得，要得。”

赵七对说：“开发，你身边有个石头，起来干他两石头，他有啥了毬不起的，他才是个村长家侄儿，你还是个村长家儿子呢。”

我早就看到身边那个石头了。说实在的，我真想捡起来砸向长江。这要是在以前，不用人提醒，只要有人敢如此对我，我肯定毫不犹豫地就干了，我甚至还要连郭自发这个狗日的也砸。但现在我却不敢了。不知道为什么，今天我一点儿野都不敢撒。我没撒他们都这样了，我再撒了，那会成什么样子。

长江似乎受到他们那笑声的鼓励了，走到我的前面来说：“起来，狗日的。”

我没有动，不是我不想动，我也想起来，我也动了一下，只是我刚一动，我整个的身子就疼得像是要散架了。

长江揪住我的头发就往上提，我被他提了疼得“哎哟”地叫了一声。但长江没管我叫不叫，他边提着往前挣我边说：“跪起，狗日的。”

我被他一提一挣，还真就跪在了他面前。

长江说：“还记得你以前咋整老子的吗？”

我不敢望长江。以前长江是很听我的话的，我叫他咋他就咋。但我不知道我以前咋整过长江。真的，我记不得了。

郭自发说：“长江，你以前被他整过啊，他是咋整你的啊？”

我终于抬头看了看长江，我希望他说我没整过他，即便是整过，那也是闹着玩的。但我看到长江的脸上露出了一丝诡秘的笑。我不知道往下长江会怎样对我，但凭他这一诡秘的笑，我就能知道他不会给我什么好果子吃。我向周围看了看，我希望找到一个逃跑的方向。

我顾不了身上的疼痛了，我拔腿就向家的方向跑去。但还没跑出多远，就又被追来的长江按在地上了。长江边在我的身上乱踢乱打边说：“你还跑，我看你跑！”

场院上的人都往我们这边围了过来，像看耍猴戏的样的。我真的就像长江手中牵着的一只猴子，虽然也在拼命地挣扎，但却怎么也逃不出他的掌控。

王二相说：“别再整了，长江，差不多了。”接着他又说：“走了，打牌的。”

郭自发说：“打毬啊，刮风了，牌都按不住，吹了到处飞，又在冷了，要打搬回屋里面去打。”

太阳已经偏西要钻进山里去了，一阵又一阵的风吹来，把场院上的烟盒、树叶、碎屑卷起，裹着带有一股焦煳气的尘土，在场院上空翻飞来翻飞去。打牌的人有的说要回家了，也有的还在喊继续去打。长江似乎不希望这些人一时走干净，他大声武气地说：“开发，日你妈，给想回家了？”经长江这么一说，返身离开了的人们又驻足回过头来了。他们的脸上，露出了一种期盼。从他们的眼神里，我感到了一种害怕。

我当然想回家，我早就想回家了。我恨不得立马就回到家中。现在我觉得这儿已经不是我的天下了。只有家中才是我的天下了。我想。我现在离开后可能再也不会来这儿了。我还来这儿干嘛呢。我放开抱着头的手，抬头向长江望了望，我想知道是不是长江真的想让我回家了。

长江似乎也想赶紧留住驻足回过头来的人，他说："哈，你到底想不想回，想回就从这儿钻过去。"说着，长江换了一下方位，把屁股调向我家那边，然后双脚叉开，又用手指了指他的胯下。

我明白了，长江要我从他的胯下钻过去。这怎么行呢？一个人怎么能随便就去钻人家的胯呢？要钻也得让别人来钻我的胯，怎么会让我来钻别人的胯了。我才不钻。我就是死也不钻。

看着长江双脚支成的那个洞，好似一道通向我家的大门。穿过这道大门，我看见了我家门前的那棵大梨树。那棵梨树已经又是我家的了。是我爹用 10 块钱买过来的。买这树时我爹已当上了村长，那天我就在爹的旁边呢，他把一张 10 块钱的钞票丢到郭德旺的脸上，说："这棵树在我家门前，属于我家的才对，就算以前是你家的，现在卖给我了，还有一点，这 10 块钱是连树根所蹿到的地买的。"一看到那棵梨树，我就想起我那没有下肢的妈来。我好想见到她。要是她能来带我回去就好了。可我知道她是不可能会来带我的，她从来就没有来这儿带过我。

长江向我吼了起来："你到底想不想走啊？不走你就给老子一直跪在这儿。"

我想走。我怎么会不想走呢。但为什么想走就得钻你的胯呢。我不知道回家与钻别人的胯现在怎么就连在了一起。我想回家，此时我太想回家了。只是，我不钻就得一直跪在这儿，就回不了家，这不是比死了还难受吗。我想，要是我死不了，还能回到家里，那么从此以后，我将不会再出来了，我将永远待在家里，待在那老头子、我妈，还有秋麦和官得的家里。

郭自发说："钻嘛，憨狗日的，钻一下有啥了毬不起的啊。"

我知道钻别人的胯并不像郭自发说的那样没啥了不起的，我认为这算得上是一件很严重的事了。但为了能回到家里，我还是钻了。除了从长江的胯下钻过去能回到家里，我还有什么其他办法呢？

我看了一眼长江双脚支成的门洞，闭上眼睛，双手着地，像狗样地钻进了长江的胯下，又钻出了长江的胯下。钻出长江的胯下时，我还怕长江反悔，所以一下就爬起来向家的方向没命地跑了。尽管身上到处都疼得要命，但身后各种各样的笑声让我感到更怕，它们就像一场洪水样的向我淹来。我得尽快地逃脱它们，只要我还能动。

回到家，看着火上摆着的饭，我的肚子就开始“咕咕咕”地叫了起来。虽然还没有做好菜，但我已经很想吃了。我没像以前那样等着老头子他们回来才一起吃，我独自舀了一碗饭，自顾自地就吃了起来。下地刚回来的老头子一看我这样，顿时火冒三丈，甩掉锄头就骂：“你饿死鬼抠心啦，老子都还没吃你就吃起了，要吃么自己去苦嘛，老子恁几十岁了还要苦来养你，叫你带个人都带不好，吃个干鸡巴！”我的心颤抖了起来，犹如秋麦簸米时的筛子。老头子还从来没这样吼过我，我不知道怎么连他也变了。

突然的被老头子这么一骂，我在感到惊讶的同时，也感到了一种亲切。以前看着那些经常被老头子骂的人一边说着：“村长骂的是，村长骂的是”，一边笑个不停的样子，我就想被老头子骂着一定很舒服，就也想让老头子骂自己一次，但一直都没让老头子骂上，现在终于让他骂上了。嘿嘿，老头子的骂果然不同凡响。

无论如何，家，还就是家，还有什么比家好呢？我不会再到李德亮家那儿去玩了，家里这么宽的地方又不是不够我玩，再加上官得，玩伴儿也是有的，我还需要什么呢？就算场院里不够玩，也还有这棵梨树，还可以爬到梨树上去玩。只要有官得，只要有这棵梨树，我还怕什么呢？

只是，我得做点儿什么了，至少得想点儿什么，我想弄清秋麦和老头子是睡在哪儿的，他们是不是睡在一起的？还有，老头子现在又不是村长了，我不知道以后我还能不能往这棵梨树上爬？

原载《辽河》2010年第6期

雪后阳光

正月初一的早上，王阳光起得比家里的人谁都早。王阳光历来都是家里最后起床的。以往的每一次，他都是在娘左一次右一次“再不起要迟到了”的催促声中才睡眼惺忪地起来，起来后穿梭在爷爷奶奶以及娘的忙碌身影中，也还是睡眼惺忪地洗了脸，睡眼惺忪地挎上书包走上去学校的路的。这天，他却早早地就起来了，起得比家里的人谁都早。

王阳光今年刚满 10 岁，由于书读得晚，所以才读到小学三年级。昨天晚上，王阳光是睡在他家的猪圈楼上的，走进正房时，王阳光突然地就觉得家里少了点什么。少了什么呢？王阳光站在堂屋里想了想，一时竟也想不出来。但也就一会儿工夫，王阳光的心里突然地愣了一下，在愣这一下的同时，王阳光就想起来了，缺少的是爷爷奶奶及娘的忙碌的身影。以往他起床时，爷爷奶奶和娘都起来了，都在为着各种各样像是永远都忙不完的事儿忙着了。他们一会儿走进屋里，一会儿又走出屋里；一会儿走到屋里的这边，一会儿又走到屋里的那边。但今天没有，今天缺少的就是他们那些忙碌的身影。这一点，王阳光已经可以肯定了。

但王阳光紧接着又有困惑了。这都什么时候了，天都大亮了，娘他们怎么还没起呢？爷爷奶奶历来都是不用叫的，而且还是起得最早的，怎么今天也还在没起来呢？王阳光的心里又愣了一下，在愣这一下的时候，他想起来了，今天是过年了呢，今天是正月初一了呢。今天，以及明天后天，在这三天年里，娘他们是不下地的呢。不下地，他们还早早地起来做什么呢？喂喂猪啊牛啊马啊的，再加上做做饭吃，哪需要一天呢？这些事儿哪够他们做一天呢？这几天不多睡睡，还有什么时候给他们睡呢？王阳光那张小小的脸蛋一下子就变成了一朵灿烂的花儿。只是，这朵灿烂的花儿才开了那么一下子就又凋谢了。他们都还没起，自己怎么就起来了呢？娘都还没叫，自己怎么就起来了呢？王阳光伸起那只小小的右手，抓了一下头。但他没能像以往那样，像被老师问起作业为什么没做时那样，像被李二狗他们欺负了又不敢还手时那样，抓到的是一把实实在在的头发。现在这头发在他的手指间，只一滑，就没了，甚至都没能抓住一点点。像是没有了，又不像是光头的感觉；像是有，又没能抓到一把。

头发已被剪了呢。这次没剃光头呢。王阳光又想起来了。他还想起，是娘领着他去剪的呢。他原本是很怕去剪发的，因为以往每次去剪发，都算不上什么剪发，而是剃发。娘要他剪光头，说那样剪一次，可以多管几个月。而那村街上剪发的是一个老头，而且就他一个，他剃起头来，只顾自己唰唰唰嚓嚓嚓地剃，似乎就只为了剃完那颗头上的头发，至于被剃的人是否疼痛，他都连根儿不想。王阳光有一次在他正剃着的时候打了一个激灵，哎哟一声喊说：“疼”，他却依然没事样说：“没事，一会儿就好了”。一想起剪发来，王阳光的心底里就感到怕。甚至一说起剪发来，那唰唰唰嚓嚓嚓的剃发声就在王阳光的心里响起，随之一种恐惧感也就在王阳光的心里升起。王阳光曾一次又一次地想着，要是不剃光头就好了，要是只是剪剪就好了。但结果呢，一次又一次的都还是剃光头，一次又一次的都还得忍受那种有些儿锥心的疼痛。于是，他就怕去剪发去了，头发再长，长得结成了鸡窝，他都不想去剪，他都怕去剪。就像这次，他原本也是不想去的，但娘说："你爹没给你说吗，他今年要回来过年，还说要给你买着新衣服来。"接着娘又说："连个头都不剪，就这个样子你还想穿啥新衣服！"最后，王阳光就跟在娘的屁股后面去了。而又因为这些天一直在下着雪，到处都天寒地冻的，从北边刮来的风，像刺条子甩在身上样的，弄得人穿着厚厚的衣服也感到生疼，所以娘也就破例地没让王阳光剃那种光头。

王阳光的心里又突然地愣了一下。王阳光双腿一下子就向两边叉开了。一叉开，他才发现自己穿着的还是那条"开裆"裤。自己怎么还穿着这裤子呢？又不是像以前那样没有新的。你看，这都烂成什么样子了？从裤裆那儿开始，那个口，就一直向两支裤管的内侧开到膝盖下面。从那开口的边儿上可以看得出，这裤子的线缝处是补过很多次的了。事实也就这样，王阳光的这裤子确实是补过很多次了。补得娘都有些儿想不通了，说王阳光："你到底是咋穿的，才补起两天就又烂了！"王阳光是怎么穿的呢？他自己也说不出来。他觉得自己跟别人比起来，穿裤子这件事上好像没什么两样。他也不知道自己这裤子为什么那么容易开口。他并不想让自己的裤子这样开口。裤子一这样开口，就常常地让他很没面子。上课的时候，他的双腿老是紧紧地挤在一起；下课了，他也不敢跟同学们一起到操场上去追逐嬉戏。常常的，就担心别人发现他那裆是开的，担心别人看到他那一不小心就掉出来在那儿一甩一甩的小鸡鸡。有一天，王阳光以为自己的裤儿是好的，一下课就跟着几个同学到了操场上，蹲在篮球场边抓石子玩。当时，还有几个女同学在。那天，他是从未想过自己的裤儿会开口的。当蹲在他对面的李二狗突然地一声惊叫，并边弹跳般的站起来边弯着腰地笑着说"阳光，啊，阳光，狗日的，你看你那裤裆"时，王阳光低下头看了一眼他的裤裆。这一看，让他的脸瞬间红成了一片灿烂的桃花。他看到了自己那小手指样的小鸡鸡，还有两丫泥巴色的屁股蛋。在李二狗和几个同学的笑声及几个同学不知所以的愣睁鼓眼中，王阳光一趟跑进了教室，一下趴在桌子上，直到上课，都没敢抬起头来，没敢向周围的同学看上一眼。而即使是这样了，他也如坐针毡，像是自己的整个身上都落满了嘲笑的目光，像是自己的整个身上都爬满了毛毛虫。他就那样把头埋在桌子上，一直坐了两节课，坐到放学，他才夹着两条腿没命地跑回了家。那最后的两节课，老师讲了些什么他一点儿也没听进去。对于王阳光来说，这种现象可以说是从未出现过的。这种现象一出现了，王阳光也就不只是那两节课没上好的事了，他甚至都想着不知道自己以后还怎么来上这学，还来不来上这学了？回到家里，王阳光就毫不迟疑地哭了，哭着让娘给他补裤子。当时，娘正在喂猪，正忙不过来，听到王阳光叫补裤子，就算他是哭着说的，她也像没事样的说："补啥裤子，你那是啥裤子，不是昨晚上才补起，你今早上才穿的吗？"王阳光还在哭，像是这哭在学校里就应该哭的了，而他一直攒着，攒到了现在。王阳光的心里充满了委屈。是啊，昨晚上才补过的，今天早上才穿的。要不是这样，我会无所顾忌地去跟同学们玩吗？你说我这是啥裤子，我这会是啥裤子？我还会有啥裤子，不是就这一条裤子吗？但王阳光没说，这些话只在他的肚儿里一遍又一遍地回放着。直到娘把猪喂了，把做好的饭端上桌来吃了，才让王阳光去炕上睡着，让他捂在被子里把裤子脱下来补。娘在补着那裤子时边补边说："你这是咋穿的啊，怕要用铁丝来补起才着得住你穿哦，怕要用铁巴打出来的才着得住你穿哦。"睡在被子里的王阳光一下子就想笑了，但他还是没笑出来，他只是在心里笑了笑。他想，要是真能拿铁丝来补裤子就好了，要是真有铁巴打出来的裤子就好了。一想着那种用铁丝补好的裤子或者用铁巴打出来的裤子，王阳光就想笑了。但终归还是没能有那样的裤子的，王阳光的裤子也还在照样地常常地烂着，娘也不得不三天两头地为他补着。只是无论娘补得如何的勤，那裤裆都常常是开着的。于是，王阳光就常常地想，想自己要是有一条新裤子穿着，有一条不"开"裆的裤子穿着，那就好了，那样下课后就可以去跟同学们一起追死活树、抓石子、挤油渣玩了。

现在，王阳光是有这么一条裤子的了。那是昨天夜里，吃过了年夜饭后，王阳光的爹王雪后打开那个他刚从黑夜里背进来的大大的黑色提包拿出来给王阳光的。虽然拥有一条新裤子王阳光已经想了很久，从爹打过那个电话后他就想了，但在昨天夜里，在爹走进家门，接着一样一样地从那个包里往外拿东西之前，王阳光就已经不再想了。准确地说，是不敢想了。爹都回不来了，还想什么呢？吃着年夜饭的时候，王阳光还在一次又一次地往门边看。他似乎都听到了门外的脚步声，在很多个时刻，他都停下了手中的筷子，似乎就等着门被推开了，但一次又一次地，门都还在那儿严严地关着。直到爹真正地推门进得屋来时，一下子，王阳光倒变得痴了，呆了，不知所以了。爷爷奶奶都惊讶地站了起来，欣喜望外而又慌里慌张地分别给爹接过手中提着的背上背着的包，娘也随着站了起来，不知拿啥，而最后却走到爹的身边，不停地拍打了爹身上的雪。只有王阳光还在痴痴地呆呆地坐在那儿，一动不动。爹那满身的雪被娘一拍，就飞溅到了王阳光的身上，有的溅在了王阳光的脸上。王阳光激灵了一下，似乎这才知道，是爹回来了。但他不知道，自己要做点儿什么，只好原模原样地坐在那儿。好在这时爹已向他走了过来，并把一只手伸到了他的头上。爹的手在王阳光的头上滑动着抚摸了一下后，就停住了，停在了王阳光的头上。接着，爹低下头来，望着王阳光说："儿子，想我不?"王阳光的目光穿过爹的手臂，盯盯地看着爹，只是微微地笑了笑，却不说话。那双大大的眼睛里，却也有了一种透明的液体。有了爹的那一抚摸，虽然那手分明有些冰凉，但王阳光还是感到有一股热流流过了他的心里。加上那一句话，就更是让王阳光差点儿把那液体给流出来了。虽然爷爷奶奶和娘已经把收了的饭菜又端上桌来了，但爹还是说等等再吃，并把他背来提来的那几个包挪了过来，挪到了王阳光的跟前，拉开拉链，一样一样地往外拿着东西。爹一边往外拿一边说着，这是爹的，这是娘的，这是你的，这是阳光的。爹在往外拿着的时候，就分别把那些东西送到了爷爷奶奶和娘和王阳光的手里。王阳光抱着的，是一套红白相间的运动服。娘都帮着拉开来看过了，那衣服总体上是红色的，但在衣袖上，在胸襟上，以及在裤子的两个裤兜下，都有着几条白色的布块嵌了上去。在明亮的灯光照射下，看着这套红白相间的衣服，王阳光的心乐开了花。但爹买给他的东西还不止这些，爹紧接着又从另外一个小些儿的包里拿出了一双鞋来，那是一双黑色的皮鞋。再接着，爹还拿出了一个红色的书包来，边递给王阳光边说："来，接着，这也是给你的。"自从爹把那只大手伸到王阳光的头上后，王阳光似乎就开始连自己姓啥都不知道了，这种感觉一直持续着，持续进了他的梦里。梦里，他梦到自己背着一个红色的漂亮的书包，穿着一套红白相间的运动服，还穿着一双黑色的皮鞋，边走边跳边踢着路边的石子走向了学校。在学校里，他看到了其他的同学穿的都是"开裆"裤，鞋子呢，全是像他曾经穿的那种脚后跟的鞋帮子都做了鞋底子的塞满了泥浆的胶底鞋，当然，更没有一个背上他这种红色的书包的人。甚至，他都看到了李二狗的小鸡鸡，那李二狗的小鸡鸡也不好看，沾上的泥比他的小鸡鸡以前沾上的泥还要多。为此，王阳光一下子就也像李二狗以前笑他样地笑了。随着这一笑，王阳光就醒了。一醒，他就毫不停留地起床了，心里只想着"再不起要迟到了"。起床时这么一急，这么一想，倒把穿新衣服的事儿给忘了。

王阳光知道，那套衣服就放在他昨晚上睡的那铺上，包括那双鞋子，还有那个书包。书包不说，衣服，还有那双鞋子，今天是要穿的。今天是正月初一呢，今天不穿，还要等到什么时候才穿呢。

王阳光回到了铺上。

王阳光开始穿起了他的新衣服。

穿上新衣服后，王阳光自己都感觉到自己已不是从前的王阳光了，不是那个穿着"开裆"裤常常提心吊胆的王阳光了。

爷爷奶奶和爹娘都还没有起来。但王阳光已经没想他们了。王阳光走出门来，感觉到了一股寒气突然地就席卷他的全身。但也就是那一瞬间，那一瞬间过后，王阳光一丁点儿也没感觉到冷。王阳光抬头看了一眼天空，天空里还在满天地飘洒着鹅毛般的雪花。一时间，王阳光觉得那些雪花是那么的漂亮。这是王阳光今年来第一次感觉到雪花漂亮。虽然雪花还是跟以往一样的雪花，但在昨天以前，在他一次又一次地站在村口，站在雪中等爹的时候，虽然眼前身上到处都是雪花，但他是从来没感觉到这雪花的漂亮的。在娘对他说“雪这么的大，你爹怕是回不来过年”了时，他甚至都恨起了这雪花。怎么还不停呢？都下了这么多天了，怎么还不停呢？这太阳都躲到哪儿去了，为什么就不出来照一照，把这雪给照化！王阳光感觉得到，为这雪，不只是他一个人急，娘也在急，娘说：“咋就下这么大这么长时间的雪呢”；奶奶也急，奶奶说：“是啊，咋会下这么大这么长时间的雪呢，都好多年没下过这么大的雪了”；爷爷也急，爷爷说：“都几十年了，像是五几年的时候下过这么样的一场雪，但都还没有下这么多天，都没有凌这么长时间呢”。望着娘和爷爷奶奶他们都为这雪急，王阳光就更恨这雪了。

但现在，王阳光终于感觉到这雪花是漂亮的了。他伸出双手，展开双臂，像是要揽上一抱的雪。但他收回双臂后，怀里终究是空的，只有红白相间的衣服上有着几朵。

王阳光在心里说：下吧，下吧，你想下多少就下多少，想下多少天就下多少天，我再也不怕你下了把路给堵了让爹回不来了，现在爹都回来了呢。

王阳光还想：今天得让爹跟着，像李二狗和他爹样的堆个雪人。那雪人可漂亮了，可神气了。虽然李二狗不像它样的漂亮，但那神气样儿，却是有些儿相像的。

王阳光这次伸出了一只手，平平地直直地伸到了胸前，他分明看到已有雪花落上去了的，但一收回手来后，看到的却只有一滴滴的水珠了。

王阳光弯拐着提起左脚，又扭动着左脚看了看左脚上的那只鞋子，接着换成右脚，又扭动着右脚看了看右脚上的鞋子，王阳光觉得，那鞋子是怎么看就怎么的舒服。王阳光在场院上跑了几步，接着立成一字儿，身体向后倾了倾，想在那雪上溜溜。但他并没溜多远。那鞋插进厚厚的雪里，一下子就停住了。王阳光似乎觉得没意思。王阳光相继拔出双脚，扭动着身子看起了身上的那一套运动服。那运动服被白雪一耀，有些儿刺眼。王阳光眨巴了几下眼又看了看。这一次，就像先前看那鞋子一样，他觉得看着哪儿哪儿都舒服了。

这个时候，王阳光好想堆一个雪人，但他又不想一个人堆，他最想要爹跟他一起堆了。王阳光转过身，面向家门，张开嘴，像是想叫出一声什么，但那叫声又没被叫出来，在刚要叫出来的时候就变成了一声口哨。王阳光吹了一声口哨，然后有些无奈地踩着厚厚的积雪，嘎吱嘎吱走向了厕所。

王阳光家的厕所与村子里其他很多人家的厕所一样，都是在挖出的一个四四方方的塘子周围，垒上一圈差不多大人半身高的土围墙而成的。王阳光曾听教他们语文的耿老师开玩笑说："这儿的厕所都是'半身相'厕所，让人在里面屙次屎都不放心。"而王阳光家这厕所，四周的围墙还都坍塌了一些。蹲在里面，都能从那坍塌出的缝隙里看到外面了。王阳光先是边使着劲拉屎边往外面看，但看着看着，他似乎就忘记自己是在拉屎了。因他家住在那个山湾的最高处，所以他几乎就看到了这个山湾里的所有人家的房子，甚至还看到了屋檐，看到了门。那些房子的空隙里，立着雪白的高高矮矮的树，有的已经被雪压断了，断在了路上，场院里，甚至是房屋上。整个村子静静的，连一个人影都没有，就像这个村子里就根本没人样的。王阳光知道，今天早上的人们都在放开地睡。那些孩子们，一年里实在难得有这么几个可以放开地睡上个好觉的日子。平日里，都要早早地起来上学，就是在不上学的日子里，也要被大人们催起来跟着下地。在这几个日子里，特别是今天早上，大人们是不会叫的，无论你睡到什么时候，他们都不会叫。娘在昨天晚上，在睡之前特意地告诉过王阳光，说："正月初一的早上是不能叫起床的，要起就各自暗着起，叫了，就把跳蚤都叫醒了，明年的跳蚤就多了。"跳蚤叮人的滋味王阳光是尝过的，它可以一晚上都把你叮得睡不了觉。对跳蚤，王阳光一想起来就又怕又恨。要是把它们都叫醒了，那还了得！于是，娘的这句话就一下子落在了王阳光的心底，并一直存留了下来。再是怎样的时光，再是怎样的梦，都无法把它滤去。就像刚才，他原本是想叫爹起来的了，叫起来和他一起堆雪人的，但一想起这句话，他就不敢叫了，瞬间把叫声改成了口哨声。

王阳光从来没有看到过自己住的这个村子会是这么个样子。他甚至都觉得现在自己不是在这个村子里了。那在什么地方呢？什么地方会是这样的呢？王阳光想不出来，他不知道有什么地方会是这个样子。他从未见过。王阳光把一只手伸到后面，捏了一把光光的屁股。王阳光感觉到了疼。于是，王阳光又在村子里开始寻找。他看到了，出村路边的那间房子就是李二狗家的，旁边的那个墙圈王阳光记得特别清楚，也看得特别实在，那是他和伙伴们玩游戏“躲猫猫”时经常藏身的地方。要是李二狗在他家的场院里就好了，那样就更可以肯定了。但李二狗没在。李二狗一定还在睡觉。睡吧，好好地睡吧，睡醒后，站在你面前的王阳光就不是你以前常常笑话的王阳光了。王阳光抿着个嘴笑了一下。

王阳光走进家门的时候，爹已经起来了，娘也起来了。爹还在洗着脸，娘呢，已经把火给燃起来了，开始做着汤圆了。火上，已经用铁锅烧着煮汤圆的水了。

“阳光，你哪时起来的啊，你怎么就起来了，你怎么起这么早啊！”娘显然对王阳光的早起感到很意外。她一边双手搓揉着那个亮晶晶的锑盆里的白生生的糯米面，一边充满惊奇地望着站在门边的王阳光。

“今天又不上学，起这么早干嘛？”爹说。

爹倒似乎没感到什么意外，他很平静。

王阳光看见娘的眼睛亮了一下，但紧接着娘说的话就让他手都找不到放处了。娘说：“哦，今天穿新衣服了，高兴了，是不是想出去显摆啊。你看你那熊样。真是耗子放不住隔夜食。昨天晚上是不是就穿着睡了？”王阳光的脸羞涩地红了。王阳光连看都不知是看哪儿好了，像娘的目光占满了整个屋子一样。

爹把洗脸手巾往门背后的钉子上挂时，王阳光走了过去，还是很羞涩地拉了拉爹的手。爹不知道王阳光要做什么。爹说：“要整啥，儿子。”王阳光仰巴起头望着爹说：“我要上街去，玩去。”爹说：“那你就去啊，要买啥，你自己去买，你身上不是也有钱的了吗？昨晚上发给你的压岁钱呢？是不是不在了？”说着，爹就在王阳光的身上摸了起来。爹还没摸到，王阳光已把那只拿着十张崭新新的五角的票子的小手伸到了爹的跟前。爹说：“还在的嘛，要买啥就去买，放心地买，想买啥就买啥。”王阳光还在望着爹，说：“不，我要爹一起去。”爹说：“你自己去不能买吗？还是你不会用钱？”王阳光扯着爹的衣角甩了甩说：“我就要爹一起去嘛！”

爹穿着的是一套西服，但看得出，那是一套质地很差的西服。那西服的袖子及胸襟，都明显地有了些皱褶。而且袖子上，还有了两个像是被烟火烧出的洞。西服里面，套的还是白衬衣，但那衣领上，以及衣领下那一块露出来的地方，都明显地变黑了。王阳光觉得，爹穿着这样的衣服就没教他们语文的耿老师穿起来好看。但他也觉得，爹穿着这样的衣服比李二狗家爹好看多了，神气多了。

爹走到火塘边，坐了下来。王阳光还在扯着爹的衣角。王阳光又甩了甩爹那只被他扯着的衣角，带有些哀求味道的说：“走嘛！”

爹没说话，只顾低头穿着他的鞋袜。爹的鞋子也是一双皮鞋，就像耿老师穿的那种，只是王阳光觉得没耿老师穿的那种亮。

王阳光再次甩了甩爹的衣角，说：“走嘛。”

娘像是听不下去了，像是发火了，提高了嗓门说：“走啥啊走！这时候哪个就上街去了！哪个不是吃了早饭才去的啊！是不是就担心你穿新衣服没人知道啊！”

王阳光不敢再说话了。王阳光放开了爹的衣角，走出了门来。王阳光来到他家的厕所边，向李二狗家那儿望了望，但那儿依然还没有人影。

王阳光又走进了家里，又拉起了爹的衣角。

爹说："你又咋了？"

王阳光说："雪人，我要堆雪人，要爹跟我一起堆雪人。"

爹这次没有推托，还很高兴样的就站了起来，并说："好啊，堆雪人，爹跟你一起堆雪人。"说着，爹就拉着王阳光走出了门来。

在爹选出了一个堆雪人的地点后，王阳光就开始往那儿搂起雪来了。先是近处的，接着是远处的。但那再远都不远。毕竟地上堆起来的雪实在是太厚了。爹也找了把洋铲，从周围只是把雪往那儿铲去。还边铲边用洋铲把那堆起来的雪拍紧拍实。没多一会儿，那雪堆就高起来了，就粗起来了，高得比王阳光还高了，粗得比王阳光还粗了。

爹说："好了，够大了。"

爹又说："来，可以做头啊手啊的了。"

说着，爹已放下了洋铲，用手开始在那雪堆上抠抠补补了起来。

王阳光不知道做什么了，他不知道那头啊手啊的要怎么做。但他不怕，有爹在呢。他就站在爹的旁边看着。

一会儿，雪人的头部出来了。

一会儿，雪人的眼睛也有了。

一会儿，雪人的嘴巴鼻子耳朵还连手都有了。

爹还跑进屋去，拿着一个燃过的柴疙瘩出来，在那雪人的眼睛鼻子嘴巴耳朵上画了画。经爹这么一画，那雪人就神气了起来，就威武了起来，像是都要向王阳光走过来了。

王阳光开始弯腰到雪人的面前做起了鬼脸来，还边做边笑，那笑声脆脆的，像到处铺着的雪一样的干净。突然，王阳光像是感觉到什么不对了，那种不对是来自雪人的。王阳光站在雪人的面前左看看右看看，老是找不到哪儿的不对。但他最后还是想起来了，李二狗和他爹堆的那雪人是扛着一杆枪的。王阳光想都没多想，就跑到他家堆柴的地方，找来了一根伸伸展展的柴棍，并把它安在了雪人的肩上。安好后，王阳光又围着雪人转了几圈，边转边看着。这下，他觉得哪儿都比李二狗和着他爹堆的那个雪人好了。

这可是爹和着我一起堆的呢。王阳光想。

“吃汤圆了，阳光。”娘站在门边喊了起来。

爷爷起来了，奶奶也起来了。王阳光不知道他们是什么时候起来的，但现在他们都已经在端着汤圆开始吃了，爹也已经开始吃了，只有娘还在往火上的锅里放着没煮的汤圆。

王阳光吃得很快。王阳光觉得那汤圆特甜。吃好后，王阳光看了一眼爹。但爹还在吃，而且碗里还有着一浅碗。于是王阳光又跑到雪人边来了，他又在雪人的身上这儿摸了摸，那儿摸了摸。接着，王阳光又跑到了他家厕所这边。他想看看李二狗起来了没有，在没在他家的场院上。而又只有这儿，才能看到李二狗家的房子，以及场院。这次王阳光看到李二狗了，李二狗正站在他家的那个厕所里撒着尿。王阳光看到了，李二狗也穿上了新衣服。因为那衣服他还从来没看到李二狗穿过。但那衣服是灰色的，看上去暗暗的，一点儿都不亮。王阳光看不见李二狗是穿着什么裤子的，更看不见李二狗穿的鞋子了。李二狗太矮，王阳光连李二狗的上半身也不能全部看到，只能看到他脖颈下面一小点点。

李二狗可能要走了，要是走了，一会儿就难找了。王阳光想。得赶紧叫上爹走了。于是，王阳光急急地跑回了家。

还好，爹已经吃完了。

王阳光又拉起了爹的衣角，但他这次已等不得爹问了，他边拉边说：“走，上街了。”

爹这次没拒绝王阳光。爹伸出一只手拉起王阳光，伸出一只手拉了拉他自己的那西服，说“走嘛”就走了。

王阳光的那心里，就别提有多高兴了。但那种高兴是很没表现出来的。他是放在心里自个儿高兴的。但也不是说他表现出来的就是不高兴。他表现出来的还是够高兴的了，他拉着爹的手，一跳一跳的，一会儿在爹的前面，一会儿又在爹的后面。那种跳，是只能心里彻底地高兴起来了才能有的跳。只是，没有人，包括爹，知道他的心里还有着另外一种高兴。这种高兴是因为即将发生的什么而产生的高兴。一种埋了很长时间的梦想眼看就要实现了的高兴。

但王阳光的心里还是还在有着一点儿担心的。要是李二狗已经走了呢？那该怎么办？要是李二狗走了，自己和爹一起走的事儿他就不知道了。但这种担心也只能是一点点儿，而且只存在一会儿。王阳光想，要是李二狗走了，那他就是找到天黑也要把李二狗找到，要和爹一起在他的面前走上一走。

在的，李二狗还在的。就在王阳光他们即将走过去的那路上。李二狗就站在那儿，像是在等人样的。

王阳光也看见李二狗了。王阳光的肚儿里像是憋起了一股气，他似乎连气儿都不敢出了。但王阳光依旧还在跳。在爹的前面或者后面不停地跳。王阳光实在不想停下来，特别是不想因为李二狗而停下来。我为什么要因为他而停下来呢？我再也不像以前那样见着他就躲了。王阳光于是坚持着，坚持跳着。他感觉到自己的心跳在不断地加快着。他都感觉到自己快要有些坚持不住了，特别是在越来越接近李二狗的时候。王阳光不再往李二狗那儿看。

但王阳光似乎感觉到李二狗在往他们这儿看了。

王阳光的心里打起了抖。

但王阳光还是坚持下来了。

在王阳光和爹就要走到跟前的时候，李二狗却站到路边，给他们让开了。这是王阳光没有想到的。从李二狗的身边擦过时，王阳光一直感觉到李二狗的目光在随着他们移动。但王阳光却连头都没回一个。

王阳光边跳着边猛地踢了一下脚，把那路边的积雪踢得老高老高的。

王阳光的心里又乐开了一朵花。

走出村口后，王阳光就不再跳了，还把放在爹手里的那只小手给收回来了。他放开爹后，向前跑了几步，然后一下子就扑倒在了那厚厚的雪地里，只抬起头来望着向自己走来的爹。望着爹走近了，要走到跟前了，就又爬起来，再次跑出去一些，再次倒在雪地里，又望着爹慢慢地走近，走到他的跟前。

一次，又一次。王阳光都不知道自己这样跑了多少次。直到爹说话了，他才又回到爹的身边来，或前或后地围在爹的身边，像先前那样的跳着，奔着。

爹说："儿子，今天想要买啥？"

王阳光向后仰着头，望着天空，像是在想自己要什么。王阳光一时还真想不出自己想要什么了。要什么呢？王阳光看着天上的白云飘了起来。雪花已不再飞了。都有一颗红红的太阳半露半藏地挂在那儿了。

王阳光一下子说："太阳。"

爹说："太阳？你想买太阳啊？"

王阳光跳到了爹的跟前，仰巴着个红红的脸蛋边跟着爹的步伐跳着边说："不。"

爹低下头来望着王阳光说："那你想买啥？"

王阳光说："不想。"

爹说："不想买你叫爹跟你上街做啥？"

王阳光又落在爹的身后了。叫爹跟自己上街做什么呢？王阳光边走边踢着路上的积雪。叫爹跟自己上街做什么呢？王阳光还真没想过。王阳光想不出来。做什么呢？似乎根本就不做什么。不做什么，那自己为什么又一直都在想着叫爹跟自己上街呢？

王阳光想起李二狗跟他爹一起从他旁边走过的身影来了。那些时候，李二狗是还用一种不屑的眼神望着他做过一些鬼脸的。在李二狗向他做着那些鬼脸的时候，王阳光就想，要是爹也能跟自己一起走走该多好；要是能一起从李二狗的身边走走该多好。只要爹跟自己一起走走就行了，其他的，他还要什么呢？能和爹一起走走，就够了。现在爹都和自己在一起走着了，而且也从李二狗的身边走过了，自己还要什么呢？李二狗还破天荒地为自己让过了路呢。王阳光的脸上又露出了一丝不易觉察的笑。

刚才，我也该给他做个鬼脸的，至少做个孙悟空的抓耳挠腮相。王阳光想。自己怎么就没这么做一下呢？

嘿，我又不是没爹的。

弹子轱辘。嘿，弹子轱辘。那哗哗啦啦的弹子轱辘声一下子就在王阳光耳边响了起来。这也是李二狗在自己面前猴在自己面前拽的东西呢。王阳光想起了李二狗开着他的弹子轱辘车在自己坐着的木轱辘车面前晃来晃去的身影。于是，王阳光想起来了，应该让爹也给自己买个弹子轱辘，最好是三个，他李二狗的不就是一个吗，他那车车的后面的两个轱辘不也还是木的吗，我得让自己整张车上的三个轱辘都用成是弹子轱辘。

王阳光说："弹子轱辘，我要买弹子轱辘。"

爹说："你要弹子轱辘做啥？"

做车玩呗，还会要弹子轱辘做啥！王阳光想。但王阳光不敢说。王阳光平时连问都不敢去问的，一直都想着那弹子轱辘一定很贵，只有有钱人家的儿子才玩得起的，自己哪儿想过真要去买呢。王阳光想，买这样贵的东西来玩，一定会遭到爹拒绝的，说不定还会被骂呢，以往让爹买条裤子都会被骂的呢，爹怎么会给自己买弹子轱辘呢。

但王阳光觉得爹已经不像以前了，不像去年了。爹出去这么一年，像是已经换了一个人了。要不，他怎么会给自己买衣服呢，还是一套呢，还有皮鞋呢，还有书包呢。自己的书包，以前不都是娘用肥料口袋剪来缝的吗？爹既然变了，说不定也会给自己买弹子轱辘的呢！

王阳光说："我要做弹子轱辘车玩。"

爹说："好，就给你买个弹子轱辘。"

王阳光说："我要买三个。"

爹说："三个？哈，你还挺有野心的嘛！"爹笑了一下。爹又说："行，就给你买三个。"

王阳光简直有些不敢相信自己的耳朵了。但他又不得不相信。爹变了，爹真的变了。王阳光又拉起爹的手，跟在爹的身边一前一后地蹦跳起来了。跳着，跳着，不知不觉的，他们就到了村街上。爹一下子就给王阳光买了三个弹子轱辘。王阳光看了，爹一点都没犹豫。紧接着，王阳光又让爹给他买擦炮，爹还是一点都没犹豫就给他买了。王阳光又让爹给他买玻璃珠，爹还是一点都没犹豫就给他买了。王阳光想不出还要让爹给他买什么了，他想来想去，李二狗似乎已经没有什么比他的好了，李二狗有的，他都有了，甚至李二狗没有的，他也有了。

在就要离开村街的时候，在街口边王阳光看到了宝剑。那是塑料做的，又像是渡了金样的亮晃晃的宝剑。王阳光突然地想要一把宝剑。王阳光就给爹说了。爹也同样一点都没犹豫就给他买了。

回家的路上，王阳光骑在爹的肩上。爹边走边吹着口哨，而王阳光呢，在爹的肩上一会儿哗哗啦啦地转着弹子轱辘，一会儿又边唰唰唰地用嘴模仿着刀光剑影的声音边挥舞着那把宝剑。走到村口的时候，王阳光又看到了李二狗，不知是因为李二狗也老早地就看到了王阳光他们还是因为什么，他已在那儿盯盯地看着王阳光了。王阳光看过去的时候，李二狗也正在看过来。这次，王阳光没让自己的目光躲开了。他让自己的目光直直地迎了上去。渐渐地，王阳光觉得李二狗的那目光想躲了，但王阳光不想就这样就让他躲开，于是王阳光又用他的目光活活地把李二狗的目光拉住了。近了，更近了，到身边了。李二狗就像早上样的，一个转身，让在了路边去了。那一转身，有些机械，而又有些无奈。

李二狗的目光还在有些无奈地一直盯着王阳光。

王阳光的目光也还在有些得意地一直盯着李二狗。

在刚错开李二狗时，王阳光举起了他那把宝剑，“嚓——嚓”地在空中划了两下。那两下的交点，王阳光觉得是一点都不歪地划在了李二狗的脖子上的。

回到家后，王阳光就开始了他那张玩具车的改造。说改造，其实也就是换换那轱辘。但在换了轱辘后，爹又帮着他换了几棵车档。

初二的早上，王阳光就把自己的车推了出来。但他觉得推着跑得再快，那弹子轱辘也发不出那种脆脆的、亮亮的声音来。而且他也推不快。村路上，已被村里的人村里的猪村里的牛村里的马村里的鸡村里的狗们踩得稀稀的烂烂的了，那弹子轱辘，常常地，就被稀泥塞得死死的了。只是，在从李二狗家门前推过时，王阳光还是看到了，看到了李二狗那束有些惊奇有些羡慕还有些说不清道不明的东西的眼神。

有了这点，王阳光就觉得够了。

初三的早上，红红的太阳早早地就出来了。王阳光起床来的时候，那太阳已火火的有些烤人了。村里的那些路上，到处都是深深的泥泞了。王阳光的车已再也推不出去了。

就在这天晚上吃饭时，爹跟爷爷奶奶说："明天我要走了，我也跟阳光娘说了，我想让她也跟着我一起出去，在这家里种地，是种不到啥的，只会越种越穷。"

爹似乎觉得自己这话有些说不出口，说得有些乱，说得有些快。爷爷奶奶都像还没明白过来爹说什么，只拿那挤成一条缝的眼睛望着爹，嘴半张着，挟着菜的手停在了饭桌的上空。

不知过了多久，奶奶才说："啥，要让阳光娘也去?"

爹说："嗯。"

奶奶说："那她同意了要去吗?"

爹说："同意了，她还很想去呢。"

一切都应该明白了，爷爷奶奶都明白了，都不说了，还有谁会不明白呢？爷爷奶奶都不说话了，爹也不知该说什么了，娘呢，舀着一勺菜正要往碗里添，却也像是时间凝固了样的，把装着菜的勺子举在饭桌的上空，定定地望着爷爷奶奶，像是在等什么。

在爷爷奶奶往嘴里送挟着的那一筷菜时，娘也把那勺菜倒进了碗里。

爹说："现在都是这样的了，年轻的，都出去打工去了，都没谁想在家里种地了。”

一汪泪水，不知不觉地就蓄在了王阳光的眼里。王阳光就用那双泪眼望着爷爷奶奶。那对眼珠在那汪泪水里一下又一下地转动着。他，也像是在等着什么。

爷爷还是说话了。爷爷说：“那阳光呢？也要带着去啊？”

爹说：“不了，就让他在家里，他要读书呢，在外面的学费高得很。”

爷爷说：“这行吗，一个孩子，没个爹娘行吗？”

爹说：“没事的，行的，现在都这样了，年轻的人都把孩子放在家里跟着爷爷奶奶或者外公外婆出去了。”

爷爷又不再说了。

爹就又要走了，娘也要跟着去了。王阳光不知道怎么办了，王阳光只想哭。没了爹，再没了娘，要怎么办呢？除了想哭，还想怎样呢？王阳光的那泪水，都已双颗双颗地掉下来了，掉在他还在端着的装着饭的碗里。他伸出一只手抹了一把眼泪。他这一抹眼泪，就被爹看到了，也被娘看到了，还被爷爷奶奶也看到了。

爹说：“咋了？”

娘说：“裤子又烂啦？”

爷爷说：“哭啥呢哭！”

奶奶没有说话，却也跟着抬起手抹了一把那双沟壑纵深的老眼。

这一夜，王阳光总也睡不着觉。一直，一直，李二狗和他爹走着的影子都在他的脑海里晃动。李二狗一个又一个的鬼脸也在他的脑海里闪现。

还在迷迷茫茫的时候，外面的天就亮了，接着一束阳光也就从瓦缝里射进来了。怎么就天亮了呢？怎么就天亮了呢？怎么就出太阳了呢？怎么就出太阳了呢？爹就要走了，娘也要走了。王阳光再也睡不住了。王阳光起来了。王阳光想到外面去看看，看看那是不是真的出太阳了。王阳光想，要是不是出太阳，而是下了一场大雪就好了。那样，路就又被凌住了，爹就走不成了，娘也就不会走了。

但天上并没有下雪，昨夜也似乎没有下过雪。阳光也出来了。爹已起来了，娘也起来了，爷爷和奶奶都起来了。爹和娘都在收着东西，爷爷坐在火塘边，低着头在抽兰花烟，奶奶呢，袖着双手，站在堂屋里一会儿转过来一下，一会儿又转过去一下，目不转睛地望着收东西的爹和娘。

王阳光也像奶奶样的，站在了堂屋里，一会儿转向这边，一会儿转向那边，把目光一下一下地，甩向收着东西的爹娘。

谁都没有说话。谁都不说话。

爹背上了那个他背回来的大包，手上又提着两个也是他提着回来的小点儿的包，娘也背着一个包，就上路了。爷爷奶奶跟在了爹娘的后面，王阳光又跟在了爷爷奶奶的后面。除了爹娘，他们谁也没有拿着什么。就像他们是不去的，就像是一下子，走一小段路他们就不合路了样的。但他们又一直在村路上走着，相继地前前后后地走着。走出了村庄，穿过了那条小河，绕过了几个山湾，他们就到了，到了那条村街上了。

一路上，他们依然没有说话。依然不说话。

上车去了，那是一辆面包车。娘先上去了，爹接着也上去了。爹上去后，又下来了。

王阳光跟着爷爷奶奶就站在车的旁边。

爹走到了他们的面前，望了望爷爷和奶奶，然后说："爹，娘，我们走了。"爹又说："你们就少种点儿地，要多注意身体。"爹还说："阳光就麻烦你们看着点了。"

爹蹲下身来，蹲在了王阳光的面前，矮矮的，要抬着点头才能看到王阳光的脸了。爹就那样蹲着，望着王阳光说："阳光，你要好好读书啊，要听话，在学校要听老师的话，在家要听爷爷奶奶的话。啊。"

王阳光没有摇头，也没有点头。王阳光不知道该摇头还是该点头。王阳光就那么站着。站着站着，泪水就又出来了。但他没有伸手去抹。倒是爹伸出手来，在他的脸上抹了一把。

眼看爹就要转过身去了，就要回车上去了，这时，爷爷倒说话了，爷爷说："雪后啊，出门在外，要小心点，到处都要多个心眼儿，要把阳光他娘照顾好了，无论咋，都不能亏待了阳光他娘。"

爹又向着他们站正了身子，像个小学生面对老师样，很严肃的，向着爷爷奶奶说："会的，我会的，你们就放心吧。"

接着爹又伸出手摸了一下王阳光的头，还说："听话啊，阳光，爹今年过年又给你买新衣服回来。"

说着，爹就真的转身过去了，上车去了。

面包车走了，渐渐地，就消失在了山那边的山里了。

王阳光是被爷爷拉着往回走的。往回走的时候，爷爷奶奶还是不说话。倒是王阳光，却突然地问起了爷爷。

王阳光说："我爹为啥要叫王雪后啊，我又为啥要叫王阳光啊。"

爷爷似乎笑了一下。爷爷说："因为你爹是在雪后出世的，而我们家又姓王，所以就叫王雪后了。你呢，是你妈生你的时候，阳光刚好照在你妈睡着的床上，所以就叫王阳光了。"

"哦。"王阳光应了一声。

王阳光似乎在想着什么，低着个头，一脚一脚地走在爷爷奶奶的后面，走在回家的路上。那路被村里的人村里的猪村里的牛村里的马村里的鸡村里的狗的脚踩来踩去的，踩起来的那泥浆都快淹过鞋帮了。

突然，王阳光听到了身后传来噼噼啪啪的声音，转过头一看，是李二狗。王阳光愣了一下，随即机械地无奈地转了一个身，让到了路的边沿。李二狗没有停下来，噼噼啪啪地径直超过王阳光，跑上王阳光他们前面去了。随着眼前飘飘洒洒的一摊影子，王阳光看到他的那套新衣服上已溅上了很多稀屎一样的泥浆。

2008 年 2 月 27 日

原载《金沙江文学》2008 年第 1 期

我们的树

一

富贵的叶片上，铺了一层淡淡的白色粉末，李德文以为是灰尘，没太在意。当他看到富贵的叶片开始萎蔫，那盎然的绿意有些缺乏了后，才意识到那不是灰尘，而是富贵生了病。李德文到花鸟市场专卖花草的店里买了两包药和一只喷壶来，准备给富贵治治。卖药人是个胖子，胖子告诉李德文说，这是白粉病，这病会传染，若家里还有其他树，得一起打打。李德文回家一看，发财的叶片上，真的也蒙了一层若有若无的白粉，不细看，都看不出来。李德文按卖药人说的比例，在喷壶里装了水，加了药，把富贵和发财都给打了一遍，打得很透，打得从叶片上滴落下来的药水，都分别把两棵树下的地板濡湿了一大片。

李德文把家搬进这套新房的第二天，就从花鸟市场买来了这两棵树，一棵富贵，一棵发财。两棵树分别栽在两只水桶般粗的白色花盆里，分别置于阳台两角。

那天在花鸟市场，卖花人带他走进店里，先指着一盆树介绍说，这棵树的树型好，摆在屋里，大气。这棵树的树型确实不错，手臂般粗的树干从花盆里长出来，刚一出口，又略有悬殊地分为两枝，一枝比手腕略粗，一枝跟手腕差不多粗，细枝往上长到近一米处，开始分枝长叶，粗枝呢，往上长到近一米五处才开始分枝长叶，一高一低，两枝的枝叶错落有致长得如伞如盖，又有层次。李德文在脑海里凭想象把这棵树移到自家的屋里，又在脑海里凭想象感受了一下，感觉还行。他问这是啥树？卖花人说：富贵树。李德文的心动了一下，接着还抖了一下。这名是啥人取的，也他妈的太牛了！这树，看去哪儿能跟富贵沾点边？但李德文还是暗自决定，这棵树要了，就凭这个名字。对于生在农村长在农村的李德文，从小到大，近 30 年的人生历程中见过的树很多，山坡上的，河沟边的，房前屋后的；松树，柳树，核桃树，梨树……那些树，大都可称为参天大树。见过了那些树，这些店里的树在李德文的眼里，根本就算不了树，最多只能算“花”，或者“草”。但见过的树再多，李德文以前却没见过这富贵树，连听都没听说过。李德文又向卖花人问了一些这富贵树好不好养如何养之类的话，然后边听卖花人讲富贵树的种植方法，边走向旁边看起了另一盆树。卖花人也跟过来，指着李德文正在看的那盆树说，这棵也不错，虽然只是一枝主干，但看去枝叶形成的层次感也很强，而且长势好，旺盛。李德文又问这是啥树，卖花人答：发财树。李德文的心又一动。富贵、发财，呵呵。不说树，就这两个名，都足够诱惑人的了。就这两棵了，李德文想。讲价，付钱，叫了一辆三轮车，李德文把这“富贵”和“发财”搬回了家。

李德文第一次在家里养树，感觉挺新鲜，挺有意思，加上一“富贵”一“发财”之名，他对两棵树疼爱有加，严格按卖花人说的，两个星期浇一次水，浇到花盆里的水从下面渗出为止。为补充“富贵”和“发财”的养料，他常常把儿子吃的牛奶一瓶一瓶地拿来倒进花盆。以前租房住的时候，他也养过些花草，但那都是些上不了档次的花草，只是为了让那屋里有上一点绿意而已，那些本来一周需浇一次水的，他十天半月也不会浇一次，有时呢，又三天两头地浇，以至过不了多少时间，那些花便这盆死了，那盆又死了。死了就死了，他从未在意过。兴起时，花十块二十块钱又随便买一盆来摆上就是。那是花草，这是树，而且是叫“富贵”和“发财”的树，是养在自己房子里的树，李德文不但是在意，而且是看重起来了。就是不浇水的时候，他也常常会站在树旁，去翻着那树叶看看。

这些年来，侍弄着“富贵”和“发财”的时候，李德文常常会把自己在仕途上的一次又一次得意及一笔又一笔送上门来的收入与两棵树联系起来，然后若有若无地笑上一笑。命里有时终须有，命里无时莫强求。天意。

没想到，现在，这富贵得病了，而且发财也被感染了。

二

李德文在床上翻来覆去，老睡不着。

张正敏似乎已被他这动作搅醒很长时间了，她带着火气说，还让不让人睡，都几点啦，我明早还要上课呢！

李德文说，睡不着呢！

李德文又说，药也打了，但不见好，也不知会不会好！不知那药起不起用！

张正敏说，不好就算了，不就是棵树么，想栽，死了重新去买来栽就是。

张正敏翻了一个身，拿背对着李德文，不再出声。

李德文不再翻动，但还是睡不着。他还想那两棵树。从两棵树开始。两棵树也只是开始。难道这是征兆？难道，真要出事？

李德文是普家河乡的乡长。普家河贫穷、边远，不平事一件未了一件又来。一件接一件的不平事，常常让李德文无奈得想哭。李德文曾一次又一次在心里说，管毬它，咋了就咋了，老子也干不起了。但最终，他还得拼命地去应付那些事。说“咋了就咋了”，只是没有办法的办法，只是听天由命的想。说“干不起了”，不等于“不干了”。

再苦再累，压力再大，矛盾再尖锐，李德文也是不但想干，还想好好干。当上这乡长，容易么？

李德文最初是一个小学教师。在乡下教书的那些日子，闲时多，李德文爱读点书和写点小文章。无聊时，李德文也有意无意地做一做关于富贵和发财的梦。于那时的他，富贵和发财都纯属是梦。富贵是啥？当官！大官大富贵小官小富贵！你这样一没背景二没钱财，还想当官？还想富贵？发财呢？就这样一个月领点儿工资，把日子都过得紧紧巴巴的，你还发财？除了写点豆腐块混个三十二十的稿费，你会做生意么？你能当老板么？天上真会掉馅饼不成？

看着一同分配来的老师差不多都调走了，有的进了县城，有的到了坝区，有的甚至改了行，到县上的什么局蹲办公室去了，张正敏就常常叨唠，希望李德文想想办法找找人，把他们的工作挪一挪。李德文说想啥办法，有啥办法？我找谁去？要钱没钱，要人我也没人，我能想啥办法！他再看书再写文章时，张正敏便冷冷地嘀咕：你就只会读书只会写那东西么，你写那东西能当钱用还是能当关系使？李德文冷冷地笑了笑，说，咋了，看不起我读这书写这东西啦，当初你在那么多追求者中选择我，可就是因为这个。末了，李德文又说，你还别说，说不定什么时候，我写的这东西真能当钱用当关系使！

这不，在一个多次给李德文发过稿件的编辑老师的推荐下，李德文被借调到了县委办秘书科，当了县委刘副书记的秘书。两年零四个月后，他当了县委办秘书科的科长，又一年不到，当了县委办文秘副主任，又是两年零三个月，他来到普家河当上了乡长。

表面看来，李德文这一路像是顺风顺水，只有他自己知道每走一步的艰辛与不易。在回想着这些年的艰辛与不易时，他常常拿教书时的日子来比，拿这些艰辛和不易带来的种种好处安慰自己。一想起教书时的日子，他便觉得所有的艰辛和不易都值。要不是这些艰辛和不易，不说你自己当上了乡长，张正敏凭啥能调进县一小？儿子又凭啥能进县一小去读书？要不是这些艰辛和不易，你还在这县城买房，恐怕连买的想法都产生不了！艰辛了，不易了，可这艰辛和不易也不是你想艰辛就艰辛得了想不易就不易得了的，也算是老天有眼，给了你这些艰辛和不易的机会！

一路想来，一股辛酸涌心头，两行清泪湿耳根。

恐怕，这样的艰辛和不易，真要到头了！

三

李德文给“富贵”浇了小半盆水，没接着打水来浇发财，也没把那打水用的胶盆放回卫生间，只顺手放在花盆旁，他就挪过一个皮凳，在“富贵”旁坐了下来。花盆里，响着水往下渗透的滋滋声。不一会儿，花盆的底下，那盘子里噗噗噗地冒出了水来。不多时，盘子里的水就满了，且开始往外溢出。李德文也不去打整那溢在地板上的水。他只盯着那先是一滴一滴地滴落，由小到大，由慢到快，接着就不是滴，而是在盘子边缘处连成一条线，往地板上挂去的水。

你连水都喝不下了么？还是你不喝了？你怎么能这样？你得喝点，你得坚强，你可别没被病死，倒被饿死啊！

以往，往富贵浇这么点水，那底盘里，最多也就渗起一小层。很多时候，打这么半盆来浇上，下面还一点都没能渗出来，李德文以为没浇透，又去打了些来浇上，花盆底下才开始渗出来。但现在，就浇这么一小半盆，底盘里就渗出了这么多，还流这么多到了地板上，浇进去的，差不多全都渗出来了的样子。

是我才浇过没几天么？李德文问自己。

李德文清楚地记得，他浇过“富贵”已经整整两个星期了。

这些天，他一从乡下回来，就来看“富贵”。自上次浇过之后，他一直关注着“富贵”的水。他怕“富贵”受旱。但看着那底盘里的水，一天天不见少，老在那儿汪着，他也急。看一次，他急一次。他都想不顾那盘子里有没有水积着，直接给“富贵”浇水，又担心浇多了，倒给“富贵”伤口上撒盐，起了反作用。李德文拿捏不准，这个时候，该不该给“富贵”浇水。这时，他觉得要不要给这“富贵”浇水，比要不要去找他要找的人说话、表示意思还难。虽然去找要找的人说话、表示意思也难，也不知道这个时候去找人家说话、表示意思，会不会导致不打自招的结局，但毕竟该填的款都填回去了，以他这些年摸索出的经验，去把该说的话说了、该表的意思表了，终归会有作用。把该做的做了，该说的说了，该表示的表示了，结果如何，就只有等了。只有等，问都不能问。如果这个等的过程是一部影片，自己应该是这影片的主角，但在这个过程中，自己却什么都做不了，似乎这个影片一个镜头都没留给自己这个主角。等吧。等吧。把主角隐藏得这么深，一点面都不露，而你又能感觉得到那些配角的所有活动，都是围着这个不见影不见踪的主角转，时时能感觉得到主角的存在，按那些书评说的，这应该算是高招了。李德文为自己这个瞬间闪过的想法，笑了一笑。笑过之后，又是面对富贵的无奈。只恨，这富贵盆下底盘里的水怎还不干?

终于，底盘里的水干了，留下一层潮湿的泥。无论那水是被富贵吸收了的也好，还是它自己蒸发掉的也罢，终归是没了。盘子里的水都没了，就可浇了。终于可以浇了。李德文清楚地记得，他上次浇水的日子，就是他去找最后一个他不得不去惊动的人说话和表示意思的日子。而那个日子，离现在已整整两个星期了。

都两个星期了，怎么现在浇去的水，还这么一点都没少似的渗出来呢？你拉肚子了么，给你吃多少就拉出多少来？

四

“富贵”的粗干上，开了一条裂。这条裂，李德文早已看见。他曾以为，那是他买来时就有了的，只是当时没发现。就像他当初以为那叶片上的白色粉末是屋里的灰尘附在上面一样，没过多注意。但现在，他发现这裂开得越来越长了，都快裂到这枝主干的顶端了。

李德文找来一把小刀，往裂口处戳去。他想看看，那裂了的树皮里面是个什么情况。咔嚓一声脆响，刀尖戳去处的一块树皮，拇指般宽长，裂开脱落。刀尖穿过这块脱落的树皮后如刺向水中或空中，一下往里深深地陷了进去，似乎，那刀，马上就要刺穿整棵树了。当刀尖抵上硬物，不能继续往里陷时，李德文的心，火闪一般扯起的惊讶刚过。李德文急急挪开小刀，扯下那块脱落的树皮，那皮下的树干，已像被蚯蚓松过的土，松乎乎的，变成了乳白的粉末。惊讶之余，李德文又恍然大悟。原来，这“富贵”之病，不只在叶上，更主要的，还在这干上。李德文不再怜惜富贵，他开始急急地用小刀顺着裂口戳。把这干上的干皮全都戳了，再用小刀把那变成了乳白粉末的树肉刮了，不时，一条二指来宽一指来深的槽，便像一条蛇似的嵌在了这枝干上。

望着这条嵌在粗干上的蛇，李德文突然地想到了他最后去找的那个人。难道这次是真的么？李德文已多次听说，他要走了。走了，就是不在现在这个位置了。至于去哪，有各种传说。有些，是比现在这位置更好的；有些，是不如现在这位置的。虽然只是传言，但李德文想，那种种“走”的可能都会有。所有的传言，都不会是空穴来风。只是，这人最终又一直没走，直到现在。有人说，他走了，谁来收拾他铺下的摊子。是，他走了，谁来收拾他铺下的摊子？想想，他现在也还没把他铺下的摊子收拾好，怎会就走了呢？但反过来想，他在收拾着前面铺下的摊子时，也在继续铺着新的摊子啊，难不成，因为这些摊子，他就永远不走！这怎么可能？走还是不走，都不是关键，关键是，这次的传言，是他将去到一个闲职上。传言中还说，他正在被暗地里调查。若他出了问题，那他这条线……李德文不敢想。“他”的这条线，其实也是李德文的线。

细细一想，李德文捏着小刀的手，都出了一手心的汗。难道，自己正在接受的调查，也跟他有关？或者说是因为他出现了问题，自己才被盯上的？

难道，自己已经像这树，主干上出了问题？

五

“富贵”的叶片，开始卷了起来，叶尖，开始变枯变黄，呈现褐色。

这树，恐怕没救了。李德文想。

但李德文有些不死心。他一大早就来到花鸟市场，找到原先卖药给他的胖子，把富贵的情况跟胖子说了，问胖子这是咋的。胖子说，按你说的，你那树应该是得根腐病了，你说的那枝干情况，应该还不是主要的，主要还在下面的树根上，树根恐怕都腐烂了，树根一腐烂，它吸收水分和养分的功能就减弱。树根不能吸收水分和养分，这本身就足以让一棵树死亡，再加上干上和叶上也有问题，你说，它还能不死？李德文问这树还有没有救，胖子说，按理说，这差不多算没救了，只是我不敢说绝对，这世间的奇迹到处会出现。李德文咨询根腐病的治疗方法，胖子如此这般地对李德文说了一些，最后找了两包袋子上印有一棵绿油油的树的药给李德文。

带上胖子给的药回到家里，李德文开始行动起来，刨开盆里的土，先兑一种药灌了根，又兑一种药对土进行了消毒杀菌。把刨出的土回填到花盆后，李德文已是一脸的汗一手的泥。他也不急着去洗脸洗手，用脚把旁边的一个塑料凳踢到花盆旁，双腿伸着坐了下来。

尽量吧，把根保住。

望着富贵，李德文想。

李德文的乡长一职，虽然现在还没撤，但上面已让乡上的原副书记开始主持乡长工作了，让他李德文“暂时休息”一下，保持通讯畅通，以待通知，协助有关调查。今早上，他又接到通知，让他下午到某某办公室，有事。

李德文感觉得出来，现在查他的事是小，查那个人的事是大。那个人，现在已经在规定的时间交代规定的问题去了。若那个人出了事，他也就不可避免；若那个人出不了事，就算他出了点事，也可变无事。

尽量吧，把根保住。

李德文又在心里想。

六

李德文在那人被法院起诉，关于那人的案子进入了司法程序的那天，把“富贵”连根拔了。“富贵”的叶片已落光，细枝也已干枯待尽。拔去“富贵”，李德文有一种痛彻心扉的感觉。

让李德文没料到的是，“发财”也这么快就表现出明显的病症来。

叶片卷起，且变枯变黄。

他妈的，怎么连树都这样！

李德文想哭，又想笑。

李德文虽然还未接受什么明确处理，就是让“暂时休息”“等候通知”，但他知道，自己也快完了。

休息就休息吧，等候就等候吧。

但李德文也不想纯粹地休息和等候着。那人都这样了，得重新找个路子，争取一下。如何争取，拿什么去找路子，当然只有“水分”或者“养分”。李德文给一个往日处得较近的“老总”打了个电话，说一个亲戚急需用点资金。还没等李德文把话说完，这“老总”便哎呀一声，说乡长，你咋不早说，你看，有点，都被进材料用了，二期工程的款，又还没拨下来……

听这“老总”一声“乡长”喊，李德文差点像往常样地跟他打起哈哈来，但“老总”紧接着的话，让他一下像从云端跌坐悬崖，感到脊背发凉。

李德文又联系了一“老总”，话语相近，结局一样。

李德文想哭，又想笑。

七

李德文走在花鸟市场上，他想重新买棵树去栽在那“富贵”原先用的盆里。

花鸟市场其实已是一条街的代称，这条街从东门步行街的顶端与毛货街的交接处，向北门方向，缓缓地延伸上来。街道不宽，两旁破旧的房子，显现了这条街的历史，也可说是显现了这条街的老。这条街的中段，也有一片往下滑去的土地，周围搭得有钢棚，建得有些简易房屋，滑下去的地方，在街边建了一道大门，门上写得有该县“花鸟市场”字样，但因这花鸟的交易已扩出这片土地，扩至整条街，卖花卖草卖树卖苗圃的店面已把那些卖家居用品、办公用品、服装等等的店面挤得似有若无，所以，这里的人们，都早把这条街的真名给忘了，把整条街以“花鸟市场”代之。

李德文不常来花鸟市场，或者说很少来，除了偶尔路过不算，他有意来这儿的次数，屈指可数。

李德文慢慢游走着，从北门游到东门步行街与毛货街的交接处，接着又往回游。他像是在散游，漫无目的地游，又像是在那街边摆放着的花花草草树树木木中寻找着什么。他确实是在寻找着他想要的树。只是在寻找这想要的树的过程中，他不时地想着那个人会是什么结果。刑是肯定要判的了，不说职位，就是工作，都肯定要没的了。只是李德文猜想不出，他究竟承认了些什么，承认了多少，猜不出他会被判多少年。哎，没了职位，没了工作，除了死刑，判多少年，多与少，又有啥区别呢？

靠他，肯定靠不住了。靠他这条线的人，都靠不住了。李德文想。

李德文恨自己当初怎就不多找一条线？李德文无奈地笑笑。似有若无。也是，当初，怎能多找一条线？你要想多找一条线，那肯定连这条线都抓不牢！谁愿意接纳吃着碗里看着锅里的。你都三心二意，关键时候，人家会一心一意帮你？真那样，你还能当到乡长？

听天由命吧！看造化吧！

李德文想不再想这事了。就像他把“富贵”的尸骨残骸丢到小区的垃圾堆放处，看着瘦骨嶙峋的“富贵”虽然百般不舍，但最终还是决定不管它了样。说是不管，那“富贵”的影子又常常在他脑海里出现。现在也是，说是不想可能随时会降临到自己头上的事，却一种又一种的可能，不时在自己的心里泛起。

怎么办？如何让那不可知的未来变得尽量好些？李德文想不出办法。

又走至一家门前沿着街边摆满了高高矮矮的花草树木的店门前。李德文走到那些花草树木间，这棵看看，那棵看看。他把那些看去还行的花草树木在想象中搬回到家里，又在想象中观察着这些花草树木在家里的样子，把一盆又一盆在这儿看去还行的花草树木感受来感受去，终觉没一盆有“富贵”在那儿好。

同样叫“富贵”的树，李德文也看了好些盆。他还是把一盆又一盆的“富贵”在想象中搬到家里去，在想象中感受。而感受后，不是觉得这儿不理想，就是那儿不理想。无意中，李德文在想象中都把它们与原来的“富贵”进行了对比。

望着李德文选来选去拿不定主意，卖花人来到他身边，问他准备买啥，他说还没选上啥后，卖花人又问他准备买了摆在啥地方。知道李德文是要买了摆在家中后，卖花人带他来到一盆茎长叶大，长得蓬蓬勃勃，四向散开的叶片如伞如盖的植物前，说你看这盆咋样？印象中定格有“富贵”影子的李德文在心里觉得不咋样，但他没说。他问这是啥树？卖花人说我们都叫滴水观音，也有人叫佛手莲。滴水观音，佛手莲，这名字一下撞击到了李德文的心。观音，佛……难道，自己真要靠这了？这是天意么？

李德文没再犹豫，问了价钱后，连价都没讲，便买下了这盆滴水观音。把滴水观音搬回家，摆在原先摆放“富贵”的地方后，看看苍翠欲滴的滴水观音，再看看叶片已开始萎缩的发财，李德文便感到，这发财也不行了，得换了。都这个样了，观音也保不住了。李德文甚至担心发财的病，反过来伤害着滴水观音。这样一想，他不但坚定了换的念头，而且决定接着就换，立即换。只是，换成什么呢？李德文一时想不出来。换盆“富贵”？还是再换盆“发财”？抑或是换盆其他一般的花草树木，李德文想不出来，决定不了。他想，去看看再说吧，看看什么适合！

在花鸟市场上，李德文慢慢地游着，先是从北门往东门步行街与毛货街的交接处游，接着又是从东门步行街与毛货街的交接处往北门游，然后又调头，再调头……像是漫无目的的散游，又像是在寻找着什么！

2013 年 5 月 17 日

原载《北大门》2014 年第 3 期

老冯的城市梦想

一

灰蒙蒙的、鱼肚皮般的白色裹着几声清脆的鸟叫从窗口渗了进来。我怎么就醒来了？我可是从来没有这么早的醒来过。而且，而且我还是如此的激动。哦，我知道了，我知道了，我在梦中，好像一把就抓到了一沓火红的钞票。厚厚的，大概有3000元吧，反射出一道道耀眼的光芒。3000元，对于身为教师却背负债务的我，怎能不激动呢？这个数字，相当于我半年的工资啊。

草草地洗漱完毕，我颠拐着昨夜扭伤的脚走出了村庄。我要去拜见我的第一任领导老冯老师。一迈开脚步，脚上的伤痛就有一下无一下地撕扯着我的心，疼痛难忍。我一次又一次地咧着嘴，嘘出一丝丝微弱的气息。我无名地在心里诅咒起来，酒，真他妈不是好东西！如果昨天晚上不喝酒，或者不是那样喝得烂醉如泥了才回家，我的脚是绝对不会被扭伤的。

但一想到钱，那一沓近3000元的钱，想到经常上门来讨债的那些人的嘴脸，想到父母面对这些嘴脸时的无奈，想到3000元钱的力量，想到3000元钱在一个人心灵上所带来的疼痛，让人感受到的屈辱，让人感受到自己的无能自己的渺小，我也就无话可说了，那可是自己心甘情愿的。我想，只要能得到那3000元钱，这点儿伤也就伤得值了。

走出村口，一条弯弯曲曲的羊肠小道蛇样地从我的脚下伸向远处的山巅。在山那边正有一轮朝阳如血似火地在那山顶上喷洒着，燃烧着。喷洒出的血丝，燃烧出的火焰，把那山顶也给染红了，好像山顶上的每一棵小树，都被它浸染得血气方刚了。老冯老师的家就在朝阳所处的山那边，山那边一个叫桂兴的小村里。

二

前面是一条蜿蜒得看不见尽头的山路。

踏上它的第一步，我就想起了三年前的我。

三年前的那个秋季，我师范学校毕业，懵懵懂懂地就被分配到了普家河乡。来到普家河乡后，又懵懵懂懂地被分配到了桂兴村。就像出生于贫困山乡的贫困家庭是我的命一样，分配到偏僻边远的山村工作，也是我的命。虽然这工作的分配不像自己的出生那样是在自己不知不觉、毫无选择的过程中发生，但要我改变分配的事儿是足以与要改变我的出生相提并论的。我无权选择。我用什么、凭什么来选择？用什么、凭什么来改变？金钱？关系？我一无所有！就是师范时的那几张鲜红的奖状？管个屁用！

分到桂兴教书，于我，是自然而然的。桂兴，属普家河乡管辖，而普家河本就是一个山区乡镇，又是我的故乡，我不分在普家河还会分在何处呢？桂兴，也是普家河范围内海拔最高、天气最恶劣、环境最差的一个行政村，我不去还有谁去呢？没有谁，包括我自己，会认为我受了什么委屈。

但分配与出生毕竟不同。出生之前，即便我有前世，我也不知道自己是什么。是一头牛？一匹马？一只猫？一条狗？一头猪？还是什么？我也不知道在前世的生命历程中，自己经历了些什么。是贫穷？还是富裕？吃过的，见过的，玩过的，穿过的，我什么都不记得，不知道。我出世的时候，以至我还没有走出过村庄还没有走出过家门的时候，我就根本不知道自己出生的这个村庄穷，这个家庭穷。不知道外面还有富裕，还有什么好吃的，好玩的，好看的。没了这些对比，就算也常常号啕大哭过，但过后也常常充满灿烂的欢笑。但分在这儿就不同了，毕竟自己已在这个世界生存了近二十年，而且还在外面生活了那么多年。好看的，好玩的，好吃的，即便没享用过，也见识过了很多，再加上恋爱了两年多的女友因为自己分在了这屙屎不生蛆的地方而抛弃自己，心中就不可能再像童年那样一片灿烂了，有的只是一片阴霾。好似一个出生在城市富裕家庭里的孩子，原本拥有着好吃的，好玩的，一时把他转移到贫困山村的贫困家庭，并把他玩得正投入的玩具抢了，把他吃得美滋滋的奶断了，他会若无其事才怪。但能因为这而去死了不成？孩子不会。他不会想到死，即便想到了，他也寻不到死路。即便寻到了，他也没那个勇气。我也不会。死，我是想到了的，死路我也是寻着了的，自杀的方式多着呢！但我没去死，我觉得我活着的意义远比失去的这些大得多！

那年教师节刚过，我和几个一起被分到桂兴的同事来到了普家河乡教办时，那儿已坐了 3 个人。那个身穿运动服却打了领带的猴子般的教办主任对我们说："你们来了，你们的领导早就已经在这儿等你们了，就是这位，冯老师，桂兴学校的校长。"他接着又命令似的对我们说："赶快把你们的被子捆好，他们拉着马来为你们驮了。"冯老师站了起来，望着我们笑了笑，那种很无奈的笑，笑后没有再说话。那眼神就像是不欢迎我们似的。我的心冷了一下。我感觉到我在一步步地走向"深渊"。

走向桂兴的路上，冯老师几乎没说话，像一直在想着什么样的，直到爬现在我爬的这个叫大云梁子的坡时，他才说："歇歇吧，坡太陡了，又恁长。"我们虽然没拿任何东西，所带的一切，都被捆到了马身上，但也实在是难以挪动脚步了。我们几个新分的老师像听到一个军令样的，瘫软着，但又很快就仰巴朝天地倒在了路旁的草坪上。

三

陡长的大云梁子，几乎要了我的命。但我又不可能就此停下来，我不甘心。而且，一想到那厚厚的钞票，我的脚上就长出了力气。又翻了无数座山，过了无数道坎，经过七八个小时的跋涉，忍受了七八个小时的疼痛，我终于到达了桂兴。我最先来到了我的老根据地，我工作的第一站。走进桂兴学校，我惊讶于学校的一切变化。教学楼是亮堂堂的三层楼房，操场是水泥地皮，旗杆在那儿直刺天空。我在这儿的时候，哪是这个样子。第一次走进来的时候，心里拥有的只是一片荒凉。学校的房子是老板壁瓦房，已破败不堪。操场上，猪屎成堆，蚊蝇成群，臭气熏天。抬头望一眼远处的山脊，也寻找不到一点绿色的信念。

当时，我的心里充满了绝望。

我是一个充满希望的人，我不想就那样绝望下去。第二天我一大早就起床，再次走向了学校，想在村庄里寻找点什么。但老天似乎怕我看见它的什么秘密，或者是怕我承受不了它的坦露，用它那扯不断理还乱的雾纱朦胧了它的一切。行走在雾中，往往看不到一米开外的东西。甚至，连自己脚下的路也看不清是什么样子。崎岖？平坦？前面有沟？有坎？有坡？有没有人在那儿，在离你或远或近的地方，向你招手？向你指点？为你布置陷阱？后面有没有人追来？有没有人在评说你的路子、你的脚迹是正是歪？有点儿响动，你也不知向你靠近的是一只狼？还是一条狗？抑或是一只羊？左面，或是右面，有没有人？如果有，他们是为你捏一把汗，还是在诡秘地微笑，看看你又看看你前面的那个沟或坎或坡或陷阱？我希望得到清晨太阳的照耀。我渴望太阳。而在雾中寻找太阳，却不知太阳会从何方升起，更不知自己的前后左右有些什么？是福？是祸？渴盼太阳，却又看不见，我疯了似的对包围了我的雾扑打着，扒动着，诅咒着。但雾没有因为我的疯狂放了我，依然在我身旁萦萦绕绕，若即若离。我烦躁，我冒火。但有谁在乎呢？自己曾经的恋人会吗？不会。即使会，也是因此而看不起你的会。我狠命地扯了一把雾砸向远方，却像什么都没扯走。

但无论如何，等待我的还是那份工作。我必须去做我的工作。这可是我经过多年的寒窗苦读才刚拥有了的工作啊。

工作中，我越来越觉得冯老师很古怪。作为一个校长，他本可以少上些课的，但他却像要做榜样样的，硬要上两个班的语文课，而且没早没晚地关着学生背书、听写。一次，全班的学生被他关到天黑了才放回家，一个学生家长来接到学生时咕噜着骂了一句："行他妈丧德事，关到这时候。"冯老师没听到，是我听到的。我不知道他听到会怎么想。我想跟他说，但看着他走起路来抬头挺胸，目不斜视地直视前方，那变了颜色的西服紧紧地绷着他的身子，像个军人，威严得让人觉得难以靠近的样子，我就不敢说，或者说不想说。

代课的小刘老师看上去很随和，整天嘻嘻哈哈、说说笑笑的。我觉得跟他说话没压力。我向他谈起了这儿给我的感受，谈起了我曾经的恋人。我甚至问他："冯老师是在做给我们才来的看呢，还是经常都是这样的？"他说："都是这样的，冯老师中邪了，钻进一条死胡同了。"一谈起冯老师，小刘老师就有说不完的话，而且是一副洋洋得意的样子。他说："冯老师的老家也是这儿的，是我们这儿唯一一个考了师范当老师的人，他还教过我们呢。"他说："我们都很尊敬他的，我们村的人曾以为，他考起了，就根本不会回到我们这儿教书了。但他只离开过这儿 6 年，3 年的中学，3 年的师范；师范毕业后，他又回到了这儿。"他说："冯老师也曾在他工作了 7 年的时候有一个调进城工作的机会，那时，冯老师就当上了校长，上级部门给了我们学校一个调进城的名额。按职位，凭资历，这个名额当然是非他冯老师莫属，可冯老师却因为与后两年分来的城里姑娘陈老师相好上了，想着一个城里姑娘在这山旮旯5年了，苦也吃够了，该让她先回去，于是就把调动表让陈老师给填了。”他说：“冯老师本想推迟一年再出去的，可是后来就再也没有出现过那种填表调动的事了。”他说：“起初，陈老师还隔三岔五地给冯老师写信，可一年过后，信就逐渐少了，两年后，就几乎是音讯杳无了。”他说：“在第三年调动工作结束后，冯老师还是收到了一封陈老师写来的信，只是是一封断交信。收到这封信后，冯老师不相信那是真的，还以为是陈老师逗着他玩的。但他一遍又一遍地看了后，觉得那不是逗着他玩的了，因为他写了几封信去陈老师都没回。最后他用乞求的语气写信给陈老师，那封信还拿给我们一起探讨呢。他在信里时而叙说他的前途，时而叙说他们曾经一起走过的美好岁月，时而向她发出一切想得到的山盟海誓。但是，一封用数十封信换来的，多少个日日夜夜盼来的，盼来了却让他痛不欲生的信，使冯老师灭绝了对陈老师的哪怕是一丝丝的希望。那封信冯老师拿给我们看了，我还清楚地记得陈老师在那封信里说的话。信中说，她在心里感激冯老师，她的内心深处也爱着冯老师，她一直对冯老师抱着希望，在等待冯老师，3年了，都3年了，她不能再等了，她的父母都在催促她了，要她成家了，但又不让她找一个……她不能违背父母的心愿……冯老师在看完这封信后，眼睛痴痴地瞪着，牙齿紧紧地咬着，那种浑身是劲的样子，好像任何困难在那时降临到他身上都会被他立刻粉碎一样，但他又似乎在很艰难地想着什么。后来他吐出了一口怨气，狠狠地骂了一声：“妈的，忘恩负义；妈的，老子这一辈子不调进城去，老子就不姓冯！”

我却不觉得冯老师是中什么邪，是走进了什么死胡同，我在分工大会散了后女友就不再理我了的时候，也曾发过类似的毒誓。我首先觉得和冯老师在心灵上有些相通了，靠近了，觉得我的现在就是冯老师的过去。在心灵上靠近了，我就觉得他并不那么可怕了。我开始注视冯老师、了解冯老师。包括他个人和他的家庭。一注视，我才发现冯老师头发已有些许花白，胡茬已长了满脸，已是一个老冯老师了。一觉得他老，就觉得他不再威严。在他的家里，已有了老婆和两个孩子与他相依为伴。孩子们都上了学，有一个已读高中。老婆是农村的，一张宽大的脸上，微笑常注在那密布的皱纹间，那微笑常给人一种亲切感。在了解的基础上，我开始试着和冯老师接触了起来。没想到，一接触后，冯老师还真是那么好交流，而且还谈得是那么地投入。我开始放心地向冯老师讲述我的心事。我觉得我寻找到了知音。只是他安慰我的话多数就是一句："女人，贱骨头，老子们一定要证明给她们看，老子们不是一辈子在山头的。"

是的，我也是这样想的，我们要证明给她们看。

老冯说："要好好地教书，要好好地研究教学，要努力工作，让自己调进城去。"像是对我说，又像是对他自己说。

对于老冯这话，我倒是不太赞同的，我几乎是嗤之以鼻的。我和他讲了我掏心窝子的话，我说："老冯啊，其实，现在的调动凭的不是什么成绩，而是其他东西，你看，我们这个乡哪年不调出一些老师去，而他们的学生又哪年把你的第一名夺去了。"

老冯说："调动必须要成绩，城里需要更优秀的老师，我不能调走，我始终觉得是因为我还不够优秀。"

我说："凭成绩调动，除非是你的成绩引起了非凡的轰动，要不然是不可能的。"我又说："而在教行里，要弄出什么引起轰动的事来，一般是不可能的。"

我以为我的话说动了老冯。因为他不再整天地缠在学校里了，他把他的课分给了我们，而叫我暂时理着学校的工作，并强调说，要理好，一定要让学校的一切工作都正常开展。尔后就几天几天地不见了，只偶尔地来上一趟。我甚至以为，他是出去乱什么关系去了。

直到有一天，我才明白我的那些猜测都是错的，冯老师并没有被我说动。那是一个中午，冯老师火急火燎地跑进我的宿舍，上气不接下气地说："孟老师，你赶快抓紧时间，帮我写一个报告，明天早上之前拿给我。"我丈二和尚摸头不着脑地望着他说："报告？报告还是申请啊？"他说："报告就是报告，哪来什么申请啊！"我说："你调工作不写申请，写什么报告？"他也摸头不着脑了，像有些急了样地说："调什么工作？是重新修学校的危房报告，我都钻了无数道门，磨了多少嘴皮，人家才让我写个危房报告的！"

四

冯老师真把这一所学校给乱来修了，我能想象得到他在其中经历了多少周折。这可不是一件简单的事！但对于另外的人来说，这又算得了什么呢？这引不起任何轰动，要不冯老师也就不会还在这儿了。

望着学校的每一样新建筑，我都在想象着冯老师为其所要经历的每一道门槛。可惜我只为他写了那一份报告后，就再也没有和他分担一丁点儿负担了。和他同事一年后，我就被调到了同乡的另一所条件相对好些的学校，并渐渐地也把老冯给淡忘了。要是就这样忘了也就好了，可在一个乡场赶集天，我们又相遇了。一碰上，他就说出了让我感到很意外的话。他说："你才来一年就调走了，你一定很有关系，你帮我这个忙，我可以出一万块钱，或者再多点也可以，反正你尽量帮我整，全部费用我都包了。"

赶集的人摩肩接踵地从我们身旁走过，不时投来几束惊奇别样的目光。我在心中暗恨起老冯，他怎么在这众目睽睽之下和我谈这种事情呢，他也真是个老书呆子了，连这点儿世道也不懂。为了摆脱老冯的纠缠，我边向周围的人群左看右看边说："好好好，我最近几天就去为你走一趟看，你放心，我会尽力的。"说着便抽身走了。也许是因为去年我为了赔读书时借下的债而常向他借钱，所以在我穿进了熙熙攘攘的人群中后，后面还传来他时断时续的声音，"你——我啊——钱的事——放心——。"

那天走出乡场回家的路上，我想起了老冯老师在那一年中对我的关照，他借了好些钱给我去赔读书时借下的高利贷，每一个节日，他几乎都把我叫到了他的家里去过。他常隔一段时间替我上一次课，叫我回家去看看老人……一种真的该帮一下老冯的念头油然而生。我想，反正只是帮他去找一下人，在现在这种社会里，要调动一下工作，没钱肯定是不行的。而有了钱，又有什么不能做的呢。钱又是他老冯出，说不定自己还可以从中捞个千把两千来赔掉一组债！只是去找谁呢？怎么找呢？我不知道，我一点儿头绪也没有。自己也是一根浮萍，没有什么当官的前亲后戚，能去找谁呢？虽然是一头雾水，但我还是想了，从直接的到间接的，从当大官的到当小官的，我把所有的亲戚朋友都细细地想遍了，最后还是想到了一个。记得是谁跟我说过，我的父亲的妹子的儿子的妻子有一个当什么官的舅舅，我不知道我跟这个当官的人算不算亲戚，但经过多少道弯后，我跟他的姐姐的女儿的丈夫应该算是亲戚吧，再怎么说我都是他的一个表弟吧。我是他的表弟，他自然就是我的表哥了。表哥表弟，难道还不算亲戚？一想到这个，我就像抓到了一根救命草。

回来的第三天，也就是昨天的下午，我买了两瓶“茅台”和一条“红塔山”走进了表哥家，昨晚就和表哥边喝酒边抽烟边谈话的把事情给说了。我说：“冯老师可算是我的一个恩人啊，也是一个有恩必报的人啊，他现在最渴望的就是进城了，他可以不惜一切代价啊，表哥表嫂你们一定要帮这个忙啊。”最终表哥还是答应说这事只要有个七千八千的他就能办了，对于他那儿来说，不需要什么报答，他会把它当作我的事来做。我说：“行，行，事情成了之后，对你的感谢之意是一定会表示的。”事情谈妥后，我已经头脑发胀，眼前一片晕眩了。我醉醺醺地离开表哥表嫂家，如走在云里雾里样的向家走去，一脚踩进了路上不知是哪个龟儿子挖出的一个坑，脚就被崴了一下，崴得让我全身冒了一阵稀汗。

我有一种急切见到老冯的渴望。我想立刻把他可以调进城去的消息告诉他。依依不舍地离开学校，离开那让我留下许多辛酸，现在又让我想起许多温暖记忆的学校，我走向了老冯的家。

五

山里的农舍，没有安装在门旁的玻璃窗，门是透光的唯一窗口，致使这里的农舍，只要有人在家，门都大大地敞开着。

当我拐着脚拐进老冯的家门时，老冯的妻子和大儿子冯奎正低着头愁眉不展地坐在火塘边，眼角似乎都还有些许泪痕，好像才流过泪一样。老冯家中充塞着的这种阴沉感，让我感到自己肯定来得不是时候了。我一路上战胜山路行走的艰辛和伤脚疼痛的那种即将得到一笔钱的喜悦顿然消失。

老冯的老妻认出进门的是我后，先是一阵惊异，抬起头痴痴地望着我，无言以对；接着又是对一种意料之中的而又是偶然发生了什么事一样，很不愿意很勉强地笑着说："是孟老师啊，坐、坐、坐。"她随着站了起来。冯奎也随着站了起来。冯奎站起来出去了，我坐到了冯奎坐的那个草墩上，而老冯的妻子——我不知自己曾经喊过多少次嫂子的这个愁眉不展的妇女——又随着我的坐下而坐回了原位。

沉默了片刻，老冯的妻子——我的嫂子说："你是来找老冯的吧？"我说："是呀，嫂子，就是为了……。"还没让我说完，她便站了起来，用一种不容我辩解的语气说："走，我们到学校去找老冯。"

我整个的人一头雾水，不知老冯家究竟发生了什么，怎么这一切都让我感到是那么的生疏。我甚至产生了怀疑，这是我常来做客的那个老冯家吗？这是那个常搛菜给我吃的嫂子吗？这是那个孟老师这样孟老师那样笑眯眯地总是一见我就有说不完的话的冯奎吗？

怎么才一年，老冯一家人就都变成这个样子了呢？

我想，老冯怎么会在学校里呢？我不是才从学校里出来吗？我怎么没看见他呢？

我没有迟疑的余地，没有进行更多思考的时间，我立刻起身向已转身出门去的嫂子身后追去。

嫂子的步伐好快，我一拐一拐地拐得在心里发咒也赶不上嫂子。到了村后的小路上，嫂子突然站住了，我差点儿一头撞进她已转过来的怀中。是在我弯着腰正狠命地往上爬时，眼下突然出现那双自己曾经常在老冯家的火塘边见到的花布鞋让我瞬间止住了脚步。我直起身子，望着眼前的嫂子，不知说什么，只觉得心在“扑通扑通”地跳。

嫂子也似乎觉出了我失态的难堪，她微微地向后退了一小步，然后转了个半身，向路旁的草坪上徐徐走去。

我在心里寻思着什么。我想，嫂子是要对我说什么了。

我慢慢地向嫂子身旁拐去，还没拐到她身旁，她就开始说了：“孟老师，我知道你这次来一定是为了老冯调动的事，但是，为了我们家的老大，为了那个你曾经最喜欢的孩子，我不得不求你帮个忙。”

我不知道，不知道老冯家究竟发生了什么事，简直听不清楚听不明白嫂子究竟说的是什么。

在我用一双充满疑惑的眼神望着嫂子时，嫂子顿了顿接着说：“其实，老冯这时候并没有在学校，他刚和我吵了一架出去了，也不知去了哪儿。你一进我家，我就知道你的来意，我怕你不明我家家里的事，要是老冯一时就回来，你就和他谈起调动工作的事，让老冯真的把钱用了，那冯奎这一辈子就惨了。”

嫂子抬起头望了望蓝蓝的天空叹了口气又接着说：“现在已开学十多天了，学校又发来了好几个电报，说再不去要按自动放弃处理了……你说，在这山旮旯里，要考取一个大学是多么的难，是多么的不容易啊……虽然村里人都在劝说老冯，可他就是不听，说前些天遇到你了，他的调动有希望了，他的钱要留着调动用，就是不拿给孩子去报名……你说，让孩子读书重要还是让他调进城里去工作重要？真的，我求你去劝一下老冯，让他把钱拿出来给孩子读书去，这个忙只有你能帮了，村里的人都去说过了，他就是不从。我不知道老冯为什么会这样变成‘一根筋’，怎么也扭不过来。”

我移动着目光，顺着山峦的起伏任意地放眼看去。我觉得，在这荒凉的山旮旯里，就有一只金凤凰将展翅飞出，飞到广阔的世界里去翱翔，而他的翅膀却像是全部捏在了我的手中，我不放，他就无以飞出，只有我放了，他才能飞出这块荒凉的土地一样。我的心情一时变得异常的沉重。

我能让自己的手扼杀了这只凤凰吗？

不能。我在心中决定。甚至我在为自己一路上想赚那几千元钱的想法感到有些羞愧。

我仰望着天空。今天，这里的天空竟是这么蔚蓝，这么纯净，这么透明。太阳正置头顶。我开始想，太阳是离不开山的，从早晨升起开始，虽然一直在缓缓地而又艰难地往上爬，但直到现在也没有离开，就是现在高高地挂在那儿，还是没有离开，它只不过是用光束来支撑着自己，只不过是长高了些。唉，没有离开过山的太阳，离开山的，是人们看不到的，是在阴天只凭人们的想象而存在于天上的。

当我收回思绪，看着嫂子正用一双乞求的眼神凝视着我时，我下定决心说："嫂子，你不用担心，我一定帮你这个忙，我保证让老冯明天就把钱拿出来给冯奎读书去。"

嫂子似乎不相信我，还在用那种很难说清的眼光望着我。

我又接着说："真的，嫂子，你不用担心，其实我今天来就是要向老冯表明，我已经不能帮他那个忙了，我已找遍了所有的亲戚朋友，他们都说现在在山区工作的人，特别是本身就在山区出生的人，是不可能调进城里去的，哪怕有再多的钱。而且，现在城里的老师，普遍都是实行公开招聘了，要年轻的，要懂现代化教学方法的，你说，老冯拥有这些吗？"

我不知道我怎么会在突然之间说出这样的话，也许我真的听别人这么说过，也许，我希望以后会是如此。

我分明看清了嫂子脸上的那一团疑雾是在怎样地消失。我分明又看到了嫂子那一张微笑的满是皱纹的亲切的脸。

嫂子说："我先回去，你过一会儿来吧。"

我知道嫂子的意思。望着嫂子风样地消失在村庄里后，我心事重重的又在山上拐溜了一小圈才走向老冯的家。

我不知道，怎样才能让老冯把钱拿出来，跟他讲道理吗？讲孩子读书比他调工作重要吗？他绝不可能听进去的。在这个问题上，他的确是像中邪了，像是“一根筋”了。

又一次拐进老冯的家门时，同样是两个人坐在火塘边愁眉不展，只不过已换成了老冯和他的儿子冯奎。嫂子不知在楼上干什么，只听到唏里哗啦的声音从楼上传来，像是在割什么东西样的。

老冯看到我后，一时就改变了那愁苦的样子，就像那愁苦样是带上的面具，瞬间就抹了现出一副本来的脸色。他很快地站了起来，说：“孟老师，我总算把你盼来了，快坐，坐。”

老冯一边让我坐，一边起身为我泡茶。

我说：“不坐了，已经没时间了，你的钱准备好了没有？”

他欣喜若狂地抓着我的手说：“找好了？你帮我找好了？”

我说：“找好了，但很急，钱今天晚上必须到位，要不就不行了？”

老冯望了望他的妻子和儿子，又望了望我，想要说什么，但没有说。老冯的家里一时处于一种静静的沉默中，而每一秒钟的沉默，都让我心如刀割。我低下了我卑鄙的头颅。我知道我的身上此时早已落上了两束绝望的目光，那目光像剑、像刀、像张着的嘴巴，要把我万剑穿心、千刀万剐，要把我一口一口地嚼碎，慢慢地吞吃掉。我希望用最快的速度把这事给处理了，我不想多在这儿待下去，哪怕是一分钟、一秒钟！

我说：“到底准备好了没有？”

他说：“我们到学校里去一趟吧！”

来到学校，老冯一边为我介绍着学校的建设，一边为我介绍着学校的修建过程。但具体的，我却一句也没能听进去。

踩着一级一级的楼梯，像是爬喜马拉雅山样来到三楼，老冯指着一道乳白色的房门说：“这就是我的办公室了。”又说：“看来我不能再在这儿享受了，不过也好，至少我让后来的人能有一个好一点的条件，不像你们来的时候，随时半夜三更的还翻爬到楼顶上去用破牛毛毡挡雨。”

我说："别说了，快点吧，我还要进城呢?"

开开门，我看到老冯的办公室里摆着一套办公桌椅，桌子上摆有厚厚的几沓本子。桌子的旁边摆有一张床，但床上没有被子。老冯打开了办公桌的一个抽屉，从满抽屉的书里翻到最下面抽出了一本，再抽出一本，一共抽出了 5 本。他把五本书都小心地放在了桌子上，又把其他的装好，把抽屉推了进去。然后他才把那五本书一本一本地打开。每打开一本，我就看到他从里面翻来翻去的理出了一沓钞票。红色的，绿色的。一百的，五十的。新的，旧的。理一本的，他就数一本的。直到每一本里的都数到了 20，我才看到他把书往一边放去。

数完了，他把它们合在一起递给了我，说："这是一万，你数数。"

我接过钱，数了起来。我不知道我数到了多少，但我确实是数了。

他说："这儿我装着还有 2000，你就装着零花吧!"

我也接了过来，放在了一起。

我望了望手中的钱说："有信封没有?"

他说："没有新的，你看他们寄书来给我用过的这个行不行?"

我说："行，你这儿有胶水吧，你帮我装了封好。"

冯老师年轻人样的麻利，一会儿就按我说的给我装了封好了。

走出校门时，冯老师说："就拜托你了，孟老师。"

我说："你不回去了?"

他说："这时不想去了，我就在学校里做点儿事，这些天已积累起好些事了。"他又说："我就不送了，过两天我再来看看消息，免得害你跑。"

我再一次走向老冯的家时，远远地就听到了一种凄惨的哭声。听着那哭声，我有些怕靠近，但我又必须靠近，我必须去再次面对嫂子。

站在门边，我故意咳嗽了两声。嫂子抬起头来充满敌意地望着我，但我没有说什么，也没有必要说什么，只是把那个信封递给她，说："让冯奎准备上学去吧!"说后，头也不回地就走了。

走在回家的路上，我觉得自己似乎少了点什么，同时又似乎多了点什么。看着远处的山丫上洒金的夕阳，我想，它又要投入大山的怀抱了。

六

刚过了两天，老冯真的来到我家了。看到他的到来，我正不知该向他说什么时，他却说了。他说："孟老师，我想来想去，终于想通了，我不想再拼命折腾调到城里去了。都到这把年纪了，就算调到了城里，又有啥用呢？谢谢你，让我没耽误到冯奎读书，只是我想好好盘一盘冯奎，让狗日的今后留在城里工作，老子要让他好好讨一个城里的姑娘做媳妇。"

老冯一字一顿地说着，目光坚定，两眼放光，就像是在发一个毒誓。

原载《乌蒙山》2005 年第 3 期

失踪记

一

像是一阵狂风吹来，伴着轰隆轰隆的巨响，或高或矮的房屋劲草一般被哗啦啦地吹折。黄灰弥漫，尘烟四起。瞬间，刘家伟已连张德江都看不见。刚才，他还在看着张德江换轮胎，还在和张德江说着话，问张德江看见刘晓宇没有？张德江也还在说刘晓宇刚才还在这儿，还在看着他拆卸轮胎。张德江还说，要不是刘晓宇告诉他，他还连轮胎被戳了都不知道。刘家伟说："这鸡巴娃娃尽给老子添乱，老子又忙……"天塌地陷，昼夜更替，刘家伟那也急且带有怒火的话语，没经任何过渡，一时便变成了一种呼天抢地般的呐喊，边喊边在砖林尘雨中鼠蹿起来；而他撕心裂肺般呼喊刘晓宇的声音，在漫天的昏暗和轰隆轰隆的巨响中，却气若游丝，似有若无。

黄土落地，尘烟散去，天色恢复了光亮，但刘晓宇却就此失踪了。

刘家伟一时不知自己身在何处。像是镇政府。但刘家伟不敢相信，这就是他工作了8年的镇政府。他木木地站在院坝上，缓缓地、悠悠地移动着目光，向院坝周边的房子看去。这四合院一般的镇政府，进门的正里面是镇党委、政府及部分站所办公大楼，右边分别是镇计生办、派出所和职工宿舍，左边分别是镇财政所、土管所和林业站。只是，瞬间的黑夜过后，像是眨眼之间，那高大、雄伟的办公大楼，已像山崖上的一块危石，柱子倾斜，墙体张口，看去摇摇欲坠。而两边那矮小、陈旧的房子，计生办那幢，像是被谁用一把巨斧，一斧挥去，三层楼房的一层便齐斩斩地不见了半截；又像是被一只巨手按着房顶，一按，便把这幢楼房摁得往地底下塞进去了半截。更有财政所、土管所、林业站的那三幢，以及职工宿舍，已像稀泥一般坍塌在地，堆成一座座残垣断壁的小山。顺院坝四周停放于办公楼前的微型车、轿车、越野车，大多已被埋得不见车影，能见其影的，也大都被砸得不成车形。

“找到了没？找到了没？”

张德江急急地向刘家伟身旁扑过来，把刘家伟吓了一跳，吓得刘家伟像是从梦中惊醒过来一般，而一醒过来，便又想起了他刚才还在寻找着的刘晓宇。

“刘晓宇！刘晓宇！”刘家伟转着身子，疯了般的双手搭在嘴前，搭成个喇叭状，再次鼠蹿着喊了起来。

“刘晓宇！刘晓宇！”张德江也跟着转着身子，呼喊了起来。

没有刘晓宇的声音，也没见刘晓宇的影子。

在他俩的喊声中，院坝里已集起了30多人。

这全是在镇政府加班的人。虽是周日，但因为种种工作近期急需完成，除了部分几周没能休息的职工根据工作情况安排调休去了外，大都还在加班。有的在办公室里，更多的却是下到了村里。

“清点人数！大家看看今天在这儿的人，有没有没出来的？”

这是镇长的声音。

“刘家伟家儿子刘晓宇不在！”张德江说。

“不在？他先是在哪儿的？”

“认不得啊，地震前刘家伟正在找他，没找着呢！”

“刘家伟呢？刘家伟在哪？”

刘家伟就站在他们中间。当大家不约而同地把目光投向他时，他像是没听见镇长的问话，也没感受到那些投放到他身上的目光，三魂丢了两魂半一般，一动不动呆若木鸡地站在那儿。

“咋搞的？娃娃在哪都认不得啊？”

“赵丽娟……”，刘家伟没说刘晓宇，却说出了这个名字，且一说出这个名字，人就转身扑向了职工宿舍。他周围的人先是为之一惊，不知道为什么镇长问他刘晓宇他却说出赵丽娟，等反应过来，知道是他妻子赵丽娟还在宿舍后，一群人便相继转身，跟着刘家伟往职工宿舍扑去。

二

“镇长，电话打不通！”

“继续打……”

“书记联系上了，他已经在赶往镇上的路上。”

“陈副也联系上了，他们在许家湾子，已经就地组织抢救。”

“镇长，赵丽娟刨出来了，伤得很重……”

“送医院，送县医院，边送边联系救护车！蒋副，你跟着去，安排妥了就回来！看看，哪个的车还能开！张德江的，好，蒋副开着去。张德江留下来。”

“张德江，刘晓宇是你干儿子，你带两个人帮刘家伟继续找，其他人除班子成员外，继续盘点院里的人，分头开始搜救，在家班子成员留下，就地开会……”

三

家住镇政府大门前的李二婶边伸手指划着边说：“地震前刘晓宇就在这儿，当时我在家门口晒花椒，看到他就躲在大门外的这边，缩着身子往里面看。”

刘家伟的双手已全是血和泥。镇政府大门的墙虽然已垮了半边，但毕竟不是一幢房子，垮下来的墙体也就那么一小堆。在四五个人的帮助下，他们已将那砖块和泥土翻了个底朝天，却没见着刘晓宇的身影。

张德江问：“那后来呢？后来他跑哪去了？”

李二婶说：“后来，后来我就没看见了，当时，我正想喊他去我家玩，但还没喊出来，我就像被哪个兜屁股踢了一脚，踢得我一扑趴，饿狗抢屎似的扑到了那儿。”李二婶侧了一下身子，伸手指向她前面的一块空地。接着她又说：“当时，我扑在那儿，像是在一直往下落，像要落入18层地狱似的，脑壳晕得我连头都不敢抬一下，等我抬起头来看时，我都不知道自己是已经死了，还是还在活着，只是，我看到了这堆垮下来的墙，又听见你们喊刘晓宇的声音，就爬起来喊你们去了。”

张德江说：“你没看错吧，当时刘晓宇真就站在这儿？”

李二婶说：“肯定不会错，刘晓宇我还认不得？他又不是才来过我家一回两回！”

虽然李二婶说得这样肯定，但刘家伟还是有些不相信。如果刘晓宇当时真在这儿，怎么现在都刨成这样了，还连一点影子都不见？就那么几秒钟的时间，他又能跑到哪儿去呢？不说刘家伟不信，连张德江也充满怀疑。

四

李二婶说的没错。当时，刘晓宇确实就站在这儿。李二婶说的话，刘晓宇都听见了。此时，刘晓宇正腾空悬浮于他们头顶的上空，看着他父亲刘家伟，还有他干爹张德江，以及李二婶和其他那些他熟悉的面孔。只是，这悬浮于空的，已是他的魂灵。

刘家伟迈开脚步毅然往政府大院里扑去了。刘晓宇微微地笑了一笑，笑得有些天真，还有些诡异。这一笑，和他看到刘家伟走出办公室来，站在张德江旁和张德江说话时的笑一样，也和他看到赵丽娟被刨出来，被抬上张德江的车往县城驶去时的笑一样。他的这些笑，没有谁看见，就是当时看到他父亲刘家伟出办公室来站在了院坝里的笑，也没有谁看见。那时，李二婶只看到他的背影，只看到他探着头往里看的样子，却没有看见他的脸，更没看见他的笑。

正如刘晓宇所料，刘家伟径直走向了职工宿舍，并在坍塌的房屋中，寻找到了梁天祥家住的位置。刘晓宇浮于空中，跟着尾随刘家伟而来的人群，也到了这儿。轰隆一声，那原本歪斜地支撑着坍塌下来的墙的书桌，已被震翻，梁天祥原先得以躲避的空间，眼看就要没了。那已破碎的墙体，开始往梁天祥压了过去。"啊"的一声，刘晓宇不敢再往梁天祥那儿看了，他极快地移开了视线，这一移，他却看到刚才刨出赵丽娟来的那儿，那原本还支撑着的水泥板，在这一余震中彻底地坍塌下去了。看着那坍塌下去的水泥板，刘晓宇的心再次紧了一下，当他随即想起他妈妈已被救出了后，才松了口气。只是才不再为他妈妈担心，就又为梁天祥担心了起来。平日里，只要他来到这镇政府大院，梁天祥便是他最好的玩伴。有时，他甚至吃住都在梁天祥家，晚上刘家伟来叫他，他都不回。他不知道梁天祥在这一余震中怎样了。刘晓宇已看到过好多人被那墙压死，那些人有的被刨出来了，有的却还在下面埋着。每看着一个那样的人，刘晓宇都要被吓得浑身颤抖。刘晓宇不敢想象梁天祥被压死了，会是一种什么样子。刘晓宇不想看，也不敢看。但他又不由地看去了。这放目一探，刘晓宇差点儿欢呼起来，旁边那辆他和梁天祥常常一起玩的滑板车，竟在那儿为梁天祥的身子挡住了向他压过来的一块水泥板，而那水泥板又挡住了向他压过来的那些砖块，又一次在他身子上空支起了一个小小的空间。

刘晓宇才要为梁天祥欢呼，却又一下变得紧张了起来。刘晓宇听见了滑板车隐隐的破碎声。虽然梁天祥现在还没伤着，但一旦那滑板车被压碎，他便再也无处躲避。看着命悬一线的梁天祥，刘晓宇的手心已捏出了一把汗。他恨不得刘家伟带着人三刨两扒，就把梁家伟给抢出来。他责怪起刘家伟动作太慢。

而刘家伟的动作已经够快了。刘家伟对梁天祥家的屋里，特别是对梁天祥和刘晓宇经常一同在里面玩的这间小卧室，比对他自己的宿舍还熟悉。哪儿摆的是床，哪儿堆的是玩具，哪儿放的是书桌，他都了然于心。

终于，梁天祥被救出来了。说是救，其实是在他们把压在那儿的砖块和水泥板搬开后，梁天祥自个儿爬出来的。看着梁天祥自个儿爬了出来，刘家伟扑上去，半蹲下身子，把早已变得血肉模糊的双手扶到梁天祥的双肩上问："天祥，晓宇呢？他在哪儿？"梁天祥不说话，只顾摇头。刘家伟说："他没跟你在一起吗？他没在你家吗？"梁天祥还是没说话，只是这时变成了点头。刘家伟的嘴，大大地张着，像是还想问啥，却又不知还要问啥。他的双手突然间像触了电似地往后缩了回来，但又不知要缩到何处。那双失去了方向的手，愣愣地停在半空中，不知再往何处伸，再往何处抓往何处刨。

刘家伟缓缓地站起身来，刚才那如火一样的眼神，像是被一场雨给淋熄了。此时，确实已下起了雨。虽然只是雨点，却大颗，急促，大有一场暴雨即将来临的趋势。风，也狂吹了起来。他转过身，一屁股坐在那支棱着的残砖碎土上，像是无事了一般，只顾撕扯起他的头发来。刘晓宇一阵心急。似乎，他都要喊出口了。但还没等他喊出口，他熟悉的梁天祥的声音已喊了出来。

梁天祥扑过来，抓着刘家伟的手说："刘叔叔，救救我妈妈！"

梁天祥又回过头望着张德江和其他人说："张叔叔，你们救救我妈妈！"

刘家伟的眼里，终于又燃起了一丝亮光，只是这亮光有些灰暗。他说："你妈妈，你妈妈在哪儿？"

梁天祥说："在客厅那间，房子垮的时候，她好像在看电视。"

刘家伟说："你爸爸呢，他在没在家？"

梁天祥说："没在，他到许家湾子收新农合去了。"

五

陈雅悦被救出了。

陈雅悦是一个九岁的女孩，平日里遇上，刘晓宇会很腼腆地喊她一声“雅悦姐姐”，只是这样喊过的次数不算多。似乎，陈雅悦不太喜欢和他玩。刘晓宇鼓起勇气去找她，她要么说要做作业，要么说要睡午觉。不能跟她玩，每每看到她在院坝里的时候，刘晓宇就趴在宿舍外的围栏上，看她胖嘟嘟的小脸蛋，看她一下往这边一下往那边甩来甩去的两根小辫。一次，陈雅悦终于同意带他到她家去玩了。他和她走进了她家。只是那次，他和她玩得不怎么开心。他不小心，哦，也不是不小心，是无意识地，就把她一个芭比娃娃的头发给弄乱了，弄得难以理顺了。似乎，他当时抚弄着的，不是那芭比娃娃而是陈雅悦的头发。她给了他一巴掌。他想哭又没哭，憋着泪离开了她家。

刘晓宇说：“陈雅悦不跟我玩！”

刘家伟说：“她不跟你玩你就去找别人玩啊，你又不是只能找她玩！”

刘晓宇说：“她还打我！”

刘家伟说：“打你？她咋打你了？她为啥打你？”

刘晓宇说：“她打我手。”

刘家伟说：“她为啥打你手？”

刘晓宇说：“我——我玩了她的玩具！”

刘家伟说：“玩她玩具她就打啊？不怕，我去跟她爸爸说！”

刘晓宇不知道刘家伟有没有去跟陈雅悦的爸爸说过。只是，他是再也没有勇气去找陈雅悦玩了。没找归没找，远远地看她，他却是一有机会就不放过。他就喜欢看她那胖嘟嘟的小脸蛋，还有那两根弯弯的羊角辫。每次跟着赵丽娟从县城来到这儿看刘家伟，他最先想见到的，还是陈雅悦的身影。

“疼吗？雅悦姐姐！”刘晓宇脱口而问。

但陈雅悦没能听到刘晓宇的声音。这时，她肯定疼，都疼得哭不出声来了。刘晓宇扑过去，手刚触到陈雅悦那只不能动弹、沾满了已开始凝固的血的腿上，就像被电触了一下，反弹了回来。

“我没按疼你吧，雅悦姐姐？”刘晓宇说。

如一只无影无形的风筝，刘晓宇飘荡于用担架护送陈雅悦往救护车上赶的人群上空。哦，救护车的声音，这时已在这片山峦起伏、沟壑交错的土地上呼啦啦地鸣叫起来。漆黑的夜，被无数束手电筒的光，划得支离破碎；电筒光划过的夜空，密密的雨丝欲断还连。

陈雅悦躺着的担架已经被抬进了救护车，救护车的门已经就要关上。这时，刘家伟赶了上来，挡住即将关上的车门，俯身探头到陈雅悦的眼前，问：“雅悦，晓宇来找你玩没有？他在没在你家？”

陈雅悦已说不出话来，她闭着眼，也闭着嘴。不，她的嘴，是紧紧地咬着的。她缓慢而又艰难地摇了摇头。

暴雨如注，夜黑如墨。张德江身穿一件黑色雨衣，站在刘家伟身旁，拿着另一件要刘家伟穿，刘家伟却像是没听到他说的话。刘家伟跪在镇政府大院的泥泞之中，一起一落地匍匐于地，似泣似诉地说：“宇儿，你在哪啊？你不是说，你要找雅悦姐姐玩么？你怎么就没跟她在一起？你没跟梁天祥在一起，也没跟陈雅悦在一起，你去哪儿了？你现在在哪儿？”

“我在这儿呢，爸爸！”刘晓宇像是在跟刘家伟捉迷藏似的，笑着说，还边说边晃了一下身子，像是不想让刘家伟循声找到，要进行又一次躲藏。

但刘家伟没有听到他的声音。

六

刘家伟试图从他与刘晓宇在一起的最后时光里，寻找到刘晓宇可能在的地方，他首先想到的，是刘晓宇和他一起在他办公室里的这段时间。当时，他正在电脑前制作一个报表。那是当天就要上报的一个粮种补贴发放情况的统计表。制作这数字报表，需要的是认真，是谨慎，差错不得，多个“0”或者少个“0”，结果都是失之毫厘差之千里。于此，没有好与不好，只有对与错。刘家伟必须谨慎对待。可刘晓宇却时不时地就要去打断他一下，不让他安心，不让他静气。

刘晓宇趴到刘家伟的电脑桌前，说：“爸爸，你送我回去算了，我要找妈妈！”

刘家伟没好气地说：“你不会自己去啊？又不是你找不着的？”

刘晓宇受了委屈般蹭过身子去欲哭未哭地说：“不嘛，我就要你送我去！”

刘家伟顺手“啪”的一巴掌打在刘晓宇的手臂上，说：“站开，别挡着我！你没看到我正忙么？”

刘晓宇这下终于啜泣了起来，默然挪到旁边那条黑色的长沙发上坐了下来。

刘家伟不知道刘晓宇是啥时止住哭声的。似乎，他都已经把刘晓宇跟他在办公室里搞忘记了。是刘晓宇再次蹭到他身边，嚷着要去找陈雅悦玩，才让他发现刘晓宇还在他办公室。

现在想来，刘家伟不知道当时刘晓宇怎么会突然地想去找陈雅悦玩。从那次他说被陈雅悦打了后，他就再也没提起过她了。而且，从那以后，他似乎也就从未去找她玩过，连见了面，都没听他叫她雅悦姐姐了。

在刘家伟的印象中，刘晓宇来到他供职的镇政府，大都是跟梁天祥玩。似乎也只会跟梁天祥玩。可那时，他却没有说过要去找梁天祥。对了，他们刚从宿舍里下来往办公室走时，梁天祥正站在他家住的那间宿舍门前，看见他们，还叫了刘晓宇，要刘晓宇去他家玩。当时，刘晓宇说他要跟他爸爸去办公室，回来后再去找他。当时，梁天祥还说，他在家玩着等刘晓宇。

听刘晓宇说要去找陈雅悦，刘家伟觉得刘晓宇简直就是在逗着他闹，没好气地说：“这时候她还在睡午觉，你找什么找！”

刘晓宇也没给刘家伟好声气，说：“我就要去找！她在睡午觉，我就去找耿昭义！”说着，刘晓宇转身出了门。在他身后，那门被他关出了一声砰然巨响。

“你皮子紧啊？想找打啊？”刘家伟扭头望去，刘晓宇已消失在门外，他随之骂出的话语，也被那砰然关上的门给弹了回来。

刘家伟继续埋头填报表。可这时，他的心里，起了一种隐隐的牵挂。要说，刘晓宇单独在这院子里玩的时光也已不少，没什么不放心的，没什么可牵挂的。但这时，刘家伟的心里，就是有些隐隐的放不下。初时，他还让自己别烦躁，并克制自己把一个又一个的数字看清、填准。可没填上几个数字，他就坐不住了。他不由地起身，走出了办公室。他想看看，刘晓宇是不是在院坝里玩？

走出办公室，刘家伟没看到刘晓宇的身影，倒看到离办公室门前有四五米远的院坝中央，张德江在那儿换车轮胎。刘家伟走了过去，他想问问张德江，问他看见刘晓宇跑哪儿去了没有？

七

刘晓宇不知道赵丽娟伤成了啥样。虽然他已看着她被抬上车，并往县城方向送去，但他不知道她伤到了哪儿，现在好些了没有？他想去看看他的妈妈了。就在这么一念间，刘晓宇已看到了赵丽娟，她已没在县医院，而是在远远的市第一人民医院的病床上躺着。这远，远得连像有着火眼金睛的刘晓宇都看不清赵丽娟现在的表情和伤势了。

刘晓宇划动了一下身子，飘飘悠悠地向市第一人民医院飘飞而去。

赵丽娟软软地躺在床上，双目暗淡无光地看向前面，像是在看一种虚无。

她的妈妈，也就是刘晓宇的外婆，正一手端着一碗稀饭，一手握着舀有稀饭的小勺举在她的胸前，说：“娟儿啊，你要吃点啊！”

赵丽娟轻轻地摇了摇头。

赵丽娟的姐姐也在，她刚剥出一个香蕉，说：“不想吃饭，你就先吃个香蕉吧，你明天就要做手术了，不吃点东西，你怎么上手术台？做下手术来，一整天里，你是想吃都不能吃了啊！”

赵丽娟还是轻轻地摇头。

赵丽娟歪着头靠着，似乎谁也不想看见。只是她的嘴唇在微微地动着。她自言自语地说：“我怎么就带着他去了呢？他说要去，我怎么就同意了呢？我就在家里睡觉多好！我不带他去，他就不会……”

在这自言自语中，那天早上的情景，不断地浮现在赵丽娟的眼前。

那天，天刚亮的时候，刘晓宇突地弹起身来，呆呆地坐在床上，这动作惊醒了赵丽娟。“咋啦？宇儿！”赵丽娟边问边撑起身，靠在床头上把手伸向刘晓宇的头抚摸了一下。刘晓宇不说话，真像是发呆的样子了，而且不像游戏。发呆是刘晓宇自认为很有乐趣的一种游戏。一家三口一起坐在沙发上的时候，时不时地，他就发上这么一次呆。刚才还叽里喳啦说个不停的他，突然地就没了声音。坐在身旁的刘家伟或者赵丽娟先以为他是专心玩什么去了，一看，他什么都没玩，他就坐在那儿，目光呆呆的，身子也绷得紧紧的，像是保持那样的动作要用很大的劲。刘家伟或赵丽娟问他：“你发什么呆？”他继续憋着，像陷入了对什么的沉迷思索，但又分明能看出，他是装，他在努力地让那目光似紧似松地、尽量不有所移动地看向某一个地方。他的身子继续绷得紧紧的。刘家伟或者赵丽娟弯腰俯身，把头探到他眼前，说：“糟了，快看看，刘晓宇咋了？”刘家伟或赵丽娟把一只左手或右手伸往刘晓宇的身子，做出要抓痒痒的样子。他们的手还未伸到他的身上，他便突然地随着身子的放松嘿嘿一笑，说：“少儿呆呗！”边说边“嘎嘎”地像飞快扑腾着的小鸭，笑着就近扑到了刘家伟或赵丽娟的怀里。

“做梦啦？宝贝是不是做噩梦了？梦到啥了？”

刘晓宇点了一下头，接着又摇了一下头。

“没事。来，妈妈抱。妈妈抱着睡。”

顺着赵丽娟的手，刘晓宇躺进赵丽娟的怀里，又睡下了。可没睡下多时，刘晓宇又翻过身来说：“妈妈，我饿了。”这时，赵丽娟的回笼觉刚进入状态。这回笼觉，她觉得是那么的甜，那么的香，恨不得永睡不起。赵丽娟多想像以往的周末，好好地睡它一觉。周末一到，她都像是八辈子没得觉睡过了一般，想的只是睡觉。

赵丽娟是东城小学的一名语文老师。虽然东城小学不像刘晓宇刚进入的县一小那么有名气，教师的压力没县一小那么大，但毕竟是城区的一所小学，不像她曾经在的普家河小学那么轻松。刚从普家河小学考调到东城小学来的赵丽娟，感觉到头顶随时都像悬着一把剑似的，在学校里时时如履薄冰。有时她想，这日子，还不如回到普家河去的好。但这想也只是一时之想，一想而过。她怎么能回去呢？她是费了怎样的心血才考到这城里来的啊！回去虽然自己轻松了，可晓宇呢？能让他在普家河那样的学校读书么？她能拿自己这独儿子去赌么？不能。在这儿压力再大，也得挺着！且得努力地顺利地度过这一年。像赵丽娟这样考调来的教师，有一年的试用期，试用期完了，合格了，才能办调动手续；不合格了，是要被清退回去的。如此，平日里在学校，自己已因工作倍感疲劳，加之一天 8 趟地接送刘晓宇，还要做饭打整家务，用疲劳、疲惫等词来形容赵丽娟，已显得万分的苍白无力。由此，赵丽娟便万般地渴盼周末，周一一开始，她便开始盼周六的到来；她的日子，似乎就是一天一天地数着过的，一天一天地盼着周末的到来过的。周末，刘家伟从乡下回来后，她便可以放开地随意地睡觉，睡到日上三竿、夜幕降临，睡得昼夜不分、黑白颠倒也无妨。刘家伟似乎很能理解她一个星期来的忙碌，周末回来就随她睡，一个人带着孩子或在家或外出玩，并踩着点儿地回来把饭做好叫她起床吃。

这个周末刘家伟没回来，刘家伟已几个星期没回来了，说是现在他们工作忙，要加班。刘家伟没在家，听儿子说饿，这觉再好睡，赵丽娟也没法继续睡了。赵丽娟起了床，问刘晓宇要吃啥？刘晓宇想了想，说：“吃面条。”说着一轱辘翻起了身来。赵丽娟说：“你再睡会儿，妈妈去做好了叫你！”刘晓宇说：“我不想睡了，我要起了。”赵丽娟说：“那你就起吧，起来吃了要自己玩，我是还要回来睡的。”

吃了面条后，赵丽娟没能继续回去睡觉，刘晓宇嚷着要去看他爸爸，说他想爸爸了。赵丽娟说："别去了，爸爸可能下星期就回来了，你想他，就给他打个电话算了。"刘晓宇不答应，就是要去找刘家伟。想着儿子真是一个多月没见爸爸了，她便带着他，往刘家伟供职的镇政府赶去了。

想着那天刘晓宇的身影和声音，泪水欲断却连地在赵丽娟的脸颊上蠕动而下。看着不吃不喝不停地暗自流泪的赵丽娟，刘晓宇也快要哭起来了。

"妈妈，我在这儿呢，我没事，你看，我不是好好的么？倒是你，你明天要做手术，你还是赶快吃点东西吧！"刘晓宇说。

八

从各地赶来的救援部队已相继赶到，他们带来了挖掘机，带来了生命探测仪，带来了搜救犬，带来了种种抢救器材。耿昭义被救出后，刘家伟还是没能找到刘晓宇的下落，从耿昭义的口中，他也没能问出一点点关于刘晓宇的音信。

镇政府坐落在这个山沟的边缘，已是山脚处了。镇政府的前面，顺山而下，右边是老集镇，左边是新集镇。集镇的房屋，顺着缓缓向下延伸去的山坡依势而建，一直建到最下面的那条河边。这是一个古老的集镇了。由于离镇不远处的几个村庄均出产一种叫朱提银的矿石，所以在乾隆、嘉庆年间，到京会试的举子，都希望考中进士后能被委派到这里做官，都要到紫禁城外那块刻有全国各省府、州、县、厅名的碑石上摸一摸，而他们一个个地触摸的，却就是这个地方的名字。他们希望获得的，是一个"三年清知府、十万雪花银"的机会。而来自全国各地的挖矿者，日已上万。更有从商者，贩一车米来，即以一车未经精炼的银饼运回。那时，这里就是一处繁华的集镇了。围绕矿业，骡马口、草鞋街、福禄街、营门口、上官房、下官房等十余条街道应运而生而旺，从县城到乡，一路檐灯高挂，昼夜车水马龙，热闹非凡。数百年后的今日，那老集镇上的房屋由于年代久远，又全是老式土木结构，在刚发生的这场地震中，已无一完好，就连近几年来相继建起的新集镇，那些高大的砖房，也被震得开裂的开裂，倾斜的倾斜。

刘家伟跟随救援部队，开始向镇政府大门外的那些废墟里进行搜救。他已经叫喊不出声音。32 岁的刘家伟，这时穿着一件灰色休闲式西服，是昨天赵丽娟帮他洗被子和衣服时，让他换上的。现在，衣服变成了红土色，一团一团的红泥，还欲干未干地黏附其上。平日里梳成“两片瓦”式的头发，成了一团鸡窝，雨水和汗水，做了泥与发的黏合剂。而那胡子，似乎也就是在这一夜间，蓬蓬勃勃地长了出来，粗且壮，直楞楞地戳在嘴唇上下。胡子之间，嘴唇干裂；嘴唇之上，脸色青灰。哦，那眼，深陷，无光，呆滞得让人不忍看第二眼。

镇党委书记用嘶哑的声音说：“家伟，你已经两天多没休息了，你先休息一下吧！现在救援大部队到了，你要注意身体。”

刘家伟说：“我没事，书记，我不累！”

书记还想说什么，张了张口，却没说出来。他转移了一下视线，愣了几秒后再转过来，却不敢再看刘家伟似的，低着头，双手扶到刘家伟的双肩上，似捏似按一阵，这才说：“你要保重！”

饭时，大多的人都到临时安置点吃饭去了，而刘家伟却没去，他还穿梭在正在废墟间进行搜救的部队官兵们中间，时而帮助搬水泥板，时而帮助搬砖块，时而这边跑一趟，时而那边跑一趟。官兵们也吃饭去了后，他还不离开那废墟，他从近处的救灾物资发放点要过一盒方便面，也不用水泡，撕开后就坐在废墟上，咔嚓咔嚓地嚼了起来，还一边嚼一边立耳倾听着废墟间的动静，似乎怕一稍不留神，就会错过刘晓宇某一声呼救的声音。

镇长走来说：“家伟，现在已经能吃上饭了，你就别在这儿嚼方便面了，你去吃点饭吧！”

刘家伟说：“不想吃。我就吃点方便面算了。没事。”

刘晓宇看着刘家伟吃那方便面，不知道他为什么会吃成那个样子，他虽然也吃出咔嚓咔嚓的声音，可看上去却吃得像是很痛苦的样子，看得刘晓宇都恨不得伸手过去抓过来自己给吃了。“你不是说吃方便面不好么？你怎么不去吃饭呢？”刘晓宇说。平日里，刘晓宇就想吃方便面，可刘家伟说吃方便面对身体不好，不买给他吃。“我就想吃嘛！”刘晓宇说。刘家伟说：“你经常感冒，胃也不好，就是因为你吃方便面这些零食，你看我，我就没吃，我啥时感冒了，啥时像你去输液了？”刘晓宇一想，果真没见刘家伟吃过方便面。刘晓宇说：“你是不是从不吃方便面？”刘家伟说：“也不是从不吃，只是不喜欢吃，除非吃不到饭，又饿了没办法了，我才吃！”刘晓宇觉得刘家伟骗了他。要不现在，他怎么会在这儿吃这方便面。现在，可是可以吃饭了的。

镇长去了没多时，张德江就犹犹豫豫地来了。

“你去休息一下吧，有什么消息我告诉你！”张德江说。

刘家伟像是没听见张德江的话，他依旧穿梭在救援队伍中，或用手刨那砖那瓦，或用肩顶那水泥板那木方椽皮檩子，或钻进时刻均有可能坍塌下上面的残墙断壁的缝隙里寻人。

要是当时我带他去找陈雅悦多好！要是当时我带他去钓鱼玩沙多好！要是当时我送他回去找他妈妈多好，要是……

每每停下身子来，刘家伟就一遍遍地责备自己。刘家伟觉得，地震之前，刘晓宇已有预料，所以才会一会儿要他这样，一会儿要他那样。而每一样，他却都没有让刘晓宇得到满足。悔恨和痛苦，让他不敢让自己的手脚及整个身子停下来。似乎，他是在用自己的拼命，来为自己不听刘晓宇的话赎罪。又似乎，只有让自己拼命地投入到对别人的抢救中去，才能暂时把刘晓宇给忘却。而事实上，他在这抢救中，却又一刻也没能忘记刘晓宇。他多想那探测仪探出的生命迹象，是属于刘晓宇的！他多想，自己钻进去见到的，见到的那活着的人就是刘晓宇！

一个个生命相继被救出，十多小时后，80 多岁的一个老奶奶经过 14 小时的努力，被抢救出来了；28 岁的一个孕妇，经过 18 小时的努力，抢救出来了；3 岁的一个女孩，经过 32 个小时的努力，也抢救出来了……72 小时的黄金救援时间已然过去，一个又一个的生命也随之被抢救了出来，可就不见刘晓宇。

九

一辆银灰色的捷达车已变成一饼铁巴，高高地匍匐于一堆残砖之上。那是挖掘机在翻挖镇政府大院里那些残垣断壁时，连着翻到那上面去的。车的尾箱盖高高地翻扬着，老远看去，便能看到那尾箱里，还装着一辆红色的玩具车，还有一套用网状袋了装着的玩沙工具，以及两根栗黄色的鱼竿。

“爸爸，我要玩沙，我要去钓鱼!”刘晓宇喊。可就地坐在废墟之上的刘家伟没听到刘晓宇的声音，他正在目不转睛地看着现在还在场院上翻挖着残砖碎瓦的挖掘机。翻挖中，一件一件的衣物被翻挖了出来，一双一双的鞋子被翻挖了出来。刘家伟每每看到一件衣物或者一双鞋子，都会扑过去看上一番，确认了那不是刘晓宇的东西后，又转身一屁股坐到先前坐的这废墟上来。这时，他想见到刘晓宇，哪怕只是他的衣物；同时，他又怕见到刘晓宇，哪怕只是他的衣物！时而，他在心里为见不到刘晓宇的影子着急，说：“儿啊，你在哪？你就是死了，也要让我见到你的尸体啊!”时而，他又为见不着刘晓宇的影子庆幸，想：“都翻遍了，都没在，他应该是跑到哪去了，说不定，只是被吓着了，或者伤着了，恐怕是被抢救的人们，送到哪儿治疗去了。”

似乎是因为刘晓宇的那一声喊，刘家伟想到了钓鱼。刘家伟还能想起，刘晓宇那天和着赵丽娟来到镇政府后，一吃完午饭就嚷着要到离镇政府七八里地的丰华水库钓鱼去，玩沙去，说自前次鱼竿和玩沙的工具被放在车里，被刘家伟带到这儿来后，他都好久没钓过鱼了，没玩过沙了，他想去钓鱼想去玩沙。

刘家伟说：“钓啥鱼？你看，我现在都忙得回不了家了，我哪有时间带你去钓鱼？”

刘晓宇说：“不嘛，我就要去嘛！”

赵丽娟说：“真想钓啊？”

刘晓宇坚定地说：“是啊，我就是想嘛！”

赵丽娟说：“那我带你去算了。爸爸忙。”

刘晓宇说：“不，我要爸爸妈妈一起带我去！”

钓鱼自然没去成。不去钓鱼，刘家伟就让赵丽娟带刘晓宇去镇政府后面爬山玩，说现在山上正有野生菌，可以边爬山玩边捡菌子。而刘晓宇想都没想，就说不去。刘家伟有些火了，说：“不去你要干啥？反正我不可能陪你，不说我没时间，你这个样子，一点话都不听，就是有时间我也不想陪你！”

赵丽娟说：“宇儿乖，我们的宇儿最乖了，最听话了，你看，爸爸忙，要去办公室上班，你想玩啥，想去哪，妈妈陪你！”

刘晓宇说：“不嘛，我就是想跟爸爸！”

赵丽娟说：“可是爸爸要上班啊！”

刘晓宇说：“那我就跟他去办公室。”

赵丽娟说：“行，那你就跟爸爸去吧，只是爸爸忙事，你要自己玩，别影响他，记住了么？”

刘晓宇没说话。

赵丽娟说：“去吧，想回来了就自己回来，我先把爸爸的被子和衣服洗了，又来带你玩！”

刘晓宇还是没说话，就跟着刘家伟往办公室里走去了。

当整个镇政府大院里的那些泥土和砖块都翻了个底朝天还是没见到刘晓宇后，刘家伟开始奔走于几个临时安置点去了。他的希望又一次燃起。他想，说不定，突然地，就会在某一个安置点，看到刘晓宇。

十

一次手术下来，让赵丽娟像是又经历了一次生死。

确定自己还活着后，赵丽娟的泪，再一次控制不住地流了下来。

她把目光投向病房的上空。似乎，她能在那儿看见她的宇儿。似乎她也已经看到了，看得她一动也不动。

知道赵丽娟已经做了手术，已经能说话了后，刘家伟开始给赵丽娟打来了电话。几天来，虽然他每天都要找时间询问赵丽娟的情况，同时把他在那边寻找的情况告诉赵丽娟，但都是通过给赵丽娟的姐姐打电话说的。他说；“姐，丽娟那儿，就全靠你们了，叫她原谅我，她做手术我都不能来陪她！她住院这么多天了，我都还没能来看她！”赵丽娟的姐姐说：“没事，我们会照顾好她的，只是，只是，你要保重好你自己！”每一次，赵丽娟的姐姐都不忍心问他关于刘晓宇的一句话，哪怕是相关的一个字。但每一次电话后，赵丽娟看着姐姐的样子，又都能安然待之。似乎，这一切都是如她所料。她的心里，确也有着一种难以掩饰的担忧，而那担忧，她自己清楚，已不是关于刘晓宇的，而是关于刘家伟的。在她的心里，已坚定地认为，无论刘家伟怎样拼命地去找，都不可能会找到刘晓宇了。这几天躺在病床上，甚至是躺在手术台上，她都在想，想刘晓宇最近，也是最后在她身边的情形，从那天早上惊醒后坐到床上开始，到那天下午跟着刘家伟走出宿舍去刘家伟办公室结束。想了几天，赵丽娟甚至都想说上一句要刘家伟别再找了的话，只是她说不出口。

赵丽娟在内心里坚定地认为，刘晓宇是用他自己的命，来换了她和刘家伟的命。她甚至在心里问自己，如果那天他们不去刘家伟那儿，会是什么情况？他想，如果那样，现在不见的，或者见了也是一具死尸的，肯定就是刘家伟了。如果那天他是和她一起在宿舍呢？那他们一家三口，恐怕就是无一活口了。赵家伟在办公室里被埋，而她和刘晓宇，则是在宿舍里被埋。再说，如果他和刘家伟一直在办公室里，他不出去，那刘家伟能躲过么？刘家伟躲不过，那她又能躲过后来的那次余震么？种种推测，每一种所指向的，都是刘晓宇用他的命，来换取她和刘家伟的命。

赵丽娟有些不想接刘家伟的电话。虽然她是多么地想听到刘家伟的声音，听到他活着的话语，感受到他活着的气息，但她不知道接通电话后，能对他说上一句什么话。要他不惜一切代价地去寻找刘晓宇么？母子连心，从一个母亲的角度，这似乎是她最应该说的话，甚至是哭着喊着祈求他去这样做也不为过。可她真不想说这话了。她不想因为寻找，再让刘家伟去疲于奔命了。她希望他保重好自己。似乎，只有她和他都保重好自己，才对得起刘晓宇。为了刘晓宇，她和他都得好好地活下去。她甚至想，就叫刘家伟别再找了，可刘晓宇是她的儿子，又何尝不是刘家伟的儿子呢？儿子不见了，你让他别去找，说出这样的话来，你还算人么？

刘家伟说："梁天祥救出来了，晓宇没跟他在一起；陈雅悦也救出来了，晓宇还是没跟他在一起；耿昭义家，他也没在……街上，政府外的那些地方，救出了300多人，还是不见他……"

赵丽娟说："我知道，姐都对我说了。"

刘家伟说："5个安置点我都找了，连县医院我都请人问了，还是没见……"

赵丽娟说："你……"

刘家伟说："你要多吃点东西，姐说你好些天没吃东西了，你要……"

赵丽娟说："我吃了，为了晓宇，我……"

无言以对中，时间在嗞嗞电流声中过去了很久。电话在刘家伟一句"你要好好休息，再过两天我回来看你！"中结束。挂了电话，赵丽娟又一次仰望着病房的上空，似乎她已经看到了那空中的刘晓宇，她的嘴动了一下，又动了一下，动得若有若无，像是在和刘晓宇说着什么！

十一

刘晓宇是欢蹦着离开医院的，他像一只欢天喜地的燕子，在空中翻飞着，滑翔着。他的高兴，是因为他从赵丽娟的嘴形上，看出了赵丽娟夸他的话语。曾经，赵丽娟没少和刘晓宇玩这凭嘴动的形状猜话语的游戏。“我爱你！”“刘晓宇是个小屁虫！”“刘晓宇是个棒宝宝！”很多话语，他都能从赵丽娟无声而动的嘴形上看出来。刚才，赵丽娟又说了“我爱你！”又说了“你是个棒宝宝！”还说了“谢谢你，宇儿，你永远是我们的棒宝宝！”刘晓宇被夸得都有些不好意思了。“还好，我没告诉她我的那个梦，要是告诉她了，知道我做的这些事，都是有人教的，说不定，她就不会这样夸我了！”在空中翻飞着滑翔着的刘晓宇，露出了一脸调皮的笑。

一脸欢喜的刘晓宇，一飞一滑，失控了似地一下就和张德江撞了个满怀。这时，张德江正急急地穿梭于县医院的过道上。这过道里已摆满了临时病床，穿白大褂的，穿西服打领带的，穿环卫服的，穿消防服的，穿迷彩服的，都急急忙忙地一下侧身从那边过来，一下侧身从这边过去。刘晓宇以为张德江会骂上他一顿，但张德江没有骂。刘晓宇让了一下身子，等张德江过去后，他才往旁边的病床上看去。哦，一个穿环卫服的大妈，正在剥香蕉给病床上的一孩子吃呢，还边喂边说：“吃吧，吃了还想要啥，给奶奶说！奶奶给你买来！啊，对，就这样吃，吃饱了，把伤医好了，你就可以去找你爸爸妈妈了！”刘晓宇正看着，突然咔嚓咔嚓地响起了一阵声音，回头看去，他便在闪亮着的照相的闪光中，看到了他常在电视上看到过、刘家伟让他叫李爷爷的人走了过来。刘晓宇真没想过会在这儿见到李爷爷，刘家伟曾跟他说过，要想见李爷爷，就要好好读书，以后有本事了，去到北京才能见到。“李爷爷！”激动中，刘晓宇破口便喊了出来。只是李爷爷并没答应他，像是没听见他的喊声。刘晓宇有些沮丧。看着李爷爷身后的一大帮人，他不敢再喊，退到一边呆呆地站着、看着。

李爷爷坐到了那孩子的病床旁，伸手摸了摸那孩子的头。刘晓宇也伸手摸了一下自己的头，像是李爷爷刚才那一摸，不是摸在那孩子的头上，而是摸在他的头上。

李爷爷说：“这孩子现在还没联系到家人么……”

刘晓宇本还想继续听李爷爷说话，但这个时候他身后传来了张德江的声音。

张德江说："不是哩。"

刘晓宇转身望去，张德江正站在一个穿白大褂的医生旁边，定定地看着病床上的孩子，那目光，跟他记忆中他爸爸刘家伟看他的眼神一个样，甚至还看得更认真些，更专注些，像是怕稍微不认真一点，就看错就看不准。

白大褂医生说："那我继续帮你们留意着，有消息，再联系你们。"

张德江说："谢谢你了，医生！"

这时看着张德江，刘晓宇已不是刚才的怕了，刚才他担心因为自己撞了他他发火，现在看着他，却像是做了错事，不敢正面看他。刘晓宇低着头，像是在等待张德江训斥。他愿意接受干爹的训斥。他知道张德江不会过分训斥他，张德江平日里也是像刘家伟一样疼他的，他再怎样训斥，也严厉不到哪去。刘晓宇还想："反正，我在往车轮上钉了那颗钉子后，也已经及时告诉他他的车轮漏气了的，又不是没告诉他，让他开到半路上去冒危险的。"

没听到张德江的训斥，刘晓宇抬起头来时，张德江已经又往那边急急地赶过去了。刘晓宇赶紧跟了上去。这时，张德江已经走进了医生办公室。办公室里人声嘈杂，人们都是匆匆而进匆匆而出。看样子，张德江是想找刚才那医生说什么。但那医生的身边，已围满了人，都在不停地说着什么。

终于，张德江凑上去了，他把一张纸递给那医生，说："这是刘晓宇的照片，我做了这个寻人启事，放一张在医生这儿，若有啥消息，麻烦医生打这个电话告诉我们！"说着他指了一下那纸上的电话号码。

顺着张德江手指的方向看去，刘晓宇看到了一个熟悉的电话号码。哦，想起来了，那不就是他爸爸的电话号码么。刘晓宇再看上面，他看到了自己的一张照片在上面，那是他三个月前过8岁生日时，他爸爸用手机给他照的。"寻人启事"，刘晓宇顺着看了一下，虽然上面的字还不能全看下来，但他还是看懂了，那是找他的“寻人启事”。

“哦，这个啊，我这儿已经有了，恐怕我们医院里，凡是有灾区受伤的人住着的科室里，都已经有这启事了，你看，这个就是，”医生说着，顺手从办公桌上拿起了一张同样是寻找刘晓宇的启事来，接着又说，“这孩子我们很多人都已记在脑子里了，不用再看他的照片，只要在哪儿见到他人，一定能立马认出来。我们都在关注着这孩子，听说这孩子的爸爸就在灾区那个镇的政府上班，孩子没见了，他还坚守在灾区，没日没夜地抢救别人。”

十二

看着张德江忙碌的身影，想着爸爸还在找着他，刘晓宇觉得该让爸爸看见自己了。来这儿时的那种喜悦已不在，想着爸爸找他的着急样子，刘晓宇也急了起来。“不能让他再找了。再躲，他找着后就又要发火了，又要骂人了！”刘晓宇想立即回到刘家伟身边去，像往常躲猫猫从他身后钻出来那样，给他一个惊喜，同时吓他一吓。

刘家伟正鬼魂一般游荡在镇政府外的废墟间。

刘晓宇喊了一声：“爸爸！”

刘家伟没有反应。

刘晓宇以为是他喊得小声了，刘家伟没听见，他一个鹞子翻身蹭到刘家伟的肩上，嘴巴都差不多触到了刘家伟的耳旁，大大地喊了一声：“老爸！”刘晓宇以为这一喊，是一定会将刘家伟吓上一跳的，但趴在刘家伟肩上的刘晓宇，却没感觉到刘家伟一点点的反应。

“儿呀，你在哪？活着，你就给我一个电话；死了，你就给我一个梦吧！活要见人死要见尸，你在哪？”

刘家伟没说出来，但刘晓宇却从他的胸腔里，感受到他一次又一次地这么说着。

“哦，我是活着的还是死了的？”刘晓宇问自己。想起那个梦，刘晓宇便想："我肯定是已经死了的，要不，老爸怎么会听不到我的声音呢？而且，那人也在梦中说过，这样做，我是要死的。"

刘晓宇真想立即给刘家伟投一个梦去，但刘家伟现在又没睡觉，怎么投呢？刘晓宇想，就等他睡觉了再给他投吧。反正，该救的，能救的，都已经救了，投个梦给他，就告诉他自己死了。只是，死了，就得让他见到自己的尸体，自己的尸体在哪呢？一时，刘晓宇自己都想不起来了。嗯，得先去把尸体找到，梦里才好告诉他自己在哪儿！

刘晓宇翻飞于镇政府的上空，先以为自己的尸体就在镇政府大门旁的那只墙角处，记得地震时，自己是缩在那大门边的，虽然答应过梦中的那人，说自己不怕，说自己是勇敢的孩子不会躲的，但看到那门墙开始倒塌时，自己还是躲了，那一躲，好像就躲到那个墙角里去了。可现在穿越那些残砖碎石看去，刘晓宇却没能在那儿看到自己的尸体。刘晓宇以为自己记错了，想自己会不会是当时太急了，跑得更远了些？他顺着镇政府门外右边的那些废墟里找去，没有找到；他又顺着左边的那些废墟里找去，还是没有找到。难道我是又跑回院里去了么？刘晓宇进入了镇政府大院，这时的大院，已无大院形象，已成了一片堆积着残砖碎土，其间穿插着锈钢筋，其上零乱地散布着文件、纸屑、花花绿绿大大小小的衣服的废墟，或高高地俯察，或深入地细寻，刘晓宇还是没有找到。

找啊找，刘晓宇一边找一边自问："在哪儿去了呢？"

刘晓宇真想不起来了。

刘晓宇，不，是刘晓宇的魂灵，这儿一趟，那儿一趟，时而上天，时而入地，在不停地寻找着他的肉身。

2014 年 9 月 29 日

原载《绥江文学》2015 年第 3 期

吞　吐

一

“爸爸，接我！”

杨兴平听到儿子跳跳喊他的声音，显得异常兴奋。杨兴平已好久没见到儿子，连儿子的声音都好久没听到了。

“接你？你在哪啊？”杨兴平急切地问。

“大黑山垭口。”跳跳带着哭腔说。

大黑山垭口？杨兴平眯着眼想了一下，他觉得这个名字很熟，却一时又想不起在哪儿。但也就一会儿的工夫，杨兴平就想起来了。杨兴平有些兴奋，又有些急切。杨兴平说：“大黑山垭口？大黑山垭口？这么近的，你自己来呀！”

“我怕！”跳跳还是带着那副哭腔。

“别哭！别哭！也别怕！爸爸这就来接你！啊？”

杨兴平起身，出门，欲往大黑山垭口赶。走出门，杨兴平才觉得有些蹊跷：都跟我说上话儿了，怎么还让我去接他？杨兴平抬头往周围看，想看看跳跳是不是就在身边？是不是在哪躲着逗着自己玩？跳跳老是爱跟自己调皮，爱逗自己玩。

周围的人挤挤挨挨、摩肩接踵的，男女老少都有。他们身子一律向前倾着，手在空中疯子样地抓着什么，整个的头仰向天空，嘴大大地张着，像在诘问什么，却没有声音，一点儿声音都没有。他们缓缓地走着，画面犹如电影里的慢镜头。他们都在朝同一个方向移动，却又像一直在那原地踏步。

跳跳不在。跳跳走路不是这个样子。跳跳走路永远不会这样慢吞吞的，永远是活泼得跳脚啰唆的。要不，怎么会叫跳跳呢？那种跳脚啰唆的活泼，是一种怎样的可爱？

不用看脸，其他什么都不用看，仅凭这走路的样子，杨兴平就能肯定跳跳不在。

这些人怎么会这样呢？在那儿没事样的抓个啥？身边的山野上，是漫山遍野的荞子，已经金灿灿的黄了，有的都已枯了。这些人怎么还不去收割他们的荞子去呢？哦，你看，那些洋芋，树子都已经死完了。这也是挖刨洋芋的季节呢。那些地里，洋芋都还没挖呢。他们怎么不去收割庄稼，却在这儿慢吞吞的在空中抓着玩呢？那些洋芋不说，晚些日子挖也没事，但那荞子可是耽误不得的哩，该收的时候不收，一被耽误，枯了，荞草就朽了，荞草朽了，荞子就一片儿一片儿地倒在地上了。荞草一往地上倒，那荞籽一接触到泥土，就会不分季节地发芽。这荞子还没收割就发了芽，不就白种了吗？

杨兴平叹了一口气，扭头向他们行走的反方向，匆忙向大黑山垭口赶去。但步子刚迈出几步，杨兴平一愣，停下了。不对哩，自己怎么能去把儿子接来呢？自己虽然想儿子，自己虽然希望能天天和儿子在一起，但又怎么能这样呢？那次自己只是偷偷地去看了儿子一眼，不知怎的，儿子就病了，病得不再跳脚啰唆的了，以至于妻子邓友梅给了自己一些钱，叮嘱自己没钱花就跟她说，别再去惹儿子了。自那以后，自己是再想儿子都不敢去看他了。现在，现在怎么能去接他呢？即使自己再想儿子，想得叮心叮肝的，也不能让儿子来到自己的这个世界啊！

杨平兴回头转身，整个的人一下子像霜打过的茄子，蔫了。刚才的那点兴奋劲儿，一丝也没了，心里也随之黯然了起来，伤感了起来。

二

都怪自己。自己怎么就不能控制一下自己，怎么就用菜刀把那人给砍了呢？那人怎么就那么不经砍呢？那菜刀不是很钝的吗，平时切点儿菜都那么费劲的？砸就砸了吧，那家能有些啥呢，不就是点窗玻璃、一台烂电视、一些破瓶破罐么？拿就拿了吧，那家能有些啥呢，不就是点村人们常用的劣烟劣酒劣茶什么的么？打就打了吧，无论是自己还是妻子还是儿子，他们都不至于往死里打吧？比起这些，他们的那点儿骂又算得了什么呢？自己怎么就忍不了那口气，就鬼摸了头似的，提起了那把刀，往人家头上砍去了呢？砍一下泄泄气也就罢了，怎么砍了一下，就收不住，就把人给砍死了呢？

那已是一个接近凌晨的深夜。十多个人拥进了杨兴平的家。一人说，大哥，我们有辆车坏了，想停在这儿请你帮着看看，我们明天找人来修。杨兴平往窗外看去，窗外的柏油路上停着两辆微型车。知道这群人还未吃过晚饭后，他的妻子邓友梅便起身忙着做饭。杨兴平也边让座边给这群人泡茶。这群人吃饱喝足后，给了杨兴平 50 元钱。杨兴平推让着。邓友梅也推让着。说，没事，不用给啥钱，在这路边，不就是为人行个方便么。但给钱人执意不肯，非要他们收下不可。拿着那 50 元钱，望着两抹红红的尾灯消失在路的那头后，杨兴平围着那辆被留下来的车看了一圈。确定没事后，夫妻俩才回屋洗脚，然后睡去。这一夜，杨兴平却无法安然入睡。似乎，他常常听到外面有响声。一听到响声，他就披衣下床，出门到那车边转上一圈。如是几次后，杨兴平的疑心消除，终是睡去。黎明时分，被一个激灵激醒的杨兴平再次披衣出门后，他一下目瞪口呆了。那车不见了。次日，来了3人，带了工具，说是来修车。绕了无数个弯，杨兴平才把车不在的意思说了出来。于是来人开始索赔。先是五万，再是四万。最后在四万上不再相让。相持无果，来人离去。几日里，杨兴平越想越不明白，那车怎么会消失。在门前停着过过夜的车，不是一辆两辆，不是一次两次，可从来就没丢失过。怎么会这样？事儿一下在村里传开了去，村人众说纷纭。最后却大都认为这是一个骗局。杨兴平从头至尾一想，越想越伤心，越想越觉得那就是一个骗局。几日后，派出所来了人作了调查；再是几日后，法院来了通知。经了法院，却在还没有结果的一天，又是数人来到了杨兴平家。来者不再言说，只顾往杨兴平的那个小店里搬东西，搬的同时，还把那不能搬的砸了。怒火中烧的杨兴平，提上了那把平日里切菜的菜刀，挥向了来人中的一个……

杀人偿命，谁能更改呢？都怪自己，要是自己不把那人砍了，怎么会弄得跟妻子儿女阴阳两隔呢？那可是与自己同甘共苦的妻子，那可是自己深爱的儿女啊！

杨兴平黯然神伤地回到屋里，躺倒到床上，靠着绣花枕头，眼泪一串一串地滴落了下来。这时一个穿一身旗袍的仆人走了过来，探身问杨兴平："老爷，您怎么啦？"杨兴平抹了一把泪，强装笑颜地说："没事，忙你的吧！""是，老爷！"仆人应了一声后，退下去了。

又一会，两个穿着西装打着领带的仆人一前一后向杨兴平走来。前者探身问杨兴平："老爷，心情不好，要不，出去遛遛马吧，马已给您牵到门外了！"杨兴平没心情回答。后者又谨慎上前，把身子探向杨兴平，细声细语地问："老爷，上山去散散心吧，轿子已给您老准备在门外了！"杨兴平火了，撑起身来吼道："出去！不叫就别进来烦人！"

杨兴平还从未向自己的仆人发过这么大的火。杨兴平曾对那些电影电视里的"老爷"愤恨不已过。动不动就发火，伤人自尊，也伤自个儿身体，犯不着。但今儿个杨兴平却发起火来了。

杨兴平做梦也没想到，自己能过上这样的日子。但他又为过这样的日子感到无奈。他真不想过这样的日子。再是怎样的清贫，再是怎样的吃苦，再是怎样的无奈，只要能和妻子儿女在一起，都比这强。

当初为啥就硬要把家搬到那路边去，为啥就一定要去开那个小店，要去摆那个小摊呢？不就是一条柏油路吗，通了也就通了，还真以为那路就是通了给咱运钱儿来的了！别人往路边搬，那搬人家的，自个儿凑什么热闹？在村子里几十年了，不也没饿死吗？搬到那路边，一天卖些烟啊酒啊的，还泥脚泥手地跟人家加气补胎，别人是方便了，可自个儿，钱没挣到几个，却把命给搭上了！要是多挣到些钱也好，那样一辆烂微型车算啥，赔了就是了，不就三万块钱么，就算那车也管不了这钱，但都丢了，自个儿还能寻回来？

三

天似乎已经黑下来了。杨兴平睁了一下眼，却什么都看不到。只听得似有若无的风阴阴地刮着。

“爸爸，接我！”朦朦胧胧中，杨兴平又听到了儿子的呼唤声。

杨兴平决定回去看看儿子。还有妻子邓友梅，还有女儿妞妞。

杨兴平担心自己这一去，吓着跳跳和妞妞。妻子是不会被吓着的，她都那么大了。杨兴平决定不从正门去，他想从屋子的后面，翻墙而入。这样做虽然不好，不是自己的一贯风格，但为了防止万一吓到跳跳和妞妞，也只有这样了。再说，这也不是去翻别人家的墙入别人家的院。

来到房子的后面，杨兴平却意外地看到了自家的正门。那是一道朝门呢。那门还是自己亲自焊的呢。不算高大，不算规矩，却也是铁的；颜色漆得不均匀，却也艳艳地红着。为了焊这道门，自己是费了很大劲的。一是到乡场上去买钢筋、铁皮，盘回来的路上，遇上雨，拉钢筋、铁皮的马车一次又一次地陷进泥塘，黑更晚夜地到家时，自己早已弄成了泥人；再是焊的时候，自己还没亲自焊过这东西，只在跟邓师傅当学徒时看师傅焊过，到自己焊起来时，尺寸咋量，接头咋接，料怎样下，甚至从何下手，都完全有些束手无策。拉材料的时候，杨兴平就有些泄气了，在那马车深深地陷在泥塘里，他使尽了吃奶的力气都没推上来时，他恨不得三下五除二地把那些材料卸了，不要了；在把一块一块的材料下废了的时候，杨兴平摔过小钢锯、焊条、钢尺，他还扇过自己的耳光。只是他最后该锯材料的还锯，该量尺寸的还量。在整个脸庞火辣辣的疼痛中，他紧紧地咬着自己的嘴唇。那个过程中，他一直在想着，等安了这门，除了打气补胎，除了卖店里的东西，什么看东西守棺材，老子再也不干了。你就是家里死了人要赶回去，老子也不会帮你看了。在不断的冒火和诅咒中，门终究还是焊起了。即使不算满意，最后也还是买了桶红漆来刷上了。经这门一隔，那条亮亮的路就在外面了，与路旁的屋子就隔着一个不大点儿的院坝了。杨兴平可以肯定，这门就是自己曾经焊的那道。但这门可是安在前面的，安在路边的，现在怎么会在这儿来了呢？是自己走到前门来了吗？杨兴平抬头看了看，柏油路不在自己的脚下，身后还是一片田地呢。夜虽黑，但杨兴平看得很是清楚，那田里的稻谷正在抽穗。似乎，他都听到了夜露浸润稻谷的声音，听到了稻谷吸水的声音，听到了稻谷抽穗的声音。

杨兴平想看个究竟。杨兴平转到了路边来，转到了原先的正门处来。

站在硬硬的柏油路上，杨兴平的脚底板似乎有些疼痛。

时不时地，就有一辆一辆的车，闪着亮亮的光唰唰驶过。路在车光里，水样的白，水样地流向了远方。

这是令村人们兴奋过并一直兴奋着的路哩。这路的两边，在路未通之前，全然是一片稻田，而就在这路通了后的近两年时间里，却全都挤挤挨挨地建起了房屋。房屋多是红砖房。顶也不再用瓦，而打成了楼皮。顺着路望去，杨兴平还能清清楚楚地记得，哪是哪家的。还不止这，杨兴平还能在心里说出任何一间屋子里的人家现在主要在做啥。虽然这么多原先住在村中的人都把家搬在这路边来了，原先也都是一样地只知道种那种了几辈人的土地，但搬来后，却就不一样的。杨兴平家以开小百货店为主，兼营加气补胎。以此为生的，在这段路的两边也就他家。其他的呢，有卖煤炭的，有卖汽油的，有卖化肥的，有卖水泥的，有开像馆的，有开理发店的，有开饭店的，有开旅社的，还有养猪养鸡的，种类繁多，不一而足。杨兴平还知道，把家搬到这路的两边来的，大都是三四十岁人家的年轻家庭，他们在柏油路修通之前，大都把儿女丢给儿女的爷爷奶奶或者外公外婆，水样地流向外面不同的方向，流到不同的地方，从事着这样那样的或轻或重的工作，以打工为生。这路一通了后，他们就大都赶回来了，用打工积累下的钱，再找借些，在这路边建起了小洋房，再根据自己出去打工时做过的或者看到的听到的，做起了不同的营生。要致富，先修路。这是杨兴平在把家搬到这路边来后，切身体会到的。卖什么也好，买什么也罢，都不用再像曾经那样人背马驮了，都可以直接运到家门前了。这还不说，以前出去打工，孩子照顾不了，老人照顾不了，一天在对老人和孩子的牵肠挂肚中苦死苦活，也就挣几十块钱，而这路一通后，在路边随便摆个摊，也能轻轻松松地挣上那几十元。在这过程中，对老人可以随时尽尽孝了，对孩子可以随时管教管教了。这也不说，看看吧，以前的那些人，村里的人，特别是那些老人，把那些土地当成了命根子，以为只有种那田那地，只有种那点苞谷洋芋水稻才能活命，人家乡上村上发些果树给他们栽了，说种果树比种庄稼划算，但那果树哪能像他们种庄稼样的，春天种下，收天就能收获，他们哪能放着好好的地不种？他们把那树都种到了地埂上，或者地角边，还在犁田耙地时，有意无意地把那些刚成活的树苗给犁了耙了。要遇上庄稼不好，还故意把那树苗拔了，就像他们施下的肥都全被树苗吸收了样的。还说什么“这果树种点来自家吃还行，哪能卖什么钱，果子能当饭吃不成？”那些年，也确实没人家把果子卖成钱。但多年后，路通了，一些没把当时栽的果树拔完的人家，把那板栗核桃打来，随便提上一篮到路边，就能卖上几十上百的钱，他们就后悔了。他们开始怀疑对那地，种庄稼是不是唯一的出路了。在这种怀疑中，他们开始自培树苗，开始有意种树。这不，整个的村庄，已着手打造干果市场了呢。村上也是，把“要致富，少生娃娃多栽树”的标语贴得到处都是。把家搬到路边来的年轻人们，一边经营生意，一边也种果树；就是那些还在村子中住着的老些的人，也不再把着庄稼种了，出了田里还种着稻谷，地里大都栽上了核桃树或者板栗树。

要是不出意外，或者那意外再过些年出，等自家有了些钱，自己就不会离开妻子儿女了，那样再过些年，就能过上好日子的。可是，那意外偏偏就出了，出在自己有不了那几万块钱的时候。一长长的叹息声从杨兴平的嘴里淌了出来。

很多的人影，似乎都还在忙碌着。但杨兴平没心思再看了。况且就是不看，他也知道他们在忙些啥。杨兴平把目光投向自家的房屋处。他没有看到那道自己焊制的铁门，却看到了一堵实实的红色砖墙。怎么会这样呢？这路边怎么会没门呢？哦，是友梅把这边的门取了，取去安在后面了吗？她咋会把门取去安在那边呢？路不是在这边吗？

杨兴平百思不得其解。问问友梅去。杨兴平想。杨兴平头一勾，身子往前一送，再一抬头，发现自己已站在自家院子里了。怎么会这样呢？杨兴平感到有些惊奇。回头望望，那堵墙还严丝合缝地立在那儿呢。

四

院子里黑得伸手不见五指。但在杨兴平的眼里，却是夜如白昼。院子里的一切，都变得陌生化了。锄头、猪食盆、破衣烂服，筋筋砮砮地摆了一地。友梅这是怎么了？怎么会让家里乱成这个样子呢？友梅平时不是最爱讲究的吗？

一头硕大的架子猪，怕有两百来斤了吧，躺在院子里有一下无一下地喘着粗气。怎么把猪都放在这外面了？不会是友梅也专门养起了猪来，找不到厩关，放在这院里的吧？杨兴平走到猪厩门边，探头往里看了看，发现里面竟空空的，一头猪也没有，牛也没有马也没有。杨兴平纳闷了起来。怎么放厩空着，把猪放在这外面来呢？

杨兴平踢了一下猪，想把猪赶到厩里去。但那猪并没有爬起来，只艰难地扭动了一下身子，哼哼两声，接着又躺在那儿一动不动了。细看，猪已经瘦得只剩下一副骨架了。不会是病了吧？杨兴平突然想。杨兴平伸手往猪身上摸了摸，他感到那猪似乎连吸气出气都很困难了；再往猪嘴上看去，已是连一点露水都没了。病了！而且病得很重呢！杨兴平肯定地在心里念叨着。

友梅呢？友梅哪去了？是找兽医去了吗？

杨兴平的心里急了起来。杨兴平一转身，就进了屋。在屋里，他看到了他的妻子邓友梅。友梅也变了，变得邋遢了起来。头发乱糟糟的，衣服也是披着，两只乳房蒙在一件宽大的红色汗衫里，随着她的走动，一下甩过来，一下又甩过去。杨兴平真不敢相信，这就是自己的妻子友梅。

杨兴平呆呆地望着邓友梅。邓友梅一只手提着一杆秤，一只手提着一口锅。她往一个口袋里撮了些米，用秤称了一下，然后才倒到锅里去。杨兴平不明白友梅这是在做啥。看去，她是要煮饭呢。但煮饭怎么还要称米呢？难道煮这饭吃还要称着斤两煮么？邓友梅把装了米的锅就地放下，又提着装米的口袋称了起来。邓友梅的脸上露出了一丝欣然的笑。这一笑，把杨兴平的心里也笑得甜甜的。

邓友梅转身去了。杨兴平跟在后面，躲在门后缩着头看着走到另一间屋子里去的邓友梅。邓友梅开始做起了饭来。随着邓友梅穿梭的身影，杨兴平看到了女儿妞妞。妞妞正爬在一张桌子上做作业呢。两只辫子随着妞妞的头晃来晃去。那脑门上的刘海，也在那儿摆来摆去。妞妞做得似乎并不专心。

邓友梅出门去了。杨兴平本想跟着出去，看看友梅走路的样子，看看友梅做事的样子，但邓友梅刚一出门，妞妞就贼溜溜地爬离了书桌，一闪身进了杨兴平在的这屋。妞妞这速度，差点儿撞在了杨兴平的怀里，把杨兴平吓出了一身冷汗。冷静下来，再寻妞妞看去，妞妞正在往友梅刚才撮米的那口袋里倒米。

五

邓友梅双眼紧闭，盘脚坐在一个蒲团上，嘴里似有若无地念叨着什么。

昏红的灯光下，红烛摇曳，香烟缭绕。

友梅在做什么啊？这真是友梅吗？

六

“那猪是不是病了，友梅？”

“吁，说什么呢！它不是病，它是想休息一下！”

“怎么不是病呢？它明明是病了嘛，而且看去还病得不轻啊！”

“不能这么说，人病了都不能说病，猪病了就更不能说病了。”

“谁说的？”

“李大爷。”

“不能说，总得找医生来看看吧！你以前遇到猪有点小病，都会急得团团转，热锅上的蚂蚁似的，现在怎么会没事儿样的呢？那猪都那么大的了！”

“李大爷说了，无论是人还是猪还是什么，病了不但不能说病了，而且不能吃药不能打针的。”

“怎么会这样呢？你以前可是不信这个的啊！你信这个有啥用？”

“有用的。李大爷说信到一定程度，就能上天的，就能成仙的，就能无病无痛无灾无难的！”

“你信多长时间了？”

“一个多月了呗！”

“现在起用了没？”

“当然啦，你不知道，我每顿饭都称着米来煮，那米吃不少，而且越吃越多哩！”

“……”

“你还过得好吧?”

“好的，你呢?”

“也好，就是不能跟你们在一起，再好都觉得不满。”

“命啊，要是那晚上，不让那人把车停在那儿，不帮他看那车，你怎么会离开我们呢!”

“……”

“要是那天，派出所的人来的那天，不承认那50块钱是看车费，你也不会离开我们的。当时也没说那就是看车费。那么晚的，都要睡了的，还做了饭给他们吃，七八个十个人的，那些饭也不只值50元啊!”

“……”

“都坏了的车，怎么会被人偷了呢?也不知道那车是不是真坏!肯定不是的，肯定是骗我们的，都坏了，又不是个口袋不是个砖头，怎么会无声无响地就不在了呢?就是真坏，也肯定是他们用另一辆车拖去的!”

“……”

“要是当时能借到钱也好，人家断三万就三万呗，赔了就是了，可——”

“不说了，梅啊，都怪咱——那些日子，我一直在想着你爸邓师傅，是他在我命都差点儿丢了的时候救了我，让我在你们家开的那个小修理门市里生存了下来，是他让我知道为人方便就是为己方便，看来，这是我们的命，是我们的心害了我们——但能怪谁呢——你看，你当初不是就因为我的这颗心善才看上我，才从那城里跟我来到这山旮旯里的吗?想想，我不后悔的，我觉得值的。只是苦了你们娘儿仨……”

七

三声鸡鸣，两声狗吠，吓得杨兴平出了一身冷汗。他匆忙跳出了邓友梅的梦境。

八

看着杨兴平火急火燎地赶回来，几个仆人都跟着急得团团转，不知发生了什么事，更不知该做点什么。杨兴平躺到床上，靠着绣花枕头，一副软绵绵的样子。几个仆人都小心谨慎地站在床前。仆人的样子，更增了杨心平的心烦，他弹簧般地坐起身来，吼道："都在这做啥，滚一边去！"

说了那么多乱七八糟的话，最后竟连最主要的都没问上。现在，现在，又去哪询问跳跳的事儿呢？杨兴平抬手狠狠地扇了自己几个耳刮子。更主要的是，在家里，友梅看到了，妞妞看到了，虽然感到他们像是变了，但终归是看到了她们。可跳跳呢，竟然没能见上一面。他去哪儿了呢？他也会变么？他会变成个啥样呢？

杨兴平想着跳跳，一直想着跳跳，想着跳跳迷迷糊糊地睡了过去。

"爸爸，接我！"杨兴平又听到了跳跳的声音。杨兴平被跳跳的这声音喊醒了过来。

杨兴平抬起头来往周围看，黑漆漆的，根本没有跳跳的影子。

"你在哪，跳跳！"

"大黑山垭口！"

"你等着，爸这就来接你！"

慌忙火急地赶到大黑山垭口，杨兴平看到了跳跳。跳跳在路边的一堆泥土里躺着，上半身侧着，从一个洞里探出了头来。杨兴平不知道跳跳怎么会来到这儿，怎么会成这个样子。看着跳跳那无奈的眼神，杨兴平一阵心痛。

"怎么不躺下去呢？这样倚着，会把腰倚疼的！"

"躺不下去，脚已抵到前面了。"

杨兴平的泪顺着双颊滑落了下来。

杨兴平揉了一把泪，说：“你怎么会来这儿呢?”

“不知道，只记得那天我正在路上玩，一辆车朝我驶了过来，嘣的一声，我感到我的头晕了，目眩了，随着，就什么都不知道了。我醒来后，就在这儿了。”

杨兴平的泪开始放肆地流淌了起来。他泪眼蒙眬地把视线投向山下的那条柏油路。那条亮亮的柏油路，弯弯曲曲地穿过绿色如墨的森林，穿过村庄，绕来绕去，一副猪肠似的绕了一圈后，又向村庄那边的山峦弯曲而去。路上，或大或小各种各样的车子，影子般地在上面滑翔着。杨兴平想，那些车子里，都拉着些什么东西呢？都拉着些什么人呢？那车里的人，都在说着些什么？想着些什么？所有这些，都像河里的沙石，以及看不见的裹在水里不知名儿的东西，一下被吞进了村庄，接着又被村庄吐了出来。只是，在这一吞一吐之后，不知道那村庄还是不是原来的村庄。就是那些被村庄吐出来的车辆和人，以及那些看不见的说不出名的东西，还是不是原来的那些。杨兴平感到一阵头晕目眩。杨兴平举起双手，开始向空中胡乱地抓了起来。杨兴平抬头望向天空，看着几粒闪烁不已的星星和那弯残月，大大地张开了嘴，像要嗥叫，却没有声音。

九

“爸，您别这样！我知道我像您一样的死了，可是，这有什么呢?您以前不是常说活着都不怕还怕死么？您不是说死比活容易么？死了容易，我现在死了，您怎么还这样呢？难道您不想我过得容易么?”

杨兴平狠狠地抹了一把泪，扭转身，定定地望着跳跳。这屋子够大的呀，你怎么就会躺不平呢？是他们送你来这的时候，不小心让你的身子梭到后面来的吧？不过没事，爸来了。

杨兴平缓缓地弯下身子，把跳跳抱在了怀里。

“走，跟爸爸走!”杨兴平轻轻地说。

在抱着跳跳往回走的时候，一辆车闪烁着耀眼的光从对面驶了过来。定眼一看，那车竟是那么的熟悉。那不是被自己看丢了的车么？怎么会在这？难道车也会死？也会来到这个世界么？一股莫名的火开始在杨兴平的心里翻腾。杨兴平揉了揉眼，再看，那车没死呢。自己是能看到阳间的物什的呢。那么一瞬间，杨兴平倒真希望那车是开到了他所在的这个阴间，但凭感觉他就知道，那车还是在阳间的，还在阳间的那条路上开得好好的。

杨兴平从跳跳的身下抽出了一只手，指向了那车。似乎，他的手已长长地伸到了那车的下面。他的手晃了一下，拉了一下，车就跟着晃了一下，晃向了路的边沿。一下左，一下右。路的上沿是石壁，刀劈斧削般的石壁。路的下沿是沟壑，深不见底的沟壑。随着“啊啊啊”的惊叫声，那车撞向了石壁。只见那个开车的人惊惶失措地往外打着方向盘。似乎，那方向盘已失了灵，车还是撞到了石壁上。继而，车又反弹向外，任开车的那人往里扭方向盘，也一直往外滑去。似乎，刹车也失了灵。

边上的车轮就要离开路面。突然，杨兴平的手一改先前牵引的方向，往后拉了一下。随着，车又驶到了路的中间，又战战兢兢地往路上驶了过来。杨兴平的脸上露出了一丝笑。杨兴平想，我不想再在这个世界见到你，你就继续活着吧。

2009 年 7 月 28 日

原载《彝良文学》2010 年第 1 期

冰棒雪糕

一张永久牌单车，支着脚架立在表嫂跟前。

单车的后架上，用黑色橡皮带绑有一四方盒子，盒子上面盖有一块粉白色的毛巾，湿湿的，像要滴下水来的样子。盒子在耀眼的阳光下，闪着银灰色的亮光。

破声破气的下课铃还没收住它拖泥带水的尾巴，表嫂便被一群潮水一般围拢来的娃子们弄得手忙脚乱起来。娃子们高高地举着一张张沾满了泥土、散发着汗臭味的毛票，边晃动边喊：我要一根！我要一根！表嫂接过娃子们手里的毛票，一只手揭起毛巾，一只手从里面捉出一根冰棒递给收了钱的娃子。

哇的一声，表嫂背上的孩子哭了起来。孩子把两只小手撑在表嫂的背上，脑袋使劲地往后仰。那哭声，像是他用力往后仰而发出的呐喊。表嫂扭头看了一看，背往后一弓，身子往前一弯，一甩，就把孩子往后仰去的头甩扑到了她的背上。孩子挂在嘴前的两束鼻涕，一下粘上了表嫂的头发。表嫂又扭头看了一眼孩子。表嫂直了直身子，用一只手往后捋了一把飘散下来连在她脸上的头发。头发捋开，那脸上便淌起了时断时续的汗水。那汗水带着一些泥沙似的粉末，在她的脸上流淌出了一道又一道似有若无的沟痕。

表嫂扬起手来，用那粉红的衣袖擦了一把脸。那是一张灿若桃花的脸。红，又艳，且粉。脸下，两只受到衣服往紧处勒的奶子，像是有意和勒它们的衣服抗争，虽然绷得紧紧的，却如两座浑圆的山峦，显得愈加庞大，愈加往外鼓撑。它们都把衬衣扣纽扣的地方，绷开了一条缝。炽热的阳光下，缝里是一片带水的肉红。

我远远地站在教室门口，望着那些嗞嗞溜溜地嘬着冰棒往回走的娃子，馋涎欲滴。那个时候，我觉得表嫂是一个最最富有的人。

听说，冰棒是用电冰出来的。

在来海子表哥家这儿读书之前，我从未见过冰棒。我们那儿，电没通，村子又偏僻边远，哪有冰棒?

我不知道冰棒是啥味。我想吃。很想吃。但我没钱买。

那天，后来成为我最要好的朋友小吉，从我身边跑过时突然停了下来。他望着我，停了那么一会儿，然后举着他手中还没吃完、还有一小块叮在木棍上的冰棒，塞向我的眼前。我愣了一下。小吉说："给你，我不要了!"我不知道他是不是骗我。但我也只是犹豫了一小会儿，便有些迫不及待地接了过来。我没有直接送到嘴里。等小吉走后，我才开始吃起那一小块冰棒来。当我急切而又谨慎地把那一小块冰棒放进嘴里，轻轻地嘬了一口后，那种凉凉的、爽爽的感觉，一下子顺着喉咙传遍了我的身心。速度之快，让我全身打了一个激灵。

我对冰棒更加地渴望了起来。但我一直没能拥有上5分钱。

按说，我应该躲开那些吃着冰棒的娃子，更应该躲到看不到表嫂的地方去。但我却没躲。只要表嫂去到学校卖冰棒，我就会尽可能地在远处看着表嫂。我不知道，那些娃子们，在表嫂没去的时候，想过表嫂没有，盼望过表嫂的到来没有。但我，是想的，是盼望的。我那想、那盼望的度，想来肯定比他们任何一个跟表嫂买冰棒吃的人还强。

我不知道，那时的自己，究竟是为了什么，会那么固执地站在远远的地方看吃着冰棒的娃子和表嫂。望着那些吃冰棒的娃子，能止住，或者是减轻一点我的渴么？不会。反而只会增强，只会让我进而感觉到天的热，口的干，舌的燥。但我却像是忘记了这些，就愣愣地站在那儿。是因为看着表嫂而忘了这热这干这燥的么？也不是。看着表嫂，我感到的同样是更热更干更燥。那时我虽然只有 13 岁，但看着那时应该就 30 出头的表嫂，我的心里是更热更干更燥了的。表嫂那脸，是常听人们说起的那种瓜子脸。长得一张瓜子脸的女人，是我心目中最美丽的女人了。表嫂不但长了一张瓜子脸，而且那脸在她捋过发擦过汗后，粉嘟嘟的，颤悠悠的，红扑扑的。那是一张让人心爱又心疼的脸。这张脸之外，不说她那杨柳一般柔弱纤细的腰，也不说她那山峦一样饱满耸立的奶，就是从她衬衣纽扣处绷出的那一线带水的肉红，就足够让我感到天气炎热口干舌燥呼吸不畅。

表嫂不是海子的媳妇。那时的海子，正在读初中，还是学生。那时，我知道有表嫂这个人，但并不知道我和她还会有上这种转弯抹角的亲戚关系，不知道她是海子的表哥的媳妇，海子的表嫂。

她是海子的表嫂，也就成了我的表嫂。

一个晚上，我和海子做了作业刚准备睡觉，海子的姑妈来到姑爹家，推开门气都不歇歇就站着喘着粗气望着姑爹说："兄弟啊，你跟我去我家那儿一趟！"

姑爹愣了一下，弹起身来，迈动步子就准备跟海子的姑妈走，却又随意似地问海子的姑妈说："咋啦？发生啥事啦？"

海子的姑妈望了望我和海子，张了张口，又顿了顿，说："去了，你就认得了，真丢人啊！"

姑爹停了下来，像是知道点什么似的，说："啥丢人啊，你说说！"

海子的姑妈又望了望我和海子，说："刚才，那个老师又到那儿去啦！”

姑爹这下不但没走，反而坐回到凳子上去了。姑爹说：“这叫我去了起啥用？我还……”

海子的姑妈说：“我……我……那咋个整呢，难道就……就让他们这样鬼整，这不是往我这块老脸上泼粪嘛！”

姑爹说：“你要是真去堵了，堵住了，让大家都认得了，又会好么？难道你还要让大家都认得！”

海子的姑妈说：“这烂事，还有哪个认不得呢？我是走在哪，都觉得有好多的眼睛盯着我，笑话我啊。”

姑爹“哎”地叹了一口气，说：“你就先啥着吧，看看有啥辙没。要不，哪时我去跟她说说，先让她别去卖那冰棒了，让她别去那学校丢人现眼去了。她不去学校，怕就好了。”

我的心里愣了一下，惊了一下。卖冰棒，姑爹和海子的姑妈说的是表嫂么？那个老师，那个老师咋了？鬼整，啥鬼整？一时，我的脑海云里雾里起来。

海子的姑妈“哎”地叹了一口气，随着像是抹了一把泪，转身走了。

姑爹起身来，站在门口，向着黑夜里的海子的姑妈的背影说：“你先不要管，我来处理！”

我和表哥海子睡一张床。到床上后，海子莫明其妙地说：“不要脸，这个烂 X。”我问咋了。海子说：“你认不得，就不要问！”我不敢再问表哥什么。

天气照样热。表嫂照样到学校卖冰棒。我照样远远地站在教室门口看表嫂。

一天，又一天。

一天，海子说：“看来，这媳妇讨不得太漂亮的。”

听海子说，表嫂是邻村的。他的表哥，我也应该叫表哥的这个人叫天方。天方和表嫂是初中时的同学。准确地说，表嫂是初三时插班到天方他们班的。据说，那时的天方，学习原本是很好的，是能考上中专或者中师，最后去当官的。但表嫂一到这个班，天方的魂儿就被表嫂的身影弄得找不着北了。天方曾努力地控制着自己，独自承受那种爱恋的煎熬。但这种煎熬让他整日里神思恍惚，不辨东西，以至于他在最后的中考冲刺期间不得不向表嫂表达爱慕之心，相思之情。当时的表嫂，也是一心想通过中考，考上一所中专或者中师学校的。她拒绝着天方，逃避着天方。但着了魔一般的天方，始终抹除不了表嫂留在他心里的身影。他开始纠缠起表嫂来，死皮赖脸地纠缠。一个周末的下午，天方跑到表嫂家的村口边等表嫂。表嫂没等到，却等到了一帮那个村的男孩。那帮男孩看到天方，二话没说，上前就给天方一顿拳打脚踢，而后置鼻青脸肿的天方不顾，扬长而去。好了伤疤忘了痛，不到半个月，天方又出现在了表嫂他们村的村口。这一纠缠的结局，是他们俩双双落榜，而后回家结婚生子。

要说，落榜也就落了，毕竟他们最后走在了一起，这也算是好事一桩，功夫不费有心人。但偏偏，天方的那股子倔劲儿，让他蹲进了监狱去，让表嫂一个人带着个孩子留在了家里。

海子说："人家看看咋了么，看掉一块了么，看看，会比让人操了严重么！"

听说是有一天，天方和表嫂一起去赶场。很突然的，天方向着他们旁边的一个人吼了起来："看啥子看，看你妈啊！"被吼的是一个男人。那男人愣了一下。愣过后说："我看毬你啊，我看我的，关你毬事！""啥？你说啥？"还没等那男人反应过来，天方握在手里的一根扁担已经抡在了那男人的身上。

那男人被天方打成了重伤。

天方被那男人送进了监狱。

一个周末的早上，表嫂来到了姑爹家。

表嫂出现在眼前的那一刹那，我的心都快顺着喉咙跳出来了。表嫂的背上依然背着那个孩子。虽然我曾无数次地看过表嫂，但还从未这么近地看过，我有一种快要晕眩过去的感觉。

姑爹已下地。姑妈正在洗脸。

表嫂说："舅舅没在家啊？"

姑妈说："到地头去了呢，要找他啊！"

表嫂说："今天星期天，不读书，我想请海子去帮我把那点苞谷给挂了。我背着娃娃拿不上去挂。看他给有时间？"

姑妈扭转身子去找海子。

还没等姑妈说话，海子已经说了，他说："我有事情！"

海子的话冷冷的，铁铁的。姑妈知道海子不会去。但海子的话让她感到有些难堪。姑妈说："海子去不了，就让岭子跟你去挂吧，他是我一个侄儿，也要叫你表嫂呢，你看行不？"

表嫂望了我一眼。那是带着一种喜出望外的笑望的。说："行啊，咋会不行呢，你看，都这么大的一个人了，有他去帮我，我高兴还来不及呢。"

姑妈让我去帮表嫂挂苞谷，我有些莫名的兴奋。姑妈抬头望了望我，说："你去帮表嫂挂吧，作业挂了又回来做！"姑妈说话的语气，让我听出她是要我挂了苞谷就回来，别在那儿多待。我说："要得。"表嫂说："作业没做的还多不多？我这些天剔出的苞谷都没挂，有些多，怕要一天才能挂完，作业晚上回来做能不能做完？"我怕姑妈改变主意，赶紧说："能做完的，没多少了。"

表嫂家和姑妈家就一个村，没多时，我就跟着表嫂来到了她家。

路边的一堵围墙角，几只羽毛黑黄相间的大公鸡一哄而散，扑棱棱地顺着墙脚似鸟似兽飞奔而去。一条黑白黑白的狗，伸着猩红的舌头，懒洋洋地站起身子，"汪汪汪"地叫起来。正走到它身边的表嫂，像是要踢它似的，向着它伸出脚去，甩了一下，嘴里骂着："瞎啦！"

围墙里，一个单独的院坝，一间单独的瓦房。院坝里，铺满了包谷壳，已经被晒得干干的了。有一次，我和海子从这儿的路边过，海子往这边吐了一口唾沫，说："苦死苦活的盖在这儿来，这下倒真方便了！"从海子表哥时断时续的话语中，我听了很多天方曾经为了修这儿的房子所吃下的苦头，说是修这样的一间房子，是表嫂答应嫁给他的第一个条件。表嫂说她不想跟着老人住在一起，跟老人住在一起，啥都不方便。

进到屋里，耸立在眼前的是一座山样的黄爽爽的苞谷。我不知道表嫂要把这些苞谷挂到哪去，要搬多远。若搬得远，我想怕两天都搬不完。表嫂指了指火塘边的一条凳子，说："岭子，你先坐哈。"走向那个凳子的过程中，我脚下的苞谷滑了一下，身子控制不住地往旁边趔趄了一下，脑门差点儿就撞到摆在旁边的一口铁锅上去了。那是一口装着满满一锅猪食的铁锅。"慢点！慢点！"表嫂像是被吓着了，她慌忙火急地喊着，扑过来，等她抓住我胳膊的时候，我已经差不多站稳，而被她用力一拉，身子倒又接着失了衡，我的脸，便靠在了她软软的、让我的心里顿时有一种酥酥的感觉的胸上。

"没撞着吧，岭子！"

"没，没有。"

"一个人忙不过来，这屋，都成猪圈了。"

我不知道该说啥。

"先坐哈，先歇歇。"

我坐了下来。心，咚咚地跳个不停。我连头都不敢抬。

"来，还有几根冰棒，先吃一根。"

抬起头来，表嫂已端着一个碗站在我的跟前，把碗举着递给我。我不知道表嫂拿碗给我做什么。本来就矮小的我，坐在那儿，一点儿也看不见碗里装着什么。她不是要叫我吃冰棒么？怎么会拿碗给我？我愣在那儿，不知道该不该接那碗。我甚至连站起身来都忘记了。我就那样仰巴着个头，定定地望着举着碗递向我的表嫂。偏偏这时，我没望见碗里装的是什么，却望见了表嫂那像是要钻出囚笼飞翔的奶子的边缘。

"来，化是有些化了，但还可以吃，还是冰的。"

"哦。"我呼啦一下站了起来。我差点儿转身逃走。但我还是伸手接过了碗来。我没敢再看表嫂一眼，赶紧把碗沿举到了嘴边。那已化为了水的冰，不知道还算不算冰，一顺着我的喉咙淌下去的时候，我分明听到我像要燃烧了的喉管里发出的滋滋声。

表嫂的苞谷要背到楼上去，挂在她家房子的屋檐下。那房子的檩子上，拴得有10多根生了锈黑铁黑铁的铁线。那是专门拴来挂苞谷的。我不知道那些铁线都挂了多少年的苞谷了。想来，是天方和表嫂把这房子修起后，就开始挂的了吧。一年的苞谷收起来，剔了，就搬来辫了挂在上面，然后在一天又一天的日子里，又一个又一个地摘下来，抹下苞谷粒来，或磨成面，人吃，猪也吃，或直接地，就把苞谷粒拿去卖了，或换盐，或换其他。这样，那一辫又一辫黄爽爽的苞谷辫子，便没了，便又一次恢复为原来的一根根生了锈的铁线了，直至新的一年的苞谷收起来，辫上去。

表嫂找了一个背篓给我。表嫂说她在楼上辫，我用背篓往楼上背就行。表嫂还找了一张小桌子安在楼梯脚的苞谷堆旁，让我把背篓蹲在桌子上装苞谷。她说那样背起来的时候就不费力了。

我开始背起苞谷来。表嫂先没辫。她用一只撮箕跟着抬。她的背上依然背着那个孩子。孩子已经睡着了。我说："表嫂，你放他睡着嘛，你背着爬上爬下的，累！"表嫂说："没事。背着睡惯了，放下不睡的。怕他哭了听不见！"在楼板上已经堆起了一小堆后，表嫂才开始辫。我还问表嫂："要不要我先跟着辫辫再去背？"表嫂说："不用，你背上来就行，这些我要不了多时就辫完了。"辫苞谷的速度我知道，那一堆苞谷够她辫些时候的。我想，有那一堆垫底，再有我背着，够她辫的了。但我想错了，表嫂辫苞谷的速度，是出奇的快。我还从没见过辫得这么快的人。望着那堆苞谷越来越少，我开始加快背的速度。在我累得气喘吁吁的时候，我才发现，我再快，都供不上她辫了。我感觉我的脸发起烫来。

表嫂又提起撮箕，往楼下来抬苞谷。

再次堆起一小堆后，表嫂又开始辫起来。

又一次见底后，表嫂说："累了吧，来，你来辫，我去抬一气。"

我说："没事，不累！"我想转身去背，表嫂却把背篓抢了过去，随着把孩子放下来坐在苞谷堆旁，用些苞谷倚在孩子的旁边，孩子像坐在一把椅子上样的坐在了那儿。我说："表嫂你辫吧，我背，我怕辫不好呢。"表嫂说："不怕，你来辫，辫几下就好了，辫不好也得学着辫好，这个本来就是你们男人该做的事！"

我只得开始辫起来。按说，我以前也是辫过苞谷的。但现在，我是横也不顺手竖也不顺手，怎么辫都辫不快。

眼看，楼板上的苞谷堆得越来越高越来越多了。我的心里，急起来，躁起来。一慌，辫上去的苞谷便没辫紧，又掉了下来。表嫂说："别急，慢慢辫。你辫着，我去煮面条吃。我们早上就煮面条吃算了。"说着，表嫂已经双手抓着孩子的腰一甩，甩到了她的背上。表嫂边系背孩子的带子边往楼下走去了。

没多时，表嫂便叫我下去吃面条了。

面条是用鸡蛋汤煮的。表嫂端给我的那碗面条，上面堆着好些黄灿灿的鸡蛋。

表嫂说："就随便吃点了。我们晚上再做饭吃。"

我不知说什么好。

那天，我没有等到吃晚饭。辫完那些苞谷的时候，太阳还在高高地挂在天上。我不顾表嫂的挽留，回姑妈家来了。

表嫂没到学校卖冰棒了。到学校卖冰棒的成了另外的人，而且是两个。一个男的，一个女的。是姑爹去跟表嫂说了，不让她去卖的么？我不知道。但海子的姑妈有一天又来找姑爹，哭诉着说："兄弟啊，我是活着没脸见人想死又没脸去见他爹啊，我咋整啊？"姑爹张了张嘴，想说啥，却啥也没说。

一天晚上，姑爹回来得很晚。姑爹一回来，一直坐在火塘边不出声的姑妈呼啦一下站起身疯了样地把姑爹堵在门边吼了起来："你不要脸啦？人活脸树活皮，你给还有脸？"

姑爹双手抱在胸前，站在姑妈跟前，望着姑妈说："咋了，我咋不要脸了?”

姑妈说：“你咋不要脸你认不得？那是你外侄媳妇啊!”

姑爹呼啦一下举手指着姑妈恶狠狠地吼道：“我请你闭上你那嘴，你再说，我扇你两嘴巴!”说着侧了一下身从姑妈旁边往屋里走了过去。

姑妈也调转身来，跟在姑爹的后面，边走边说：“就算全村的人都朝那点跑，你也是个舅啊，你能跑吗?”

姑爹哗啦一下转身，再次举手指着姑妈：“我就跑了，咋啦!”

姑妈的气势一下软了下来，像是一个鼓鼓的气球漏了气似的，无力地说：“咋啦，还能咋啦，我没得脸活啦!”

姑妈哭了起来，边哭边一步一挪地往他们睡觉的房间里走去。

这是我第一次看见姑爹和姑妈吵架，我第一次看见姑妈哭。

好些日子了，姑爹吃了晚饭，天一黑下来，就要出去。家里有事没事他都要出去。姑妈怎样拦都拦不住。

这天，姑妈站在门边堵着要出门的姑爹，说：“你先把我整死掉，整死了你要咋去你就咋去!”

姑爹直愣愣地站在门边，冷冷地说：“让开!”

姑妈不让，动也不动一下。

姑爹说：“让开!”

姑妈还是不让。

姑爹突然双手同时向姑妈推去。“要死自己去死，要咋死就咋死!跟你说多少道了，你就不信！你要我咋说!”姑妈被推开后，姑爹侧了一下身，也不顾被推倒在地放声号哭的姑妈，扬长而去。

姑妈撑起身子，坐在地上一把鼻涕一把泪地哭着。我和海子在旁边愣愣地看着，不知如何是好。突然，姑妈站起身来，喊海子：“还站在那点做啥子，痴掉啦，你给我跟着去!”海子没动。姑妈又说：“聋啦!”海子说：“我去不起!”姑妈哭得更加伤心起来，边哭边说：“不要脸啊，不要脸啊，一家子都不要脸了啊!”

海子表哥不去，姑妈便要我跟着姑爹去了。姑妈说：“你跟着他，别让他知道。你就跟在他后面，看他去哪点，去整啥子。看见啥子回来给我说。”

我也不想去跟姑爹。我不知道姑妈为啥要叫人去跟姑爹。想起她那次跟姑爹吵的架来，还有那次她在门口堵着姑爹不让出去的情形，我在心里都有些反感姑妈了。但我又不得不去。我这是在姑妈家，不是在自己家呢。

跟上姑爹，是第三晚的事了。前两个晚上，我一边走一边想些杂七杂八的事儿，想着想着，就不知姑爹走到哪去了。第一晚上回来，姑妈说我：“咋会跟丢呢，恁大一个人，咋会跟丢了呢？”第二晚上回来，姑妈已经对我很不满了，说：“你是不是没有跟着去！还是看见些啥子不跟我说！”接着姑妈又像想起了啥样的说：“是不是他发现你跟着他了？”我害怕姑妈那样的问话。第三晚上，我便紧紧地跟在了姑爹的后面，连被他发现我都不怕了。我想，就是被姑爹发现了，面对姑爹的转身，也总比面对姑妈的询问好些。

天上，挂着一轮浑浑的月亮。看着姑爹浑浑的身影朝着表嫂家那儿走去，我感到了惊讶。姑爹是要去表嫂家么？这么晚了，姑爹去表嫂家做啥？一想着姑爹要去表嫂家，我的心里就害怕起来。姑妈要我跟着姑爹，不但要看他去了哪儿，还要看他去做啥？姑爹去了表嫂家，我能跟着他去表嫂家么？若不去，又咋能知道姑爹去表嫂家做了啥呢？

姑爹已经走到岔进表嫂家去的那条小路跟前了。跟在后面不远的我，都不知道该不该继续跟上去了。但这时，姑爹停了下来。姑爹转着身子左右看了看。我以为姑爹发现我了。我赶紧缩着身子，躲到路旁的一堆苞谷草旁。

姑爹真是去表嫂家么？他是看左右有没有人么？我的心咚咚咚地跳个不停。

姑爹弯下腰，从路边的坎下提起了一袋什么东西。

姑爹是要给表嫂提什么东西去么？那儿怎么会有一袋东西呢？是

姑爹白天准备好了，放在那儿的么？

姑爹提着那袋东西，径直地走进了去表嫂家的那条小路。

我真不知道该怎么办了。等我犹豫了一下，再次跟上去的时候，已不见姑爹的身影。我想，姑爹怕是已经进到表嫂家去了。“去表嫂家了，去给表嫂送了一袋东西了。”我想，我可以这样给姑妈说了。我甚至想回姑妈家去了。但这么早地回去，肯定会让姑妈不高兴。我不想让姑妈不高兴。在姑妈家都一年多了，姑妈常常护着我，有些东西，还背着海子给我吃，我不想让姑妈不高兴。我想等等，等姑爹出来了，我再回去。

我想去找个地方玩玩。我不想站在这儿等。站在这儿，要是表嫂出来发现了我，那我怎么说。但我不知道自己能去哪儿玩。

没多时，有一个人从对面的路上往这边走了过来。我赶紧往旁边的一堆苞谷草垛边躲了过去。

微风习习，夜色蒙蒙。我看不清来人是谁。来人走到要岔进表嫂家去的路口，停了下来。来人转着头，像姑爹样左右看了看。一会儿，来人就往表嫂家那边走去了，很急的样子。我想，这人是谁呢？看去一点儿熟悉的感觉也没有。这人去表嫂家做啥？都这么晚了，不会也是送什么东西去给表嫂吧！看去，他的手里，什么也没提着啊。不会是和姑爹一起，被表嫂请去帮着做啥事儿的吧？

“哎呀！唉哟！哪个？”一个男人的惊叫声，从表嫂家那边传来。在男人的惊叫声中，还能听到一些石头砸在地上的“啪啪”声。

像是刚才走进去的那个人，急急地蹿了出来，逃也似的往大路的那边，离去了。我不知道发生了什么。我担心起姑爹来。我想，这人都跑出来了，姑爹怎么还没跑出来呢？姑爹是被打倒了么？我害怕起来。我急急地往姑妈家跑去。姑妈见我一头大汗跑回来，急急地问我咋了。我说：“快去看看姑爹，快去看看姑爹。”

姑妈站起身来，像是准备随时出发样的。但她没出发，而是让我好好说，问我都看见了些啥？我喘着粗气，断断续续地把见着的，甚至是想到的，都给姑妈说了。我说：“快去看看姑爹吧！”像是姑妈就盼着姑爹被打样的，这下她倒不急了，而是粗粗地叹了一口气，坐回到凳子上，说："没事，没事，你姑爹没事的。"我一时搞不明白，姑妈为啥会说姑爹没事。

姑妈说："明天还要读书，去睡吧！"

一天晚上，姑爹回来得早。姑妈问："还有去的没？"姑爹说："这几晚上都没有了。"姑妈说："那你就别去了。"姑爹说："再去几晚上看。"姑妈说："你这样，不知道有多少人想吃你的肉呢！"姑爹说："想吃就让杂种些来吃好了。"

过了些天，姑爹终于没再在晚上出去了。

但没过多久，一个白天，刚从外面回来的姑爹一进屋就像吃了炸药似的，说："这个烂X！这个烂婆娘！这个找万人……"

姑妈一头雾水，她小小心心地问："咋啦？哪个又惹你啦？"

姑爹一屁股坐到凳子上，说："还有哪个！"

姑妈再次小小心心地问："咋啦？"

姑爹说："在家头等不着来的，都到城里去送了！"

姑妈病重已是20多年后的事。我已在外工作多年，且已结婚生子。听到消息后，我开车带着妻儿赶向了姑妈家。刚转进姑妈他们村的村路，儿子突然喊："雪糕！雪糕！我要雪糕！"

在儿子的喊声中，我往路边一看，真看到了一个冰柜。冰柜摆在一个小百货店的门口。我赶紧往店边靠了一下，停下了车。在我准备打开车门，去为儿子买雪糕时，坐在冰柜旁边的一个女人让我突然地愣住了。女人的穿着，跟我平时在城里见到的四十来岁的女人的穿着，已落后了许多，倒跟我偶尔回老家去，在老家见到的乡亲们的穿着相差无几。但女人侧坐着展现在我眼前的身影，却依然能一下子让我感到是那么的熟悉。女人依旧没变的那张瓜子脸，让我想起了小学时候的冰棒。是的，这女人就是表嫂。

我收回伸去开车门的手，转过头对妻子说："你下去买给他吧!”

妻子刚打开车门，就要下车的时候，我又说：“顺便给我买根冰棒。”

妻子有些莫明其妙，说：“都啥时代啦，现在还哪有啥冰棒!”

我说：“看看嘛，有就买。”

妻子下车后，我又一次向表嫂那边看去。表嫂的旁边，安有一张桌子，桌子旁，坐着一个八九岁的女孩。女孩扑在桌子上在做作业。表嫂一只手指着桌上的书本，像是在跟女孩说着什么。妻子走到小百货店前，说：“给我拿根雪糕。”表嫂跟女孩说的话像是还没说完，她一边起身往店前的冰柜边走，一边还扭头向女孩说着话。

在小百货店的旁边，还有一间小屋。那小屋里堆了很多的钢筋、钢板及其他杂七杂八的铁巴。一个男人，正半蹲在小屋前，一手举着一个防护罩，一手举着一杆电焊枪，在焊着一道已然成形的铁门。随着男人果断、坚决而又麻利地或点或挪，那像是从地上飞溅起来的火花，在他的跟前，在“吱吱吱”的声音中，散成一片灿烂的星空。

妻子回到车上递了一根雪糕给我。我说：“你给我做啥?”妻子反问：“你不是要么?”我说：“我是说有冰棒就给我买一根，我哪说要雪糕了。”妻子说：“没得，哪有啥冰棒！现在你还在哪看到有人吃冰棒!”

妻子又递雪糕给我。我说不要。

开动车往姑妈家走了起来。我看向挡风玻璃前的视线里，还在若有若无地晃动着在一片火花中焊着铁门的那个男人。我想，他应该就是天方表哥吧!

2012年9月11日

原载《扎西》2015年第1期